人文在线出版基金资助

新时期文学的影像转型

周根红 著

图书在版编目（CIP）数据

新时期文学的影像转型 / 周根红著. —北京：中央编译出版社，2016.1
ISBN 978-7-5117-2789-3

Ⅰ. ①新… Ⅱ. ①周… Ⅲ. ①中国文学－当代文学－文学研究 Ⅳ. ①I206.7

中国版本图书馆 CIP 数据核字（2015）第 235041 号

新时期文学的影像转型

出 版 人：刘明清
出版统筹：董 巍
责任编辑：曲建文
责任印制：尹 珺
出版发行：中央编译出版社
地　　址：北京市西城区车公庄大街乙5号鸿儒大厦B座（100044）
电　　话：（010）52612345（总编室）　（010）52612341（编辑室）
　　　　　（010）52612316（发行部）　（010）52612317（网络销售）
　　　　　（010）52612346（馆配部）　（010）55626985（读者服务部）
传　　真：（010）66515838
经　　销：全国新华书店
印　　刷：北京天正元印务有限公司
开　　本：710毫米×1000毫米　1/16
字　　数：257千字
印　　张：16.75
版　　次：2016年1月第1版第1次印刷
定　　价：50.00元

网　　址：www.cctphome.com　　邮　　箱：cctp@cctphome.com
新浪微博：@中央编译出版社　　　微　　信：中央编译出版社（ID：cctphome）
淘宝店铺：中央编译出版社直销店（http://shop108367160.taobao.com）（010）52612349

本社常年法律顾问：北京嘉润律师事务所律师　李敬伟　问小牛
凡有印装质量问题，本社负责调换。电话：010－55626985

前　言

新时期以来,大众传媒的市场化进一步加剧了社会的分化,尤其是影视成为大众传媒时代广泛、强劲的传播形式,并逐渐取得了其在日常生活中的主导地位。新的文化传播方式和媒介文化的形成,不仅改写了我们生活的话语模式,也对新时期以来的文学产生了很大的影响。文学也因此具有了经历一次新的范式转换和自我重构。

影视的主导地位和消费空间中文学的转型,使得新时期以来文学与影视走向联姻。尤其是新世纪后,随着影视收视率和票房收入的节节飙升,影视成为一种具有经济学意义的生产与流通的"符号"。文学也在不断拓展自身的话语空间,探索多种生存路径和赢利模式,主动向影视靠拢。借助影视强大的视觉力量,文学进入了一个文化工业时代,它们与影视一起成为大众文化工业的重要组成部分,文学与影视由此形成了深层次的互动。因此,对文学与影视的媒介互动和融合的研究,是当前的热点话题。

然而,当前有关文学与影视关系的研究还主要是关于影视时代的文学命运、文学作品的影视改编和影视时代文学的存在方式等方面,缺乏对文学与影视关系的详尽全面的论述。因此,本研究尝试以一种较为全面的视角对新时期以来文学与影视的互动关系进行研究。

本研究主要考察的内容为作家的影视转型、文学的电影改编、文学的电视剧改编、文学的影视化书写、文学期刊的影视趣味、文学出版的影视策略和影视时代的文学接受等内容,探讨新时期以来文学与影视的互动与变迁,充分考察影视文化影响下的文学生态。

第一章主要考察作家的身份转型,具体分析作家身份转型现象及其蕴含的各种动因，考察先锋作家和新生代作家这两类不同作家群体与影视的关系以及"作家导演"现象，探讨作家在影视冲击下的文化选择及价值分化。

第二章主要考察文学作品的电影改编。这一部分将整体考察新时期以来文学与电影相互关系的变迁，并选取张艺谋、陈凯歌、冯小刚三位具有代表性的导演对文学作品的电影改编情况进行分析，以此折射出不同导演对文学作品的主题选择、改编策略和价值选择，进一步说明文学与电影之间关系的变化。

第三章主要考察文学作品的电视剧改编。这一部分将从整体上考察新时期以来文学与电视剧相互关系的变迁，并对现代名著改编、婚恋情感剧改编、"红色经典"改编等创作现象进行论述，分析从文学文本到影视文本转换过程中的变化。

第四章主要考察影视对文学创作的影响。影视对文学创作的影响，表现在诸多方面，如剧本化写作、脚本式写作、文学独创性的幻灭、审美功能的退化、文体的混融等。本研究试图深入文学文本，挖掘这些文本中潜藏的影视因素，考察影视情节、影视叙事、影视场景以及影视类型对文学创作的影响。

第五章主要考察文学期刊与影视的关系。新时期以来，市场和影视是文学期刊生存和发展必须考虑的两个因素，进入20世纪90年代文学期刊纷纷改版，并且与影视改编形成合流。这一部分将总体考察影视冲击下文学期刊编辑策略的调整，并选取原创期刊《收获》和文学选刊《小说月报》作为个案研究两份刊物的编辑策略和内容变迁，具体考察文学期刊的影视趣味。

第六章主要考察文学出版与影视的关系以及出版转型对文学创作的影响，主要着眼于文学出版、影视和文学创作三者的互动，考察新世纪以来商业话语和媒介生态变迁过程中文学出版对影视的趋附，以及文学出版与影视的合流对新世纪文学创作产生的重要影响。

第七章主要从普通读者和专业读者（批评家）两个角度考察影视与文学接受的关系，研究影视时代普通读者的小部落化和阅读趣味的分化和专业文学批评者文学批评的观念和思维模式的变化。

目 录

第一章 作家转型与主体重塑 ⋯⋯⋯⋯⋯⋯⋯⋯⋯⋯⋯⋯⋯⋯⋯⋯ 1

第一节 "作家触电"与身份裂变 ⋯⋯⋯⋯⋯⋯⋯⋯⋯⋯⋯⋯⋯⋯ 1

第二节 先锋作家的身份转型与价值分化 ⋯⋯⋯⋯⋯⋯⋯⋯⋯⋯ 18

第三节 新生代作家的影视化生存与文化立场 ⋯⋯⋯⋯⋯⋯⋯⋯ 31

第四节 "作家导演"与主体性的重塑 ⋯⋯⋯⋯⋯⋯⋯⋯⋯⋯⋯⋯ 43

第二章 文学的电影改编 ⋯⋯⋯⋯⋯⋯⋯⋯⋯⋯⋯⋯⋯⋯⋯⋯⋯ 55

第一节 新时期文学与电影的互动与变迁 ⋯⋯⋯⋯⋯⋯⋯⋯⋯⋯ 55

第二节 东方寓言、纪实中国与全球想象
 ——以张艺谋电影改编为例 ⋯⋯⋯⋯⋯⋯⋯⋯⋯⋯⋯⋯ 70

第三节 主体意识、文化隐喻与话语裂变
 ——以陈凯歌电影改编为例 ⋯⋯⋯⋯⋯⋯⋯⋯⋯⋯⋯⋯ 82

第四节 话语移植、影像突围与双重改写
 ——以冯小刚电影改编为例 ⋯⋯⋯⋯⋯⋯⋯⋯⋯⋯⋯⋯ 91

第三章 文学的电视剧改编 ⋯⋯⋯⋯⋯⋯⋯⋯⋯⋯⋯⋯⋯⋯⋯⋯ 100

第一节 新时期文学与电视剧的互动与变迁 ⋯⋯⋯⋯⋯⋯⋯⋯⋯ 100

第二节 现代名著改编的怀旧消费与主题转换 ⋯⋯⋯⋯⋯⋯⋯⋯ 112

第三节 性别的错位书写与两性秩序重建 ⋯⋯⋯⋯⋯⋯⋯⋯⋯⋯ 119

第四节 "红色经典"的文本生产与话语协商 ⋯⋯⋯⋯⋯⋯⋯⋯⋯ 128

第四章　文学作品的影视化书写 …… 142
第一节　影视化想象与小说的影像摹写 …… 142
第二节　影像景观与小说的空间化叙事 …… 151
第三节　戏剧化倾向与小说的叙事转型 …… 161
第四节　类型化书写与小说的模式化生产 …… 170

第五章　文学期刊的影视趣味 …… 180
第一节　20世纪90年代以来文学期刊的影视表征 …… 180
第二节　文化症候与《收获》的影视趣味 …… 192
第三节　写实风格与《小说月报》的影视改编 …… 203

第六章　文学出版的影视转型与文学创作 …… 215
第一节　社会分化与文学出版的影视转型 …… 215
第二节　文学出版的影视化策略 …… 221
第三节　出版转型与新世纪小说创作 …… 237

结语 …… 248

主要参考文献 …… 252

后记 …… 258

第一章 作家转型与主体重塑

新时期以来，随着市场经济的迅速发展和影视传媒的崛起，作家在经历了 80 年代精英话语和启蒙思潮的洗礼后，逐渐走向边缘化。随着 20 世纪 80 年代末一批作家的作品被改编成影视以后，"作家触电"成为 20 世纪 90 年代最为耀眼的文化现象，而作家与影视的关系也变得日渐暧昧。一些作家为了迎合影视对文学的改编，渐渐表现出为影视而写作的现象。一些作家甚至直接转行成为影视编剧，参与到影视剧本的创作，或者直接从事导演工作。作家、编剧、影视策划、电影制作人、导演这些词语，使得作家的身份日益多元化。许多作家集编剧、导演、作家、商人于一身。无论是以苏童、莫言为代表的先锋作家对先锋性探索的放弃和对影视的趋近，还是王朔、刘恒、海岩、刘震云等成为影视职业编剧，以及朱文、刘毅然弃笔从影的毅然决心和姿态，都表明了影视所表征的消费主义文化对当代作家生存产生的强大影响。值得注意的是，作家身份的转型，一方面表现出作家在纯文学写作和商业诉求两方面的双重焦虑，另一方面也表现出作家以一种非文学或者说泛文学的方式对作家身份进行主体重塑的意图。

第一节 "作家触电"与身份裂变

在很长一段历史时间内，作家作为一种身份标志，具有令人敬畏的文化权威和影响力，他们成为一种思想、道德和精神的高地，承载着太多的光荣和梦想。作家在日常生活和阅读空间中显示出自身巨大的潜能和力量,甚至有人认为他们是"现代社会中最进步的力量,在可预见的未来里,人类无论解放成什么样子,他们都将居于核心"①。然而在今天,当我们进入影视传媒时代以后,随着文学的日益边缘化,作家虽然仍是一个备受关注的身份,可是其身份的贬值却是一个不争的事实。新时期以来,作家的触电和身份转型,使得"作家"这一身份逐渐被商业侵蚀而日渐模糊。尤其是当影视等传媒的竞争和媒介文化多重性形成以后,作家这一身份更是遭遇到了一些新的问题甚至是危机,作家的创作在影视所建构的话语空间中进一步陷入困境。

一、影视崛起与作家的边缘化

新时期以来,影视等大众传媒的发展及其对我们日常生活的影响日益深刻。1992年商业化大潮的奔涌和1993年电影产品的统购统销制的废除,香港电影《黄飞鸿》(1991年,徐克)、《新龙门客栈》(1992年,李惠民、程小东、徐克)、《英雄本色》(1986年,吴宇森)等全面覆盖中国大陆;与此同时,张艺谋的电影《菊豆》(1990年)、《大红灯笼高高挂》(1991年)、《秋菊打官司》(1992年)以及陈凯歌的《霸王别姬》(1993年)等则从中国走向了世界,受到了来自西方世界的瞩目。1995年的《红番区》(唐季礼)和1998年的《甲方乙方》(冯小刚),开启了中国内地的贺岁片市场,使得20世纪90年代我国社会成为影视的话语演练场。世纪之交,《英雄》(2002年,张艺谋)、《满城尽带黄金甲》(2006年,张艺谋)、《夜宴》(2006年,冯小刚)、《色戒》(2007年,李安)、《集结号》(2007年,冯小刚)、《梅兰芳》(2008年,陈凯歌)、《金陵十三钗》(2011年,张艺谋)、《1942》(2012年,冯小刚)等标志着中国电影工业正在一个全新的生产机制上复活,并显现全球化视角。我国电影继80年代末之后再一次进入社会公共话题领域。这些影片不仅成了时尚沸点,而且引发了巨大的思想论争。与此同时,我国的电视事业在90年代也取得了迅猛

---

① [英]弗兰克·富里迪:《知识分子都到哪里去了》,戴从容译,江苏人民出版社2005年版,第27页。

的发展，受众的收视时间越来越长。1997年中国电视观众每天看电视的时间为2.54小时，占所有大众媒体的首位。① 与此相对应的一组数据是电视剧的产量：2000年，中国电视剧年产量已超过10000集，而1980年的产量只有9集，数量增加了1000倍以上。② 自2000年中国电视剧年产量突破10000集开始，平均每年以近千集的速度持续增长，2007年日均生产电视剧40集，年产529部、14670集，已经成为世界第一的电视剧生产大国。③ 2012年更是创下历史新高，达到17000集。虽然2013年电视剧年产量15000集，较上年减少了2000集，但电视剧播出出口压力依然很大。④ 可以说，新时期以来，我国文化传播的主要媒介已经由报刊等印刷媒介，逐渐转变为电影、电视等图像媒介，影视媒体已经成为文化传播的强势媒体。

　　新世纪以后，影视媒体的传播进一步加速了视觉文化时代和读图时代的到来，尤其是电视作为一种具有渗透性的媒介，越来越明显地影响到了人们生活的每一寸空间。于是，"现代社会的日常生活完全符号化，完全被图像和信息所包围，尽管人们对此多未察觉"⑤。但电视对人们的生活具有支配性作用这一点是肯定无疑的。影视（及网络）的发展改变了传统的生活习惯和阅读方式，文学阅读就成了最先远离人们视野的、逐渐消失的生活方式。就像刘恒所说："作家辛辛苦苦写的小说可能只有10个人看，而导演清唱一声，听众可能就达到万人。"⑥ 影视（及网络）作为新的现代大众文化的承载者，几乎覆盖了所有传统的文学阅读空间。人们把过去依赖文学杂志和报纸副刊了解世界的阅读方式和写作方式，转变为视觉感官的享乐。影视不仅争夺了文学读者的阅读空间和作家的写作阵地，

---

① 田聪明：《在改革开放中迅猛发展的中国广播影视媒体——在2000年亚洲娱乐与传媒大会上的讲话》，《电视研究》，2000年第6期。
② 尹鸿：《冲突与共谋——论中国电视剧的文化策略》，《文艺研究》，2001年第6期。
③ 郑洁：《改革开放30年之电视：制播分离催生电视产业》，《北京商报》，2008年11月25日。
④ 刘欣：《2013年中国电视剧产量回落 一剧一星播出模式受推崇》，国际在线，2014年2月19日。
⑤ ［英］尼古拉斯·阿伯克龙比：《电视与社会》，张永喜等译，南京大学出版社2002年版，第1—2页。
⑥ 仲敏：《写小说很难走红 作家转行当导演》，《南京晨报》，2006年3月23日。

而且钝化了读者和作家的思维,从而在新的视觉空间中确立了自己的话语霸权。这种情况,正像《电视的真相》所描述的那样:"对大多数英国人而言,电视新闻始终是认知世界最普遍和最忠实的信息来源。电视新闻在民众心目中的可信度胜过报纸和广播",这是因为,"它提供了广播不可能具有的画面'证据'"。① 于是,传媒空间促使"世界被把握为图像"(海德格尔语),我们越来越依赖用图像来解释和理解世界。这也就是许多学者所说的,我们已经进入了一个视觉转向或者说图像转向的时代。尼古拉·米尔佐夫对这一"图像的转向"的认识也许更加深刻,他说:"视觉文化把我们的注意力引离结构完善的、正式的观看场所,如影院和艺术画廊,而引向日常生活中视觉经验的中心。"②

20世纪90年代,由于市场化的急速推进和大众传媒的兴起,大众文化工业也蓬勃兴起。以影视为主导的大众文化逐渐取代了80年代的精英文化,成为社会文化和意识形态的主要建构力量。王朔的小说和张艺谋的电影就成为20世纪90年代大众文化的代表性作品。这一时期,知识界在对待大众文化时普遍地表现出一种精英主义式的贬低或敌视态度。1993年至1996年的"人文精神"论争集中反映了大众文化与精英文化的立场和态度,其争论的核心问题就是如何面对随着市场发展而渐具规模的大众文化以及如何面对大众文化背景下的精神式微和知识分子立场,甚至有学者将90年代的"人文精神"论争看作是90年代大众文化的"入场式"。③ 在这一大众文化语境里,知识分子群体普遍从社会结构的"中心"位置转变为"边缘角色"。作家作为知识分子的一个重要群体,越来越退缩到一个孤独的角落。戴锦华对此洞悉颇为深刻:"90年代初年,与精英知识分子的日渐边缘化同时发生的,是知识分子群体的再度分化;而这一分化的外在形式之一,是对'大众'媒体的不同态度和行动方式。这不仅表现在是否热情洋溢地拥抱'大众'传媒,期待'大众'传媒成为中国的公共空

---

① [英]安德鲁·古德温、加里·惠内尔编:《电视的真相》,魏礼庆、王丽丽译,中央编译出版社2001年版,第1页。
② [俄]尼古拉·米尔佐夫:《什么是视觉文化》,载陶东风、金元浦主编:《文化研究》第3辑,天津社会科学院出版社2002年版,第6页。
③ 贺桂梅:《人文学的想象力——当代中国思想文化与文学问题》,河南大学出版社2005年版,第134—138页。

间，并推进中国的现代化、民主化进程，而且表现在部分昔日自我定位为精英的知识界人士，通过对'大众'传媒系统及文化工业制作流程的介入，迅速脱身于日趋边缘的地位，分享着正在即位中的主流文化的光环与恩泽。"① 正是如此，越来越多的作家在大众文化语境中丧失了自身的立场，沦为市场的工具。

在文学式微、作家边缘化的时代，衡量作家影响力的因素不仅仅是作品，还有影视等传媒对他们的关注度。新时期以来，许多作家都是依靠其作品被改编为影视而走进了公众的视线或成名，如王朔、陈源斌、述平、苏童、莫言、余华、刘恒、池莉、万方、海岩、石钟山、都梁、麦家等。此外，文学奖也是传媒与文学合谋的一个有力形式。每届茅盾文学奖和鲁迅文学奖依然是传媒所大力关注的，从评奖的启动一直到最后结果的公布、获奖作家的专访，俨然形成了一种规模宏大的"媒介事件"②。这种"节日性观看"毫无疑问是大众传播的盛大节日，是广大受众为之激动并期待的神圣时刻，许多受众对此的关注是被媒体所牵制着的，而不是主动的寻求行为，这在某种程度上是媒体对受众的一种征服，是群体情感的一种宣泄。传媒期望通过这一事件引起读者的关注，并显示出自身的精英主义文化立场，而文学也需要借助传媒来彰显其"不死"的本质。但是作家不过是传媒和文化合谋中的一种工具，作家及其作品在整个事件中不过是一个孤独的存在。正如鲁迅文学奖评委、学者洪治纲所说："茅盾文学奖评了五届，三十多部作品还有几部是你想重新阅读的？鲁迅文学奖也一样，现在第四届了，到了第五届，你再回过头来看看前四届，仅就小说这一块儿，你觉得还有十篇东西值得读就很不错了。"③ 事实确实如此。对于许多读者来说，当今层出不穷的获奖作家和作品，能够让我们知晓和铭记的越来越少，更不要说去阅读他们的作品。影视等传媒与文学的结合，实际上是消费社会语境里文化经济与产业媾和后的一系列商业操作手法。

---

① 戴锦华：《隐形书写——90年代中国文化研究》，江苏人民出版社1999年版，第39页。
② 在《历史的现场直播——媒介事件》（[美]丹尼尔·戴扬、[美]伊莱休·卡茨著，北京广播学院出版社2000年1月第一版）一书中，作者把媒介事件定义为"对电视的节日性收看，即是关于那些令国人乃至世人屏息驻足的电视直播的历史事件——主要是国家级的事件"。本文将"媒介事件"的定义扩大到其他媒体。
③ 夏榆：《鲁奖：七票定终身》，《南方周末》，2007年11月1日。

对于很多读者来说,文学作品几乎是一个可有可无的存在,而作家也失去了昔日的光环。人们在传媒空间里被放逐为一个个"把审美变成娱乐,把专注变成嬉戏,把思考变成享用"的无深度的人。人们不会用过多的时间去关注一个作家的存在,他们关注的是娱乐、时尚和消费。

二、作家触电与身份转型

随着影视传媒的强劲崛起,读者的注意力开始转移,传统纸媒迅速失势。由于影视传媒空间的继续扩张,影视不断呼唤和制造自身的内容提供商——影视作家。这些影视作家在传媒的合力作用下逐渐成为媒体舞台的中心和焦点,并迅速地成为大众的"消费偶像"(鲍德里亚语)。

王朔被普遍认为是20世纪八九十年代"触电"最早、影响最大的作家。从1984年发表《空中小姐》开始,其作品先后被改编为电影《顽主》、《阳光灿烂的日子》、《我爱你》及电视剧《过把瘾》、《编辑部的故事》等,并轰动一时。凭借影视所产生的巨大轰动,"王朔可以说是为从事文学创作的人们提供了一种新的活法,一种置身于体制之外,虽然不无饥馑之虞,却自有其独立不羁的风度和新活法"①。由此,作家日益意识到影视具有广泛性的文化消费性。不论是影响力,还是对普通观众的号召力,影视都远远超过了文学,超过了文学传统的纸媒传播方式。在这种情况下,作家的触电成为新时期以来最为显著的文学现象和时尚化的规模行动。从1987年莫言的小说《红高粱》被张艺谋改编为同名电影之后,先锋作家的触电就成为一场集体行为。在这一时期,莫言的《师傅越来越幽默》、余华的《活着》、苏童的《妻妾成群》和《米》、叶兆言的《花影》、潘军的《海口日记》和《对门·对面》、刘恒的《伏羲伏羲》等先锋作家的作品都被改编成影视作品,作家也因此而声名鹊起,甚至像余华、北村、潘军、刘恒等作家还亲自参与到了影视编剧的过程之中。先锋作家的集体触电,不仅引发了90年代中国电影的"新民俗"现象,而且使得先锋作家的写作在某种程度上放弃了先锋姿态,转向了通俗化的行列。随着

---

① 张志忠:《王朔现象:路标与天平——〈1993:众语喧嚣〉选二》,《文艺评论》,1997年5期。

先锋作家的衰落和转型，90年代中后期出现的新生代作家与市场经济几乎是同步成长，他们浸淫着市场经济的血雨腥风，熟知商业利益对文学写作的意义，他们对影视改编有着比其他作家群体更为明显的自觉意识，因此，许多新生代作家主动投身影视改编。1995年毕飞宇的长篇小说《上海往事》被改编成电影《摇啊摇，摇到外婆桥》（张艺谋导演）；1997年述平的《晚报新闻》被改编为电影《有话好好说》（张艺谋导演）；1995年陈染的同名小说改编成电影《与往事干杯》（夏钢导演）；2002年毕飞宇的小说《青衣》被改编为同名电影；2005年东西的小说《耳光响亮》被改编为同名电视剧；2009年东西的小说《没有语言的生活》被改编为同名电视剧。

与先锋作家不同的是新生代作家对待影视的态度，他们全身心地介入到影视编剧中。其一，他们或者改编自己的作品，或者参与改编他人的作品，或者两者皆有。如东西直接参与了自己小说的影视改编过程，在其中担任编剧，同时还参与了其他影视改编活动，如铁凝的《永远有多远》（陈伟明，2001年）；张旻曾参与改编了池莉的小说《水与火的缠绵》（李自人，2006年）。其二，很多新生代作家甚至成为职业的影视编剧。如述平在继《晚报新闻》被改编为《有话好好说》之后，参与了《赵先生》（吕乐，1998年）、《鬼子来了》（姜文，1999年）和《太阳照常升起》（姜文，2007年）的编剧工作；王彪参与了《红日》（苏舟，2008年）和国庆献礼电视剧《东方红》（苏舟，2009年）的编剧工作；丁天担任了《铁血青春》（刘江，2003年）和《陈赓大将》（叶大鹰，2006年）的编剧工作；李冯担任了《英雄》（2002年）和《十面埋伏》（2004年）的编剧工作后，成为张艺谋的御用编剧，也成为当前影视领域的金牌编剧。随后李冯还成为《霍元甲》（2006年）和《疯狂白领》（2006年）的编剧。其三，更多的时候他们的这些编剧工作是相互交织的，如鬼子曾经担任根据莫言小说改编的电影《幸福时光》的编剧；2001年，陈凯歌想拍摄鬼子的作品《上午打瞌睡的小女孩》时，鬼子亲自参与到编剧中去；2006年鬼子再次触电，担任成龙电影《宝贝计划》的编剧工作。由于影视的强大影响，李冯、东西和鬼子成为新生代作家群体中少数借助影视而声名俱隆的作家，也是少数实现了从作家向编剧完美转型的作家。此外，90年代新写实作家群体如池莉、万方、周梅森、陆天明、刘恒等也纷纷触电，不仅引发了新写实小说的浪潮，也使得我国电影走上了新写实道路。

总体来说，当代著名作家以及新一代的年轻作家都与影视有着非常密切的联系，或有作品被改编为影视，或参与编剧工作，如石钟山、朱文、北村、柳建伟、余华、陆天明、毕飞宇、刘震云、叶兆言、阎连科、王安忆、铁凝、刘恒、都梁、邓一光、池莉、万方、方方、张欣、周梅森、董立勃、刘庆邦、莫言、谈歌、鬼子、东西、赵本夫、范小青、潘军、梁晓声、邱华栋、尤凤伟、二月河、述平、王海鸰、邹静之、李碧华、张成功、马原、朱苏进、宁财神、石康、麦家等，这一名单还可以开列得更长。影视的影响力无疑成为作家触电或涉足编剧行业的一个重要因素，很多作家希冀借此成就自己的声名。大体说来，早期以先锋成名的作家大多对于编剧工作是偶尔为之，他们的重点还是放在文学创作上，而那些新生代作家和新世纪以后成名的作家，则以前所未有的热忱投身影视工作中。一些作家甚至走得更远，直接从事起了导演工作：王朔在电影《爸爸》中做起了导演，亲自用影像阐释自己的作品；刘毅然、朱文、刘恒等人也尝试做了导演。刘毅然执导根据茅盾小说改编的《霜叶红于二月花》；朱文执导独立电影《海鲜》并且获得威尼斯电影节评审团特别奖；刘恒担任电视剧《少年天子》的总导演；女作家尹丽川继《公园》之后再次执导了影片《牛郎织女》。虽然转行成为导演的作家还是少数，但是却成为当今文坛一个重要的现象，作家的导演化所潜藏的文化内涵也是不容我们忽视的。

由于影视的主导性影响，传统作家的结构发生了巨大的分化，市场化的行为和商业性诱惑进一步侵占了作家的话语领域，改变了作家的话语生产方式。影视等媒体的出现和作用力，改变了作家的活动领域和写作方式。影视时代作家与影视等媒体的这种关系充分说明，"由于任何文化产品的价值都必须通过一定时间内的消费才得以实现，所以，知识分子的成功有赖于推销他们的产品，进而使得更多的受众认识和接受这些产品。所谓知识分子的成功也就转而成为与媒体的接近程度，以及利用媒体所获得的文化资本的多寡"[①]。这在一定程度上道出了"作家触电"的深层次原

[①] 周宪：《知识分子如何想像自己的身份》，载陶东风主编：《知识分子与社会转型》，河南大学出版社2004年版，第23页。

因，即作家试图依赖媒体资源以获取更大的文化资本，与市场完成对接。

三、身份裂变与身份改写

随着作家的影视转型以及影视和其他媒体的商业化运作，作家逐渐从幕后走向前台，成为大众熟知的作家明星。"明星属于现代的、世俗的肖像，是公众从其舞台与银幕之上——与之外——的虚构外貌与表演中产生的种种理想与价值的化身。"① 明星制度其实就是一种大众文化的生产方式。一般来说，大众传媒尤其是影视媒体具有塑造明星的强大机制，如电视节目主持人、影视演员、歌手等，从事写作的作家想成为明星则具有很大的难度。然而，当作家与大众传媒相结合后，作家的明星化也就成为一种显著的现象。新时期以来，作家的明星化最为重要的一环就是作家的"触电"。通过 1988 年"王朔电影年"的包装，王朔在当时成为与张艺谋齐名的明星人物。王朔本人也承认："我不是靠哪一篇作品突然成名的，而是这时期的四部作品，还有《顽主》，都被拍成了电影，在我周围造成了一种氛围。如果说当时煽了一阵，那是有意识煽的。现在看王朔电影年的形成完全是有意识的、人为的。当时我已意识到有必要借助传播媒介了。"② 王朔正是有意识地借助影视媒介的传播影响力成就了自己的盛名，成为一个众所周知的明星作家。新时期作家通过"触电"而成为明星作家的还有很多，如《妻妾成群》被改编为《大红灯笼高高挂》后，小说的作者苏童变得妇孺皆知；《活着》被改编为电影后，作者余华也广为人知；《红高粱》被改编之后，作者莫言也一路走红。

新世纪以后，由于媒体生态的变迁和商业意识的日益浓厚，作家的明星化主要是影视和其他大众传媒共同打造的结果。陶东风认为："余秋雨可能是第一个文学市场和余秋雨本人联手成功包装的明星作家，也可以说是到目前为止被文化产业打造得最为成功的文学明星。"③ 从《文化苦旅》

---

① ［美］约翰·菲斯克：《关键概念 传播与文化研究辞典（第二版）》，李彬译注，新华出版社 2004 年版，第 270 页。

② 王朔：《创作谈（王朔答问）》，载王朔：《我是王朔》，国际文化出版社 1992 年版，第 36 页。

③ 陶东风：《作家明星化在给文学"掘墓"》，《北京青年报》，2007 年 2 月 26 日。

到《山居笔记》、到《霜冷长河》再到《千年一叹》,余秋雨最值得受众关注的是电视媒体的包装。2000年余秋雨以特别嘉宾的身份全程参与凤凰卫视主办的"千禧之旅"活动,以日记的方式记录一路上的见闻以及由此引发的思考,并在凤凰卫视中播出了由他的"千禧之旅"系列散文改编的电视散文;2006年凤凰卫视推出了由他担任节目主持人的节目《秋雨时分》,而在央视青年歌手大奖赛期间,作为万众瞩目的中央电视台歌手比赛中综合知识问答环节的评委,余秋雨点评的内容甚至是点评时间的长短都成为人们议论的焦点。正是由于余秋雨以一种"文化奶妈"的姿态在电视上的曝光度越来越高,有人开始称他为"电视学者"。在大众传媒中,作家的身份很大程度上被误读和改写。传媒对文学事件的呈现显示出其一贯的商业炒作特质。在文化新闻或者娱乐新闻中,作家往往被处理成娱乐的原料,甚至许多对作家的关注已经超出了作家身份这一范畴,转而将其认定为是一种娱乐身份。如2007年作家王朔的重出江湖,经过影视等传媒的大肆渲染,俨然成为年度热点事件。而王朔面对传媒的一贯姿态,更是加深了整个报道的娱乐性。在公众的视野中,人们不再仅仅将其看作一个作家,而是更多地将其作为一个文化名人。王朔复出后的"自曝吸毒事件"、"大骂记者事件"、"央视心理访谈事件"等都跟文学没有关系,跟他作为一个作家的身份没有关系,可以说,在这一系列的事件中,王朔的作家身份都是被传媒抽空的,然后传媒再对其进行新的身份塑造,于是他便拥有了一个"毒枭"、"病人"的身份符码。传媒对作家身份的重塑和改写,正是契合了传媒的商业本质属性。此外,海岩、池莉、刘恒、李冯、石钟山、王海鸰等作家最初都是通过影视走进了大众的视野,进而成为影视的票房和收视保证以及文学的畅销品牌:"海岩剧"风行二十年而不衰、刘恒和李冯成为知名度极高的金牌编剧、池莉成为市民剧的代表作家、石钟山引发了军事题材剧的叙事转型、王海鸰则成为"中国婚恋第一写手"等。甚至还有作家在自己原著改编的影视剧中客串演出的,比如刘震云就在自己编剧的《我叫刘跃进》里出演了"麻将男"。这些作家借助影视传媒进一步巩固了自身的文学地位。

早在20世纪70年代,德布雷就发现,知识分子开始转向大众媒介,成为电视、报纸、杂志、广告等行业中的各种角色。他认为,这是知识分子一种道义上的背叛,说明知识分子已经蜕变成"追逐名声的动物"。面对着媒体的迅速发展和媒体制造的娱乐风潮,一群作家以各种各样的专家、学者这样的身份出现于荧屏上,而更多的作家转身进入了传统媒体,诸如报纸杂志,他们从一个个"作家"蜕变为一个个"专栏作家",他们开始远离宏大叙事和深度思维,潜心转向生活随感杂记式的琐碎化写作中,他们不断透支其作家身份的资本,为媒体制造一些阅读的趣味。于是,他们成为布尔迪厄所批判的那种"媒介常客"和"快思手",在媒体所能带来的巨大声名和财富的诱惑下,他们假借着那些空洞的头衔,进行着各种伪装的表演。

在影视所带来的商业利益的诱惑下,作家开始深度介入影视,有的甚至成为影视经纪人,加盟影视公司。1992年,以王朔为董事长的"海马影视中心"正式登记成立,汇集了刘恒、马未都、魏人等二十多人;1993年,王朔、冯小刚、彭晓林创立了"好梦影视公司",王朔任艺术总监;1993年杨争光辞职创办了"长安影视公司",出任总经理;同年,谌容、梁左、梁天等一家人也成立了"快乐影视公司";1999年,中国儿童电影制片厂的秦燕女士成立了"秦燕影视创作室",苏雷、胡健、老奇、京梅等人加盟其中。这些早期的影视公司,所产生的影响和作用实际并不大,仅仅是一个圈子或者作家本人成立的一种以友情为基础的公司形式,还没有真正进入市场化的运作,有的只是一群志同道合的"哥们"在一起玩。然而90年代末则呈现出不同的特征,以影视公司、文化传播公司等名义出现的公司铺天盖地,作家纷纷加入影视公司,成立作家影视工作室,并充分遵循市场化的操作策略。与此同时,这些影视公司也开始网罗作家,签约其作品,以便进行商业化的操作。如国安文化经纪有限公司运营半年便签下了毕飞宇、刘庆邦、张锐、叶明山、张者、李洱等近百名作家,签约作品数百部;海润公司与虹影签约成立了"虹影影视工作室";世纪英雄电影投资有限公司(即中信文化传媒集团)在2003年11月与海岩签约成立"海岩影视工作室",2003年12月又与池莉签约成立了"池莉影视工作室",并在2003年聘请了王朔担任世纪英雄公司的顾问。虽然池莉在针对媒体所说的"池莉卖身"报道时声称:"我不是在与他们做影视。我是和一个公司建立一个最快最直接的信息沟通渠道。……我和世纪英雄的签约不是一种生存方式的改变,而是一种信息沟通方式的转化。"① 但是作家在商业挤压下的身份裂变却是一个不争的事实。此外,一些作家甚至直接从事着商业活动,身兼作家和商人的双重角色,如海岩不仅是一个影视作家,而且还是昆仑饭店总经理和董事长、锦江集团有限公司副总裁、锦江集团北方公司董事长等;周梅森不仅参与剧本改编,而且还投资制作影视,并成为金丰投资公司第一大流通股东。如果说作家转行成为编剧,还保留着一些文学色彩,那么当作家同时成为商人时,其"作家"的身份在实质上已经发生了裂变。

无论是作家的明星化,还是作家的商业化,作家身份其实不过是在商业化运作过程中起了"文学吆喝"的作用,作家身份充当的只是一个幌子或招牌。这个商业社会所关注的不再是作家创作的内容,而是由作家身份所构成的媒体奇观。"文学吆喝"作为一种媒介文化所呈现出来的现象,"不仅占据着受众日益增长的时间和精力,也为他们提供了梦想、幻像、行为、思维模式和身份认同的原材料。"② 在这种吆喝的过程中,作家充当的不过是一种被叫卖的用来满足读者身份认同的"原材料"。作家在影视改编、图书出版和销售的过程中,不过是作为一个道具被出售,可以说他们在影像化的生活中,在"这场规模宏大的无休无止的演出中,……既是演员,又是观众"③。在这个影像奇观的时代,作家只不过是一种被消费的工具,他们以影视等传媒为中心,遵循着商业化的原则,有意无意地进行着自身的身份转变。

四、身份焦虑与写作危机

新时期以来的市场化和影视化浪潮所形成的大众文化,逐渐改变了文化符号的等级、知识分子的角色以及知识分子的话语生产方式。作家置身于影视崛起这一独特的大众文化语境中,面临着繁复而多样的自身选择。

---

① 郑叶:《池莉"卖身"?》,《青岛日报》,2003年12月30日。
② [美]道格拉斯·凯尔纳:《媒体奇观——当代美国社会文化透视》,史安斌译,清华大学出版社2005年版,第1页。
③ [美]道格拉斯·凯尔纳:《媒体奇观——当代美国社会文化透视》,史安斌译,清华大学出版社2005年版,第6页。

第一章 作家转型与主体重塑

虽然作家身份出现转型和异化,但是他们对于影视文化所建立起来的话语方式和传播方式,却也表现出了一些不同的价值立场和角色选择。

堪称作家触电的先锋人物王朔认为:"用发展的眼光看,文学的作用恐怕会越来越小,一个时代有一个时代的最强音,影视就是目前时代的最强音。"① 这种对影视的认同和媒介发展趋势的洞悉,主要是商业利益的诱惑和影视成名的梦想使然;有些作家就注意到了"触电"所带来的经济效益对生活和文学的救济作用,如东西坦言:"'触电'还可以起到对文学的自救作用。……作家的生活相对清贫,有钱后我能更专心地写小说了。"② 潘军对影视的态度显然更为直接:"电视剧是个破东西,不过很赚钱。"③ 其实,许多作家都对影视的影响力表现出较大的认同。苏童就认为,留恋文学的"蜜月期"是不理智的,"在一个正常的社会模式中,文学就应该是少数人的事业"④。从众多"触电"的作家我们就可以明显地看出,作家对影视的认同逐渐改变了他们对影视的接受心理。20世纪90年代,作家的"触电"没有停留在文学作品的影视改编之上,有些作家甚至主动迎向影视进行剧本化的小说创作。尤其是新世纪以后,文学很大程度上被纳入到影视的文化产业链之中,成为文化工业生产的一个环节。就此,周梅森将影视和文学的关系形象地比喻为:"这个过程,好比我种了麦子,然后再把麦子磨成面粉,后来再做成面包,这是一个产业链。影视创作和文学写作对我来说是相辅相成的,是良性互动。"⑤ 至于那些与影视仍然保持一定距离的作家,其实很多也未必是从内心深处真正地拒绝接受影视改编,而是因为其作品与影视媒体的通俗化要求还存在一定的差距,暂时还无法转换成影视。当获得茅盾文学奖的《白鹿原》被改编成秦腔、陶塑和连环画后,作者陈忠实也不由地大声疾呼,认为"影视改编再不能拖下去了……包括许多世界名著的改编,也不无遗憾。我作为小说的作者,不能不关心,但管不上……比起任何形式的改编,影视无疑是最好

---

① 白烨、王朔、吴滨、杨争光:《选择的自由与文化态势》,《上海文学》,1994年4期。
② 刘江华:《东西:作家触电可以救文学》,《北京青年报》,2005年10月7日。
③ 潘军:《答何锐先生问》,《山花》,1999年第3期。
④ 夏榆:《我像老兵在打一场没完没了的战役——苏童访谈》,《南方周末》,2002年11月21日。
⑤ 丁杨:《作家"触电":跨界已成寻常事》,《中华读书报》,2005年9月16日。

的形式。如果把电影和电视比,最好还是电视连续剧。……我也寄希望未来的导演,能给读者一个直观的形象,对作品的体现和传播都有好处"①。陈忠实的呼声也许代表了一群未曾触电的作家的心声,他们已经在主观上认同了影视媒介对文学的资本暴力和影响,只是事实上还没有获得成熟的机会。陈忠实对《白鹿原》影视改编的急切呼唤,代表了当下许多作家的一种心态。2012年,陈忠实的《白鹿原》终于被改编成了电影上映,由曾导演了《图雅的婚事》的第六代导演王全安执导,由《活着》、《霸王别姬》等电影的编剧芦苇改编。然而,这部电影上映后并没有引起轰动性效应。

许多触电的作家将小说和影视截然分开,在接受自己作品被改编的同时,坚守着文学审美的独立性。比如池莉对自己作品被改编为影视就表现得十分坦然:"小说的好坏与电影的好坏没有太大关系。电影再好也是导演的,不是作家的。电影拍砸了,那也绝不等于小说不好。我的小说与电影的关系到目前为止仅仅是金钱关系。他们买拍摄版权,我收钱而已。"②在她眼里,影视和创作是两码事,唯一所能体现出的即是利益关系。万方的心态与此相似,她说:"虽然写电视剧也是一种创作,也可以把你想法融到故事里,但电视剧毕竟还是商业产品,一个作家如果总在忙于创作电视剧,这种状态肯定是不对的。我希望把手头两部电视剧写完之后,就好好写小说,我的心里其实始终在酝酿小说的写作。在我心中小说的位置还是要更重要些。"③ 还有一个值得注意的现象,新世纪后,一些作家在曾经涉足影视后又回到了文学创作,如余华就曾说:"前几年搞剧本是为了温饱问题,现在这个问题解决了,也就不想再搞剧本了,毕竟写小说的思想自由度更大。"④ 苏童也曾说:"电影给我带来的影响力终将回到电影那里去,事实上它并不属于我,属于我的是那些没记住电影而记得我作品的读者。没有一部电影是能够天天放映的,而一个作家的写作是一辈子的大

---

① 耿翔:《陈忠实坦言改编〈白鹿原〉》,《中华读书报》,2001年8月8日。
② 池莉:《信笔游走》,《当代电影》,1997年第4期。
③ 丁杨:《作家"触电":跨界已成寻常事》,《中华读书报》,2005年9月16日。
④ 周雪桐:《〈活着〉来了》,《北京晨报》,2002年10月27日。

业。"① 可以看出,这些作家对影视还是表现出一定的抗拒态度,他们认为影视和小说是两码事,甚至影视会对小说写作产生不良影响。

我们还需要注意的是,虽然一些影视剧使一批作家一举成名,但是仍然有部分热播的影视背后的作家或编剧依旧有许多默默无闻或很少被人提及,读者或观众根本不知道某一部影视作品的编剧或原作者,甚至也没有兴趣去关注这些作者。如《心急吃不了热豆腐》(冯巩,2005年)的原作者胡学文、《士兵突击》(康洪雷,2006年)的作者兼编剧兰晓龙、《潜伏》(姜伟、付玮,2008年)的作者龙一(原名:李鹏)、《集结号》(冯小刚,2008年)的原作者的杨金远、《戈壁母亲》(沈好放,2008年)的作者兼编剧韩天航等等,这些作家在影视的洪流中虽然获得了一定的知名度但却并没有大红大紫。这不能不说是作家在这个影视时代的尴尬。其实,面对影视对作家身份的遮蔽,许多作家为寻求身份认同进行过艰难的努力,甚至还有一些作家对影视改编持严厉的批判态度,对固有的文学与影视的格局以各种不同的方式提出质疑和反抗,试图捍卫文学的纯洁性和自身的主体地位。作家韩少功就曾严厉地批判过电视:"直到最近,电子传媒还没有露出医生的脸容,劝告人们节食,恰恰相反,它不断鼓励浪费,暗暗鼓励文化的暴饮暴食。它解除了文字对文化的囚禁,把识字和不识字的人统统吸引到它的面前,纳入一体化的文化格局。它全天候工作,多样式综合,以几个以至几十个频道的天网恢恢,把许多人的闲暇几乎一网打尽,对他们给予势不可挡的声色轰炸和视听淹没。"② 同样,在对文学作品改编成影视后,一方面,一些作家自身作品被改编表现出强烈的不满,如2000年潘军的作品《对门对面》改编后的影视剧完全成了韩剧《冬日恋歌》的翻版,潘军对此感到不满;2004年根据铁凝小说改编的《大浴女》,因其对原小说的改编较大,铁凝拒绝阅读被他人改编后的剧本,认为"对文学造成了伤害"。另一方面,一些作家甚至为了保护自身作品的完整性和著作权而诉诸法律,如1999年尤凤伟为了维护作品的著作权甚至将《鬼子来了》的导演姜文告上了法庭;2008年叶兆言的小说

---

① 夏榆:《我像老兵在打一场没完没了的战役——苏童访谈》,《南方周末》,2002年11月21日。

② 韩少功:《心想》,《读书》,1995年第1期。

《马文的战争》改编成影视后,一本署名为陈彤的《马文的战争》立即上市,叶兆言为维护著作权将作者陈彤和北京大学出版社诉上法庭。作家作品的被改编甚至可以成为篡改,实际上也从一个侧面说明了作家在这个影视时代的尴尬境地,作家这一身份处于一个非常焦虑的状态。尽管这些作家在影视的罅隙里试图重塑文学的本体地位、甚至以一种极端的姿态与影视争夺文学话语权,但是这种争夺的努力与艰难则表明了作家在今天这个时代主体地位的丧失或边缘化。

无论这些作家在影视和文学之间选择何种立场,其实都暗藏着文学与影视的互动和矛盾。从先锋作家的影视立场分化到新生代作家的影视趋同,我们可以明显地感觉到影视正在一步步深入地影响到新一代作家的创作,尤其是年轻一代作家的文学选择。"一代知识分子是'看不见了'……人们似乎接受了'媒体'——报纸、书评、电视问答节目——的评判并信以为真;这有混淆事物的现象和本质、混淆电视曝光和知识分子真正的影响力的风险。媒体几乎不可能做一个客观中立的旁观者;它一向趋附于金钱、权力和戏剧性事件,而对无声的才华和创造性的工作无动于衷。几十年甚至几个世纪以来,作家们、评论家们就曾谴责出版社歪曲了文化生活。公共领域比起市场来讲,更少自由市场的观念,它显现出来的只是市场的力量"①。作家的身份转型和异化,从知识分子内部改变了作家的社会结构和社会功能。商业化语境中的影视浪潮使作家从一个精英主义立场的知识分子转变成一个大众化、通俗化的角色,放弃了传统的"精英立场"和"启蒙意识"。在作家向影视趋附的过程中,他们的创作已经不再是纯粹意义上的艺术实践,而成为一种大众消费文化的复制。作家已经越来越远离传统知识分子的社会功能。这正如鲍曼所说的,知识分子的角色从立法者转为阐释者。作为立法者,知识分子发表权威性的言论,直接关涉到公众意见的形成。而作为后现代阐释者,知识分子所做的是推进交流——转译在一个团体传统内部的言说,使它们能在另一个传统的知识体系

---

① [美]拉塞尔·雅各比:《最后的知识分子》,洪洁译,江苏人民出版社2002年版,第2—3页。

第一章 作家转型与主体重塑

内被理解。① 身份转型后的作家，或者将文学"转译"为通俗化的影视作品，或者将影视作品"转译"为所谓的文学作品。在这个过程中，作家的功能只不过是充当了一个影视和文学的"翻译者"角色。

然而，在这种转译的过程中，作家身份的多元化无疑也构成了作家的某种矛盾。当多元身份的作家进行文学创作时，他就需要压制作为编剧的某些创作特性，发挥文学性想象；当他需要进行影视编剧时，他又必须压制文学的某些创作因素，追求通俗化和戏剧化。而事实上，如今我们的作家几乎很难从这两者中游刃有余地进行转换，因此，当前的文坛陷入了一个剧本化写作、影视化叙事的泥淖。影视的发展正在进一步遮蔽作家的身份，并进一步压制作家的创作。本雅明曾在《讲故事的人》一文中说，由于印刷术的发明，小说的传播才成为可能，但与此同时，讲故事的艺术却也走向了衰落，"人们一边听故事，一边纺线织布的情况不复存在了"②。与此相似，当文学进入影视时代以后，文学作品中"讲故事的艺术"也在衰弱，作家的身份出现了严重的认同危机。从一定意义上说，一个作家的创作已经不再是其作为一个"作家"的身份所进行的写作行为，而是迎合影视时代阅读趣味的工业化写作。而在文化工业的书写中，作家身份开始迷失、被遮蔽、被误读。可以说，作家的创作进入了一个手工艺品时代，他们不停地重复着自己，浪费了大量的资源和精力，却难以超越自己的高度。当前许多作家都陷入了这样的一个境地。他们的写作已经成为一种手工时代的技术，而不再是具有创造性的内心表达，他们的写作日益切合本雅明所说的"机械复制时代的艺术作品"。这是影视媒体对作家身份的颠覆和消解。正如萨义德在论及知识分子时所说的："今天对于知识分子的威胁……是我所称的专业态度。我所说的'专业'意指把自己身为知识分子的工作当成为稻粱谋。朝九晚五，一眼盯着时钟，一眼留意什么才是适当的、专业的行径——不破坏团体，不逾越公认的典范或限制，促销自

---

① ［英］弗兰克·富里迪：《知识分子都到哪里去了》，戴从容译，江苏人民出版社 2005 年版，第 41—42 页。
② ［德］本雅明：《讲故事的人》，张耀平译，载《本雅明文选》，中国社会科学出版社 1999 年版，第 296 页。

己,尤其是使自己有市场性,因而是没有争议的、不具政治性的、'客观的'。"①作家的这种"专业化"写作模式,无疑促使作家流向权力和资本,甚至被权力和资本所雇佣,从而使文学作品失去应有的唤醒和审美功能。难怪学者王彬彬指出:"当代中国作家,正在总体性地非知识分子化,在非知识分子化的同时,是总体性地走向工匠化。"②

在今天这样一个影视传媒急剧发展的时代,在这样一个影视传媒渗透着我们日常生活的时代,影视文化已经成为人们文化关注的中心,并对很多人和事件产生着非常深刻的影响,对作家更是如此,尤其是以影视为代表的"声色之潮",正在制造着"体验和主体性的新模式"③。如果我们把作家和影视的关系置于消费社会的语境里,进而与消费主义关联起来,我们就能更好地理解作家身份在语境中的真实存在。只是在这样一个影视传媒时代,作家是否也会被影视传媒"娱乐至死"(尼尔·波兹曼语)?

第二节　先锋作家的身份转型与价值分化

1980年代末,以马原、余华、苏童等为首的先锋作家,以前卫的语言实践、形式探索和文本试验,对当时文坛产生了重要的影响,使"先锋作家"成为一个时代的文学标签。然而,进入1990年代后,先锋文学却面临着前所未有的冲击:社会的转型、文化的变异和市场经济的发展等。这些因素加剧了先锋文学的转型和瓦解。因此,有学者说:"90年代没有什么先锋小说;如果说还用先锋小说的概念的话,一定跟80年代所指的是不一样的概念。虽然,在80年代中后期写先锋小说的这些人在90年代还在写,但是性质已经发生了非常大的变化。比如说像余华、苏童等,在90年代是非常重要的作家,但是,他们的写作已经很难被称为先锋写

---

① [美]爱德华·W. 萨义德:《知识分子论》,单德兴译,三联书店2002年版,第65页。
② 王彬彬:《作家的工匠化》,《文艺争鸣》,2007年第4期。
③ [美]道格拉斯·凯尔纳:《媒体文化》,丁宁译,商务印书馆2004年版,第31页。

作。"[①] 值得注意的是，从1990年代起，先锋作家纷纷与影视发生了密切的联系：一些先锋作家的作品被改编为影视并取得了巨大成功；还有一些作家热衷于影视编剧，放弃了小说的创作。毋庸置疑，频繁"触电"的先锋小说能够得到迅速传播和接受，作家本人也能获得巨大的经济回报和较高的知名度。但是，我们还应看到，先锋小说的"触电"通常是以扼杀作品的先锋性为代价的，其先锋性正不断向影视的通俗性退让和转化。先锋小说的频繁"触电"现象，也正是导致先锋小说创作在90年代初迅速转型的一个重要原因。当面对影视的潜在影响和商业因素的诱惑时，先锋作家不可避免地成为影视生产的一部分，或多或少地受到影视的冲击，表现出价值的分化和文化立场的转换。

一、身份转型

1990年代以来，大众传媒进一步深化了市场化改革，变得喧嚣而复杂，进而成为1990年代以来大众文化的重要生产者，其中影视日渐融入人们的日常生活之中，并逐渐占据了主导地位。随着影视媒体社会地位的凸现，先锋作家中的重要人物都开始向影视靠拢。1990年前后，先锋作家与影视的结缘首先是一种被动的局面，即先锋作家的作品被一些导演看中，然后进行了影视改编，其中有许多改编非常成功并取得较大反响。最先与影视结缘的作家是莫言。1987年，莫言的小说《红高粱》被改编为同名电影，并获得了金鸡奖最佳故事片奖、百花奖最佳故事片奖、柏林国际电影节金熊奖等8项大奖。电影《红高粱》因此成为张艺谋个人艺术生涯的里程碑，也大大提升了作家莫言的知名度。此后，莫言的诸多作品被改编成影视，如《师傅越来越幽默》被改编为《幸福时光》（张艺谋，2000年）、《白狗秋千架》被改编为《暖》（霍建起，2003年）等；1990年代以来，作品被影视改编最多的先锋作家当属苏童：改编自《妻妾成群》的《大红灯笼高高挂》（张艺谋，1991）、改编自同名小说的《红粉》（李少红，1994）、改编自《米》的《大鸿米店》（黄建中，1995）、改编自《妇女生活》的《茉莉花开》（侯咏，2004）、改编自《小偷》的《小火车》

---

① 张新颖：《重返八十年代：先锋小说和文学的青春》，《南方文坛》，2004年第2期。

（曹琳琳，2008年）。余华也是一个借助影视改编而家喻户晓的先锋作家，其小说《活着》先后被改编为电影《活着》（张艺谋，1994年）和电视剧《福贵》（朱正，2006年）。潘军也是高频率"触电"的先锋作家，他的小说《海口日记》、《对门·对面》都被改编为电视剧，后来甚至下海进入影视行业。刘恒的声誉日隆也与影视改编密不可分。从1980年代开始，刘恒的小说相继改编为影视：《伏羲伏羲》被改编为《菊豆》（张艺谋，1990年）、《黑的雪》被改编为《本命年》（谢飞，1988年）、《贫嘴张大民的幸福生活》被改编为电影《没事偷着乐》（杨亚洲，1998年）和电视剧《贫嘴张大民的幸福生活》（沈好放，2000年）、《苍河白日梦》被改编为《中国往事》（张黎，2008年）。新世纪以后，先锋作家与影视的关系更为紧密，90年代较少"触电"的先锋作家，也开始接触影视，如北村、叶兆言等。2000年，《周渔的喊叫》被改编为《周渔的火车》之后，作家出版社将北村不同时期的8部优秀中短篇小说以《周渔的火车》的书名合集出版，首印3万册就被一抢而空，而其前身《周渔的喊叫》当年连保底的3千册都没卖掉①；还有叶兆言，虽然早年由其小说《花影》改编成的电影《风月》（陈凯歌，1996年）因各种原因未能上映，但是2005年，他的《花影》由作家出身的导演兼制片人范小天改编为电视剧《风月·恶之花》，并在一些城市频道播出。2008年10月，由宋丹丹、林永健等主演的电视剧《马文的战争》也是改编自叶兆言的同名中篇小说。就在电视剧《马文的战争》因为播出时没有给原作者署名而引来叶兆言版权官司的同时，该小说的电影版权被第七代导演常征购得，拍摄工作也得以正式启动。

虽然一部分先锋作家仅仅是出卖作品的改编权，几乎未曾参与到影视改编的过程之中。他们在面对影视的巨大冲击时，坚守着影视和小说泾渭分明的观念，仍然以一个作家的身份面对影视媒体。但是，还有一部分先锋作家则比较热衷于影视改编，并且以编剧的身份积极参与了影视制作工序。刘恒就是其中的一个典型代表。1990年代以来，刘恒的小说不断被改编为影视并引起了较大的反响，但他并不满足于此，还相继担任了《秋

---

① 陈飞：《先锋作家北村：文学已成弃妇》，《长沙晚报》，2008年12月14日。

菊打官司》、《四十不惑》、《红玫瑰与白玫瑰》、《美丽的家》、《漂亮妈妈》、《画魂》、《西楚霸王》、《张思德》、《云水谣》、《集结号》、《铁人》等多部影视的编剧一职，甚至在 2003 年出任了电视剧《少年天子》的总导演。可以说，刘恒是一个与影视接触最为深入的先锋作家。北村也是一个热衷影视编剧的作家。继电影《周渔的火车》播出之后，北村不甘寂寞，正式与影视"联姻"，全身心投入到影视编剧之中。鉴于电影版《周渔的火车》跟原来的小说相比，内容差异太大，几乎到了面目全非的地步，2005 年，北村亲自操刀，将《周渔的火车》和其他两部小说混融起来，改编成电视剧；此后还改编了自己的两部小说《望着你》和《云之南》，试图将其搬上荧屏，从而将这三部口碑不错的爱情题材小说构成"北村情感电视剧三部曲"[①]，然而最终未能如愿。潘军继他的小说《海口日记》、《对门·对面》被改编为电视剧后，也直接参与了《大陆人》、《对话》、《好好活着》、《最危险的时候》、《五号特工组》等影视剧的编剧或导演工作。潘军对于自己频繁触电的经历归结为两个动机：第一，就是挣钱，"把自己养得从容一些"；第二，过一把影视瘾。"我对影视，特别是电影的兴趣先于小说写作。"[②] 北村对此的说法更具有较强的代表性："现在看小说的人越来越少，很多作家为了功利的原因去改变自己的写作方式，自己的定力没那么高，也就赶紧找了一个有良心的挣钱办法。很多小说是靠电影红火起来的，拍成电影了，小说就好卖。"[③] 因此，虽然潘军说与影视结缘的动机除了挣钱，还有兴趣，然而，说到底，是由于商业利益，以及由影视而带来的声名。

事实上确实如此，像莫言、余华、苏童、刘恒等先锋作家及其作品之所以能在大众层面获得广泛的认知，很大程度上要归功于影视的强大渗透力。毫无疑问，影视给作家带来了巨大的经济回报，也给同时代的作家产生了巨大的诱惑。此外，这一时期还出现了这样一个短暂但重要的现象：作家主动为影视进行量身创作。1993 年，史铁生、莫言、刘毅然、余华、

---

① 雷丹：《周渔的火车拍电视剧版 北村亲自操刀改编计划》，《青岛早报》，2005 年 7 月 7 日。
② 包斌：《对门·对面——作家潘军谈文学和影视》，《中国文艺家》，2003 年第 8 期。
③ 董彦：《刘震云 莫言 王朔 苏童 北村：让电影给我打工》，《华商报》，2004 年 4 月 19 日。

苏童、贾平凹、格非、杨争光、叶兆言、吴滨、朱晓平11位风头正劲的作家联袂创作了20集电视剧《中国模特》；1994年，苏童、北村、格非、须兰、赵玫、钮海燕6位作家响应张艺谋的号召，分头创作以武则天为题材的长篇小说以备电影改编。然而，这种主动迎合影视的写作行为，并没有取得成功。《中国模特》问世后反映平平，而6位作家的"遵命文学"也是无疾而终。迄今为止，这6部关于武则天的小说没有一部如愿以偿地搬上荧屏。事后，苏童谈到这次不成功的尝试时说："这个长篇写得很臭，我不愿多谈它。……结果是吃力不讨好，命题作文不能作，作不好。"①莫言谈及为张艺谋创作的影视剧本《红树林》时说："当时写《红树林》，我就是被要求先出一个剧本，然而再根据剧本改写成小说。后来事实证明，这部作品是失败的。"② 这些迎合影视的写作虽然最终失败了，但这一时期作家对于影视的心态可窥一斑。先锋作家马原的选择也说明了先锋作家这一群体面对影视的态度。随着先锋文学的退潮，马原开始涉足影视制作。1991年他将自己的小说《拉萨的小男人》改编成了电视剧；此后马原"下海"投身电视制作，拍摄了一系列专题片。马原曾经自筹资金，采访了120个中国当代作家、翻译家、出版家和文学期刊编辑，花费3年时间拍摄成了一部长达24集共720分钟的电视系列片《中国作家梦——许多种声音》；2005年，马原身兼导演、编剧和演员三职改编了其小说《游神》和《死亡的诗意》为电影《死亡的诗意》，此外还拍摄了电视剧《玉央》，只是这些影视作品并没有像其先锋创作那样获得成功。

　　需要注意的是，一些先锋作家的作品没有被改编成影视，并不是他们内心拒绝被影视"改造"所致，而是因为其作品在艺术特点上无法实行电影化改写，或者说具备了改编的可能性却没有合适的机会得以改编。与余华、苏童相比，格非可以说是与电影离得最远的一位。但是格非也曾经与电影擦肩而过。1987年《收获》发表了格非的成名作《迷舟》，这篇小说吸引了张艺谋的注意。张艺谋与《收获》联系，编辑部迅速安排他和格非见面，约他面洽改编事宜，连版权订金都付了，后终因"表述上的难度"

---

① 林舟：《生命的摆渡——中国当代作家访谈录》，海天出版社1998年版，第79页。
② 陈熙涵：《莫言：小说影视莫捆绑》，《文汇报》，2005年12月20日。

而放弃。① 后来格非对此解释说:"小说有它的习惯,它通过文字的中介作用于读者的想象力,这跟电影是不一样的,不是每一位作家的小说都适合改编成为电影。"② 2005 年,《人面桃花》再次让格非与影视重续姻缘,被北京一家文化公司买下,打算拍成 30 集电视连续剧③,但是至今仍未看到这部电视剧拍摄成功。毕竟,当影视这种媒介深入影响到我们的生活时,强大的影视文化资本对文学的冲击前所未有,"事实上,当大众媒介传播意识、文化的资本意识以及文学创作的市场观念得到不断巩固之后,当代作家与影视之间的关系早已经不是简单层面的接受抑或拒绝,而是为什么参与以及在何种程度上参与"④。事实上,虽然一些先锋作家与影视改编保持一定的距离,但是这并不能拒绝自身作品被其他人所改编,也就是说,先锋作家与影视的关系,其实只是一个在何种程度、以何种方式参与的问题。

二、价值分化

1990 年代以来,由于经济和社会的转型,世俗物欲观日益凸现,文学渐趋边缘化,影视逐渐成为主导,许多作家的主体理性渐渐被市场利益所"劫持"。先锋作家置身这样独特的社会语境中,表现出复杂的创作心态和文化选择。作为转折时期较早的一批与影视结缘的作家,面对影视浪潮的冲击,先锋作家的观念嬗变和角色选择自然成为表现他们复杂文化心态的重要因素。

当众多的先锋作品被改编为影视,甚至许多先锋作家纷纷转向影视编剧的时候,一些先锋作家仍然坚持先锋式写作,对影视敬而远之,如残雪就未曾改变过自身的写作姿态和文学理念。残雪对影视表现出一种决绝的姿态,不愿意从事小说以外文体的写作,她认为那些都是在浪费时间,缺乏精神的高度。正如 2008 年残雪第一次接受"2010 年德国慕尼黑双年

---

① 这一事情的回忆主要参考如下文章:王景曙:《那年文坛旧事》,《镇江日报》,2008 年 10 月 27 日;王寅:《〈收获〉五十年:文学就是这样生产的》,《南方周末》,2007 年 9 月 20 日。
② 刘敬文:《格非:如果可以 我自己拍电影》,《晶报》,2008 年 1 月 9 日。
③ 彭骥:《〈人面桃花〉电视改编权卖出》,《成都商报》,2005 年 3 月 24 日。
④ 梁振华:《媒介迁徙:通途或迷津》,《文艺争鸣》,2009 年第 2 期。

展"委约歌剧剧本《泉》的写作时所说:"我越来越不愿浪费时间,就觉得在家里搞搞自己的东西最高兴","文学就是一种永生操练,写作是唯一可行的精神生活"。① 先锋作家韩少功则对影视表现出极大的批判:"直到最近,电子传媒还没有露出医生的脸容,劝告人们节食,恰恰相反,它不断鼓励浪费,暗暗鼓励文化的暴饮暴食。它解除了文字对文化的囚禁,把识字和不识字的人统统吸引到它的面前,纳入一体化的文化格局。它全天候工作,多样式综合,以几个以至几十个频道的天网恢恢,把许多人的闲暇几乎一网打尽,对他们给予势不可挡的声色轰炸和视听淹没。"② 然而,无论这些先锋作家如何坚持自己的先锋创作道路或对影视提出如何尖刻的批评,事实上,1990年代以来大部分先锋作家都选择了与影视的合作。莫言、余华、苏童、北村、叶兆言、潘军、刘恒等先锋作家都有多部小说被改编成影视作品,并因此而声名鹊起,像余华、北村、潘军、刘恒等作家甚至亲自参与到了影视编剧的过程中,客串或者彻底转行成为一个编剧。

不过,虽然影视的改编可以使作家名利双收,但是先锋作家对此的态度却有所差异。以苏童、莫言为代表的先锋作家始终与影视保持着适当的距离,他们认为小说和影视是两码事。也正是在这个立场和前提下,莫言对于自己作品被改编之事表现得十分宽容和大度。当年张艺谋拍摄《幸福时光》时,对莫言的原作改动太大,电影上映后并不是很成功。对此莫言不但没有怨言,反而还主动替张艺谋说话。2003年,根据莫言的小说《白狗秋千架》改编而成的电影《暖》,在一周之内连夺金鸡百花最佳故事片奖和最佳编剧奖、东京国际电影节金麒麟大奖和最佳男演员奖,为国产电影带来了新气象。但影片的修改与莫言的风格相去甚远,导演霍建起在影片中修改了结尾,使得矛盾没有发展到极致。关于这次改编,莫言依然坚持着他十多年前的原则:"我认为小说一旦改编成影视剧,就跟原著没多大关系了,电影是导演、演员们集体劳动的结晶,现在几乎有名的电影都有小说的基础,但小说只是给导演提供了思维的材料,也许小说中的某

---

① 苏娅:《残雪:"日常生活可以妥协到底"》,《第一财经日报》,2008年8月21日。
② 韩少功:《心想》,《读书》,1995年第1期。

个情节、语言激发了导演的创作灵感。"① 因此，对于改编，莫言的心态与很多小说家不同："我不是鲁迅巴金，所以不存在原著不能动的问题，人家改完就是他的作品，作为原作者要大度宽容点，这样才能发挥他们的才智进行艺术再创造。"② 与莫言坚持同一观点的是苏童。虽然苏童的名气更多的是因影视而起，但是苏童同电影导演的共同语言并不多。他一直坚持与导演保持一段距离，也不参与编剧。当张艺谋改编《妻妾成群》为《大红灯笼高高挂》时，苏童说："张艺谋对我而言只是一个匆匆过客，我俩就像做生意的一样，相互之间只有买卖关系，一手交本子，一手交钱，别无其他。"③ 黄健中将苏童的小说《米》改编为《大鸿米店》，因为其中的情欲镜头，影片沉睡了整整7年。2003年春天，《大鸿米店》"开封"，7天后又"被紧急勒令停映"。对于这一情况，苏童表现得格外平淡："改编权卖出去了，基本上就与我没什么关系了，真正着急的应该是导演和投资方。一笔不小的投资看不到收成确实令人很着急啊！"④ 格非也认为，小说和影视"本身就是两种不同的形式。愿意拍就把版权卖掉，拍出来的电影跟我没有任何关系"⑤。

以苏童、莫言为代表的先锋作家对影视和小说的关系如此定位，实际上是因为他们在某种程度还保留着"文学精英"的理想。因此，他们在小说创作上，也坚持着独立的文学立场，拒绝为了迎合影视而写作。在经历了《红树林》的失败后，莫言更加深刻地体会到了这一点："我写小说希望按照小说的方式、小说的规律去写，就像我新写小说《生死疲劳》，我完全没有考虑能不能被改编成电影或者电视剧。如果构思小说的出发点就是冲着改编剧本去的话，是一定会影响小说的文学价值的。"⑥ 即便像刘恒、北村、潘军这样彻底转到影视编剧或涉足影视较深的先锋作家，也对小说创作保持着一定的理想，仍然坚守着文学的信念和独立艺术价值。潘军曾说："一个纯粹的小说家从来就不会因为自己的作品被改编成其他形

---

① 董彦：《刘震云 莫言 王朔 苏童 北村：让电影给我打工》，《华商报》，2004年4月19日。
② 谢晓：《王家卫看中莫言小说〈檀香刑〉》，《南方都市报》，2001年6月8日。
③ 董彦：《刘震云 莫言 王朔 苏童 北村：让电影给我打工》，《华商报》，2004年4月19日。
④ 董彦：《刘震云 莫言 王朔 苏童 北村：让电影给我打工》，《华商报》，2004年4月19日。
⑤ 周代红：《价值彷徨时代的文学坚守》，《大连日报》，2004年11月30日。
⑥ 陈熙涵：《莫言：小说影视莫捆绑》，《文汇报》，2005年12月20日。

式而感到骄傲的"、"小说被改编，从某种意义上来讲，就意味着小说本身不够纯粹"。① 刘恒也声称："作为编剧，我没有太多的主动权，我写剧本实际上也是对现实的妥协。小说则是一种独立的创作，所以这种独立性的价值不可取代。"② 毫无疑问，他们内心仍然还对文学保持着敬畏之心，依然坚守着文学和影视的相互独立性，但这也构成了他们内心的矛盾冲突。

还有一部分先锋作家则经历了质疑影视改编到逐渐认同影视改编的过程，最终逐渐接受了影视对原小说的改写。余华对影视改编的心态就是如此。余华说自己是影视改编的受益者，多年前张艺谋把《活着》拍成电影，蜚声国际，自己被迫看了20多遍电影，也曾经历过从不接受到接受的过程，如今在他看来，"只有笨蛋才会忠于原著。哪怕改得面目全非我也不会有意见。"余华坦言，非常乐意自己的作品被改编成影视剧，"再怎么改，原小说也不会多一个字或者少一个字，又可以带来经济效益的延伸，何乐而不为呢"③。北村亦如此。2005年北村对根据自己小说改编成的电影《周渔的火车》因改动太大而表示不满，但在2008年北村评价根据其小说《我和上帝有个约会》改编成的电视剧《如果还有明天》说："改编，其实就是别人给我的女儿整容，让她更漂亮，只要不把女儿给变性了，我也都能接受。"④ 这些先锋作家面对影视态度的改变，实际折射出的是这些曾经经历过文学辉煌和以文学创作成名的作家们对文学认识的变化，对文学在这个媒介化社会不断式微的重新认识，他们逐渐接受了文学的边缘化和影视的主导性这一事实。就像全身心投入到影视的浪潮，但是收效甚微的先锋作家马原所说："选择电影首先是喜欢。还有一个原因——你知道的，我早说过，小说已经进入它漫长的死亡期。人类已经无可选择地进入到读图时代。"⑤

---

① 包斌：《对门·对面——作家潘军谈文学和影视》，《中国文艺家》，2003年第8期。
② 张志雄：《文学、影视谁当家？》，《中华读书报》，2001年7月18日。
③ 金力维：《余华作品被改编影视剧 笑称张艺谋给钱挺痛快》，《北京晚报》，2005年9月13日。
④ 陈飞：《先锋作家北村：文学已成弃妇》，《长沙晚报》，2008年12月14日。
⑤ 本报记者：《文坛低迷作家纷纷转行 当导演一炮走红名利双收》，《南京晨报》，2006年3月23日。

三、通俗化改编

随着社会的转型和媒介的变迁,影视文化逐渐成为当前文化的重要表征,影视占据了话语方式和传播方式的主导地位,从而对传统文化艺术生态产生了巨大的挑战,不少成熟的先锋作家逐渐失去先锋探索的激情和动力。1990年代以来,这些先锋作家的创作情况基本分为这样几种:一类以马原、洪峰、孙甘露为代表,他们很少再有具有代表性的作品出现;一类如残雪等人,仍然坚持用先锋方式写作,但影响都不大;还有一类是苏童、余华、莫言、格非,他们的创作表现出在新的文化语境下的转型。这一时期,影视的崛起成为先锋作家创作转型的一个契机。随着自己的作品一步一步改编为影视,作家苏童也终于承认,从《妻妾成群》开始,自己渐渐背离了当初"先锋文学"的道路。①

一般来说,小说的先锋性和电影的通俗性是很难相互转换的,尤其是1980年代末过分注重形式和文本探索的先锋作品,但1990年代先锋小说却频频"触电"。这一现象背后隐藏的实质是:"先锋小说的影视化也就是它的通俗化。导演的任务无疑就是抹去先锋文本的先锋性,从观众的趣味出发把先锋小说改写成通俗化的画面和音乐。"② 具体来说,1990年代先锋作家小说被改编成的影视作品,主要对小说的文本进行了两个方面的通俗化处理:一方面,改编过程中紧紧抓住小说的主要故事情节,将其作为影片的主线。如电影《红高粱》紧紧围绕小说中"我爷爷"、"我奶奶"的爱情故事展开;电影《菊豆》抓住了小说《伏羲伏羲》所描写的乱伦故事;电影《大红灯笼高高挂》围绕小说《妻妾成群》的妻妾争宠营造故事画面等。这些改编后的影视剧作有一个共同的特点,那就是情节的离奇和诡异,其中充满了夺妻、争宠、弑父、暴力以及死亡等元素,使得电影充满了浓郁神秘色彩。另一方面,就是对先锋小说的叙事进行简约化处理,这就避免了先锋文学因为追求语言和形式的先锋性探索而带来的晦涩。小说《红高粱》以"我"的视角讲述了"我爷爷"和"我奶奶"的故事,而

---

① 董彦:《刘震云 莫言 王朔 苏童 北村:让电影给我打工》,《华商报》,2004年4月19日。
② 吴义勤:《告别虚伪的形式》,山东文艺出版社2004年版,第5—6页。

"我"是一个讲述者，这就形成了一个小说的虚构世界和一个"我"所讲述的现实世界，而电影《红高粱》则删去了"我"的视角，直接呈现了"我爷爷"、"我奶奶"的故事，因而整个电影的叙事线索更加简洁，故事情节更加集中；电影《活着》省略了家珍及二喜、馒头的死亡叙事，将一个普通家庭七个人的死亡改为四个人的死亡，同时影片削弱了原著的消极意蕴和绝望意识；电影《大红灯笼高高挂》突破了小说《妻妾成群》的叙事线索，虚构了一个"挂灯—灭灯—封灯"的仪式，这个仪式也成为电影的主要叙事线索，让观众津津乐道。总之，正是《红高粱》、《活着》、《妻妾成群》等先锋文本的电影通俗化转译和商业化改造，使得作品脱离了原作者所营造的文本语境，生成了一种新的文化意义和生存空间。先锋小说的这种商业化转译，实际表明了先锋文学的精英文化意识向大众文化意识的转向。先锋文学在面对商业化的冲击时，逐渐成为被商业文化所改造的大众文化产品。

然而，我们应该看到，由于影视的介入，先锋文学在被影视通俗化转译的过程中，"先锋作家对待故事的处理方式也就离开了原来的立场"①。也就是说，虽然这些先锋小说在改编影视的过程中进行了通俗化转译，但实际上，这些小说之所以能够被改编成影视，还因为它们文本内部就已经完成了一次通俗化的过程。1990年代以后，先锋作家非常重视讲故事的方式，由先锋的语言和叙事技巧的探索转向了传统叙事。以余华和苏童为代表的一些先锋作家，放弃了他们以往所熟稔的文学姿态，开始回到对现实生活的描述和传统的"故事型"创作中。如余华在1990年代相继创作了《活着》、《许三观卖血记》等作品，在表现沉实的现实生活时，深化了他对中华民族文化传统的体悟和审察，表现出一种俗世的文化关怀。据不完全统计："《活着》（南海版）第三个版本，已经卖了近25万册，……《许三观卖血记》（南海版）第二个版本，卖了近7万。"② 当面对这些销售数字时，余华说："过去我不在乎读者的多少，当时甚至还有一个想法，

---

① 孟繁华：《九十年代：先锋文学的终结》，《文艺研究》，2000年第6期。
② 张英：《余华：文学、时代和我》，《莽原》，2001年第4期。

希望我的读者越少越好。现在反过来了,我认为读者还是越多越好。"①
余华的这一心态变化,表明在市场经济和商业因素的巨大冲击下,先锋作
家逐渐接受并认同了商业文化的诱导和重要地位。苏童的《妻妾成群》和
《红粉》也表现出一种创作风格的转向,他抛弃了先锋派写作方式回到传
统小说的叙事轨道,"抛弃了一些语言习惯和形式圈套,拾起传统的旧衣
裳,将其披盖在人物身上,或者说是试图让一个传统的故事一个似曾相识
的人物获得再生"②。正是这种现实亲和色彩和先锋性的减弱,使得先锋
作家的小说与影视之间形成了某种联系。对于先锋作家的这种创作转向,
作家格非这样说:"当年先锋派的写作曾经把大家从传统的藩篱中解放出
来,获得了写作的自由。现在面对阅读环境的变化,想像力再次被束缚,
必须进行第二次革命。大境遇的相同让我们有些共通的焦虑和问题,让我
们都企图超越自己。但每个人解决问题的方法不一样,具体到每个人这个
问题不是我能回答的。"③ 对此,格非坦言了当下先锋作家所面临的创作
环境的变迁和阅读方式的改变,先锋作家面临着一次新的调整和转型。这
也是 90 年代以后先锋作家一直在进行摸索的。

　　新世纪后,叶兆言的《马文的战争》、北村的《我和上帝有个约》、苏
童的《妇女生活》、莫言的《白狗秋千架》相继被改编为电影,这也许是
对先锋作家集体转型的一个鲜明注脚。正如黄忠顺所说:"当影视使越来
越多的人疏远文学书籍,又造就出大批的文学读者来的时候,文学对文学
读者消费需求的引领事实上便开始历史地旁移给影视艺术了。也就是说,
影视逐渐担当起了培育和引领读者阅读文学作品的功能。"④ 在影视这种
特性的影响下,如果说 90 年代先锋作家面临的转型是一种被动的行为,
那么新世纪后先锋作家(其实也不仅仅是先锋作家)就不得不为迎合读者
的趣味而思考写作的方法和技巧,将小说写得越来越好读。余华在 2000
年就将自己正在写的一个长篇所要解决的最大问题确定为"如何把小说写

---

①　余华、潘凯雄:《新年第一天的文学对话——关于〈许三观卖血记〉及其它》,《作家》,1996 年第 3 期。
②　苏童:《怎么回事(代跋)》,《红粉》,长江文艺出版社 1992 年版,第 306 页。
③　术术:《格非:带着先锋走进传统》,《新京报》,2004 年 8 月 6 日。
④　黄忠顺:《新世纪文学现象三题》,《文艺争鸣》,2007 年第 10 期。

得更吸引人"①。后来的事实证明,他的《兄弟》也确实在市场上获得了极大成功。2005年,余华的《兄弟》(上部)亮相上海书展,销量惊人,创造了文艺类书籍第一名的好成绩,紧接着《兄弟》(下部)也出版面世,且一路畅销。尽管文坛对这本书褒贬不一,但是在这个商业社会中销量所带来的经济效益确实是巨大的。值得注意的是,余华这部小说的出版发行,充分采用了当今传媒的操作手段,它通过各种传媒策略实现了自身的价值。为了吸引读者,他的这部作品里充满了太多的噱头,充满了太多离奇的故事。2001年莫言的长篇小说《檀香刑》是莫言自己所认为的一种"有意识地大踏步撤退"②。这种"大踏步撤退"实际上就是对小说传统的回归。2004年,格非创作的《人面桃花》引起广泛关注,格非因此获得2004年度华语文学传媒大奖杰出成就奖,《人面桃花》也成为格非创作再次转型的一个标志性作品。为了读者的接受,《人面桃花》在写作过程中不断调整思路,越来越逃避了先锋精神向度,正如格非所说:"开始我想采用一个繁复精美的结构,简单来说,我想挪用地方志的叙事形式,写一部小说。但我的内心对现代主义产生了很大怀疑,我觉得随着社会的不断变化,读者的耐心在丧失,这么写小说像是在打一场不是对手的战争。"③ 对于这些早年实践"先锋写作"、而今回归传统的现象,苏童曾解释说:"实际上先锋只是一种姿态。刚开始写作的人就像拍马上阵的战士,挑选诸如青龙偃月刀、断魂锤之类最吓人的家伙出阵,他们起初以最叛逆的写作姿态出现。但久经沙场之后,就不再用吓人的兵器了,他要运筹帷幄,由反叛回归平静。"④ 虽然先锋作家仍然存在巨大的影响力,先锋试验仍然继续前行,但是,无可争辩的是,进入90年代后先锋作家基本上已经转型。由于市场化浪潮的冲击和影视的影响,大部分先锋作家纷纷改变了自己的先锋立场,投入到市场化的写作之中,创作风格越来越充满现实性和世俗特征。

---

① 尚晓岚:《余华:读者决定作家》,《北京青年报》,2000年8月28日。
② 莫言:《檀香刑·后记》,作家出版社2001年版,第518页。
③ 术术:《格非:带着先锋走进传统》,《新京报》,2004年8月6日。
④ 卜昌伟:《〈刺青时代〉改编仅做帮手 苏童拒做电影编剧》,《京华时报》,2005年4月22日。

第三节 新生代作家的影视化生存与文化立场

在1990年代的文坛上,一个令人瞩目的现象就是一批具有实力和锋芒的青年作家日益活跃,最后成为具有代际色彩的作家群体,批评家称之为"新生代作家"。市场经济的变革和大众传媒的兴起成为这一时期社会文化的重要推动力,商业话语成为影响1990年代各种文化艺术形态的重要力量,它逐渐消解了计划经济体制下所建立起来的价值观念和文化模式。因此,1990年代是中心价值观和主流文化趋于消解式微的时代。与之前的先锋作家相比,新生代作家几乎与市场化浪潮同步成长,他们充分地适应甚至主动投身到市场经济的发展洪流,商业化写作成为新生代作家最为重要的创作特征。正是在这一背景下,新生代作家的创作总体上指向了对物欲和性的表达,"表现现实时采取便捷、近距离的审美视角,在贴近生活的体验中,消解生活和艺术本身的双重诗性特征,实现对生活欲望化、平面化、世俗化的存在性表达。并且,他们在写作中竭力张扬自身对世界本能的、质感的生命冲动,外化为纯粹的现实世界图景,从而形成其小说文本的自足性个人性话语,以致构成对权力性主流话语的一种强力冲击"[①]。为寻求自身写作的合法性,新生代作家甚至以"断裂"的姿态告别传统,而在商业的包围和影视等大众传媒的冲击下转而形成了更为强烈的商业意识。新生代作家以一种全新的姿态进入影视生产环节,逐渐被影视的商业化潮流所左右,他们自身也完成了由作家向影视人的转型。虽然新生代作家并不是一个完整的整体,他们在创作风格和题材上都表现出自己的特色,但是他们的创作"在一定程度上体现出90年代文化和其他文化(包括80年代文化)的杂糅,显示了文化间对文学这一大众媒介的争

[①] 张学昕:《诗性的消解和精神的遁逸——九十年代年轻作家小说创作的精神走向》,见张学昕:《唯美的叙述》,山东文艺出版社2005年版,第91页。

夺"①。新生代作家正是在各种文化交织的话语空间中寻找着自己的突围道路，并最终与影视形成了密切关系。

一、城市化想象

1990 年代是一个社会急剧转型的时代，以商业化和大众传媒为主导的多元话语模式开始形成，大众文化以一种突飞猛涨的姿态进入我们的消费空间。"一方面执政集团通过机制修复和国家意识形态机器的强化，加固了政治的一体化体系；另一方面已经形成惯性运作的经济的国际化和市场化，又使得市场经济逻辑渗透和影响到社会政治、经济、文化的各个层面。"② 因此，在 90 年代中后期，我国社会日益现代化甚至出现所谓的"后现代化"现象，城市化成为 90 年代一个比较突出的社会现象。无论是知识分子还是市民阶层甚至乡野村民，城市/城市生活以新型的文化资源和特有的文化张力影响着大众的审美趣味，文学和影视艺术也在这一时期将目标转向了城市生活。

20 世纪 90 年代前后，张艺谋导演的《红高粱》、《菊豆》、《大红灯笼高高挂》，陈凯歌导演的《黄土地》、《边走边唱》，黄建新导演的《五魁》，周晓文导演的《二嫫》等电影，展现了中国乡村的生活和民俗，形成了新民俗电影的浪潮。这些新民俗电影的出现，"为中国的影视导演提供了一个填平电影的艺术性与商业性、民族性与世界性之间的鸿沟的有效手段"③。这一类带有乡土色彩电影的出现，可以说是社会转型过程中城市与乡村之间所形成的空隙和矛盾所造成的，这些导演试图缝合城市和乡村、本土与国际之间的裂缝，于是在这两者之间徘徊，而又无法彻底指向某一方。然而，随着 1990 年代中后期城市化进程的深入，我国影视的创作方向发生了显著的变化，以都市现代化为背景的生活表现所占比重日益增大。"由于现代生活方式迅速成为我们时代的生活主体，人们被现代思

---

① 贺仲明：《中国心像——20 世纪末作家文化心态考察》，中央编译出版社 2002 年版，第 247 页。
② 尹鸿：《世纪转折时期的历史见证——论 90 年代中国影视文化》，《天津社会科学》，1998 年第 1 期。
③ 尹鸿：《世纪转折时期的中国影视文化》，北京出版社 1998 年版，第 22 页。

潮所感染，瞬息万变的信息、蜂拥而至的各种物质诱惑、纷繁复杂的思想情感和快捷多变的节奏，使现代人处于张望、惶恐、焦虑不安的心态中，老迈缓慢的传统生活情趣、与世无争的闭锁田园乡村生活所带来的情感需求被甩到时潮之后，都市影片应运而生。"① 由王朔小说改编而成的《轮回》、《顽主》等电影，紧随其后的《站直啰，别趴下》、《离婚了就别再来找我》、《没事偷着乐》等电影，以及生活情节剧《渴望》、表现农村少女闯都市的电视剧《姊妹行》、反映中国人在外国的电视剧《北京人在纽约》、反映社会改革生活的电视剧《编辑部的故事》、反映都市男女情感的电视剧《过把瘾》等，这些影视作品成为1990年代影视文化中的一个重要的叙事类型，它们表现了现代人身处嘈杂而混乱的现代生活漩涡中所具有的种种情感困惑和心灵挣扎，从一个侧面显示出影视对日常生活的消费和对城市资源的借用。

当现代城市生活成为影视对当代人精神内核进行深刻挖掘的重要"场域"时，新生代作家也不约而同地将笔触伸入对城市生活的书写和对日常生活的叙述。面对由城市化的进程所产生的迷茫和慌乱，"新生代作家以动荡不居的城市生活作为主题，以第一人称的独白口吻表现主人公的'漂泊'状态"②。毕飞宇的创作转向就较好地说明了这一时期新生代作家的主题书写策略。"（1994年之前，笔者注）我是一个比较看重历史语义、过于着重小说修辞学的这样一个作家。……（1994年之后，笔者注）我把触角伸向了当代生活。"③ 这之后，毕飞宇转向了城市写作，如《飞翔像自由落体》、《家里乱了》等，展示出城市的宁静、凄凉、感伤和绝望。张旻的《伤感而又狂欢的日子》、《远方的客人》、《两个汽枪手》等作品也与以往的《情幻》、《审查》所表现出的不确定性有所不同，小说的现实感进一步增强了，但也缺乏了深度而过于平面化。邱华栋的《城市战车》、《哭泣游戏》、《都市新人类》等，以繁密的都市景观和应接不暇的信息展示书写了城市的诱惑。此外，丁天的《饲养在城市的我们》、何顿的《我

---

① 周星：《中国电影艺术史》，北京大学出版社2005年版，第298—299页。
② 黄发有：《媒体制造》，山东文艺出版社2005年版，第202页。
③ 张钧：《小说家的立场——新生代作家访谈录》，广西师范大学出版社2002年版，第121页。

们像葵花》等也是专注于写作城市的成长小说。新生代作家对城市生活和社会底层的琐屑叙事,均表现出1990年代以来的城市文化特征。

当"城市生活"成为1990年代以来影视和文学的共同主题时,影视和文学之间便发生了密切的联系,新生代作家的一些小说陆续被改编为影视作品。对城市生活想象性的写实,使得他们的写作与影视有了某种一致性,因为影视所需要的基本上是一种对城市空间的想象和对新型文化的体认,而新生代"写本能、写欲望、写生存的浅层次状态"的写作正好顺应了这一文化潮流。新生代作家中接触影视较早的是毕飞宇和述平。1995年,毕飞宇的长篇小说《上海往事》就被改编成电影《摇啊摇,摇到外婆桥》;1997年,述平的《晚报新闻》被改编为电影《有话好好说》。《上海往事》、《晚报新闻》让一些导演逐渐认识到新生代作家的影视潜能。可以说,90年代是新生代作家和导演相互磨合和认识的时期。正是在这种影视和文学的文化合流背景下,张旻甚至还主动写了电影剧本《向红》,"《向红》一开始是为电影写的故事,后来没有搞成电影,就当小说发表了"①。新世纪以后,新生代作家的小说被大量地改编成影视作品。2000年,根据毕飞宇的小说《青衣》改编而成的同名电视剧长期"霸占"荧屏,许多人由此认识了毕飞宇。随后,著名导演杨亚洲和演员宋佳相中了毕飞宇获首届"鲁迅文学奖"的短篇小说《哺乳期的女人》;2004年,著名导演叶大鹰则拍摄了根据短篇小说《地球上的王家庄》改编的同名电影(后来没有公开发行)。在文坛引起很大轰动的中篇小说《玉米》同时受到数位影视界重量级人士的青睐;2013年毕飞宇获茅盾文学奖的小说《推拿》改编为同名电视剧在中央电视台一套黄金时间播出,获得了社会各界的高度评价。因此,说毕飞宇与影视特别有缘似乎并不过分。新生代作家东西的小说被改编为影视剧的也很多。东西的小说《没有语言的生活》在获得鲁迅文学奖后,被改编为《天上的恋人》,由著名演员刘烨、董洁、陶虹主演,该片在2003年第十五届东京国际电影节上大放异彩,作为唯一一部入围的华语影片,被定为电影节的首映片;而真正使东西在影视圈

---

① 张钧:《小说家的立场——新生代作家访谈录》,广西师范大学出版社2002年版,第165页。

站稳脚跟并扬名的,大约要算由长篇小说《耳光响亮》改编成的二十集电视剧《响亮》和电影《姐姐词典》;同样取得成功的是根据东西短篇小说《我们的父亲》改编成的二十集同名电视剧。除此之外,由东西小说改编而成的影视剧还有:由中篇小说《美丽金边的衣裳》改编成的电视剧《放爱一条生路》、由《没有语言的生活》改编成的二十集同名电视剧以及由《猜到尽头》改编成的电影《猜猜猜》。一时间,东西的小说成为影视改编的富矿。邱华栋更是用城市意象书写着城市的奢华和悲凉。2000年邱华栋的长篇小说《正午的供词》的电影拍摄权被广东巨星公司老板邓建国买下,由于作品将导演和演员的都市艳事作为主要内容,被认为影射张艺谋和巩俐而遭搁置;2001年其电视剧改编权又被北京金英马公司买下,而且邱华栋亲自担任同名电视剧的编剧,不过至今仍未看到拍摄完成的消息。"触电"较晚的何顿也在作品中表现出了城市生活的惨烈与浪漫,改编自同名小说的《我们像葵花》以一群文革中成长起来的文化人、小商人以及个体经济阶层为表现对象,他们自以为"我们像葵花",怀抱着英雄主义和理想主义的浪漫与梦幻,但在汹涌而来的商品大潮的冲击之下,他们的人格和命运发生了剧烈的变化,为了生存,为了发财,为了女人,他们不惜铤而走险,坑蒙拐骗,走私贩假,背信弃义,打架杀人。此外,由陈染的同名小说改编的电影《与往事干杯》(夏刚,1995年),1995年被选为国际妇女大会参展电影。2007年鬼子的小说《一根水做的绳子》也进入了改编环节,这部小说不仅是鬼子的第一部长篇小说,也是他从事创作以来惟一的一部写爱情的小说。[①]

"随着90年代初知识分子'精英集团'的瓦解与商品经济大潮的冲击,曾经弥漫在80年代二元对立的思维模式逐渐发生改变,围绕着共名而尖锐对立的两极意识形态也随之逐渐淡化;随着大众文化市场的形成,传统文学的审美趣味也相应地发生了变化,群众性多层次的审美趣味分化了原先国家主流意识形态和知识分子各自所提倡的单一的艺术标准。"[②] 新生代作家的创作正是以个人的生活体验和想象取代群体的意识形态和集

[①] 莫俊:《鬼子新作即将改编成影视剧〈一根水做的绳子〉:生命永远为了爱》,《南宁日报》,2007年9月13日。

[②] 陈思和:《中国当代文学关键词十讲》,复旦大学出版社2002年版,第192页。

体文化观念的狂热，进行着一种私语化、个人化的创作。他们在"个人化写作"的名义下，展示着城市生活、青春成长的经验和想象，这些无疑成为影视改编的动力。

二、身份的重塑

新生代作家是在 1990 年代的市场化浪潮中成长起来的，与之前的作家所不同的是，新生代作家具有前所未有的体制外生存和自由写作的意识，这种体制外的写作理念，一方面使得新生代作家自觉远离意识形态话语和宏大叙事的束缚，转而面向社会生活/城市生活的琐屑叙事；另一方面，他们又被迫或自觉地以一种自由职业/商业意志的身份进行写作，他们的职业和文学创作没有太大的关联，他们不是专业作家，他们既选择了文学创作，又时刻面临着巨大的经济压力，因而不可避免地受到商业意志的控制而将写作当为一种谋生的工具。毕竟，"90 年代的作家不能自恃清高埋头写作，他必须时时抬起眼来，因为他们已被置身市场。市场经济铁面无情，它使一部分作家紧张也让一部分作家放松，或起始紧张继而放松，使读者快乐是适应市场的一条便捷通道"①。因此，新生代作家比其他作家更懂得经济利益在生活中的重要意义，为了在这种经济大潮中寻找出路，新生代作家主动步入文学的商业化窠臼，与 1990 年代颇具影响的影视媒体一起，成为大众文化产品的生产者。

虽然崛起于 1980 年代的大多数先锋作家并不拒绝影视，但是他们仍然坚持着自己的文学理想，仍然对文学充满眷恋和激情，即使那些与影视结缘较深的作家如北村、潘军等人，也仍然坚持文学的独特性。而大多数新生代作家则全身心投入到影视浪潮之中，参与影视编剧，并逐渐脱离了文学创作的单一道路，甚至许多新生代作家彻底放弃了写作，而成为职业的编剧，即便坚持"编剧和创作两不误"的作家大多进行的也只是面向影视的商业化写作，如李冯、东西、鬼子、王彪、述平等就是典型代表，其中有些人在编剧这一行当中已经成为知名的成功人士。述平在继将《晚报新闻》改编为《有话好好说》之后，参与了《赵先生》（吕乐，1998 年）、

---

① 张岩泉：《社会转型与文学媚俗》，《中国文学研究》，1997 年第 2 期。

《鬼子来了》（姜文，1999年）、《太阳照常升起》（姜文，2007年）以及中国首部现实魔幻题材电影《走着瞧》（李大为，2008年）的编剧工作；王彪参与了《红日》（苏舟，2008年）和《东方红》（苏舟，2009年）的编剧工作；丁天则参与了《铁血青春》（刘江，2003年）和《陈赓大将》（叶大鹰，2006年）的编剧工作；张旻曾参与改编了电视剧《水与火的缠绵》（李自人，2006年）。朱文走得更远，在改编了影视作品《巫山云雨》、《回家过年》、《海南，海南》之后，直接当起了导演，执导了《海鲜》、《云的南方》等作品。但是，朱文至今仍与早期第六代导演一样，在很大程度上还是一种体制外的生存，尚未完成自身的商业化转型，限制了其发展的生存空间。参与影视编剧最为成功的当属李冯、东西和鬼子，他们是新生代作家群体中少数借助影视而声名俱隆的作家。李冯相继担任了《英雄》（2002年）、《十面埋伏》（2004年）的编剧工作后，成为张艺谋的"御用编剧"，也成为当前影视领域的金牌编剧。随后他还担任了《霍元甲》、《疯狂白领》等影视剧的编剧工作。2008年由深圳市凤凰星传媒有限公司、中国孔子基金会和山东广电总台联合打造的106集动画片《孔子》的编剧就有李冯和叶兆言、张炜等。鬼子曾经为张艺谋担任电影《幸福时光》的编剧工作。2001年，陈凯歌想改编鬼子作品《上午打瞌睡的小女孩》时，鬼子亲自参与到编剧中去，为陈凯歌写出了剧本初稿，但因为题材较为敏感而被搁置。① 2006年鬼子再次触电，为成龙主演的电影《宝贝计划》（2006年，陈木胜）编剧。东西直接参与了自己小说的影视改编，在其中担任编剧，同时还参与了其他影视改编活动，如铁凝的《永远有多远》（陈伟明，2001年）。可以看出，在面对影视的冲击时，新生代作家表现出完全不同的文化姿态。新生代作家东西所说："我觉得，我们的作家不要过分自恋，对影视剧也不要一棍子打死。你看很多欧洲电影，会认为电影比原著差？小说不一定比电影更高雅。让读书的人读书，让看电影的人去看电影吧。"② 无论新生代作家介入影视后的生存空间如何变化，通过对影视的深度介入，他们很自然地融入到了影视大潮中，完

---

① 石宇：《爱上"瞌睡女孩"暂不"梦游桃源"陈凯歌找新震撼》，《每日新报》，2002年4月1日。

② 曹雪萍：《著名作家东西：我就喜欢新奇的野路子》，《新京报》，2005年10月14日。

成了从一个"作家"身份向一个"编剧"身份的转变。

新生代作家对影视的深度介入,一个重要的原因当然是由影视所带来的名利双收的巨大回报。正如毕飞宇在面对影视改编时所说的:"就我来讲因为影视剧使我的读者群扩大了,一些本来不看我作品的人看了影视剧后又回过头看我的作品,使我的作品扩大了影响。不能说光要求作家用自己的作品为其他艺术种类提供了帮助,而不允许作家占到一点便宜,我认为这就是作家占到的一点便宜而已。如果有人找到我想把我的作品改编成好的影视剧,又有公道的价钱和我喜欢的导演,我不会拒绝。"① 其实,90年代以来,大多数新生代作家的生活状态并不理想,甚至承受着巨大的经济压力。丁天没有读完高中就退学了,然后在南京一所英语专科学校上学,上了一年就去华艺出版社工作了,1994年辞职。② 韩东靠《他们》中的一个朋友的帮助生活,写作的稿费很难生活,特别是出书较少,稿费低。此外,朱文也面临同样的经济困境,吴晨骏尤甚。③ 可以说,在与影视接触(小说被改编或参与编剧)之前,新生代作家的生活状态总体上来说并不理想,尤其是那些辞职后的新生代作家。另一方面,新生代作家基本上都生活在城市,他们在城市的发展过程中与现代物质文化和城市文化有着不解之缘,这也使得他们成为现代城市的亲和者和批判者,他们不可能回避城市的物欲,就像邱华栋所说:"我只管做好编剧,挣点'小钱'买辆车开。电影电视请谁拍都行,拍得如何与我无关。"④ 由于1990年代特殊的经济和社会状态,新生代作家必须表现出一种更加明确更加现实的写作路径。在这一现实路径的寻找过程中,新生代作家以一种"断裂"的姿态参与了90年代文化的建构,即与80年代文化的断裂,而将90年代文化作为自身发展的文化起点。"断裂"者们是"新生代"中的代表和极端,其实,整个"新生代"作家的心态与"断裂"者只是程度上的区分而

---

① 肖煜:《毕飞宇:小说改编成影视剧很正常》,《燕赵都市报》,2005年12月2日。
② 张钧:《小说家的立场——新生代作家访谈录》,广西师范大学出版社2002年版,第291页。
③ 张钧:《小说家的立场——新生代作家访谈录》,广西师范大学出版社2002年版,第49—50页。
④ 陈蕙茹:《邱华栋:邓建国再不拍〈正午的供词〉就收回版权》,《成都日报》,2001年9月17日。

无实质上的差别,他们在写作中普遍表现出来的迷茫和空洞,以及他们整体的言语大于行动的创作表现,都显示了他们反叛的表层化和形式化。他们的反叛姿态,在很大程度上仅仅是一个姿态而已,没有取得真正的实质性成果,也难以形成对时代文化的真正反叛。① 正是从这个意义上说,当新生代作家急功近利地介入影视或进行商业化写作时,1998年新生代作家的"断裂"事件,不过是一场故作姿态的闹剧,最终他们还是回到了商业文化逻辑,投身影视文化所构建起的话语系统,完成了商业社会的身份重塑。

三、匮乏的写作

1990年代以来,强烈的影视文化和商业意志的渗透,对作家的文学创作产生了潜在的影响。新生代作家的创作呈现想象贫乏的症状,自我重复比较严重,同一故事、细节、场景、元素和叙事方式在不同作品中反复出现,作品的原创性逐渐减弱。这主要表现在以下几个方面:第一,作品的细节描写大同小异。邱华栋的《把我捆住》、《偷口红的人》、《红木偶快餐店》和《蝇眼·遗忘者》对打胎细节的描写;《闯入者》和《夜晚的诺言》对摸得大奖的奇遇的玩味;《眼睛的盛宴》和《公关人》对假面舞会的渲染大同小异;《城市战车》中朱温和《蝇眼》中的袁劲松相同的性病方式。张旻在《枪》、《叛徒》、《永远的怀念》和《两个汽枪手》中对"枪"和"弹弓"的反复渲染;小说《回身遥望》不断引入散文《永远的女孩》的故事,可以说《永远的女孩》是小说《回身遥望》的故事生长点。第二,故事情节缺乏新意,如出一辙。何顿的作品在人物关系、故事情节、叙述语调和结构关系上都同出一源,《自我无我》中的李茁、《无所谓》中的李建国、《不谈艺术》中的肖正和《生活无罪》中的湘潭人都是怀才不遇的落魄者;《告别自己》中的雷铁、《喜马拉雅山》中的"我"、《生活无罪》中的"我"和一系列作品中的人物都是辞去中学教职后转入商海的突围者,《我不想事》中的袖子、《弟弟你好》中的丹丹和《生活无

---

① 贺仲明:《中国心像——20世纪末作家文化心态考察》,中央编译出版社2002年版,第252页。

罪》中的狗子在暴死前都散发出"神秘的臭味"。丁天的《流》以《饲养在城市的我们》中的一个人物刘军为主角，细节与情节的重复无可避免。① 最具代表性的是林白的小说。林白的小说很多是将几个短篇组成中篇，几个中篇组成长篇，里面的细节和故事重复较多，如其自传体长篇《一个人的战争》和《瓶中之水》、《青苔或火车的叙事》、《守望空心的岁月》等小说里的不少细节都出现重复甚至雷同。第三，值得注意的是，新生代作家总体上过于关注身体欲望和金钱物欲，这使得他们的叙事主题千篇一律，没有太大突破。刁斗的《作为一种艺术的谋杀》和《延续》、张旻的《情幻》、林白的《致命的飞翔》、海男的《我们的情人们》、林白的《一个人的战争》、《守望空心岁月》、韩东的《障碍》、朱文的《我爱美元》、《五毛钱的旅程》等，其中大量对性细节、性体验的描写前后重复，话语模式和叙事方式大同小异。与此同时，新生代作家大多将叙事投放在商业语境内，表现出强烈的实利主义倾向。无论是何顿的《我们像葵花》、《生活无罪》，还是邱华栋的《城市战车》等，其叙事的中心无非都是"世界上钱字最大，钱可以买人格买自尊买卑贱买笑脸，还可以杀人"（《生活无罪》中曲刚的话）。邱华栋本人也承认："我本人也想拥有这些东西，当然什么时候我才能得到就不好说了。"② 朱文小说引发的"《我爱美元》事件"无疑是新生代作家与传统观念之间最具有代表性的价值冲突。新生代作家这种迎合商业的写作姿态，对现实物欲的沉迷与认同，已经脱离了一个作家应该追求的审美理想，最终损害的必将是文学的原创风格和艺术品味。

另一方面，新生代作家的小说表现出强烈的影视痕迹。东西的长篇小说《后悔录》，就借用了一些影视剧的创作方法。与东西以往的小说相比，《后悔录》的结构犹如一部影视剧的叙事方式，小说开始是一个男人的自述，叙述的对象是"你"，似乎是以读者为倾诉对象。随着阅读的深入，读者又察觉到他的倾诉对象是一个女性。但直到小说的结尾，读者才会发

---

① 新生代作家小说中自我重复现象比较普遍，对此学者黄发有曾详细地做过论述，本部分论述也参考了其部分资料，在此不再赘言。详见黄发有：《媒体制造》，山东文艺出版社 2005 年版，第 280—281 页。

② 洪治纲：《无边的迁徙》，山东文艺出版社 2004 年版，第 44 页。

第一章　作家转型与主体重塑

现：这原来是一个性无能的老处男面对一个色情服务的"小姐"的自述。《后悔录》的这种叙事结构类似于影视作品的表现手法：先将镜头近焦锁定讲述者，再随着讲述过程逐渐将镜头拉远，最后展现全部背景。东西自己也承认："写了几年剧本，我再写长篇小说《后悔录》，有读者说这个小说比我过去的小说好读，这和我写剧本有关系。因为，我懂得考虑读者的阅读感受。"① 林白也是一个深受电影影响的作家，她曾在广西电影制片厂当文学编辑，可以说是一个与电影有着密切关系的作家。她的小说《子弹穿过苹果》和《致命的飞翔》就是最具代表性的受到电影影响的作品。《子弹穿过苹果》的构思与希区柯克的《蝴蝶梦》有着非常相似之处：绝对的主人公在小说和电影中都没有出现；小说中七叶和朱凉的关系与电影中女管家和女主人的那种主仆、情人、追随者的关系极其相似；小说和电影的悬念氛围也颇为雷同。《蝴蝶梦》这部电影在林白的多部小说里提到，也是林白最为喜欢的黑白电影之一，因此，这部电影对林白小说的潜在影响自然不足为怪。而《致命的飞翔》这一意象则来源于希区柯克的电影《鸟》。同时，林白小说的结构也深受电影的影响。她的小说结构打破了小说的线性叙事，呈现出交叉、平行和并置的叙事结构，如《同心爱者不分手》中的月白色绸衣女人和男教师以及"我"和嘟噜这两条平行线索、《致命的飞翔》里的北诺和秃头男人以及李莴和登陆的平行结构。除此之外，林白的小说中还大量运用了特写、主观镜头等电影语言的表现方法。林白的虚构性自传《玻璃虫：我的电影生涯——一部虚构的回忆》也打上了电影的烙印。可以说，电影对林白的影响是潜移默化的，"我被电影彻底浸泡过，我无法摆脱这一点，我眼前总要出现银幕，正如我笔下总要出现女人，我永远只写进入我视野里的东西"②。

由于商业因素的影响和生存的需要，新生代作家对影视表现出急切的认同，转而从事与影视相关的工作，甚至放弃或半放弃了文学创作。影视培养了作家的市场意识，作家在影视的潮流中摸爬滚打也渐渐熟悉了影视的生产工序，随着市场意识的不断滋长，新生代作家的作家身份逐渐走向

---

① 东西：《小说与影视的跳接》，《文学报》，2008年12月11日。
② 林白：《子弹穿过苹果》，河北教育出版社1995年版，第91页。

消解。以朱文和李冯为代表的新生代作家彻底转向了影视行业。李冯在担任张艺谋的影片编剧之后，基本告别了文学创作。朱文转行导演，执导了多部影片，并在国际电影节上获奖。东西、鬼子、何顿虽然还继续小说的创作，但更热衷于影视编剧。这些新生代作家实际上已经从文学转向了影视。当然，在经历影视生涯之后，有些新生代作家表示不再涉足影视编剧这一行当，要将精力放在小说创作上，但是当他们再次回归文学时，却很少能见到他们写出具有较大影响力的作品。邱华栋就涉足影视之后退而坚守文学的作家，"他不否认自己曾为了个人的经济利益写过一些剧本，而有些剧本是媚俗的。但是现在，他坚决不会去写了，他信奉文字本身的魅力，尽量写自己想写的东西，不媚俗，不出卖文字"[1]。鬼子也在卖出小说《一根水做的绳子》的电影改编权后表示，虽然影视公司希望他来当编剧，但是他现在已经不想再做影视了。"因为我前些年在影视圈里面晃荡了一些时间，我觉得这耗费了我大量的时间。我现在从这部小说开始，将回归到写小说中去"[2]。但是，尽管如此，他们的创作并未取得明显的突破。只有那些始终坚持文学道路、较少参与到影视工作的新生代作家创作出了一些优秀的作品，如毕飞宇和李洱等。毕飞宇自觉地与影视保持着一段距离，即便自己的小说被改编为影视，也不介入编剧过程，而主要进行小说创作。李洱虽然也有一些作品被改编为影视，如《石榴树上结樱桃》（陈力，2008），但是他对影视还是保持警惕："我的小说现在也被改编成电影。改完以后我不看。制片人想怎么改就怎么改。人物关系变了？你尽管变。让我署名，我说我不署名。如果放弃署名权给更多的钱，那我选择要更多钱。"[3] 正是基于这种创作心态，近年来，毕飞宇的《平原》、《推拿》和李洱的《花腔》、《石榴树上结樱桃》等作品取得了可喜的成就。然而，这样的新生代作家已经越来越少了，许多新生代作家仍将小说作为影视的敲门砖。在这种状态和理念下所创作出的小说自然丧失了文学的基本品质，正如作家李洱所说："小说中不能被影像化的部分，就是小说性

---

[1] 赵慧：《邱华栋：不断超越自我》，《新疆经济报》，2008 年 9 月 11 日。
[2] 莫俊：《鬼子新作即将改编成影视剧〈一根水做的绳子〉：生命永远为了爱》，《南宁日报》，2007 年 9 月 13 日。
[3] 陈熙涵：《若即若离的文学与影视》，《文汇报》，2008 年 9 月 24 日。

最强的部分。如果一部小说很容易改编成影视剧,它的小说性就值得怀疑,即使不能因此说这是部烂小说,起码它不算是好小说。"[①]

学者黄发有在考察 1990 年代以来影视与文学创作主体的分层现象时发现,第六代导演与新生代作家之间具有某种内在的精神纽带,第六代导演的生存方式、审美观念与新生代作家殊途同归,"影视主体与文学主体的呼应共同地印证着当下中国的文化逻辑。但是,这种过度膨胀的代群化特征抑制了创作个体的文化独创,同时也使影视与文学的交流缺少互补的良性循环,精神基调的过分一致使影视与文学难以相互激发,也使文化格局显得相对单调而不够丰富"[②]。当一些新生代作家纷纷逃离文学,加入了影视编剧行列或迎合商业化浪潮时,新生代作家的文学创作活动便出现了一种游离状态。一方面,1990 年代以来的影视文化和商业逻辑潜在地影响到了新生代作家的创作行为,使得他们的创作脱离了文学本身;另一方面,在这一文化氛围中,许多新生代作家在影视、商业和文学之间不断徘徊,表现出身份的漂泊不定。

第四节 "作家导演"与主体性的重塑

新时期以来,作家的"触电"现象越来越普遍,作家参与或转向影视编剧的情况早已司空见惯。随着作家介入影视的程度越来越深,一批作家甚至转型当起了导演,如王朔、刘毅然、朱文、崔子恩、李红旗、刘恒、李冯以及尹丽川等作家纷纷执筒导演了自己的影视作品。虽然这些影视作品的风格及其引起的社会反响各不相同,执导影视的作家也为数不多,可是"作家导演"这一现象背后所蕴含的文化意义却是不容忽视的。这些作家或怀抱着文学理想试图借影像干预社会,或是在商业社会寻求新的突围,以影像的方式进行着着自身主体性的重塑。然而,在这个商业化社会

---

① 周代红:《价值彷徨时代的文学坚守》,《大连日报》,2004 年 11 月 30 日。
② 黄发有:《媒体制造》,山东文艺出版社 2005 年版,第 203 页。

作家以导演的方式进行主体性的重塑也面临着许多问题，因为归根到底，"作家、编剧、导演"这样多元的文化身份，还将屈服/依附于我们的社会文化尤其是影视文化所形成的文化资本和权力。

一、作家的导演化

20世纪80年代前后，文学在社会文化发展中处于重要的地位，作家成为一个令人艳羡的身份。随着社会的进一步发展，到20世纪90年代，我国大众文化蓬勃兴起，文学由中心地带逐步走向边缘，影视作品日趋成为社会的主要消费品，一批作家走出象牙塔，投身于热热闹闹的影视圈也在所难免。随着电影文化的泛滥，小说与电影互渗的现象越来越显著，"作家"、"编剧"与"导演"的身份置换成为20世纪90年代以来文学与影视互动过程中一条潜在的发展脉络。

作家成为导演，可以从王朔说起。改编自王朔小说《我是你爸爸》的电影《爸爸》（又名《冤家父子》）是王朔的电影处女作，也是他迄今为止执导的唯一电影作品。该片2000年获得瑞士洛迦诺国际电影节最佳影片，评委会主席称"该片就如何发展社会的问题上，做出了非常人性的解释。这个解释适用于全世界"[1]。不过，虽然王朔挂上了总导演的名，但在具体技术上实际操作的还是冯小刚。王朔的导演身份多少有些名不副实，而且在这之后王朔并没有向导演行业进军，因此此次导演经历看起来具有玩票的性质。虽然后来王朔以电影编剧和导演身份正式以签订合约的方式加盟了北京正天文化传播公司，并宣称将创作和独立执导电影《六祖慧能》，意图延续自己在文坛和影坛的特殊地位，但却未见实质性的行动[2]。说到底，从王朔导演电影《爸爸》，到后来以编剧和导演的双重身份加盟影视公司，其实不过是传媒与商业合谋的一种炒作行为，渗透着浓烈的商业气息，王朔不过是在商业大潮中的一个自我炒作者和被炒作者。

其实，1990年代正是一个文学土崩瓦解、影视迅速崛起的时代，许多作家认识到文学的困窘境况，纷纷与影视联姻，试图通过影视成名或获

---

[1] 周凡恺：《王朔进军电影界作家导演两不误》，《西安晚报》，2006年3月25日。
[2] 周凡恺：《王朔进军电影界作家导演两不误》，《西安晚报》，2006年3月25日。

得经济回报。作家刘毅然凭借《摇滚青年》、《西部故事》、《父亲与河》等小说成名,在1988年由其亲自担任编剧的《摇滚青年》被导演田壮壮搬上银幕,随后他与王朔、刘恒、莫言、刘震云、朱晓平等成立了海马影视创作中心(1988年),正式投身影视浪潮。1994年,刘毅然在朋友余华等人的鼓动下转向电视剧导演工作,拍摄了茅盾的《霜叶红于二月花》,此后相继改编和导演了《春风沉醉的晚上》(郁达夫著)、《红杏出墙记》(刘云若著)、《江湖行》(徐𤕷著)、《风声鹤唳》(林语堂著)、《星火》(叶紫著)以及《望春风》(吴浊流著)等影视剧。刘毅然的下海,不过是1980年代末1990年代初众多作家与影视结缘的一个特殊个案。当时许多作家如余华、苏童、莫言等对影视行当浅尝辄止,而刘毅然则坚守了自己的选择。

随着90年代文化体制和意识形态的变化,传统的国家和集体精神逐渐被高涨的个体感观和体验美学所消解。新生代作家朱文的转型较具代表性地表现了这一时期作家的文化姿态和主体张扬,朱文也由此成为第六代导演群体的代表之一。他的第一部电影《海鲜》在58届威尼斯电影节上获得了"当代电影评审团特别奖",电影讲述了一个"妓女要自杀、警察救妓女、妓女杀警察再当妓女"这一具有边缘性的故事。然而因为其内容表达的边缘化和制作路径的非主流化,这部电影也只能成为一部地下电影。他的第二部电影《云的南方》讲述的是一个关于老年人梦想的故事,虽然这部电影是在体制内拍摄的,但妓女在剧情中的戏份较重,依然未褪去第六代导演的边缘叙事风格。以长篇小说《桃色嘴唇》、《丑角登场》成名的作家崔子恩则始终关注着"同性恋"这一边缘题材,先后参与编剧并拍摄了反映大陆同性恋现实的电影《男男女女》(1999年)、反映信仰和现实差距的《弥撒》(2001年)、辩论厕所制度是否合理的《公厕正方反方》(2001年)、反映大陆同性恋20年历程的长片《旧约》、表现变性人生活的长片《丑角登场》(2002年)等。新世纪以后,还有一些更年轻的作家也步入了导演的行列。女性作家尹丽川2006年拍摄了的《公园》,在大学生电影节上获得导演处女作奖,随后荣获了第56届德国曼海姆·海德堡国际电影节国际电影评论人大奖。她的第二部作品《牛郎织女》被选入戛纳电影节"导演双周"单元展映。作家李红旗拍摄了《好多大米》

(2005年)和《黄金周》(2008年)两部影片,前者获得了58届洛迦诺国际电影节亚洲电影促进联盟奖,后者参展了第13届釜山电影节。与"作家下海"现象不同的是,作家朱文、崔子恩和李红旗走着一条注重私人经验的独立影像道路。这些作家导演以小成本制作独立电影或艺术电影,徘徊在主流话语和边缘话语之间,在各自的私密空间里进行着影像探索和主体突围。

新世纪以来,一个值得注意的现象是,一些在编剧领域已经功成名就的作家编剧也开始涉足到导演这一行业。如张艺谋《英雄》、《十面埋伏》等商业大片的著名编剧李冯,2007年转行做导演,执导的电影处女作为功夫片题材时装片,力邀好莱坞大牌武术指导。① 作为冯小刚的御用编剧的刘恒,也先后执导了电视剧《少年天子》和《汉武大帝》,引起了较大反响。新世纪以来成名编剧的导演化现象,基本上是一种商业化行为,也是他们长期介入影视工作后水到渠成的行为。他们与影视有着亲密的接触,熟悉影视的制作流程,同时拥有广泛的社会资源,能够找到影视的投资方,从一定意义上说,转行执导影视是他们对社会资源和商业价值的再开发。正如刘恒所说:"这是顺水推舟的事情。……写小说不过瘾就写剧本,写剧本还是不过瘾,怎么办呢?只好做导演了。……在纯文学的圈子里,写剧本是下贱的事情。在一些朋友的眼睛里,我是掉在影视的泥坑里爬不出来了。我后悔动手有点儿晚,早点儿跳下来就好了。"② 20世纪90年代虽然有一些作家如王朔、朱文、刘毅然、马原等转向了导演这一行业,然而却因为其自身的边缘化地位或较低的影响力并不被人重视。但是由于新世纪后刘恒、李冯这样的知名编剧相继执导影视并引起了一定的反响,作家从事导演这一现象就逐渐被人们注意,并引发了非常广泛的争议。尤其是2013年郭敬明首次执导自己的小说《小时代》改编的同名电影,使得对该电影的评价呈现出年龄分化现象。一些年龄较大的受众(包括评论家)对电影《小时代》提出了激烈的批评,甚至认为这部电影传递了错误的价值观,《人民日报》为此还专门发表评论文章对《小时代》进

---

① 曾家新:《李冯转行当导演拍功夫片》,《京华时报》,2007年2月13日。
② 赵文侠:《刘恒出格搞影视〈少年天子〉过把导演瘾》,《北京日报》,2003年7月28日。

行了批评。但是年轻读者（尤其是 90 后女性读者）则对这部电影表现出疯狂的喜爱。

二、影像诉求

20 世纪 90 年代以来，文化领域越来越明显地"形成了结构复杂、各自相异的文化单元：在这些交错、流动的文化单元当中，个体在获取认知和被作为分隔的主体存在时，是难以进行文化协商的。这样的社会时代环境，使他们有可能规避如同前人那样获得同质的、纯粹划一的观念体系，甚至可能疏离庞大同一的公共空间：国家主义、集体主义，而在各自的秘密空间里进行活动"①。作家下海和知识分子的分化成为 90 年代以来突出的现象，作家的导演化也成为这一分化趋势必然的文化征兆。然而，在这些为数不多的作家导演中，他们对于影像的表达都投射出不同的主体诉求。

90 年代的作家导演，大多怀有着一种朴素而崇高的社会理想，试图通过影像表达干预社会、重建文学的社会身份。刘毅然成为这批下海作家的代表，其导演的作品主要是改编自中国现代文学名著。刘毅然解释说："长衫、旗袍、太师椅等等，怎么看怎么舒服。我对'五四'新文化运动比较喜欢，这是一个真正觉醒的年代。"②刘毅然选择改编的这些著名现代作家的文学作品，主要是为了表现自己独特的审美理念和选择标准。就像他在拍摄茅盾的《霜叶红似二月花》时所说："我们选的不是文学史认定的大家，也不是文学史认定的代表作。而是我们认定的大家，我们认定的优秀作品。如茅盾我们没有选《子夜》，也没有选《激流三部曲》。"③刘毅然始终坚持了改编、拍摄现代小说这条并不容易走的路，着眼于对现代文学大家的"精神继承"。即便马原认为"小说已经进入它漫长的死亡期。人类已经无可选择地进入到读图时代"④，但是他还是自筹资金，采访了 120 名文学家并拍摄了电视系列片《中国作家梦——许多种声音》。无论是刘毅然对现代名著资源的再挖掘，还是马原通过对作家的采访而建

---

① 吴小丽：《九十年代中国电影论》，文化艺术出版社 2005 年版，第 164 页。
② 徐林正：《"农民万岁"——刘毅然访谈》，《大众电影》，2007 年第 6 期。
③ 徐林正：《"农民万岁"——刘毅然访谈》，《大众电影》，2007 年第 6 期。
④ 仲敏：《写小说很难走红 作家转行当导演》，《南京晨报》，2006 年 3 月 23 日。

构出的中国文学家的口述实录,都试图通过影视的巨大影响力重建文学的理想世界,重新推动文学对社会的建构功能。

朱文、崔子恩和李红旗的导演转型实际上也包含着这样一种试图通过影像干预社会的理想。他们的电影表现出鲜明的知识分子立场,其中对社会边缘人的关注和呐喊,表现了独立电影的社会审视意义。这些电影带有强烈的实验性,执著于个体意识的真实表达,影片的视听手段也极为"后现代化",几乎是以一种反叛的主体姿态而存在。朱文的独立电影与90年代初出茅庐的王小帅、张元等第六代导演如出一辙。他们纷纷将摄影机镜头对准了城市边缘人,如朱文的《海鲜》关注的是城市妓女这一群体,王小帅的《冬青的日子》指向的是精神失常的画家、张元的《妈妈》关注的是一个弱智儿的母亲。崔子恩长期关注同性恋群体,表现出果敢的现实态度,毕竟在大陆的文化语境中,同性恋一直是一个被遮蔽、掩盖的词语和现象。崔子恩借助影像的力量,使得"同性恋"成为一种可能表达的空间。李红旗的电影《好多大米》对贫穷的展现、《黄金周》对精神贫乏的揭示,都表现出独立电影一贯的本质。这些电影的主要价值和意义不在于边缘化的人物形象和情节,而在于对社会的唤醒以及其中表现出的人文关怀精神。与传统的叙事电影、第五代的寓言电影和后来的商业电影不同,朱文、崔子恩、李红旗等作家导演的电影整体上给人一种原生态的感觉,他们的电影在拍摄技巧或画面上略显粗糙,但是却很真实,他们的电影因为一直在追求一种状态,故被称为"状态电影",这与90年代的知识分子所具有的反叛的文化姿态有着内在的一致性。

刘毅然、朱文、马原以及崔子恩、李红旗等与影视共舞的作家导演,无论他们是否取得了成功,都有一点是不容忽视的,那就是他们在一个文学理想破灭的时代,试图通过影视重建自己的文学身份并实现干预社会的理想。新世纪后刘恒、李冯等知名编剧走上导演之路,他们与刘毅然和朱文等具有明显不同的影像诉求。他们更懂得影视的运作规律和商业原则,他们拍摄影片的首要目的便是获得经济回报。李冯执导的功夫时装片,试图将功夫时尚化,这本身就是商业社会的一种大众化策略。刘恒执导的《少年天子》和《汉武大帝》表达的是对历史的解构,显然是对消费社会大众审美趣味的迎合。新世纪后李冯、刘恒转向影视导演,其实在某种程度上是对现有导演和编剧关系的一种反抗,他们试图在商业社会里重塑自身的商业化地位。在我国目前的状态是,编剧必须听命于导演,编剧只不过是为人做嫁衣,导演如果不满意的话,编剧就得重新修改剧本,直到导演满意为止,甚至出现更为激烈的情况,即有些编剧认为写得很出色的地方,经常因为意见相左、商业原因或其他原因删除或修改。刘恒提及自己导演《少年天子》的经历时说:"不管多优秀的导演都不能保证百分之百能够合编剧的心意,如果编剧同时兼任导演,那他心里肯定明白想表达什么。"① 因此,李冯、刘恒转行导演,试图通过影视的视觉冲击和审美诉求实现自己的文化主张和表达权力,实质是想在商业社会里塑造"作家－编剧－导演"这一身份的商业价值并实现新的商业突围。李冯对此有一个恰当的类比:"我有一个孩子,从小就送去寄养,即使他上了哈佛,很有出息,那又怎样呢?我想跟他一起,参与他的成长。"② 这表明,编剧并不仅仅希望从事电影的改编工作,还希望能介入到影视的生产过程中,充分表达自己的意见。

但是,无论是源于文学理想破灭后的影视突围、意在干预社会的影像野心、还是旨在寻求新的文化空间,作家导演的影视作品都表现出一定的文学色彩。刘毅然对现代名著的拍摄,一般呈现出剧情缓慢、艺术考究的特点,注重人物的对话。如《霜叶红似二月花》注重用光、色彩和造型,节奏推进较慢,努力营造出一种文学意蕴;五部系列剧《春风沉醉的晚上》无论是从叙事的结构还是从摄影、布光、色彩、音响和道具等方面来看,更像是五部独立的艺术电影。刘毅然解释说:"可能和别的导演不太一样,专业导演更注重技术上的东西,比如剪接的技法啊,用光啊,……可能我想要更多突出的不是生活的真实,而是人心,我不会也不懂导演的技法和书本的理论,我希望表达的就是我内心的欲望和想象。"③ 在拍摄过程中,刘毅然追求的是一种诗化的艺术风格,尤其注重文学审美和艺术

---

① 刘江华:《刘恒编剧导演一人包 融温柔和悲观于一炉》,《北京青年报》,2002年11月27日。
② 陈祥蕉、郑茵茵:《作家当导演:文字魔法师的影像游戏》,《南方日报》,2006年9月17日。
③ 王音:《刘毅然:从"摇滚青年"到"星火"的嬗变》,《亚洲新闻人物》,2007年5月号。

想象，讲究内在的韵律。朱文的电影也特别讲究结构，影片有很多叙事空缺或者叙事上的花招，对故事推进速度的把握，对人物、场景、镜头的控制，在很大程度上还受到了小说创作心理的影响。即便像刘恒所拍摄的商业电影也不自觉地在叙事结构上表现出一种文学特性，特别注重人物的命运。刘恒在执导《少年天子》时说："我的目的很简单，跟我写小说的目的完全一样。我只想传达我的世界观，传达我对事物的看法，比如对死亡的看法，对暴力的看法等等。我对清宫戏的新路子之类不感兴趣。"① 这显然是他作为"作家"的文学身份使然。

当然，还有的作家转行做导演则包含着太多的商业目的。郭敬明在2013年执导了自己小说改编的电影《小时代》是作家转行导演的一种商业策略。虽然这部电影播出后批评界对这部电影暴露出的许多问题，如一群年轻人对物欲的追逐、男色消费、拍摄手法幼稚等，引发了舆论的持续负面评价，但是该电影的票房收入则超过了六亿，堪称票房奇迹。对此，郭敬明这样说："《小时代》本来就是拍给女孩看的电影，故事就是讲述四个女孩的成长史。我明白我拍的电影是给谁看的，首先我肯定电影是拍给原作粉丝们看的，他们是小时代的核心，我的读者90%都是女生。"② 郭敬明的回答很显然地指向了电影的商业性，他瞄准的主要市场正是自己小说的读者，这也就是被许多评论家所命名的"粉丝电影"。《小时代》的粉丝力量表现得很强大："2400万原著小说读者，24小时破3000万点击的预告片，比《致青春》高出8倍的微博搜索量。"③ 这就是粉丝生产的经济。"粉丝电影"消费的正是商业时代对粉丝的经济学的借用，它的生产纯粹以偶像认同为核心，这些粉丝自发、自主成为电影的消费者、宣传者和参与者。电影《小时代》的出现表明电影开始进入一个精准市场定位的时代，它们精确地满足、挖掘着粉丝的消费空间。

三、重塑的限度

1990年代以来，刘毅然、朱文、刘恒、李冯等人的身份早已从"作

---

① 刘江华：《刘恒：解密〈少年天子〉》，《北京青年报》，2003年8月18日。
② 张燕、曾明辉等：《小时代，改朝换代》，《南都娱乐周刊》，2013年6月24日。
③ 张燕、曾明辉等：《小时代，改朝换代》，《南都娱乐周刊》，2013年6月24日。

家"转向了"编剧",然后又从"编剧"转向了"导演"。这种身份的变动,彰显了时代的游移与漂泊不定所导致的知识分子认同空间的转变。正如马克·波斯特所言:"那种人们熟悉的自律、理性、固定不变的主体模式将可能被置换成一个多重的、离散的和去中心化的主体,并在信息生活中被不断质询为一种不稳定的身份。"① 在这样一个媒介不断变革、网络和影视主导的媒介化社会中,个性主体不再具有某种统一性,身份开始出现漂移,并且成为一种暂时的情境产物,知识分子/作家等身份不断被媒介所置换或消蚀。无论是刘毅然、朱文,还是刘恒、李冯,他们对导演工作的选择无非都是对自身主体性的一种寻找和重塑,只不过他们寻求的方式各不相同。但是,这种主体性的寻求和重塑却面临着诸多问题。

影视作品作为一种重要的大众文化产品,必然会为大众提供可以消费的大众形象,以实现经济利益的最大化。毕竟作家导演对观众需求的了解程度肯定不如专门搞商业电影的导演和他们的团队,因此许多作家导演面临的问题是缺乏足够的资金和观众,王朔执导的《爸爸》实际上是由冯小刚具体负责技术层面操作,刘恒的《少年天子》也只是冠名总导演,实际具体活还是由其他执行导演负责,朱文、李红旗等作家导演对影片镜头的运用难免有点死板,甚至有时候只是摄影的替代品。因此,刘恒不得不承认:"到了影视领域,无论你多优秀的作家,你的待遇就像初学写作的人在编辑部的待遇一样。你在技术上的生疏是不可原谅的。"② 作家导演拍摄的影视作品由于其对影视技术的欠缺很难得到市场和投资方的青睐,即便像李冯和刘恒这样的大牌编剧,也很难保证能保证拥有长期固定的资金链。马原对此深有感触:"人家凭什么拿一个亿、两个亿给你,你又不能向他们证明你能收回来。因为不能证明,所以也没有机会。"③ 而像朱文、崔子恩和李红旗这样带着许多文学理想和边缘色彩的作家导演,则必然在

---

① [美] 马克·波斯特:《第二媒介时代》,范静哗译,南京大学出版社 2000 年版,第 83 页。
② 夏榆:《刘恒:"触电"的快感》,《南方周末》,2004 年 9 月 2 日。
③ 陈祥蕉、郑茵茵:《作家当导演:文字魔法师的影像游戏》,《南方日报》,2006 年 9 月 17 日。

这个商业化社会更加孤独。1990年代中后期,"长沙会议"① 的召开和"青年电影工程"② 的启动标志着第六代导演开始向主流皈依,他们在商业环境下不断寻求新的出路,不约而同地回归主流。张元的《过年回家》、路学长的《光天化日》、王小帅的《梦幻家园》、管虎的《古城童话》等,淡化了过去影片中的叛逆和先锋特色,回到了正常的叙事范畴。即使这些第六代导演仍然关注边缘人物和底层民众,但他们的讲述则是以比较主流的方式进行,"他们不仅在生存模式上自觉地进入到主流的电影机制,而且在人文理念与艺术理念上也有意与主流达成一致,与此同时,他们也在追求影片的市场价值,并且不放弃对个人艺术风格的追求和对自己思想理念的表达"③。这种向主流的回归,不仅使他们的身份由"地下"转为了"地上",而且使他们所拍摄的电影获得了主流发行渠道,为他们今后的发展提供了便利。如果朱文、崔子恩和李红旗的导演之路不向主流化和商业化转型,可以说他们的处境非常尴尬。虽然李红旗的电影《黄金周》并没有采用独立制片的方式,而是购买了个内蒙古电影厂的厂标,从所谓的地下走到了地上,但这在一定程度上限制了作品的表现空间和作者的表达手段。作为独立电影人的朱文、崔子恩和李红旗等作家导演而言,虽然他们的先锋性影像表达彰显了其个体的文化意识并得到了国际化上认同,但是由于他们的作品游离于体制之外,因此也缺失了本土观众。

虽然刘恒、李冯转向导演表现出对原有编剧和导演关系的一种抗争,但是在这样一个商业主导以及影视体制不完善的社会状态下,这种商业化身份的寻找和重塑显然极具挑战性,也面临着许多的压力。一方面,"商

---

① 长沙会议:1996年3月23日—26日在长沙召开了全国电影工作会议,被称为"长沙会议",这是新中国成立以来规模最大的全国电影工作会议,这个会议提出要在第九个五年计划期间,实施每年推出10部精品影片的"九五五〇工程",以精品生产为突破口,带动整个电影事业的繁荣,从而确定了我国主旋律电影的精品策略。

② 青年电影工程:1998年北京电影制片厂和上海电影制片厂分别实行了"9830工程"(又称"青年电影工程")和"新主流电影",共同组成了南北并肩合作的青年电影工程,由官方、制片厂和青年电影人共同参与,启用了一批第六代、新生代的青年创作人员,出品了《网络时代的爱情》、《美丽新世界》、《光天化日》、《古城童话》等影片,成为第六代导演和新生代导演回归主流的重要事件。

③ 朱洁:《中国新生代电影后期创作转型论》,《南京师范大学学报》(社会科学版),2005年第5期。

业化的今天，投资方在介入电影创作前期对于剧本商业化和通俗性的绝对要求，使得编剧的个体性基本消失"①。另一方面，许多电视剧、电影的热播，带火的只是导演和一些演员，而跟编剧没有任何关系，没有人关心这部影视作品的编剧是谁。从最初的电影《甲方乙方》到《天下无贼》，王刚曾以编剧的身份与导演冯小刚进行了多次合作。对于这些合作，王刚牢骚满腹，"一提到《甲方乙方》《天下无贼》，大家只知道是冯小刚的作品，可没有一个人知道这背后还有一个叫王刚的编剧。我作为电影《天下无贼》的第一编剧，冯导更是从未在公众场合提起过我的创作"②。虽然刘震云在编剧完《我叫刘跃进》后声称它是我国第一部"作家电影"，可是这一概念与上世纪五六十年代法国提出的"作家电影"有很大区别。后者是法国作家从自己立场提出的，他们同时担任编剧及导演，只是把电影作为一种艺术形式，试图深入地探讨人的内心和潜意识。而刘震云所说的"作家电影"概念，旨在为徘徊在"内容缺失"沼泽的国产电影开辟一条新路，希望新概念的提出能调动作家积极性，创作出一批能表现当下社会生活、有引人入胜的故事和人物的电影作品，为观众奉上爽快可口、物美价廉的"家常菜"③。因此，这一概念的提出看似是对作家主体性的确认和张扬，其实质不过是出于商业宣传的需要。此外，在今天这样一个明星导演占据绝对权威的环境下，作家导演的力量显得十分微薄。即便有那么一些作家导演的出现，声音还是十分的微弱和无助。毕竟，在这个商业社会里，资本总是集中流向那些有市场号召力的明星演员和明星导演，这就是当下的明星制度。在现阶段影视运作的商业化模式、作者/作家电影尚付阙如，而明星演员/导演占据中心地位，在作家/编剧（无论多么著名）向导演这一身份转变的过程中所导致的身份的被遮蔽和话语权的被篡夺就显得理所当然而无可奈何。

约翰·凯里在分析19世纪大众报纸的出现时说："大众报纸构成一种威胁，因为它造就了一种新的文化，完全忽视知识分子，并使他们成为多

---

① 郭小橹：《〈网络时代的爱情〉诞生记》，《北京电影学院学报》，1999年第2期。
② 卜昌伟：《〈天下无贼〉编剧王刚：不满冯小刚占风头》，《京华时报》，2004年12月24日。
③ 钟颖：《中影集团打造"作家电影"》，《中国电影报》，2007年4月5日。

余的人。报业以销量作为主要的评估标准,把传统的文化精英晾到一边。它还在一个重要意义上,具有为大众提供虚构故事的作用,由此免去了小说家的责任。"① 影视的出现则进一步改写了知识分子/作家的身份和地位。因此,作家转行编剧和导演,也是适应大众文化发展的一种趋势,因为在现时代,作家、知识分子的精神领袖和"讲故事的人"的身份迅速被大众传媒所取代。无论是作家转行做编剧,还是作家/编剧转向导演,实质上都是在大众文化语境下的一种主体身份突围,旨在日渐狭小的空间里发出自己的声音,以证明自己的存在和价值。

---

① [英]约翰·凯里:《知识分子与大众》,吴庆宏译,译林出版社2008年版,第7页。

第二章　文学的电影改编

新时期以来，文学和电影的关系日益密切。1980年代末，张艺谋、陈凯歌等"第五代导演"的电影正是借助对文学作品的改编走向了国际电影市场，被国外电影节所认可，并形成了一股民俗电影的浪潮。也正是在这一时期，文学和电影进入了短暂的"蜜月期"，文学和电影都呈现出双重繁荣的景象。进入1990年代之后，电影作为文化产业进入了消费时代，电影对文学作品的改编虽然依旧存在，但是二者的关系有所变化：电影逐渐脱离文学走向独立。新世纪以后，我国电影进入了一个跨国化的大片时代，电影生产完全遵循工业化生产逻辑，文学不过是电影生产的一种配方因素。张艺谋、陈凯歌、冯小刚作为当代中国电影的旗帜性人物，他们的电影道路无疑也折射出当代中国电影的历史变迁和未来走向。因此，从张艺谋、陈凯歌、冯小刚的电影对文学的改编，大致可以管窥出我国文学与电影的互动、共生和调整的大体状况。

第一节　新时期文学与电影的互动与变迁

新时期以来，我国先后经历了1980年代的文化启蒙、1990年代的市场化以及新世纪后的全球化等文化思潮，我国的电影风格也随着社会变迁而有所转型，从旨在赢得西方认同的自我民俗与寓言过渡到市场化时期立足国内的都市影像，直到新世纪后，我国电影进入了一个"大片时代"，完成了电影的跨国制作和商业化转型。在我国电影的发展过程中，文学与电影关系的变迁成为我国电影发展的一条重要线索。从1980年代末1990年代初的"文学驮着电影走"（张艺谋语）到1990年代中后期的电影与文学关系的重新调整，两者关系发生了重要的变化。尤其是新世纪以后，我国电影基本走向了一条独立的商业化配方式的道路，文学仅仅成为电影加工过程的一道佐料。在这个过程中，我国电影与文学的关系变迁不仅反映了电影在社会文化转型中的抉择，也折射出了电影一步步从依附文学走向电影本位的发展趋势。

一、跨国想象与自我民俗

新时期以来，寻根文学、先锋文学等现代意识的觉醒与艺术形式的自觉探索与第五代导演的追求不谋而合。第五代导演同寻根文学、先锋文学的作家们基本上属于同龄人，在人生体验和文化情趣上都有着较多的共鸣。因此，"第五代"导演早期的电影基本上都改编自文学作品，其中以张艺谋、陈凯歌、黄建新最具代表性、作品改编自文学的数量也最多。如张艺谋的《菊豆》（1989，刘恒《伏羲伏羲》）、《大红灯笼高高挂》（1991，苏童《妻妾成群》）、《秋菊打官司》（1992，陈源斌《万家诉讼》）、《活着》（1994，余华《活着》）、《摇啊摇，摇到外婆桥》（1995，毕飞宇《上海往事》）、《有话好好说》（1997，述平《晚报新闻》）、《一个都不能少》（1999，施祥生《天上有个太阳》）、《我的父亲母亲》（1999，鲍十《纪念》）、《幸福时光》（2001，莫言《师傅越来越幽默》）；陈凯歌的《边走边唱》（1991，史铁生《命若琴弦》）、《风月》（1995，叶兆言《花影》）、《霸王别姬》（1993，李碧华《霸王别姬》）以及早期的《黄土地》（1984，柯蓝《深谷回声》）和《孩子王》（1987，阿城《孩子王》）；黄建新的《站直啰，别趴下》（1992，邓刚《左邻右舍》）、《五魁》（1993，贾平凹的《五魁》）、《背靠背，脸对脸》（1994，刘醒龙《醉秋风》）、《红灯停，绿灯行》（1995，叶广芩《学车轶事》）、《埋伏》（1996，方方《埋伏》）等影片。正如张艺谋所说："中国有一个庞大的作家群，我喜欢的作家很多，像莫言、刘恒、苏童、王朔这几位我所合作过的作家，我都很喜欢。他们的作品作为我的电影的文学母体，在表现文学走向的同时也引导了电影的走向，所以你要看中国电影的发展或者我个人风格的演变,可以看作家们将来的变化。"① 在经历过文化寻根和先锋思潮之后,第五代导演对于西方思潮的接受和解读在主体性上与先锋作家具有较大的相似性,所以莫言、阿城、刘恒、史铁生、苏童、余华、叶兆言等人的作品成为第五代导演改编的重要选择。正是在这一共同的文化背景上,第五代导演选择的这些小说大多具有强烈的民俗色彩、深刻的个人记忆以及浓郁的地方情调或者神秘性,这些小说既具有先锋小说流派的叙述特性和文本意味,又具有被转述成电影叙事的可能性。在 20 世纪 90 年代初期,我国电影大多是由文学作品改编而成的,它们在画面的构成、拍摄的技巧以及情节的叙事等方面都颇具有艺术色彩,这也是该时期电影重要的文学特征。

"第五代"导演改编电影现象的出现,是"第五代"导演和新时期作家基于"走向世界"的现代性想象这一共同命题所达成的一次合谋。从 20 世纪 80 年代末开始,一大批作家面临着寻根思潮、先锋思潮的巨大影响,在这一转型过程中,西方的各种思潮对他们的作家创作产生了重要的影响。"走向世界"这一跨国想象在 80 年代末 90 年代初期对作家产生了巨大的牵引作用,他们试图通过对西方思潮的中国化书写,完成一次文学的跨国旅程。在走向世界的跨国想象过程中,90 年代以"第五代导演"为代表的我国电影的一个重要的改编策略就是不断放大小说中的民俗景观并添加自我想象,以寻求国际认同。这一创作/改编策略实际上来自于张艺谋、陈凯歌等早期的电影创作理念。陈凯歌的《黄土地》、《边走边唱》中浓烈的民俗色彩和文化寓言风格和张艺谋的《红高粱》中婚庆和饮酒的仪式以及《大红灯笼高高挂》中的大红灯笼、捶腿等细节,相继受到了西方国际电影节的认同。如 1987 年张艺谋的《红高粱》获得第 38 届柏林国际电影节(西柏林)金熊大奖、1992 年张艺谋的《秋菊打官司》获威尼斯电影节金狮奖、1993 年陈凯歌的《霸王别姬》在戛纳电影节上获金棕榈奖,以至于西方评论家如此评论:"这是一系列令人惊叹和羡慕的成功,还没有任何他国电影能取得与此比肩的成绩,至少在过去二三十年中还没

---

① 张艺谋:《谈艺录》,载韩秀风、晓海:《为艺谋不为稻粱谋》,湖南出版社 1996 年版,第 389 页。

有过。"① 显然，这对中国电影产生了巨大的影响，正如张英进所说："张艺谋在国际市场上获得了前所未有的成功，许多电影制作人都争相重现和重新发明异域的、情色的仪式以及其他民族文化元素，他们一起促成了从80年代末期到90年代中期的一种新类型的民俗电影。一个接一个的故事都上演了无所不至的父权压迫、永不满足的女性欲望、性诱惑、不正当的或乱伦的关系、令人发指的道德越轨、震撼逼真的体罚、男性的性无能和阉割，甚至是弑父和杀婴。"② 毫无疑问，20世纪90年代以张艺谋和陈凯歌为代表的电影之所以在国际上得到广泛认可，他们电影中的民俗性特点是一个关键性因素。这给后来的中国电影以强烈的示范作用，使得1990年代初期的中国电影特别注重对民族性和民俗性内容的展示，甚至还出现了一大批仿制之作，如滕文骥的《黄河谣》（1989）在视觉效果上极力模仿陈凯歌的《黄土地》；黄建新的《五魁》（1993）偏离了导演本人一贯的都市题材转而面向民俗风格，片中新娘被土匪劫至荒野的场景也模仿了张艺谋的《红高粱》；周晓文的《黑山路》结尾献祭式的场景也明显模仿了张艺谋的《红高粱》。此外，一大批电影都着力于对民俗和陋习的展示，如《炮打双灯》（1994，何平）展示了农村风俗和壮观的焰火表演；《杏花三月天》（1993，尹力）、《红粉》（1994，李少红）以及《家丑》（1994，刘苗苗）表现了非正常或乱伦的性关系；《女人花》（1994，姚晓峰）展现的珠江三角洲地区"自梳女"群体断绝性事的性习俗；《杏花三月天》（1993，尹力）突出表现了两个男人的性生殖力的柔弱无力；《二嬷》（1994，周晓文）中的二嬷虽然不同于传统民俗电影中备受压抑的女性形象，但是她用赤裸的双脚揉面的画面等也使该片成为"自我东方化的、民俗的方式参与将乡村型'第三世界'中国的可消费象征符号加以推销的行为，它所运用的将地区性、原始性和异域性的意象重新加工的方法已经成为第五代的范式和特征——也成了全球所理解和接受的中国艺术电影的本质"③。正如张英

---

① ［美］张英进：《影像中国——当代中国电影的批评重构与跨国想象》，上海三联书店2008年版，第16页。
② ［美］张英进：《影像中国——当代中国电影的批评重构与跨国想象》，上海三联书店2008年版，第263页。
③ ［美］张英进：《影像中国——当代中国电影的批评重构与跨国想象》，上海三联书店2008年版，第274页。

进指出的那样:"这些电影证明了,到90年代初期许多中国导演就都充分意识到,一部最有可能满足西方期待(或者说审美品味)的影片应当包含一些格式化但又是本质性或有魔力的成分:原始风景及其纯视觉之美(包括狂野的河流、山脉、森林、沙漠);被压抑的性欲及其在性兴奋的叛逆时刻中的爆发(解读作'英雄主义');在情色剧、仪式或其他类型农村习俗中可看到的性别行为和性展示(包括同性恋、异性装扮癖、通奸、乱伦);以及一个神话或循环轮转的时间框架。"① 所以,这一时期的导演对隐秘而带有揭短意味的习俗的披露乐此不疲。

然而,这些电影所表现的民俗,无疑是电影导演"发明"的民俗。正如张艺谋对"大红灯笼"和"捶腿"的民俗演绎。他们自觉地将中国确认为西方视野中的凝视物。于是,"通过凝视着自身(中国)被他人(西方)凝视,当代中国电影似乎'民俗化'了中国(自我),并最终成为一种'自我民俗学'。"② 这些电影对民俗的发明和对文学作品的细节性改编,成为90年代电影改编的一个重要趋势。正如戴锦华指出:"赢得这些奖项已经成了电影生产的一项首要目标;与国际电影节相关的西方文化、艺术品味和生产标准现在决定着我们本来纯粹是民族性的电影。"③ 这些电影致力于获得西方国际电影节的认同,希望借之进入西方艺术电影院线确立自身的国际地位,并进一步争取国内的知名度,从而走向一条艺术上冒险但相对来说商业前景比较明朗的运作道路。电影的这种自我民俗化的倾向,与80年代末90年代初文学叙事的去政治化潮流有着密切的关系。可以说,第五代导演和文化寻根的先锋派作家在这一维度上异曲同工。他们的电影或者小说基本上都回避了对政治话语的意识形态性转述,而侧重表现民俗经验和个人记忆。有些作家转向了新历史主义的写作,讲述一些"过去年代的家族故事",这种历史主义色彩成为1990年代电影的重要特

---

① [美]张英进:《影像中国——当代中国电影的批评重构与跨国想象》,上海三联书店2008年版,第35页。
② 周蕾:《原初的激情:视觉性、性欲、民族志与中国当代电影》,远流出版事业股份有限公司2001版,第238页。
③ 《中国银幕》编:《西方的惊奇与中国电影神话》,《中国银幕》,1994年第2期;转引自[美]张英进:《影像中国——当代中国电影的批评重构与跨国想象》,上海三联书店2008年版,第34页。

征。这种表现其实与苏童有着莫大的关系。"过去年代的家族叙事"的一个重要策略就是省略对于时间的叙述和背景,《菊豆》、《大红灯笼高高挂》、《炮打双灯》、《家丑》等影片都是通过对"20 年代"、"本世纪初"等模糊时间和影像空间的书写营造一种具有审美特质的时间感,进而规避了对政治话语的宏大建构。

  国际电影节对中国民俗电影的异质化认同,导致了 90 年代民俗电影的浪潮,表现出西方凝视者对中国电影所表现出的差异文化的兴趣。随后,年轻的新生代——"第六代"导演则也采取了类似的文化策略。为了获得国际电影节的认同,"第六代"导演的国产电影走上了一条独立的地下电影道路。张元的《妈妈》(1990) 和《北京杂种》(1993)、王小帅的《冬春的日子》(1993)、管虎的《头发乱了》(1994) 等影片成为"第六代"导演的前导之作。这些影片或获得国际电影节奖项,如《北京杂种》获得瑞士洛迦诺电影节评审委员会奖、第 22 届鹿特丹电影节最有希望的导演奖、新加坡国际电影节评委会大奖;《冬春的日子》获得意大利丝米诺艺术电影节最佳导演奖、希腊铁萨隆尼国际电影节最佳影片大奖(金亚力山大大奖);或参展国际电影节,如《头发乱了》分别参展法国蒙比力埃亚洲电影节、维也纳 32 届国际电影节等等。不同于第五代导演的电影,第六代导演的电影以另一种姿态进入国际电影节。"第六代"导演的主将正是借助这些国际电影节成为人们所熟知的新生代力量。他们试图通过国际电影节的跨国文化政治的影响力,引起西方批评家的注意,进而在国内电影市场上有所建树。虽然这一非体制的策略同时也使得一大批新生代导演的作品屡屡被禁,甚至本人也被列入黑名单,但是无疑还是有着重要的成功示范作用,如张元、王小帅、管虎、路学长、娄烨,以至"第六代"导演(其实不仅仅是"第六代"导演)对世界三大电影节表现出无限的热望。"'戛纳'、'威尼斯'、'柏林'经国内电影人之口说出来,就并非只是三个国际城市的名字,它们表示着那所谓'三大电影节',这三个名词说出来后已经转换成'肃然'、'心惊'、'肉跳'这些表示心理反应的动词……人的这种趋炎附势的心理蔓延到各种各样大大小小的媒体。"[①] 吴文

[①] 吴文光:《柏林电影节的这道风景》,《读书》,2000 年第 7 期。

第二章 文学的电影改编

光在 2000 年参加完柏林电影节后写的这段文字恰如其分地概括了人们对国际电影节的认同和强烈的成名想象。

第六代导演的电影与第五代导演的民俗电影有着很大的不同,他们纷纷将目光转向了城市,特别是城市的边缘群体和区域,这些影片无一不充斥着西方摇滚和啤酒可乐式的文化味道、肮脏与落后的堕落城市景观以及无奈而绝望的边缘情绪等等,第六代导演用纪实性手法刻画着青春期中国的躁动和焦虑,使得转型期的中国问题暴露无疑。第六代导演抛弃了第五代导演对历史民俗、乡野民情的寓言化书写,他们的书写方式更为贴近个体化的生活经验和成长记忆,许多影片所反映的实际上就是导演本人的生活成长经历,如王小帅的《冬春的日子》(1993)、路学长的《长大成人》(1997)等。但是,综观第六代导演的影片,我们似乎可以从另一个意义上说,第六代导演的寓言化书写是对转型期中国现实的带有自我丑化或者自我凝视意味的表达。这种方式从本质上说仍然是一种中国寓言式的书写,只是他们将现实中国置换为西方视野中的他者,其中对现实中国的落后愚昧和贫穷堕落以及边缘不公等与第五代的书写策略本质相通,只不过第五代导演是对历史中国的寓言化书写,而第六代导演则是对现实中国的寓言化书写。但是不管是何种寓言化书写,其实质上都是一种自我民俗(或者是自我寓言)。正如玛丽·路易斯·普拉特所说:"民俗学文本是这样的一种方式,欧洲人借此来向自己表现相对于他们而言的(通常是臣服)他者,自我民俗学文本却是那些由他者所建构起来的用以回应或与这些大都会表达进行对话的方式。"①

第六代导演较少将文学作品改编成电影,这从另一方面昭示出文学与电影关系的内在变革。第六代导演注重个人的生命体验,他们将之融入到剧本创作中,这些剧本大多是导演本人的创作,如《小武》(1999,贾樟柯)、《站台》(2000,贾樟柯)、《冬春的日子》(1993,王小帅)、《扁担姑娘》(1999,王小帅)、《十七岁的单车》(2000,王小帅)、《苏州河》(2000,娄烨)、《长大成人》(1997,路学长)、《北京杂种》(1993,张元)

---

① [美]张英进:《影像中国——当代中国电影的批评重构与跨国想象》,上海三联书店 2008 年版,第 253 页。

等。据统计的数据表明,1990年至2006年独立制作的故事片大约110多部,其中由文学作品改编而成的不超过10部。① 在为数不多的改编影片中,影响较大的有姜文的《阳光灿烂的日子》(1995)、《鬼子来了》(2000)以及张元的《东宫西宫》(1996)、《我爱你》(2002)、《看上去很美》(2005)等,然而这些影片都加入了大量个人的心灵体验,如《阳光灿烂的日子》经改编后,采取了一种个人化的视角,将普遍经验上的"噩梦"叙述成主人公张小军生命里的"阳光灿烂的日子",在其中姜文用感伤而诗性的调子表达了年少时的萌动情怀和惆怅心思。这些参与编剧的作家所进行的已经不再是独立性的创作,而是由导演提供故事,他们根据导演的故事进行创作。

二、市场转型与都市影像

20世纪80年代末、90年代初,我国电影完全处于一种试图得到西方"他者认同"的时期。虽然在这一时期我国电影确实取得了一些成就,并成功开辟了海外市场,然后再返回到国内。但是,90年代中期后,我国电影陷入了一个低谷,正如戴锦华所说的"沉船"时期。② 陈凯歌的《霸王别姬》(1993)、张艺谋的《活着》(1994)、田壮壮的《蓝风筝》(1993)分别获得戛纳电影节金棕榈大奖、评委会大奖和东京电影节最佳影片大奖之后,由于内容的争议性和违规参赛等原因,除《霸王别姬》经过几次修改后与内地观众见面之外,其余两部影片均被禁止公开放映。伴随着内地电影工业的整体滑坡,第五代导演似乎也陷入了创新力匮乏的窘境。1998年,张艺谋的影片《一个都不能少》被戛纳电影节拒绝,并引发了"戛纳退展事件";同年,陈凯歌的影片《荆轲刺亲王》也遭遇了票房惨败和国际电影节的失利等一系列挫折,表现出中国电影在西方主导的话语市场无所适从的尴尬。直到2000年,中国电影走势依然低迷,除了《生死抉择》(2000,于本正)和《一声叹息》(2000,冯小刚)两部影片拥有较高的票房以外,其他影片鲜有收益。

---

① 詹庆生、尹鸿:《中国独立影像发展备忘(1999—2006)》,《文艺争鸣》,2007年第5期。
② 戴锦华:《雾中风景:中国电影文化1978—1998》,北京大学出版社2000年版,第460页。

第二章　文学的电影改编

如何在市场中立足成为 90 年代后期中国导演深入思考的一个问题。以张艺谋、陈凯歌等为代表的第五代导演由于国际电影节上的落败，使得他们不得不重新寻求自身的出路，纷纷将目光从海外重新返回到了国内，转向了城市题材电影的创作和改编。张艺谋凭借《摇啊摇，摇到外婆桥》、《有话好好说》、《我的父亲母亲》和《幸福时光》完成了自身的电影转型；而 1995 年陈凯歌也试图凭借《风月》实现电影的转型；黄建新导演的《轮回》(改编自王朔的小说《浮出海面》)、《背靠背脸对脸》(改编自刘醒龙的《醉秋风》)、《红灯停绿灯行》(改编自叶广芩的《学车轶事》)、《埋伏》(改编自方方的《埋伏》)、《睡不着》(改编自范东峰的《小街派出所轶事》)、《谁说我不在乎》(改编自叶广芩的《你找他苍茫大地无影踪》)等，大多以城市为背景，在保持了导演一贯的幽默风格的同时，反映了改革开放过程中人的价值观和行为规范所受到的冲击和发生的变化。第五代导演的集体转型既是早期的民俗电影难以为继之困境的必然选择，也从一个侧面反映出在市场化进程中城市作为审美对象所包含的消费价值和需求。随后，国产电影进入城市电影的阶段。

虽然这一时期的许多城市电影并非改编自文学作品，但是这一影视潮流与同时期文学创作的潮流不谋而合。20 世纪 90 年代是中国城市化、工业化进程加剧的时代，与此同时，作家的城市书写也成为 90 年代文学写作的一种时尚化趋势。城市化进程的加快不仅改变了社会的生活空间、阶层分布，而且进一步改变了社会中的人际关系和人的生存心态。90 年代中后期城市群体普遍表现出焦虑、挣扎和困惑的心理状态。这为文学的发展提供了丰富的资源和审美空间。90 年代的小说对这种城市文化的复兴做出了积极的回应。《上海文学》和《佛山文艺》联合推出"新市民小说联展"，提出"新市民小说应着重描述我们所处的时代，探索和表现今天的城市、市民以及生长着的各种价值观念的内蕴"[①]。同时 90 年代蓬勃发展的大众传媒进一步催发了以城市文化为核心的大众文化形态。先锋作家、新生代作家以及新写实作家几乎无一例外转向了城市书写。这些与城市共同成长的作家对城市生活的描写与大众化消费化的文化空间实现了同

[①] 《"新市民小说联展"征文暨评奖启事》，《上海文学》，1994 年第 9 期。

构。这种对都市生活的书写，与90年代中后期出现的城市电影具有完全同步的一致性。此时的"新都市电影"呈现出当代中国城市文化嬗变中蕴含的"都市风情"，催生了新写实电影这一文本类型。夏钢的"都市顽主"系列电影《一半是火焰一半是海水》、《遭遇激情》以及《大撒把》，以温情而略显辛酸的基调为目睹摧毁与重建的都市居民找了一个可以寄寓感情的载体。这一系列的电影都与王朔有关，或是改编自王朔的小说，或是王朔参与了编剧工作。这可以说是都市电影的雏形之作，更大规模的都市电影则是在90年代中后期出现的。90年代中期，宁瀛的《找乐》和《民警故事》、章明的《巫山云雨》都自觉地表现城市化进程中的居民生活和原生态命运；90年代后期的《烂漫街头》、《头发乱了》、《长大成人》、《伴你高飞》、《小武》等影片则反映了城市边缘群体的生活，他们将新兴起的城市作为话语的试验田考察城市的成长以及由此带来的人心的变化；90年代末期，《爱情麻辣烫》中了无头绪的五段爱情、《网络时代的爱情》里的乌托邦情怀、《美丽新世界》里乡下人宝根对城市栖居地的追寻，共同构筑了城市文化空间里的大众神话。

在90年代中后期的城市电影的改编和创作过程中，一个明显的现象就是对本土商业市场需求的迎合。一方面，无论是改编电影还是原创电影，都突出表现出娱乐化色彩。这种娱乐元素在很大程度上可能与贺岁片的走红有着密切的关系。如果说《我的父亲母亲》还保留着张艺谋电影改编的个人影像风格，其中有关于锔碗、背书等带着民俗意味的细节刻画，那么在《有话好好说》和《幸福时光》中，张艺谋则加入了更多的娱乐元素，如选用赵本山作主演本身就是对明星效应和喜剧色彩的注重，同时张艺谋将这两部影片作为贺岁片推向市场，表现出对商业规则的臣服。只是让人遗憾的是，这两部影片并没有起得预期的票房价值，成为张艺谋电影转型中的第二次失败（第一次为电影《代号美洲豹》）。在城市的消费文化空间里，真正适应了大众文化审美需求和文化消费的是1997年异军突起的冯小刚导演的贺岁片。冯小刚的贺岁片紧贴普通人的日常生活，呈现出明显的王朔式的调侃风格，但是同时吸收了新写实作家浪潮的现实取向，因而本质上是一种现实主义的呈现。冯小刚的贺岁片开创了我国电影的新类型，也促进了电影的市场化转型，它实际上"表现了中国电影绞尽脑汁为各种节日献媚的影片现象"①。此外,贺岁片的出现在某种程度上营造了一个新型的城市消费空间和大众文化类型。90年代后期冯小刚的"贺岁三部曲"——《甲方乙方》、《不见不散》和《没完没了》——以一种调侃戏谑的方式切入生活,充分体现了90年代末电影的娱乐化风潮。同时在娱乐化色彩之中又表现出平民情怀,"一种平民主义的感伤,一种对原来人们称之为'小市民'的日常生活经验的高度关切开始成为新的电影潮流,像《生活秀》和《卡拉是条狗》等都是这一潮流的典型的表征。"②黄建新的《脸对脸,背对背》、《埋伏》、《睡不着》和《说出你的秘密》等影片以一种极端荒诞的黑色幽默感展示生活中的荒诞。如《埋伏》中老田和叶民主死守已成为破案"废点"的水塔,一直坚持了36天,喜剧之中却透着苦涩。因此,黄建新的影片虽然具有喜剧色彩,然而又不是单纯的喜剧,正如黄建新所说:"我的电影往往是很混杂的形态……它不是一个纯种的什么东西,它总可以让你笑,但笑着笑着就不笑了。"③影片的荒诞主要集中在对日常生活中的小人物和老百姓的表现,用喜剧来表现对都市生存现实的关照。夏钢的《与往事干杯》(1995)、《伴你到黎明》(1996)分别由陈染的小说《与往事干杯》和张欣的小说《伴你到黎明》改编而成,影片侧重对商品社会中感情价值的思考,影片的表达方式细腻而不失幽默。

三、跨国制作与配方生产

新世纪后,我国电影进入了一种跨国制作的大片时代。哥伦比亚、索尼、艺玛、华谊兄弟等这些明显具有外资色彩的民营影视公司,成为国产大片制作和运营的重要背景,推动着中国电影走向市场。如华谊兄弟太合影视投资有限公司就投资制作了《一声叹息》(2000年)、《大腕》(2001年)、《寻枪》(2001年)、《天下无贼》(2004年)、《手机》(2003年)、《英雄》(2002年)、《天地英雄》(2003年)、《十面埋伏》(2004年)、《无

---

① 周星:《中国电影艺术史》,北京大学出版社2005年版,第346页。
② 张颐武:《"新文学"的终结与新世纪文学》,载王宁主编《文学理论前沿(第三辑)》,北京大学出版社2006年版,第261页。
③ 黄建新:《我看喜剧片》,《电影艺术》,1999年第3期。

极》（2002年）、《满城尽带黄金甲》（2006年）、《赤壁》（2008年）等。这些大片依托着合资或外资背景，甚至借用了外国的著名演员，表现出中国电影从内容生产向市场生产的转向：内容成为一种次要素，市场化操作成为主要因素。于是，合资、合拍、合作、发行、明星制就成为今天电影生产的重要机制，在这种运行机制中，电影与文学渐行渐远，或者文学只是电影营销的辅助工具。

借鉴好莱坞的编剧模式，新世纪后的国产大片基本上脱离了小说改编的传统模式，而成为一种以导演为中心的编剧模式。因此，在这一时期，文学与电影的关系发生了倒置。90年代的电影基本上都是由小说改编而来，小说成为电影的改编资源和核心内容，而在新世纪后，小说的基础性作用逐渐丧失，即便在某些由小说改编而成的电影中，小说对电影的影响也仅限于一种火花式的启发，如《绿茶》、《天下无贼》、《周渔的火车》、《集结号》等。也就是说，许多改编自小说的电影其实已经脱离了原著的内容，而成为一种新的电影内容。正是这样，新世纪后一些改编自小说的电影在播出后，同时推出了电影版的小说，而不是原著。如《集结号》虽然是根据杨金远的小说《官司》改编而来，但是由于电影的内容与原小说的内容有很大出入，因此在电影播出之前，市场上便出版了编剧刘恒的电影剧本《集结号》，这其实是从某种程度上向原作者宣告，这部作品已经脱离原著而存在。其实这一现象可以追溯至张艺谋的《幸福时光》。《幸福时光》便是根据莫言的小说《师傅越来越幽默》改编而成，但是最后编剧鬼子又推出了新的电影版小说《幸福时光》。

新型的电影编剧模式使得编剧成为导演意见的中介，编剧根据导演的构思和主题编写剧本，编剧成为导演的资源库。在导演思想的指导下，编剧需要完成的是迎合导演的命题作文，于是出现了先有电影后有小说的模式。这一现象在今天已经越来越普遍，如冯小刚的《非诚勿扰》、陈凯歌的《梅兰芳》等。由此可见，新世纪后，文学成为电影配方式生产的一个内容，成为电影整合营销的一个环节。其基本的模式便是通过影片的上映，与电影相关的小说或其他图书也相应进入电影的营销渠道，进一步增加了电影的商业利润。即便那些改编自小说的兼具艺术性和商业性的电影，在电影上映前后，也都运用了以电影版小说为营销点的营销模式。新世纪以来,电影和文学的关系逐渐淡化,其中重要的原因是电影的生存环境逐渐发生了变化。电影的商业化色彩越来越浓烈,特别是好莱坞电影生产对我国电影的生产产生了极大的影响。电影的明星制、电影制作流程、投融资环境、好莱坞的影响、编剧的因素、电影的院线制度和民营影视机构的出现等,都影响到电影的生态,同时也改变了电影与文化的大众趣味。

新世纪后国产大片"编剧—导演"的制作模式的典型代表毫无疑问是"张艺谋模式"。张艺谋的《英雄》(故事原创张艺谋、李冯,编剧李冯、张艺谋、王斌,2002)、《十面埋伏》(故事原创张艺谋、李冯,编剧李冯、张艺谋、王斌,2004)、《满城尽带黄金甲》(编剧张艺谋、吴楠、卞智洪,文学策划王斌,2006)以及陈凯歌的《无极》(编剧陈凯歌、张炭,2005)和《梅兰芳》(编剧叶广芩、陈国富、张家鲁,2008)、冯小刚的《夜宴》(编剧盛和煜、邱刚健,2006)、《非诚勿扰》(编剧冯小刚,2009)和《集结号》(编剧刘恒、冯小刚,2008)等。这些国产大片与张艺谋、陈凯歌和冯小刚前期导演的由文学作品改编而成的电影有着明显的不同。从编剧人员来看,影片的导演张艺谋、陈凯歌、冯小刚等纷纷加入编剧行列,甚至有些导演还领衔"故事原创",似乎在刻意强调这些电影的内容制作都是导演的个人创作。虽然《满城尽带黄金甲》和《夜宴》标榜改编自戏剧《雷雨》和《哈姆雷特》,甚至冯小刚本人在谈及《夜宴》时公开宣传是"东方的《哈姆雷特》",但是从影片内容来看,这种标榜其实只是商业宣传策略。① 其实,这些影片"仅仅是与原著之间结构与细节上的类似,他们与戏剧原著之间的关系甚至在影片的字幕中都并未清晰地加以明示"②。不过,这种做法被陈晓云解读为是"试图为国产大片纠偏而做出的努力,这种纠偏的显在标志是使中国电影重新回归文学戏剧的传统,通过对于经典戏剧作品的现代改编"③,来规避当前国产大片所面临的文学性困境。

---

① 参见冯小刚、郝建、贾磊磊、尹鸿、高山关于《夜宴》的对话,《当代电影》,2006年第6期。
② 陈晓云:《改编,还是原创:一种令人困惑的悖谬——兼及对电影文学性命题的反思》,《当代电影》,2008年第2期。
③ 陈晓云:《改编,还是原创:一种令人困惑的悖谬——兼及对电影文学性命题的反思》,《当代电影》,2008年第2期。

然而，值得注意的是新世纪后的编剧地位的凸现。20世纪90年代，王朔开创了中国文学与影视界的"王朔现象"。而新世纪后，以刘恒、李冯、刘震云为代表的作家/编剧，则以其鲜明的个人风格塑造了自身的电影品牌。2007年由刘震云编剧的《我叫刘跃进》成为中国电影集团的倾力推出的第一位"作家电影"的代表。虽然这个"作家电影"的概念不同于欧洲作家电影的范畴，"后者更强调导演在电影艺术创作中的决定作用和核心地位，以区别于美国好莱坞电影的制片人中心制，而前者似乎更凸现编剧在电影创作中的位置，可以看成是对于文学性强调的回环。如果说，这种创意作为对于中国电影文学性的缺失和原创力的匮乏的反拨，试图借用作家的力量来提高电影剧作水平的话，它确实具有一定价值"①。实际上，李冯编剧的《英雄》、《十面埋伏》；刘震云编剧的《手机》、《我叫刘跃进》；刘恒编剧的《秋菊打官司》、《集结号》等，都成为品牌性作品。这些作品与导演的品牌作品标志和市场影响力旗鼓相当，他们也借此成为市场的金牌编剧，这充分体现出作家编剧在电影的市场性和艺术性之间的杠杆作用。

由于好莱坞电影制作模式的影响，新世纪后的电影越来越表现出奇观化色彩，导演在改编或拍摄时，都着力打造强烈的视觉景观。其实对于视觉效果的追求在80年代末90年代初张艺谋、陈凯歌等人的电影中就有强烈的体现。如《菊豆》、《大红灯笼高高挂》、《红高粱》、《荆轲刺秦王》等影片中的黄土地、大宅院、红灯笼、小桥流水、亭台楼阁甚至京剧、皮影、婚丧嫁娶等观赏性元素。但是，这一时期的视觉元素带有强烈的民族寓言色彩，即这些元素实际上还寄托着一种强烈的民族身份和文化认同功能。而新世纪后国产大片对视觉效果的追求实际上已经脱离了这种文化寄寓，而纯粹成为一种观赏性的元素。这种视觉奇观性改编的滥觞之作应该是张艺谋的《英雄》。影片中唯美的场景画面、恢宏壮阔的行军布阵以及优美精致的武打动作等，成为影片最具有观赏性的亮点，却与电影主题不甚相关，甚至沦为一种装饰。此后，国产电影都非常注重对视觉效果的营

---

① 陈晓云：《改编，还是原创：一种令人困惑的悖谬——兼及对电影文学性命题的反思》，《当代电影》，2008年第2期。

造,如《满城尽带黄金甲》通过华丽的服装造型和大场面吸引观众的眼球;一度面向国内观众的冯小刚的贺岁片,也在《夜宴》中表现出全球化的视觉转型,冯小刚谈到《夜宴》时也说:"从视听方面来讲绝对不含糊。在这部电影面世以来招至的所有攻击中,稍有理性一点的批判者都是首先对《夜宴》在视觉方面给予了充分的肯定然后再去展开他们的猛烈批判,以此来表示他们的客观。"①《无极》试图重述一个中国神话,然而空洞的内容让人感到不可理喻,表现出叙事的巨大缺失。《英雄》、《十面埋伏》、《满城尽带黄金甲》、《夜宴》、《无极》等实际上还是对传统历史故事和戏剧作品的改编,然而这种改造已经失去了文学性的内核和历史的基础,而专注于影像的奇观性呈现,影片通过一个个奇观的场景,架空了人性和历史的内容,以绚烂的色彩、华丽的画面掩盖着贫弱的叙事能力。导演和观众津津乐道于影片的视觉传奇效果,但同时又对影片的内容表现出强烈的不满,对影片的主题和叙事表现出强烈的批判,这实际上就形成了当前国产大片的一种畸形的模式。因此,有学者将"巨额投资,国际阵容的制作团队,跨国拍摄,风光奇观,超级加强版中国符号+神怪武侠,最大程度简约化的剧情叙述,昂贵的电脑特技,明确的好莱坞国际线路"称为中国电影的"张艺谋模式"②。

在国产大片高度商业化、跨国化的同时,电影显得越来越单调,无非是华丽壮观的画面、大牌明星演员和酷炫的特效技术。虽然仍然有一些改编自文学作品的兼具艺术性和商业性的电影,如陆川的《寻枪》(改编自凡一平的《马本山寻枪记》,2002)、孙周的《周渔的火车》(改编自北村的《周渔的喊叫》,2003)、张元的《绿茶》(改编自金仁顺的《水边的阿狄丽雅》)、霍建起的《暖》(改编自莫言的《白狗秋千架》,2004)、黄建新的《求求你,表扬我》(改编自北北的《请你表扬》,2005)、刘浩的《好大一对羊》(改编自夏天敏的《好大一对羊》)、姜文的《太阳照常升起》(改编自叶弥的《天鹅绒》)等,但是它们在市场上的影响并不大。毕竟,电影的文学气质成为他们现实生存的重大障碍。国产大片的跨国化制

---

① 《冯小刚自述》,《当代电影》,2006年第6期。
② 戴锦华:《百年之际的中国电影现象透视》,《学术月刊》,2006年第11期。

作、对视觉奇观的倚重、对故事内容的拼贴和解构、编剧—导演的新型模式、文学的整合营销等，都是新世纪商业电影的一种配方生产方式。可以说，配方生产是新世纪以来电影的一种惯性操作模式，也是商业电影取得成功的重要保障。

第二节　东方寓言、纪实中国与全球想象
——以张艺谋电影改编为例

20世纪80年代末以来，作为"第五代"导演的代表人物，张艺谋越来越成为一个神话，张艺谋本身也和他的电影一样成为大众传媒所消费和建构的形象，并最终成为大众文化一个重要的组成部分。与其他第五代导演所不同的是，张艺谋是一个与文学有着非常密切关系的电影导演，他的电影作品很多都是由文学作品改编而成的。正如他本人所承认的："我觉得文学是一个很关键的环节，导演自编自导的能力很有限。我能做一个比较好的改编者，但是我不能作为原创，我没有这个能力，一张白纸就写出一个中篇来，好像还没有这个能力。长期的导演实践，使我锻炼出另外一种能力，就是改编的能力，二度创作的能力。所以中国的文学对我们来说是一个母体。"① 正是借助于文学母体的丰富资源，张艺谋以其独特的风格书写着当代中国社会文化，从80年代末90年代初的自我他者化以满足西方猎奇的目光，到90年代中后期试图缝合本土与国际市场的努力，直到今天将中国纳入一种全球化流动的想象空间，张艺谋借助自己的影像一步步完成了中国与世界的全球化文化交流。

一、东方寓言与自我他者

20世纪80年代末到90年代初，借助对"中国"这一东方形象的寓言性书写，张艺谋以神话般的速度成功走向世界视域之中。从《红高粱》

---

① 张艺谋、郭景波:《张艺谋:创作与人生》，《电影艺术》，1999年第3期。

第二章 文学的电影改编

到《活着》,张艺谋为西方世界塑造了一个带有中国性、东方主义的象征符号。张艺谋试图用奇观性的民俗描写建构一个他者视野中的空间性中国形象。

早期的张艺谋电影与当时的中国文学密不可分,两者共同组成了地域性的审美空间。受先锋、寻根和西方思潮的影响,张艺谋与作家们一样敏锐感受到了文化语境的变化。因此,其早期的电影基本上都改编自莫言、苏童、余华等在80年代末期成长起来的风头正劲的先锋作家的作品。先锋作家较多接受和摹仿了西方的创作理念,不再执着于讲述熟稔的"中国故事",而是将中国置身于他者的视野中。这些作品与传统小说相比,呈现出全新的姿态。传统小说通常是借助人际之间的冲突和矛盾表现人性,注重事件的因果关系和演进逻辑,而先锋作家们则注重于一种模糊的氛围中凸现人性形态。张艺谋所选择的这些先锋作家的作品大多是体现了现代西方哲学思想和价值观念,表现出迥异于民族传统文化的价值体系,更为注重对人性样态的呈现。正是对传统书写模式的突破和对"中国故事"的新的架构,使张艺谋的电影表现出非同寻常的先锋和奇异色彩,这也是张艺谋电影受到西方国际认同的重要原因。

如果说陈凯歌的电影相对关注民族文化传统,喜欢表现宏大的叙事,那么张艺谋的电影则恰恰相反,他讲述的是一个个没有负载太多意义的故事。因此,张艺谋的电影通常发生在一个时间性匮乏的讲述语境之中。正如张艺谋所说:"我想拍哪个时代的故事并不是什么大问题,因为可以把它看做一个容器和一件衣服。穿30年代的衣服和穿现代的衣服,自身都不会有什么改变。"① 正是基于此,张艺谋总是对所选择的小说在时间上进行模糊化处理以及对故事情节进行简约化删改,这就是一种减法式改编。张艺谋对小说的电影化改编总是抓住其中的一个重要情节而不及其余。电影《红高粱》改编自莫言代表作《红高粱》,为使情节更加丰富而有传奇性,电影还融入了莫言"红高粱家族"的另一部作品《高粱酒》的部分情节。"我当时不想拿《红高粱》说特别多的事,不太想把它弄得有各种各样的社会意识、人类意识。我们哥儿几个在一起攒:这片子咱们拍

---

① 张颐武:《全球化与中国电影的转型》,中国人民大学出版社2006年版,第163页。

简单点,一个宗旨是把它拍好看了,拍得有意思。还有一个就是咱要传达出莫言小说中那种感性生命的骚动,一个男人和一个女人还真活得自在,他们觉得自己就是一个世界,想折腾就折腾,把这点事说圆乎了,把人对生命热烈的追求说出来,有这点小味道就差不多了。"① 张艺谋选择性地处理了小说的主题,回避了小说对畸形人性以及传统文化的批判,而只选取了"生命骚动"这一点来组织情节。同时,为了能更好地符合主流意识形态,张艺谋还是在影片中增加了一些"抗战"的情节。"我们不想把《红高粱》拍成战争片,也无力去开拓战争题材的'深层结构'。但在目前的中国,如果不加上抗日的政治内容,光拍前半段,就会有人责难:这电影有什么教育作用?"② 然而,从影片的整个来看,在"感性生命骚动"的主题之外出现的"民族英雄主义精神"这一内容嫁接无疑是生硬和牵强的。不过从另一方面来看,影片对主流意识形态的塑造,恰好说明电影《红高粱》在艺术、娱乐和商业之间的话语协商,其实也是电影产业化转型的产物,是一个"娱乐政治化"③ 的产品。《红高粱》的改编让我们窥视到张艺谋对小说改编的一种惯用策略,那就是尽量简化故事情节,同时增加戏剧性。张艺谋的电影及其改编有一个非常简单的叙事结构,故事情节是以线性的顺时结构,基本符合戏剧中"起因—发展—高潮—结局"这一模式。《红高粱》删除了大量的抗日线索而简化为我爷爷我奶奶的故事;《菊豆》讲述的是菊豆和杨家两个男人之间的故事;《大红灯笼高高挂》讲述的是妻妾争宠的故事。但是,这些故事又不止于是一个简单平淡的叙述,张艺谋在其中增加了一些戏剧性的冲突:四太太颂莲假装怀孕被发现,因而由点"长明灯"落到"封灯"(被打入冷宫);其后,三太太与人通奸被发现,继而被处死,四太太颂莲因目睹整个过程而发疯。电影《菊

---

① 张艺谋:《唱一支生命的赞歌》,载陈墨:《张艺谋电影论》,中国电影出版社 1995 年版,第 53 页。

② 罗雪莹:《赞颂生命 崇尚创造——张艺谋谈〈红高粱〉的创作体会》,载中国电影出版社中国电影艺术编辑室编:《论张艺谋》,中国电影出版社 1994 年版,第 165 页。

③ 尹鸿:《世纪之交:90 年代中国电影备忘》,《当代电影》,2001 年第 1 期。尹鸿在文章中认为,90 年代消费电影特别值得关注的现象之一是包括《红色恋人》在内的几乎所有的商业/类型电影都为政治准入进行了主旋律改造,政治娱乐化、娱乐政治化共同呈现出商业电影主旋律化的趋势。

豆》一改小说《伏羲伏羲》的平淡结尾，小说中的结局是杨天青自杀和菊豆忍着世俗的指责平静地活着，而影片将杨天青由自杀变成了被亲生儿子所谋杀，最终菊豆用一把火烧毁了一切。这些带有浓厚隐喻色彩的悲剧性结尾，不仅将电影推向了高潮，而且使得"弑父"、"焚火"、"灯笼"等物象成为张艺谋早期电影中重要的象征性场景。

张艺谋早期电影的一个非常重要的现象就是对民俗的奇观化渲染和寓言性展现，其中对东方民俗的想象有些是对小说细节的放大和夸张，有些是张艺谋的虚构和想象。《大红灯笼高高挂》详细展现的点灯、吹灯、封灯仪式在苏童的小说《妻妾成群》里只是一句关于做寿门口挂灯的简单描写。张艺谋放大了小说中"灯笼"的细节，甚至将其作为电影中的重要线索，另外还臆造了"捶脚"这一神秘而带着性暗示的民俗现象；《红高粱》除了放大了"颠轿"的细节，而且还虚构了烧酒、祭酒、酒歌等场景和故事；此外，《活着》中的"皮影"和"红卫兵造反"等也被张艺谋塑造成一种民俗式的奇观。这种表现策略是第五代导演的一个重要标签。如果说陈凯歌电影中的民俗是作为现代性焦虑和启蒙的载体而存在，暗示着一种主体意识的询唤，那么张艺谋电影中的民俗则成为故事的消费性符码，是故事的重要组成部分。在《大红灯笼高高挂》中，那些灯笼已经"关系到故事发展的剧作因素。它与几个女性的命运及故事发展有着密切的关系，如果没有'红灯笼'，影片的故事就不能完成"[①]。"颠轿"则成为《红高粱》中最具有趣味性的段落。张艺谋电影中的民俗成为他走向世界和国际的有利的资本和资源。影片对民俗的表达呈现出中国本身所具有的神秘性和诡异性，中国因此成为西方凝视中的他者形象。"这种表达使得张艺谋正好成为20世纪90年代后新时期文化的象征，也表明张艺谋的外向化是中国内部生产的电影第一次完全面向西方的表述。"[②] 然而，需要指出的是，张艺谋的民俗奇观和东方寓言实质上是将中国置身于西方的想象视野之中进行的自我改造，从而使之成为一种空间性的代码。正如詹姆逊所说："第三世界的本文，甚至那些看起来好象是关于个人和利比多趋力的

---

① 李尔葳：《直面张艺谋》，经济日报出版社2002年版，第52页。
② 张颐武：《全球化与中国电影的转型》，中国人民大学出版社2006年版，第178页。

本文，总是以民族寓言的形式来投射一种政治：关于个人命运的故事包含着第三世界的大众文化和社会受到冲击的寓言。"① 张艺谋影片中的民俗奇观为迫切希望了解中国的西方提供了一种想象性景观，虽然他所呈现的是一种臆造或陈旧的中国形象，但是这毕竟为西方提供了窥探中国或者解读中国的通道。

张艺谋影片中的这种民俗奇观和东方寓言，完全是一种窥探性的书写，他通过一个封闭性的空间，让我们窥探到一个隐秘的世界。早期张艺谋的作品往往都是从大的文化思考出发，讲述一个具有象征意味的"庭院中国"或是"乡土中国"的故事，进而表达对传统文化的反思或者对人性生态的剖析。"这些故事所表述的不是具体时间中的具体空间，而是一个彻底寓言化的东方故事，是对民族特性的强调和展示，展示了一个被排斥在现代性话语之外的彻底闭锁的空间。"②《红高粱》的主要场景有两个：一是高粱地，一是十八里坡酒坊；《菊豆》的主要场景是专门设计的杨家染坊；《大红灯笼高高挂》的主要场景是陈家大院。这些封闭性的空间为电影提供了一种窥视的视角。值得注意的是，这种封闭性和窥视欲往往都是在改编时加入的。小说《红高粱》中的高粱地是由村民种植的，并不是"不知何时长出"的野高粱；而单廷秀、单扁郎（电影中改为李大头）家的酒坊亦是在生活气息浓郁的村子之中。而到了影片中，张艺谋将这些有人气的场景统统置换成带有荒蛮意味的荒郊野外。电影《菊豆》也如此，张艺谋将生活场景进行了改变，小说《伏羲伏羲》中热闹的小村子变成了影片中封闭阴暗的杨家染坊。《大红灯笼高高挂》则将场景选在山西的乔家大院，突出表现它自成一国与世隔绝的一面。张艺谋将这些故事设置在封闭性的空间场景之中，就为观众提供了一种窥探的视角。这无疑显露了我们所处的第三世界的文化处境。张艺谋用封闭性的空间构造和静止凝固的生活样态暗示我们民族压抑之中的生存状态，这就迎合了西方世界的他者想象，并满足了其东方国度的窥视欲望。

---

① ［美］弗雷德里达·杰姆逊：《处于跨国资本主义时代中的第三世界文学》，《当代电影》，1989年第6期。

② 张颐武：《全球化与中国电影的转型》，中国人民大学出版社2006年版，第163页。

二、纪实风格与纪实中国

1990年代中后期,社会文化从启蒙转向了娱乐消费,"大陆民众经久不衰的政治热情开始淡化,功利和实用观念日渐成为民间主导意识。与此同时,大众媒介和大众文化的迅速发展使平均化和非高雅化的公众趣味取代了具有超越、升华功能的知识分子趣味"①。在这种平均化和非高雅化的社会语境中,无论是主流文化、大众文化还是启蒙文化,无不掺杂了明显的娱乐因素,具有了娱乐文化的特点。尤其是市场化进程的迅猛发展使都市成为一种新兴的文化空间,市民成为一种新兴的社会阶层。都市及都市阶层的怀旧情调是90年代文学和影视表达的共同主题。张艺谋的电影在八九十年代之交更多充当的是一种启蒙文化的角色,但是随着时代语境的变化,张艺谋的风格必然要有所改变。90年代张艺谋的电影开始表现出一种平民化的创作姿态,开始关注中国普通人的生存境遇,其电影表现出明显的内倾性:"原来极端抽象、没有时间性的'寓言中国'转变成一个非常具体的、处于当下的'状态中国'。"② 张艺谋从前期的民俗寓言风格转向了纪实风格,这不仅是张艺谋对都市情怀和普通人生活的重视,而是对本土市场的重视。

其实,张艺谋早先就对都市题材有所接触,那时张艺谋选择了刘震云的《一地鸡毛》,并成立了摄制组。然而这部影片最终却未能开拍,一方面是因为张艺谋感觉自己对都市普通人的生活题材缺乏足够的把握③,另一方面是张艺谋恰好又看见了陈源斌的小说《万家诉讼》,于是张艺谋拍摄了这部表现乡村生活的影片。在拍完《活着》之后,张艺谋再次将目光转向都市题材上,他将上海作家李晓的《门规》和述平的《晚报新闻》两部小说分别拍成了电影《摇啊摇,摇到外婆桥》和《有话好好说》,从而完成了"张艺谋进城"的策略转移。张艺谋的电影也表现出一种都市娱乐消费性功能,消解了小说中的沉重主题和深刻意义,试图给人一种轻松娱乐的享受。小说《万家诉讼》说的是村长让村民都种油菜,唯独万家不种

---

① 尹鸿:《论90年代中国电影格局》,载苏元、胡克、杨远婴主编:《新中国电影50年》,北京广播学院出版社2000年版,第323页。
② 张颐武:《全球化与中国电影的转型》,中国人民大学出版社2006年版,第182页。
③ 黄晓阳:《印象中国:张艺谋传》,华夏出版社2008年版,第111—112页。

油菜种小麦，于是村长动手打人，秋菊为此要讨个"说法"，当村长最后被抓后万家才明白原来"全民种油"是乡农技员的科学指导；而《秋菊打官司》（1992）则是万家要在自家地里盖房，村长不批准，说不符合新规定，但村长拿不出文件来，万家以为村长是有意刁难，于是便骂村长生不了儿子，被戳到痛处的村长便踢了他的"命根子"，为此秋菊要讨个"说法"。影片将小说里"种油种麦"的农事问题改编为"生男生女"的私人问题，不仅增加了娱乐性，也吸引了观众的注意力；《有话好好说》（1996）讲述都市几个年轻人为了爱情相互纠缠最终发生打斗的生活故事；莫言的中篇小说《师傅越来越幽默》讲述省级劳模丁十口在即将退休的时候竟然荒唐地遭到了下岗的命运。走投无路的时候，他突发奇想，在一个人工湖附近的树林里利用一截废汽车车厢造了一间"情侣休闲小屋"营生。电影《幸福时光》（2000）除了那个"汽车壳子"与原小说相关外，讲述的几乎是一个全新的故事：退休工人老赵为筹集出和一个胖女人结婚的结婚费用将旧车厢改成一个恋爱男女幽会的"幸福时光"休闲小屋，并帮助一个盲女找回生活的信心。然而，张艺谋的改编削减了原小说的思想深度，使电影流于平面化，显现出主题单薄叙事薄弱的缺点。

从1992年的《秋菊打官司》开始，除了1995年的《摇啊摇，摇到外婆桥》之外，张艺谋电影反映的都是普通人的生活状态，有着比较明显的世俗化倾向。需要说明的是，《摇啊摇，摇到外婆桥》反映的是对上海这一大都市的影像想象，也偏离了张艺谋以前的新历史主义影像的轨迹，成为一种对都市的猎奇，这一影片与同样选择了上海黑帮的电影《风月》（陈凯歌导演）有着互文性的应照。张艺谋和陈凯歌对大都市及黑帮的共同关注，将上海这一国际化的、中国最具消费性的城市作为影片的背景，迎合了当时社会上普遍的"上海热"以及对"民国上海"的怀旧性消费和窥视性探险潮流。张艺谋电影对小说的主题变换，也正好遵循了这样一种消费性的逻辑轨道。《秋菊打官司》对农村固有的男女思想的娱乐化解读；《有话好好说》和《幸福时光》直面当下都市男女的爱情，并以贺岁片名义添加了娱乐化元素；《一个都不能少》实际上是将一个乡村女孩的城市经验作为线索形成城市化进程中农村的城市想象；《我的父亲母亲》则"浪漫地回顾了一个'安全'的浪漫年代的诗意，这种诗意恰恰和今天的

第二章 文学的电影改编

市场化社会构成尖锐的对照"①。电影《活着》对生命主题的思考从死亡转向活着。张艺谋电影的主题转换,内在化地表现了一种现实血肉层面上的中国式生存,与早期张艺谋用寓言符号塑造的奇观中国一样,张艺谋试图用现实中国的符号完成对"中国性"的再次塑造。张艺谋导演的根据艾米小说改编的同名电影《山楂树之恋》开拍之初就以"纯情"、"纯爱"等字眼进行宣传,这一策略类似于他导演的《我的父亲母亲》。《山楂树之恋》和《我的父亲母亲》一样,讲述的也都是一段纯真、美丽的爱情故事。两部电影张艺谋都克制了一贯追求的浓烈视觉效果,而是代之以比较平淡的故事和纯净的画面色彩。电影《山楂树之恋》为了突出老三与静秋的爱情,删除了原小说中出现的王长生、万驼子、成医生一家、静秋的哥哥等人物,使得整个故事线索更为单一、集中。同时,这部影片又突出了"文革"的历史底色,这一点类似于电影《活着》的叙事背景。整部影片有意无意地突出了电影所发生的年代,并将这一年代作为电影叙事的重要推动力,作为老三和静秋纯真爱情的时代标记。对此,张艺谋在影片宣传时期就明确说影片"把时代举重若轻地化在了某种方式上"②。

张艺谋电影的主题转换,实质包含着张艺谋的两种影像诉求:一方面,张艺谋试图通过对现实中国的表达,占领当下中国的电影市场,甚至还跟风冯小刚等人的贺岁片力图一比高下;另一方面,张艺谋试图通过重新塑造的"中国性"再次走向世界的中心,正如他在谈到电影的民族性与世界性时所说的:"有些题材是我们本民族特别感兴趣的事情,可能拍得非常好,但拿出去他们看不懂,不知道你在说什么。比如《凤凰琴》这个电影,写民办教师转正的,外国人不明白民办教师转正这个事,他就不能感动,不知道这个东西有多么重要。我认为:在艺术特色上应该坚持民族主义的原则;在艺术命题上应该坚持人类的共通精神,这个非常重要。"③然而,让人感到遗憾的是,虽然这些电影大多在国内市场取得了不菲的票房

---

① 张颐武:《全球化与中国电影的转型》,中国人民大学出版社2006年版,第182页。
② 简芳,方夷敏,刘杰:《〈山楂树〉首周4200万 张艺谋回应质疑》,《南方都市报》,2010年9月21日。
③ 张艺谋:《电影·艺术·人生:张艺谋答军艺学员问》,《解放军艺术学院学报》,2000年第1期。

业绩或获奖,但是却始终没有达到早期张艺谋电影的高度。与此同时,西方观众仍然无法完全认识这样一个现实中国的形象,毕竟当时中国的复杂性远远超出了西方的理解,或者说西方世界在当时语境下对现实中国并不感兴趣,因此,张艺谋的这些"现实中国"的电影也没有引起西方社会的认同。

三、视觉奇观与全球想象

新世纪后张艺谋具有全球想象性质的影像风格与整个社会的发展密切相关。新世纪后的中国俨然已经进入了全球化时代。一方面,全球化的意识形态与消费机制迅速渗透进中国的政治、经济和文化各个领域;另一方面,中国正以一种新型的大国姿态重新崛起,在全球秩序中发挥着越来越重要的作用。与此同时,中国电影生产在全球化浪潮和好莱坞制作的影响下,也逐渐表现出一种跨界运作的模式。当对现实中国的状态化书写无法引起西方观众认同的时候,张艺谋进行了自身的第三次转型:摒弃小说的地域性,转而表达一种全球性风格。

2002 年以《英雄》为标志,张艺谋完全进入了全球化的书写之中。《英雄》和《十面埋伏》突破了早期向外转的自我寓言化和中期向内转的本土化模式,转而将内外合一,取消了电影中内向化与外向化的差异,从而使得《英雄》和《十面埋伏》成为一个新时代全球化的隐喻。《英雄》可以说是张艺谋对历史文本进行再创造而完成的。然而,他没有将这一文本放置在中国和历史的时空框架之内,而是架空了时空的背景,超越了民族和国家的界限,表达了一种全球性话语。张艺谋抽空了荆轲刺秦王的历史传说语境和秦王的历史性存在,创造了"飞雪"、"长空"、"残剑"、"无名"四位虚无的刺客,以及一个"坐而论道"的秦王形象。张艺谋给我们呈现的是一个超越了中国语境的世界想象。这一点他在《英雄》的拍摄过程中多次加以强调:"《英雄》的开机日是 2001 年 8 月 11 日,整一个月后,剧组的每一个人都在谈论 911,这对《英雄》也产生了很大影响。张艺谋决定将影片的题旨上升到'世界和平'的高度。"[①] 因此,当秦王说

[①] 夏榆:《以〈英雄〉的名义——访〈英雄〉的文学策划王斌》,《南方周末》,2002 年 9 月 28 日。

出"六国算什么？寡人要率秦国的铁骑打下一个大大的疆土"。这个大大的疆土就是天下，而"我们所说的天下，我们所说的和平，是指全球的"①。因此，残剑苦心劝说无名不要刺杀秦王以及无名最终放弃刺秦，这也就是《英雄》为我们展示的全球化的和平话语。《十面埋伏》则是张艺谋对《英雄》的改写。《英雄》向我们展示的是一个以秦国和秦王为首的强大秩序，而《十面埋伏》则通过对朝廷和飞刀门双重秩序的建构，以及对这两种秩序压抑爱欲与人性表现，传达出个人对欲望的追求和向往。《千里走单骑》是张艺谋的一次小小的转型，在这部影片中，张艺谋改变了以往完全聚焦商业因素的影像观念，实现了艺术与商业的结合。《千里走单骑》选用了日本明星高仓健作为主演，讲述了高田与儿子从不理解到理解的沟通之旅，其实从深层次上来说，影片将中国置身于中—日两者的双重视域之中，隐喻着中日、中国与世界文化交流以及其中的忧虑。张艺谋通过影片完成了一个跨文化交流的对话。同时，这部影片的核心故事——高田（高仓健饰）不远千里只为替儿子完成傩戏《千里走单骑》的拍摄，可演傩戏的中国父亲却进了监狱，而等高田回国后他的儿子也溘然长逝——完成了一次对乡土中国的询唤，这一主题不无隐喻着全球浪潮对中国乡土文化的一次祭奠。《满城尽带黄金甲》改编自曹禺的《雷雨》，是"古装武侠版"的电影。张艺谋对《雷雨》的改编又显现出其一贯的作风，那就是虚化和置换了故事发生的时间，同时也变换了小说的主题。《雷雨》反映的是"五四"作家对"人的觉醒"的崇高礼赞，"在当代挥金如土的影像翻版中退化成一种关于皇权专制体制与血腥镇压的勉力维持"②。张艺谋对《雷雨》主题的消解，摆脱了"五四"这一让西方观众难以理解的宏大历史背景，而赋予影片一种无时间性的娱乐性。

从《红高粱》到《满城尽带黄金甲》，张艺谋一直热衷于唯美主义的视觉效果。新世纪之前的"高粱地"、"大红灯笼"以及"大染坊"等都表现出张艺谋对视觉元素的独特性发现，新世纪后的张艺谋更加重视电影的视觉效果。当《英雄》成为张艺谋电影视觉效果的集大成者时，他其实也

---

① 张颐武：《〈英雄〉和张艺谋：一个神话的再思》，《中关村·文化》，2003年第1期。
② 朱靖江：《黄金甲——浮华时代的悲剧》，《中国新闻周刊》，2006年第48期。

开始用视觉形象来掩饰电影叙事的虚弱无力。《英雄》里的沙漠,《十面埋伏》里被大肆渲染的牡丹坊、敦煌壁画、似海的竹林、乌克兰草原等,《千里走单骑》中不断出现的云南丽江的风景、梯田、800米的长桌宴席、傩戏等,都不过是充当了对画面的填充作用。此外,张艺谋还不忘借助中国武侠动作给西方观众以东方式的体验,飞刀、盾牌、竹子、长矛等武打动作成为张艺谋新世纪后电影的武侠视觉奇观。这些武打动作缝合了东方和西方之间的文化隔膜,不仅迎合了国内电影市场,同时也获得了国际市场的认同。"《英雄》的武侠世界,虽不具有史诗的恢弘气势,但张艺谋却以他精心营造的那种天马行空、充沛着阳刚之美的武侠奇观,以及浪漫、诗化的意境,铺排出一席以秦灭六国、英雄盖世为古老背景的视觉盛宴,呈现出一种张艺谋式的东方武侠风格。"① 无名与长空之间被琴韵和雨珠所诗化的"琴剑大战"、飞雪与如约在胡杨林里的"爱意追逐"、无名与残剑在深山碧水间的"击水对决"等场景,将武侠的动作抽象化、唯美化、奇观化为一种浓烈的审美对象。《十面埋伏》的武打动作则比《英雄》更为神奇和具有观赏性,牡丹坊的"击鼓舞袖"、飞马摘花、竹林陷阱以及雪地决斗,"达于视觉表现力的极致而刷新了武侠动作场面的纪录"②。由此,张艺谋创造了一种可以进入国际主流电影市场的东方武侠电影品牌,这也是张艺谋全球化想象的一个重要部分,成为全球化时代的一种文化资本。因为,"在当代社会条件下,无论是纯粹艺术还是日常生活中的艺术形象,总是以美丽诱人的方式遮蔽了资本扩张所造成的感性物化这一残酷现实"③。《满城尽带黄金甲》承续了张艺谋一脉相承的"大明星、大场面、大色块"的制作模式,无论是皇廷后宫,还是战场林莽,无论是将士的呐喊还是舞女的弹唱,张艺谋都是在不遗余力地追求视觉和听觉意义上的"大"④。当然还有那被广大网友恶搞的"黄金乳",更是张艺谋等电影

---

① 黄式宪:《东方武侠传奇:张艺谋跨界出征的悲壮之旅》,《南京师范大学文学院学报》,2006年第1期。
② 黄式宪:《东方武侠传奇:张艺谋跨界出征的悲壮之旅》,《南京师范大学文学院学报》,2006年第1期。
③ 周小义:《唯美主义与消费文化》,北京大学出版社2002年版,第21页。
④ 李建中、李小兰:《借他人主脑"走麦城"——大片〈满城尽带黄金甲〉批判》,《探索与争鸣》,2007年第1期。

制作人所追求的一种商业化的娱乐效果。从《英雄》到《满城尽带黄金甲》，张艺谋通过强烈的视觉画面、女性身体等这一世界性的消费元素，填平了东西方文化之间差异鸿沟，迎合了新的全球化资本时代的欲望需求。①《金陵十三钗》同样没有逃脱张艺谋一贯的视觉渲染。震撼的巷战场面、花样繁多的各式旗袍、坦胸露腿的窥视、过度展现妓女的妖艳……呈现出一幅东方猎奇式的视觉效果。也许是过多渲染了影片的画面，影片的故事经过改编后则缺乏了原著小说人物内心变化的内在逻辑。从演员的选择就表现出张艺谋对《金陵十三钗》的国际化追求。《金陵十三钗》的男主角是曾主演《蝙蝠侠》系列以及《机械师》、《美国精神病人》、《终结者2018》等享誉世界影坛的好莱坞一线男明星克里斯蒂安·贝尔。张艺谋在谈及为何选择贝尔时说："首先是剧本需要一个男主角，剧本中的男主演是外国人。我在美国见到他，他的条件非常好，戏路非常宽，很敬业。一个非常好的优秀演员，能让中国的故事在世界上有更多人了解。"②

我们知道，电影改编是将一种艺术形式转换成另一种艺术形式的艺术创造。巴拉兹就认为："一个真正名副其实的影片制作者在着手改编一部小说时，就会把原著仅仅当成为未经加工的素材，从自己的艺术形式的特殊角度来对这段未经加工的现实生活进行观察，而根本不注意素材所已具有的形式。"③张艺谋对小说的选择体现了他独特的审美趣味与品位以及他对社会语境的敏锐感悟和适应能力。而他的选择总是和当前的社会语境合拍甚至有时还显出一定的超前意识。他的"文化商品"意识影响了他对小说的自觉选择，并终使他的影片总能在"一仆三主"④的身份确认中找到政治、商业和艺术三者之间的平衡，从而成为一个经久不衰的神话。从1980年代的东方寓言出发，张艺谋一路急转直下，成为大众传媒精心包装和炒作的文化英雄。从张艺谋的转型之中，我们可以看出中国社会转型

---

① 尹鸿：《〈满城尽带黄金甲〉：岂一个俗艳了得》，《大众电影》，2007年第1期。
② 梁晓雯：《〈十三钗〉曝男主角 张艺谋选定"蝙蝠侠"》，《新快报》，2010年12月22日
③ ［匈］贝拉·巴拉兹：《电影美学》，中国电影出版社1982年版，第280页。
④ 尹鸿在《论90年代中国电影格局》一文中说："处在政治/商品/艺术这样'一仆三主'的境遇中，面对国际国内政治、经济、文化的多重诱惑和挤压，90年代中国大陆电影审慎而艰难地确定着自己的生存空间。"载郦苏元、胡克、杨远婴主编：《新中国电影50年》，北京广播学院出版社2000年版，第324页。

和文化转型的方方面面,张艺谋成为当代社会和文化转型的一个缩影。

第三节　主体意识、文化隐喻与话语裂变
——以陈凯歌电影改编为例

陈凯歌是第五代导演的代表性人物,以《霸王别姬》为界,陈凯歌的电影可以分为前后两个时期。从 20 世纪 80 年代陈凯歌初登影坛开始,陈凯歌的电影就显现出浓厚的对人性和人物命运的深刻思考,力在揭示时代变迁中人物主体意识的抗争与泯灭、冲突与矛盾。虽然《霸王别姬》以后,陈凯歌也不断试图有所超越,相继游走于商业与艺术之间,甚至在新世纪后投身于中国的大片生产,但是,即便是在这些商业制作的电影中,陈凯歌也投射了太多的文化意蕴,从而使得影片晦涩难懂,自然也难以得到观众的认可。因此,有人说:"陈凯歌的创作道路,是从对民族文化的整体关注逐渐发展到对人(普遍人性到具体人性)的关注。"[①] 正是陈凯歌电影的精英话语方式,使他在当前这个市场语境中处境尴尬。然而,作为一个始终坚守着自身文化立场的导演,陈凯歌还是为我们展现了一个精英主义立场者在三十多年的社会变迁中的坚守与突围、裂变与重组,成为中国精英话语与主流意识形态、市场意识和社会变革的关系演变与精英话语走向的见证。

一、主体意识与人性幻象

从 1980 年代到 1990 年代中期,与其他第五代导演的电影一样,陈凯歌的许多电影都是由文学作品改编而成的。只是,不同的是,陈凯歌并不是特别注重小说的故事,而是更在意小说呈现出的人物关系,或者说是人物命运。"我一直认为最好的小说是没办法变成电影的。……拿我的《霸王别姬》和《风月》来说。《霸王别姬》的原著作者李碧华是一个很聪明

[①] 陈墨:《陈凯歌电影论》,文化艺术出版社 1998 年版,第 328 页。

的作家。她给你提供的东西第一不是思想,第二不是情节,第三不是故事。最重要的一点是她提供了一种人物关系。所有的东西都是从人物关系里升华出来的。在她所有的人物关系之间有很多潜力可挖。《霸王别姬》最后保留原著小说中的就是这种人物关系。换句话说,我现在拍成的电影中没有一个是根据现成的小说拍摄的。一个都没有。而且我不认为存在这样的小说。我必须按照我的想法去结构一个故事。我自己先有一个想法,先有一种感动,而且这种想法与文学的创作正好契合。但要拿文学作品拍电影,这方面没有现成饭可以吃。"[1]

这种注重人物关系的改编策略使得陈凯歌的电影表现出一种强烈的主体意识和对人性的深刻剖析。电影《黄土地》是陈凯歌在柯蓝的散文《深谷回声》及电影文学剧本《古原无声》的基础上再创作而成的,并成功突破了前两个文本,完成了对陕北农民与土地之间的关系构建,这显然触及了一个更深的思想主题。《大阅兵》以影像语言书写了物与人的对立关系,并由此延伸到人际之间关系领域。如果说《大阅兵》力在表现个人与群体之间的冲突,《孩子王》则旨归在理想与现实之间的抵牾,表现的是陈凯歌这一代人的个人诉求与"文革"时代的大规约之间的冲突。小说中的主人公老杆是一个有血有肉的生命个体,而到了影片中,却成了见证人与自然及文化之间冲突的符号象征。也就是说,陈凯歌为了完成文化批判而牺牲了对个体生命故事的讲述。

陈凯歌在电影中对人物主体意识的询唤,实际上揭示的恰恰是一种人性主体的缺失和生存危机。《黄土地》延续了原作的散文化形式,没有着力于演化故事或建构情节,而是致力于开展一个写意结构。电影《霸王别姬》为了更好地反映人物在历史和时代询唤下的堕落与沉沦,集中展示对"北京故事"的讲述,而舍弃了小说中程蝶衣和段小楼被发配在外的情节,浓墨重写的是程蝶衣的如戏人生;段小楼背叛程蝶衣的情谊,后辜负了菊仙的深情,成为"背叛的霸王";电影中对人物角色的对照式设置更为全面而深入地表现了人在时代变迁中的命运浮沉和人性变迁;此外,将程蝶衣的母亲从一个普通的妇人改为妓女,加强了程蝶衣这一人物形象和性取

---

[1] 李尔葳:《直面陈凯歌》,经济日报出版社2002年版,第147页。

向转变的合理性。《梅兰芳》同样借助京剧揭示了梅兰芳的"被绑架了的人生",揭示出在特定的时代背景下梅兰芳、孟小冬、邱如白的命运选择。这部影片与陈凯歌所拍摄的《霸王别姬》有着很大的相似性:同样是揭露京剧下的人生;同样是反映不同时代人物命运的变化;同样表现的是戏如人生的主题,只不过梅兰芳是被人生所绑架,而程蝶衣是化入戏中。这种差异使得《霸王别姬》从更深层次上揭示了人性的"背叛与逃离",而《梅兰芳》的揭示却多少显得有些温和而含蓄。这当然跟《梅兰芳》所处的时代有着密切的关系,毕竟《霸王别姬》只是一部虚构的小说,完全改编自李碧华的小说《霸王别姬》,因此没有任何现实性顾虑。而《梅兰芳》作为真人真事,自然面临着各种限制。这就是冯小刚所说的:"你想这导演他拍的时候,一边是梅家,一边是电影局,能拍成这样,已经真的是不容易。"① 正如陈凯歌坦言:"有人说'梅孟'之间的恋情再长点就好了,可我也得顾及梅家对这事的看法。"② 因此,从现实局限来看,《梅兰芳》仍然不啻是一部揭露人生的重要作品,它继承了陈凯歌影像表达的一贯策略。

陈凯歌总是通过影片表现人物在困境之中的抉择、挣扎、反抗甚至反叛,进而表现人物主体性的异化甚至幻灭。在《荆轲刺秦王》中,荆轲明知不可为而为之,以死亡的方式实现了英雄性的义举;秦王虽得到江山,却永失美人,人物的主体性被权力所异化;帝王和英雄在影片的改写中都被置换为历史的人质;《无极》深入到的仍然是人与人之间的关系,所探照的是人的主体性如何被历史消泯又如何重新觉醒的故事。正如该片的美国版字幕所言:在海天与雪国,人与神共同居住在一起,海天与雪国之间有一个王国,在那里,王沉迷于欢乐,行同虚设,将军们奋勇杀敌却不是为光荣而战,贵族们时刻梦想造反,世间鱼龙混杂,连一个纯真的小女孩都迷失了自己的本性。③ 因此,《无极》所要表现的也是人的主体性的消

---

① 马戎戎:《冯小刚:有观众给我撑腰就够了》,《三联生活周刊》,2008 年第 47 期。
② 易立竞:《患难中,他身上有一种力量——陈凯歌谈梅兰芳》,《南方人物周刊》,2008 年第 35 期。
③ 陈凯歌、倪震、俞李华:《〈无极〉:中国新世纪的想象——陈凯歌访谈录》,《当代电影》,2006 年第 1 期。

弹,比如如花为了一块馒头而宁愿放弃爱情。《梅兰芳》也同样表现了自主意识的缺失,正如台词所说:"梅兰芳不是你的,也不是我的,梅兰芳是座儿的。"因此,在面对家庭、爱情和事业三者之间的矛盾时,他完全生活在一种不能自主的空间中,先后放弃爱情、抛弃家庭、远赴美国,甚至在日军侵略时期还是被人"胁迫"着演了京剧,一步步走上了"被绑架"的人生道路。2010年陈凯歌在《赵氏孤儿》里重新思考了赵孤复仇的人性纠结,他这样阐释自己的改编思想:"程婴没有把孩子简单地看成是一个复仇工具,如果我养大你,就是为了让你复仇,那这一定是个满怀仇恨、面露凶光、沉默寡言的孩子。如果是这样的话,程婴这个人就算救了这个孩子的命,仍然是缺德的:他没让屠岸贾的剑毁了这孩子,他用仇恨毁了他。我在电影里找来这样一个小孩:阳光、聪明、健康、心理健康。这就是程婴送给这孩子最好的礼物,他不愿意把这个孩子用仇恨毁掉。最后要杀屠岸贾的决定不是程婴的,而是孩子自己的决定,这就是他对这个孩子养育的成功。"① 陈凯歌用《赵氏孤儿》重新解释了仇恨并非人生天生所具有的,也不是可以培养教育的,而是要尊重自己的选择。

二、物象隐喻与文化寓言

陈凯歌的电影始终无法摆脱自身物象的隐喻色彩,这种隐喻有时表现为一种神话,有时表现为一种寓言。正是太多的物象隐喻使得陈凯歌及第五代导演早期的电影表现出太多的象征性意义,进而忽略了电影叙事的功能,借助过多的物象展现自身电影的深度和思想性,似乎没有"黄土地"、"黄河"、"大红灯笼"、"迎亲"、"黛瓦粉墙"等视觉物象,便不具有思想性和震撼力。1990年代中期,当第五代的其他导演纷纷放弃了"寓言"和"民俗"表达时,陈凯歌却仍然执着于讲述自己的文化寓言。《荆轲刺秦王》以古典悲壮的肃穆讲述了一个古老的故事,而这个故事却颠覆了人们心目中关于秦王的残忍和荆轲的英雄气概的认知。和《秦颂》中的盖世霸王相比,由李雪健扮演的秦王丑陋低矮猥琐;与历史上的英雄传说不符,由张丰毅扮演的荆轲是为女人而行刺;由孙周扮演的燕子丹自私而神

---

① 张英:《陈凯歌:别让那些"高调"继续毒害观众》,《南方周末》,2010年11月25日。

经质;唯有虚构的赵姬贤良、大度、聪慧。"在《荆轲刺秦王》这个绝佳的历史故事与商业题材里,陈凯歌看重的却并不是这个历史故事的编织,而是着眼于在这个历史事件中'刺客之为刺客'、'君主之为君主'的历史逻辑,'荆轲'刺向秦王的那一刀,不仅没有刺中'秦王',也没有刺中观众,但是影片洋溢着的'壮士一去不复还'的昂扬的精神气质却再次投射出陈凯歌一贯的执着于民族历史与文化书写的创作立场。"①《无极》无疑是陈凯歌人生寓言和文化寓言发挥的极致之作,影片中的满神、昆仑奴和遥远的雪国都成了一种人生的隐喻。"《无极》中间,我认为西方人看到的是两个字——力量,是通过幻想的方式。……我强调《无极》的想象力,实际上是某种程度上有一个力量的象征。举例来说,我认为可以作为《无极》的整个 Logo 存在的,就是马越过张东健的头顶这个镜头,《无极》就是以这样一个姿态高高跃起实现跨越的,这个镜头对《无极》来说意义非凡,它是整部影片的象征。这个东西通过视觉的传递方式,进入了其他文化的视线之内,表达东方国家今天的现状,是这个作用。我是用幻想的方式传递有关力量的信息,这个是很有趣的话题。"② 陈凯歌试图通过这些具有深意的物象揭示人性,但晦涩的影像却使观众难以领悟其中的意义。这也许正是陈凯歌电影很难得到认同的一个重要因素。正如有研究者针对《风月》的失败这样说:"《风月》的不如意,揭示了陈凯歌及其'第五代'导演最大的一个秘密的困境:他们自认为是'思想的一代',而却因'形式的创新'而获得成功。他们自认为是思想的挑战者,而实际上却成为形式(语言/表达)的反叛者。"③

  陈凯歌总是不失时机地在影片中融入自己个人的生活体验和历史经验,表达自己对这些历史事件和人物经历的反思和文化批判。他的《黄土地》、《孩子王》、《霸王别姬》等,通过物象的隐喻或视觉语言的文化反思,对历史给予了深切和含蓄的影像表达。《黄土地》里荒凉的黄土高原、浑浊的黄河、粗粝的歌声、大漠中的红轿子等,似乎成为影片表现西部的

---

  ① 沈鲁:《陈凯歌:影像创新与文化自省》,《电影》,2008 年第 4 期。
  ② 陈凯歌、倪震、俞李华:《〈无极〉:中国新世纪的想象——陈凯歌访谈录》,《当代电影》,2006 年第 1 期。
  ③ 陈墨:《陈凯歌电影论》,文化艺术出版社 1998 年版,第 421 页。

文化类型意象。但是陈凯歌所要表达的并非这些猎奇的符号，而是通过风格化的巨大物象和奇特的画面结构，以一种原生态的地理景观、空旷的视觉话语和沉滞的物象，完成对那段被放逐的革命历史的质询和救赎。就像《黄土地》中翠巧家没有字的对联一样，隐喻了文明的断裂和文化编码的困境。陈凯歌在拍摄《孩子王》时，集中突出了阿城的小说原著里最具有寓言和象征意义、最能引发人们思考的历史主题作为影片的主体内容，集中表现了"文革"发生后，文化、文字是什么，做什么用。《孩子王》同时也借助字典、石碾等物象，体现出历史的文化阻隔感。《孩子王》在多个层次上所提出的问题，正是特定历史留给人们的思索。尤其是《霸王别姬》关于"文革"的叙事，已经被人们认为是饱含着自己命运的书写与反思的典范。《霸王别姬》里浓墨重彩的批斗与血腥，充分暴露了人性的扭曲和历史的荒诞。陈凯歌在改编《霸王别姬》时对历史的反思深度远超过了李碧华的小说原著。更为重要的是《霸王别姬》里融入了陈凯歌的个体经验，让人有切肤之感。他自己在文革中背叛父亲的独特经历也成为陈凯歌电影中挥之不去的历史符号。这些电影彰显陈凯歌的成长烙印里乡村文化的失落、政治狂热和宏大乌托邦社会的瓦解，因此，陈凯歌的电影对政治、历史、乡村、文明等进行了反思性回望，尤其是关于"文革"的控诉与反思。正如有人说："第五代可以说是'文革'的产物，他们青少年时代有十年被打上了深深的烙印。陈凯歌一有机会就反反复复地讲：那个时代决定了我们的一生。这一切造成了他们在前十年十五年对中国历史和现实的耿耿于怀的电影表述。"① 因此，陈凯歌的许多电影都着力表现历史、反思历史，展示自己对历史的思考和文化的姿态。

三、话语裂变与影像重组

1996年的《风月》是陈凯歌电影创作的一次转型。这部电影改编自叶兆言的小说《花影》。小说原本讲述的是关于家族颓败、人性阴暗、畸形欲望和真爱放逐的故事，然而，经过王安忆和舒琪的改编，《风月》变成了一个带有苏童式糜烂、颓废、诱惑和世纪末风格的剧本：淫猥潮湿、

---

① 倪震：《"第五代"导演前世今生》，《南方周末》，2002年2月4日。

阴森魅惑、欲望流转、臆想窨藏。① 90年代此类家族小说盛行一时，普遍带有新历史主义的色彩和世纪末情绪，而在电影中有意呈现的南北文化的象喻惟有在这种大的背景中才能得到合理的解释。② 难怪当年威尼斯电影节主席蓬特卡罗说："（张艺谋、陈凯歌）这些导演现在都不见了。他们摹仿好莱坞，拍毒品、拍黑社会，实际上又模仿得很糟糕。他们为什么不愿意拍自己身边令人感到激动的故事呢？"蓬特卡罗以《摇啊摇，摇到外婆桥》和《风月》为例，说这两部影片有明显的摹仿好莱坞影片的痕迹，他甚至觉得这两部影片本身也存在互相摹仿的可能。蓬特卡罗尖锐地诘问："张艺谋、陈凯歌究竟对黑社会了解多少？"③

实际上，从1990年代末以来，陈凯歌便开始了商业化电影的探索与转型。《荆轲刺秦王》、《温柔地杀我》、《和你在一起》以及《无极》等电影都表现出陈凯歌商业意识的觉醒。然而，陈凯歌却又不能全身心地投入到商业化浪潮之中，"因为我一直有一个感觉，就是中国做电影的人，尤其是中国的电影导演，应该力争对整个世界电影文化有重要的贡献。所谓有重要贡献的指标，一不在票房，二不在得奖，而在于你有没有'上善若水'的姿态，使得在整个世界电影的潮流中间融入了所谓中国的文化因素，这个才是指标。你的某些观念，包括宇宙观和世界观被这个潮流所接受，并且折射出它的光芒"④。与同时代的其他导演相比，陈凯歌是较早跨出国门实现跨国制作梦想的中国导演，他甚至成为第一个在好莱坞拍摄电影的中国导演。《荆轲刺秦王》是由北京电影制片厂与日本角川映画/角川书店合作完成的。"《荆轲刺秦王》的失败之处在于陈凯歌的三心二意，在好莱坞风格和欧洲风格之间犹疑不定，左右为难，让影片被市场野心和个人表达的愿望被撕扯得四分五裂。"⑤《温柔地杀我》是一部完全好莱坞式的影片，原作是作家妮契·弗兰奇创作的一部反映性虐待的小说，改编

---

① [美]王德威：《南方的堕落与诱惑》，《读书》，1998年第4期。
② 刘大先：《陈凯歌三十年：精英话语的裂变与重组》，《艺术广角》，2009年第3期。
③ 崔以琳：《远离生活的胡编乱造——此路不通》，《海上文坛》，1996年第10期。
④ 陈凯歌、倪震、俞李华：《〈无极〉：中国新世纪的想象——陈凯歌访谈录》，《当代电影》，2006年第1期。
⑤ 戴婧婷：《从"霸王"到"无极"：陈凯歌的十年挣扎》，《中国新闻周刊》，2005年第47期。

后的电影充斥了大量的色情和暴力场面;电影《和你在一起》是陈凯歌执导的一部票房和口碑都比较好的中小成本制作电影。"影片的意义其实根本不在于他开始表现现实、表现平民,而在于他终于找到了最大众的表达方式,呈现出较以往罕见的轻松、流畅,完全一派经典好莱坞风格和类型化角色。"①《无极》则是一部完全商业化的大片,制作投资达4亿元,完全实行商业化的运营策略,影片包含了众多的商业元素,如超明星阵容、电脑特效等。然而,由于陈凯歌的影像表达渗透着难以改变的个人风格,"我希望我的作品永远要有点意义,有点判断,有点不是完全被商业所控制的东西在里头"②。陈凯歌说《无极》的主题是命运、爱情和自由,深层次地说,这部影片表达的核心是宿命、情爱和意识等理念探讨。当陈凯歌在商业话语与精英话语之间左右徘徊甚至仍然偏向精英话语的表达方式时,他的失败似乎是不可避免的。《无极》是一部大成本制作的商业影片,陈凯歌却硬是加塞了许多文化寓言意义,因此,《无极》的内容和意义不仅显得臃肿难堪,而且让人捉摸不透,陈凯歌试图阐释的东西超越了影片的负荷。"《无极》的遭遇可以这么看,我本人和谢晋导演一样,在很多事情上是没有经验的,我宁愿把它的遭遇看成是在影片上映前,我介绍和引导的工作不够。其实说到底,好像在一个虚拟的游戏世界里,你要过关,面对选择,你选择什么?这个可能没有跟大家说清楚,我觉得结果也非常正常。"③

在经过《无极》的失败之后,陈凯歌也承认:"从我个人的角度来讲,还是应该主动适应这个时代,不要被动拖着走。"④ 2008年的《梅兰芳》就成为陈凯歌觉醒后的一种影像实践。陈凯歌较好地把握了艺术和商业的边界,使得《梅兰芳》一洗以往中国式大片的空洞和浮华,而表现出人物意识和商业策略的良好结合。在陈凯歌商业化影片的探索过程中,《无极》的最大意义在于让陈凯歌熟悉了"在一个商业的、娱乐的包装下面保持着

---

① 戴婧婷:《从"霸王"到"无极":陈凯歌的十年挣扎》,《中国新闻周刊》,2005年第47期。
② 子虚:《高山流水,谁人知音——与陈凯歌对话》,《中国新时代》,1998年第6期。
③ 陈凯歌:《梅飞色舞》,凤凰出版传媒集团、凤凰出版社2009年版,第158—159页。
④ 陈凯歌:《梅飞色舞》,凤凰出版传媒集团、凤凰出版社2009年版,第159页。

中国的叙事系统的延续"①。《梅兰芳》就表明陈凯歌找到了商业娱乐包装下这种传统叙事的话语平衡。这部影片如当年的《霸王别姬》一样,"《霸王别姬》中权力、历史、性别、阶级、革命、国粹、情感、欲望、怀旧……举凡他者凝视、市场青睐、具有卖点的元素都被包揽进来,而其中又有文化、文革、古典、迷失与背叛这样陈凯歌钟情的母题,两方面的结合构成了雅俗共赏的作品"②。《梅兰芳》就成为陈凯歌将商业元素和艺术追求相协调的作品,并以此重新回到了市场和艺术的中心。2011年的《搜索》是陈凯歌的又一部转型之作。《搜索》改编自网络作家文雨的同名小说,该小说是2010年鲁迅文学奖初选入围的唯一一部网络文学作品,当时名为《网逝》。《搜索》讲述了一个现实而残酷的故事:美女叶蓝秋得知自己身患绝症后,在回家的公交车上拒绝给老人让座。旁观的女记者陈若兮出于职业敏感抓住这个画面,并对此策划了一场从传统媒体到网络媒体的舆论大战。在网络时代的匿名制保护下,隐藏在电脑屏幕后面的网民发泄着各自的愤怒甚至公布处罚措施。与他之前的《无极》、《梅兰芳》、《赵氏孤儿》相比较,《搜索》是陈凯歌回归现实的一部现实主义作品。他对当下网络社会的乌合性和网络价值观进行了深入的思考。陈凯歌的《搜索》让人们看不出陈凯歌的深刻烙印,完全突破了"第五代"导演的电影风格,而是让电影空间进入了互联网时代,反映的是80后、90后的现实生活。它表明陈凯歌又一次进行了自我的突围,从历史和神话走向现代都市、从抽象人性走向现实人性的又一次积极探索。虽然这部电影的评价两极分化,但最终还是赢得了很高的票房收入,上映四周票房便超过1.6亿,打破了张艺谋导演的《山楂树之恋》创下的1.4亿的国产文艺片最高票房纪录,成为国产文艺片票房之王。由于投资方和商业因素的牵制,在电影的商业体制内陈凯歌的精英话语有所裂变和分化,试图以这种改变适应这个市场逻辑。但是陈凯歌总是以精英话语的知识分子姿态和立场应对着国家政治和市场潮流,在此前提下,不断重组影像空间,并谋求与市场趣味的协商。

---

① 陈凯歌、倪震、俞李华:《〈无极〉:中国新世纪的想象——陈凯歌访谈录》,《当代电影》,2006年第1期。
② 刘大先:《陈凯歌三十年:精英话语的裂变与重组》,《艺术广角》,2009年第3期。

第二章 文学的电影改编

第四节 话语移植、影像突围与双重改写
——以冯小刚电影改编为例

冯小刚可以说是20世纪末以来我国电影导演中的一个传奇。从1997年的《甲方乙方》起步，冯小刚不仅开创了我国电影的贺岁品牌，而且一直以其机智灵活的姿态稳立中国电影市场的风口浪尖，成为大众文化的一个代表性人物。然而，从早期具有王朔主义特征的电影风格到新世纪以来的影像尝试和探索，冯小刚总是在寻求新的影像突围，却又处处表现出突围与回归的迂回趋势，不断徘徊在商业话语和主流话语的双重场域之中。正是兼顾多重文化语境的策略，使冯小刚的电影总是既能满足大众的观影心理，又能与精英话语形成某种共鸣，同时也能与主流话语取得一致。

一、话语移植

从20世纪80年代末开始，王朔迅速登上文坛并成为这一时期文学和影视双重视域中的重要人物。王朔以其独特的文风影响了20世纪八九十年代之交的文学创作、影视作品和大众生活。许多改编自王朔小说或由王朔编剧的影视作品成为同时期的代表性作品，甚至引发了万人空巷的收视狂潮。可以这样说，王朔的出现，标志着大众文学时代的产生，更为重要的是，在王朔的周围出现了一批类似于王朔式调侃、消解和躲避崇高的作家或导演。王一川认为王朔所造成的社会影响，可以用"王朔主义"来概括。冯小刚无疑是"王朔主义"阵营中的重要人物，其电影中至今仍然葆有鲜明的王朔特色。其实，冯小刚和王朔在20世纪80年代末起就一直保持着密切的合作，他们共同编剧了《编辑部的故事》、《遭遇激情》、《大撒把》、《北京人在纽约》等影视作品，后来他们还成立了好梦公司，拍摄了《永失我爱》、《情殇》以及《过着狼狈不堪的生活》等影视。不过，后来的这些影视作品或是未能通过电视局审查，或是拍摄过程中就被叫停，冯小刚和好梦公司几乎成为当时的票房毒药。1997年，冯小刚的贺岁片

《甲方乙方》一炮走红,此后他趁胜追击,相继导演了《不见不散》、《没完没了》等贺岁影片,进一步奠定了自身的市场地位,也形成了冯小刚的贺岁电影品牌,使他跻身成为国内重要的导演之一。然而,冯小刚和王朔合作的经历,对冯小刚日后的成长具有非常重要的意义。冯小刚的电影《甲方乙方》的成功表明了王朔主义的胜利,这也进一步加深了冯小刚对王朔及其小说的理解。

王朔对冯小刚电影的一个重要影响是语言风格上的启发。王朔曾说、"我的小说靠两条路活儿,一路是侃,一路是玩,我写时不是手对着心,而是手对着纸,进入写作状态后,词儿噌噌的往上冒。"[①] 在王朔小说语言的影响下,冯小刚将王朔小说语言中的调侃挪用到了自己的电影之中。冯小刚的电影《甲方乙方》正是改编自王朔的小说《你不是一个俗人》。电影《甲方乙方》深受王朔的影响,借用了王朔小说的创作模式,表现出明显的游戏色彩和调侃语言风格。同时,电影《甲方乙方》对黄世仁和地主场景的戏仿、对巴顿将军的戏仿、对明星的戏仿等都表现出一种解构和调侃的意味。这一改编自王朔小说的电影,奠定了冯小刚的电影地位。从王朔的小说创作风格之中,冯小刚也得到了许多启发。其后他执导的《不见不散》、《没完没了》等,都完全植根于京味文化之中,与《甲方乙方》有着完全类同的叙事方式和语言模式,只不过故事情节和时空因素有所变化。无论是从早期改编自王朔小说或王朔参与编剧的《甲方乙方》、《一声叹息》,还是后来由其他作家编剧的《手机》、《大腕》、《天下无贼》和《非诚勿扰》等影片来看,王朔式的调侃和幽默风格一直是冯小刚电影的重要特征,甚至某些调侃的语言成为当年的流行语和重要的文化现象。冯小刚电影的语言无疑受到王朔风格重要的影响,"这些日常的生活,和日常生活使用的语言,经王朔一番看似漫不经心地描述,竟变得如此生动,令人着迷。这种与时俱进的视野和观察生活的角度,对我日后的导演生涯产生了深远的影响,成为了指导我拍摄贺岁片的纲领性文件"[②]。于是,冯小刚电影最大的特点就是故事情节是由语言而不是故事和镜头来链接起

[①] 《王朔最新作品集》,漓江出版社2000年版,第165页。
[②] 冯小刚:《我把青春献给你》,长江文艺出版社2003年版,第44页。

来的,并且非常重视对话,他要求影片的对话一定要精彩、有噱头、够幽默。这种对话模式就是王朔小说的重要特征,也是冯小刚电影的生存策略。

正是过分依赖于语言的喜剧模式使得冯小刚的电影缺乏一个相对完整独立的故事,叙事性的弱化是冯小刚电影的重要缺陷。冯小刚的大多数电影都是由一些小品式的场景组成,然后再给这些小品串一根线。《甲方乙方》就是由七八个梦组成的,中间穿插进葛优和刘蓓的爱情;《不见不散》以"第一年、一年后、又一年"的形式组合了主人公三年里最富有戏剧性的片段编织故事;《没完没了》是韩东绑架刘小云期间发生的各种恶作剧的集合;《非诚勿扰》是秦奋相亲的几个故事的组合。这些实际上构成了冯小刚电影的一种策略,一种模块式的组合叙事。正是为了追求这种"王朔主义"式的娱乐效果,冯小刚电影里的各种经典镜头和故事组成似乎都是以模块方式组合起来的,故事之间的流畅性和戏剧的冲突性不是很强。其实,从冯小刚的电影里,我们可以看出,冯小刚并不善于将一个故事当成一个具有逻辑性的故事去讲述,而使前因后果合情合理,他善于将故事变得荒诞。"娱乐"成为冯小刚电影最重要的目的。冯小刚的电影"其样式都是以喜剧性的闹、玩、笑、俗等为特征,既不注重真情的流露、意义的深度和冲突的激烈,也不将就艺术的精致和创新。相反,他有时情不自禁地用媚俗的方式来争取票房"[1]。有时候,冯小刚的电影过分追求幽默效果而显得做作或具有拼贴痕迹。《天下无贼》中加入的范伟打劫的场景,无疑是一个重要的调侃片段,这一片段与《非诚勿扰》有着非常相似的部分。在《非诚勿扰》的开头范伟和葛优交易分歧争端机的情节,以及结尾处范伟和葛优的会面,实际上与整个影片情节是完全脱节的,没有多少真正的意义。就此冯小刚也解释说:"电影后来补了一场戏,就是最后范伟和葛优在船上的相遇。葛优卖分离机给范伟是个头,也得有个尾,否则太孤立了。我也想过开头是不是可以删掉,后来一想,那头还算有喜剧色彩,就保留了。"[2] 也就是说,冯小刚的电影虽然已不再是王朔时代的电

---

[1] 何春耕:《大众文化梦想与电影艺术品味的组合》,《理论与创作》,2004年第2期。
[2] 张英:《冯小刚:相声+小品+广告=非诚勿扰》,《南方周末》,2008年12月25日。

影,但是王朔风格仍对冯小刚有着难以抹去的影响。冯小刚的贺岁片将"逗乐"作为一种基本目标,从大众文化的快感原则出发,将找乐作为文化消费行为的基本模式。

可以说,王朔的语言是一种对精英知识分子的嘲讽,而冯小刚的电影则是将王朔的语言风格转移到市民阶层的社会生活之中。他不仅在调侃、讽刺、挖苦别人,同时也在指向自己,从而改变了王朔语言的较强的攻击性,也躲避了王朔所背负的批着文化外衣的痞子流氓的恶名,使得调侃成为逗乐大众的一种工具。

二、影像突围

虽然冯小刚的影片具有王朔的痕迹,但是他也一直在尝试突围,尝试在不同的语境里超越王朔的话语,冯小刚后期的一些电影就试图走出王朔主义的圈子,形成了自己的特色。冯小刚在电影实践中将王朔作品中有棱有角的痞子或准痞子打磨成"光滑圆润"的京味人物,并在此基础上批量生产着这类小人物。冯小刚将王朔主义的语言模式不仅应用于《甲方乙方》、《没完没了》里这样的小市民身上,而且还覆盖了其他的主人公身上,如《手机》里的大学教授和节目主持人;《天下无贼》里的盗匪,《夜宴》里的皇帝,《非诚勿扰》里的三无海归、《不见不散》里的海外创业者刘元,《大腕》里的尤优等。如果说王朔树立的是北京的一群"顽主"形象,那么冯小刚就将这一形象扩大化了,他们都用语言的调侃模式表现一种狂欢。这种语言虽然只是一种场景的挪移和改置,本质上还是王朔主义在作祟,但冯小刚还是进一步扩展了电影的语言表达空间,使这种语言模式脱离了京味文化,也就是说冯小刚电影语言的幽默和嘲讽都突破了王朔主义范畴。

《一声叹息》可以说是冯小刚电影创作的第一次突围。这部影片的基础是冯小刚和王朔共同编剧策划却被中途叫停的电影《过着狼狈不堪的生活》,冯小刚借着贺岁片的声势余温迎难而上。这是我国电影首次涉及婚外恋题材,因此审查也比较严格。这部影片中很少有冯小刚或王朔式的调侃,讲述的是一个沉重的故事,一个关于家庭、婚姻、爱情的严肃主题。如果说《一声叹息》是冯小刚的试探,那么《手机》则是冯小刚的冒险。两部影片都是冯小刚对生活的一种观察，而《手机》则更进一步，似乎成为我们生活的一种隐喻。观众从这些电影中找到了一种认同感和亲近感。但是仔细将这两部影片进行对比，我们就会发现，这两部电影其实有着很大程度的相似性，只不过叙事的语境和结尾发生了变化。《一声叹息》里作家梁亚洲与李晓英、于文娟三人之间的故事，发生的时代语境相对保守，因此结局采取了和解的方式；《手机》里严守一与武月、沈雪三人之间的故事，发生在一个以手机为象征的话语冲突时代，最终严守一无所获。《手机》与《一声叹息》的不同在于，《一声叹息》是一部严肃的影片，而《手机》则又回到了王朔主义的影视风格，以调侃的风格完成了与《一声叹息》同样严肃的主题的影像叙事。虽然这种风格与编剧刘震云有一定的关系，但是电影和小说有很大的不同。电影采用的是小说的第二部分，即严守一在城市的生活，而小说则分为三个部分，即乡村生活、城市生活和祖辈生活。总的来说，小说试图更深刻地揭示严守一的话语方式的来源，而电影则仅仅呈现了严守一的特定城市生活事件，并没有追根溯源的意图。从《一声叹息》到《手机》，冯小刚再次回到了王朔主义的立场，只是在王朔话语模式的基础上添加了较为时尚和敏感的争议性因素。

　　新世纪以来，突围成为冯小刚电影创作的主要选择。冯小刚先后拍摄的《大腕》、《手机》、《天下无贼》、《夜宴》、《集结号》、《非诚勿扰》、《一九四二》等影片，不断徘徊在突破与回归的两难境地之中。冯小刚拍摄《大腕》、《夜宴》、《一九四二》等都试图从国内走向国际。《大腕》在人物选择上邀请了美国好莱坞演员唐纳德·萨瑟兰和保罗·莫索斯基；《夜宴》则试图将西方的《哈姆雷特》中国化，让西方人看到东方的哈姆雷特，这两部电影与其此前的电影以及之后的《集结号》、《非诚勿扰》所表现的本土化立场完全不同，而是冯小刚试图迈向国际好莱坞的一种追求。如果说《大腕》只是冯小刚跨国制作的尝试，主要还是面对国内观众，那么《夜宴》则是冯小刚的跨国转型之作，它的目标直接瞄准了海外票房。这部影片虽然在国内备受指责，但是其华丽风格（冯小刚认为不宜用华丽，而是格调）却让冯小刚在国外声名鹊起，正如他本人所说："但《夜宴》这回，我就明显能感觉到。跨国公司看了会儿说，这片子的导演不错，是不是可以找他来拍一个广告。以前他们碰到这个，只会想到张艺谋。因为他不了解你这个。你给他看这个《甲方乙方》,他看不懂。举个例子,国外片商以前不知道有冯小刚这么一号人,但是《夜宴》做完,再谈,一说,冯小刚,拍《夜宴》那个,他们就有印象了。"① 2012年9月11日,冯小刚在"多伦多电影节"为他的故事片《温故一九四二》做宣传,一连发布了五个"国际版"预告片;电影的名字也简化了,就叫《一九四二》,足见冯小刚的国际野心。然而,无论是与国外明星合作的《大腕》,还是追求张艺谋式的恢宏场景的《夜宴》,还是主打民族悲情史诗片的《一九四二》,都没有得到西方人的认可。反之,冯小刚导演的《天下无贼》、《集结号》、《唐山大地震》在国内口碑和市场都很不错。电影《天下无贼》则使冯小刚的电影一改叙事性戏剧性较弱、过度依赖人物的调侃对话、缺乏应有的思想深度等缺点。虽然这其中也加入了大量的冯小刚式的幽默语言以及范伟打劫的场景,表现出对社会现实不动声色的冷嘲热讽。但是这些娱乐元素的加入,并没有从根本上改变《天下无贼》的情节剧特点,而是超越了冯小刚以前那种大段大段场景模块所组合的娱乐工具的电影模式。更为重要的是,《天下无贼》对"贼"这一题材的突破。《集结号》则是对近年来军事题材主题的一次改写,也是冯小刚电影中叙事最为完整的一部电影,它的新型叙事主题使得《集结号》成为一部具有很大市场号召力的国产主流大片。

冯小刚影像突围的想法就像他当初试图拿到电影奖一样饱含热情,冯小刚为寻求变化尝试了多种制作路径,以各种方式变幻着自身的创作风格。但是,新世纪以来,冯小刚电影的一次次突围与回归,让我们看到一个更加迷茫的冯小刚,或者说是一个精明而小心翼翼的冯小刚。

三、双重改写

文学与影视的文本总是处于特定的社会文化语境之中,并不断被各种话语因素所误读和改写。对于当代中国电影来说,电影文本或剧本主要是受到政治主流话语和商业话语的影响。冯小刚作为一个深谙各种规则的导演,在政治与商业的双重话语中行走得游刃有余。

---

① 马戎戎:《冯小刚:国外老板看上我了》,《三联生活周刊》,2006年第41期。

第二章 文学的电影改编

由于我国电影生产的体制,主流话语对电影的改写几乎是一件不容质疑的事情。主导文化通过国家机器的审查机制及附属权力机构的运作直接影响到影视创作实践,使得冯小刚能够形成自觉的规避意识。《天下无贼》就是一个典型的例子。这部电影改编自赵本夫同名小说,其中改编过程中面临的一个重要问题是:王丽和王薄为什么要保护傻根?原著只是将两个盗贼描述为爱旅游、甚至还给希望工程捐款的有良心的小贼,于是他们要保护傻根。这一逻辑在小说里显得很单薄。因此,电影的改编则为这一转变找了一个理由:"就是说她怀孕了,一个新的生命要诞生了,她要重新思考她的人生,为腹中的胎儿做一些好事来消减内心的罪恶。这是一个内因,加上傻根的善良成为一个外因,共同起作用。找到这样一个突破点之后,我们开始安排王丽拜佛这样的细节。"① 但是剧本送审后的意见是:"贼的转变没有说服力,缺乏正面力量的引导,贼最后死得有些悲壮;警察在影片中的作用不够,还有'感觉这趟火车上到处是贼,是否会造成不良社会影响'的问题。"② 于是,电影进一步加强了警察的作用:警察在灭火的时候偷换了傻根的钱包,保住了傻根;将王丽、王薄从小盗改为诈骗宝马的大盗贼,警察早就盯上了他们。这样的转换就使得《天下无贼》顺利通过了审查。电影《集结号》的故事蓝本则是一个与主流话语有着较大冲突的故事,为了能够适应主流话语的需要,编剧刘恒在对小说进行改编的过程中特别强调了两点:"第一,我们不讨论战争有没有意义;第二,我们不讨论牺牲有没有价值。我就写一个故事:英雄受了委屈。惟有这条路才能让电影和观众见面。"③ 因此,我们能够在电影《集结号》中感受到谷子地的委屈和政府的宽容,更重要的是电影与小说故事结尾的差异,小说《官司》的结尾是年迈的连长终于找到了团长的警卫员,但是得到的消息是团长根本就没有让他吹集结号,最后连长在忧郁之中死去。而电影的结尾是谷子地最终找到了一个证人,证明死去的战友们是烈士。《一九四二》讲述的是河南发生饥荒,国民党却迟迟不救灾。刘震云的小说《温

---

① 张英:《听冯小刚讲那贼故事》,《南方周末》,2005年1月13日。
② 张英:《听冯小刚讲那贼故事》,《南方周末》,2005年1月13日。
③ 张英、林怡静:《冯小刚诀别巴顿〈集结号〉拯救大兵》,《南方周末》,2007年12月20日。

97

故一九四二》直接将矛头对准了蒋介石,然而,冯小刚的电影《一九四二》则表现得比较温和、模糊。如蒋介石对于真实的灾情是否了解、救灾是出于真心还是政治手段等,都未予以明确的展现,并且电影还拍摄了一场蒋介石在教堂祈祷的内容,像是为灾荒中死去的难民求得心理安慰。此外还下令不得让日本人占领了陕西。这些内容目的性比较模糊。这种模糊正是主流话语对蒋介石这一人物的模糊所致。正如有研究者所论:"与刘震云旗帜鲜明的态度不同,冯小刚似乎从主观上更能理解蒋介石身上所承受的压力,以及他面对纷繁局势所流露出的无奈。然而,在商业诉求、创作理想、审查要求和海外市场的多重挤压之下,冯小刚所塑造的蒋介石还是显得摇摆不定和暧昧不清,最终又不得不绕回到那个对历史人物的惯性思维之上,这种对现实的妥协何尝不是一种无奈!"① 正是因为意识形态的影响,冯小刚将娱乐电影作了主流化和伦理化的改写,进而赢得了主流话语和大众的认同。

随着商业话语对影视制作环节的渗透,商业话语对影视的改写越来越明显。《大腕》中对广告的极致戏仿,无非是冯小刚故意用一种逆反的策略、一种自我解嘲的方式做更加隐性的广告,正像波德里亚所指出的,广告越来越多地进行自嘲,并把反广告纳入其广告技巧之中,"这是一种批判的、为谎言加冕的反谎言,是消费的语句和倒反"②。影片中那些随处可见的对广告的解构却成为《大腕》的广告植入策略,《大腕》借助对广告的拆解而安放了大量的真正的广告,呈现出消费社会的一种消费异态。所以,冯小刚在解构我们生活中的广告荒诞性的同时,也在解构着自己,把自己也变成了一种荒诞。如果从商业因素来看,《大腕》的商业性改写实际上是太过暴露,而且做得很生硬。这毕竟是冯小刚的第一次尝试。随后的《手机》之所以选择刘震云小说的第二部分,重要的原因无疑是这是一个与我们的生活密切相关的故事,是一个具有太多商业元素的故事,因此,在电影中我们看到了各种手机的植入式广告。小说《集结号》几乎没有正面描写过战争场面,而电影版的《集结号》却将大量笔墨用在了对战

---

① 胡郁:《温故何以知新?》,《当代电影》,2013年第9期。
② 尹鸿:《跨国制作:商业电影与消费文化》,《当代电影》,2002年第2期。

争场面的渲染,"1亿元的大制作,制作费用了8000万元,大部分用在战争场面上"①。这是因为战争的宏大场面是吸引观众的一个重要筹码。这种商业性因素对电影的改写,也表明了冯小刚的电影立场:不仅遵循商业电影的市场规律,而且在编剧时也按照市场规律进行运作。这便是冯小刚电影的商业逻辑:"电影是一种商品,我拍电影始终遵循这样一个原则,即有投入就要有产出。自己生产的产品不能卖不出去,不能让投资人的钱打水漂儿,这钱无论是政府的,还是私人的,导演都应对其负责。"② 冯小刚的成功,也正是因为他能够在商业化浪潮中自觉调整角色定位和影像追求。

---

① 马戎戎:《〈集结号〉的责任意识》,《三联生活周刊》,2007年第47期。
② 任忆:《冯小刚:我不当贺岁片的奴隶》,《记者观察》,2002年第3期。

第三章　文学的电视剧改编

电视剧可能是与我们日常生活关系最为密切、最为重要的社会文本，它占据了当今叙事艺术的主要地位，并渗透进了我们日常的生活空间。从某种意义上可以说，电视剧已成为人们文化生活中的一种重要仪式和景观。新时期以来，随着媒介重心由文字向影像的转移以及以电视剧艺术为代表的视觉文化的强势崛起，电视剧取代了电影成为小说等文学作品的最大改编者，也正是电视剧的改编带动了小说的出版与传播。电视剧与小说的互动成为值得言说的热门话题。从20世纪80年代精英意识指导下对文学作品尊重原著的改编，到90年代以来多种改编观念、改编模式和改编风格共时并置的多元化局面，电视剧改编理念经历了从简单到复杂的嬗变。这一嬗变包含着文学作品改编为电视剧过程中的消费机制。

第一节　新时期文学与电视剧的互动与变迁

新时期以来，电视剧成为人们日常生活中影响最大的传播媒介，它反映和影响着社会的文化类型和人们的生活方式。从新时期文学的发展与电视剧的变迁过程中，我们可以清晰地发现电视剧也反映和影响着新时期以来文学的发展。与逐渐脱离文学的电影相比，电视剧与文学的关系相对比较密切，众多电视剧都是由小说改编而来的。90年代以来，由于小说创作的影响，电视剧呈现出明显的类型化风格，如池莉、万方等作家为代表的新写实小说所引发的新写实浪潮；陆天明、周梅森等作家为代表的反腐小说所引发的反腐剧热潮，以及海岩的公安题材小说所掀起的公安剧狂潮等。

一、话语转型与杂语喧嚣

新时期以来，原有的高度一体化的"总体性社会"逐步瓦解，我国进入了一个向现代化过渡的社会转型时期。这是"一种整体的和全面的结构状态的过渡，而不仅仅是某些单项发展指标的实现。社会转型的具体内容是结构转换、机制转轨、利益调整和观念转变。在社会转型时期，人们的行为方式、社会方式、价值体系都会发生明显的变化"①。这种社会的全面变化，反映在电视媒体领域便是电视话语的转型。电视话语的重大变化是从20世纪80年代末、90年代初开始的。在这之前，我国电视话语一直受制于国家主流政治，形成了中国电视独特的政治话语方式和宏大的叙事风格。随着国家政策的调整和市场化进程的加快，我国电视话语逐步被商业时代的消费意识形态所瓦解和重建，电视的功能从整合社会转向娱乐大众，电视话语呈现出浓烈的娱乐化、游戏化、时尚化的风格。

90年代初期，由于市场经济的冲击和生活方式的改变，整个社会文化普遍表现出一种杂语喧嚣的状态。90年代初期的电视剧便反映了这种状态。正如王晓明所说："在20世纪90年代，改革似乎仅仅意味着创造了一个以利润为唯一标准的新的经济秩序，它要的只是效率、财富和经济竞争力，它应许的也只是社会的物质生活改善，至于其他的那些事情：政治民主、环境保护、伦理建设、文化教育。……都不在它的视野之内。"②这种对于经济效率和利益享受的追求，在80年代末、90年代初期的电视剧文化中表现得非常明显。王朔曾解释《空中小姐》的写作初衷："虽然我经商没有成功，但经商的经历给我留下一个经验，使我养成了一种经商的眼光。我知道了什么好卖。当时我选了《空中小姐》，我可以不写这篇，但这个题目，空中小姐这个职业，在读者在编辑眼里都有一种神秘感。而

---

① 李培林：《另一只看不见的手：社会结构转型》，《中国社会科学》，1992年第5期。
② 王晓明：《半边脸的神话》，广西师范大学出版社2003年，第13页。

且写女孩子的东西很讨巧。"① 与此相似，80年代末、90年代许多电视剧的产生都是源于对市场的敏锐发现。《公关小姐》是第一部反映都市时尚白领女性生活的电视剧，从此，白领的概念开始在内地流行，而成为一名时尚的"公关小姐"是无数女青年的理想。《海马歌舞厅》则第一次将"歌舞厅"作为电视剧描写的主要活动空间。《孽债》等表现的是市场转型期的家庭情感及父子亲情。1991年，电视连续剧《编辑部的故事》空前热播，这部根据王朔的小说改编而成的都市轻喜剧，由葛优、吕丽萍等人主演，讲述了20世纪90年代社会生活中的种种热门话题。市场化和改革开放的浪潮席卷了城乡大地，一时间对于海外世界的凝视和观望成为90年代初最令人瞩目的焦点。由出国热、留学热引发的海外旋风着实让人目不暇接，这一时期的小说创作也颇为关注海外华人的生存思索，《北京人在纽约》、《我在美国当律师》等作品成为90年代的畅销书。而电视剧《北京人在纽约》、《上海人在东京》、《情定北非》等表现出的异域风情，则成为90年代初期我国电视剧纷纷争夺的话语空间。20世纪90年代的电视剧与市场密切结合，对当时的市场化进程有着鲜明的洞察力。这些电视剧正是将文学作品所描写的敏感而新异的问题以影像的形式加以表达，从而满足人们的欲望需求。

  1990年的《渴望》开创了我国电视话语的消费主义历史。此后，我国的电视剧大规模地复制了《渴望》的成功模式，如《编辑部的故事》、《公关小姐》、《我爱我家》、《爱你没商量》、《过把瘾》、《皇城根儿》、《京都记事》、《海马歌舞厅》等。这些电视剧的流行，反映了我国市场经济导致的嘈杂喧嚣的社会局面。在1990年代初期，电视剧以一种极端娱乐化的方式消解着社会转型期的矛盾和意义：《渴望》对情感生活的再解释、《公关小姐》和《海马歌舞厅》对市场经济中出现的新职业新行业的影像建构、《北京人在纽约》对美国的既爱又恨的表达、《编辑部的故事》以幽默调侃的方式对社会热点进行重新加工等，都以一种大众娱乐的方式满足了受众的期待，进而形成了我国电视的第一次娱乐化浪潮。由于王朔的巨大影响力，1990年代初期我国电视剧话语普遍呈现出一种王朔式的调侃、

---

① 王朔：《我是王朔》，国际文化出版公司1992年版，第20—21页。

幽默风格,"在80年代90年代之交,以王朔小说和改编的电视剧为代表,就开始无情、放肆地解构那些伪崇高和假道学,对传统意识形态进行了釜底抽薪式的嘲弄。顽主们的冷嘲热讽、嬉笑怒骂在社会上刮起了一场风暴,消费主义意识形态显现出强大的力量"①。这种调侃嘲讽实际是当时电视剧用以转移社会焦虑的修辞策略。这些电视剧紧贴人们的日常生活,表现出人们在市场化进程中的不安和焦虑,以调侃、转移等方式解构了人们生活的焦虑。"随后,电视剧中大量出现了对历史的游戏化、对主导意识形态的讽拟、对现实问题和冲突的转移以及用日常生活中的冲突来替代社会结构性矛盾等叙事倾向。"②

1990年代,王朔成为影视领域中重要的领军人物。他策划的《渴望》、《编辑部的故事》等一批具有重大影响的电视剧。王朔以自己的亲身体验将电视剧与文学之间的关系做了重新的界定。这些电视剧的改编与策划呈现出这样的特点:"编剧不是一个,而是一群;编剧不再是写出来的,而是'侃'出来的。"③ 这一编剧模式解构了90年代以前占据主导地位的"以文学为中心"的编剧模式,形成了一种以编剧为中心、无故事蓝本的集体式创作方式。作家和编导等人共同创作(侃)电视剧本,如王朔、李小明等编剧的《渴望》;王朔、冯小刚编剧的《编辑部的故事》;王朔、英达、梁左等人一起策划制作的情景剧《我爱我家》、《爱你没商量》;陈建功、赵大年的《皇城根儿》;郑晓龙、冯小刚的《遭遇激情》等等。这些电视剧本都是几个作家或导演共同的构想,后来以文学剧本的形式发表。如郑晓龙、冯小刚的《遭遇激情》(发表在《十月》1991年2期);陈建功、赵大年的《皇城根儿》(发表在《十月》1991年5期);王朔、魏人的《青春无悔》(发表在《十月》1992年1期)等。这一时期的小说、剧本和电视剧三者其实是高度合一的,共同组成了一个完整的文化链条,这种创作模式颇似新世纪后的影视与文学产业链的模式。但是与新世纪后的

---

① 张涛甫:《纪实与虚构:中国当代社会转型语境下的电视剧生产》,复旦大学出版社2007年版,第67页。
② 张建珍、吴海清:《1990年代以来中国社会转型与电视文化的变化》,《中国传媒报告》(香港),2004年第5期。
③ 陈林侠:《二十世纪文学改编与影视编剧的命运》,《理论与创作》,2007年第1期。

电视剧编创所不同的是，如前文所说，这些电视剧大多是作家、编剧、导演在一起胡吹乱侃侃出来的，然后再动手加以整理。王朔这样说："从某一天起我的多数朋友都是导演或演员，他们一天到晚给我讲故事，用金钱诱使我把那些故事写下来以便他们拍摄。"① 这些电视剧最初都不是根据小说改编的，而且实际上王朔的许多小说是因为做剧本不合适而转以小说的形式发表的。《我是你爸爸》最初是冯小刚的一个电视剧设想，他想好了整个剧情的脉络，后来又不拍了，王朔便改编成了小说；《你不是一个俗人》里的许多情节都是李晓明平日和郑晓龙开玩笑时描述的，如梦想当巴顿将军、到北京郊外检阅杂牌军等；《无人喝彩》是王朔、李少红、英达共同创作的剧本设想，后来李少红觉得不理想，王朔就将其连缀成小说发表了；《千万别拿我当人》同样是一个集体创作，参与者有张艺谋、杨凤良、谢园、顾长卫等人，大家谈了一个星期，把每一场的内容甚至人物的调度都谈到了，后来大家觉得不理想，王朔就把剧本的场号换成小说的章节发表了；《永失我爱》同样是一个先从剧本到小说的创作过程。②

总之，1990年代以前，电视以精英意识、理想主义和文化精神为基本话语形态，在这之后，消费主义意识形态慢慢渗透进电视话语空间。电视剧在政治宽松、主流话语松弛的情景下表现出强大的自主性和探索性，娱乐成为90年代初期电视剧疏通大众情感的重要方式。随着社会文化和电视话语的转型，电视剧与文学作品呈现出纷乱芜杂的状态，一切都是在尝试和摸索之中。

二、日常叙事与都市民间

1990年代中后期，随着社会的逐步稳定和矛盾的逐渐缓和，"电视连续剧在中国所具有的巨大影响力可以说远远超过了电影、小说、戏剧等其他叙事形式，……是人们生活中最基本、最主要的'叙述故事'和'消费故事'的渠道。电视连续剧所具有的这种文化地位与东方人的家庭化生活方式、与社会公共服务条件都有密切关系，加上人们文化消费的选择空间

---

① 《王朔文集》，华艺出版社1995年版，第2页。
② 王朔：《无知者无畏》，春风文艺出版社2000年版，第47—62页。

比较小,电影市场萎缩,社会生活水平不高,都决定了电视剧在人们的娱乐生活中的重要性"[①]。电视话语越来越关注都市群体的日常生活,电视剧的主要内容便是展现都市人群的世俗化和日常化生活,并将人们围拢在注重经济实用主义和意识形态世俗化的叙事背景之中。日常生活具有"真实的"、"中间的"、"冲突缓和而散乱"、"重演"、"目标模糊"、"以没有事件为基础"等自然特征,这种"波澜不兴"的日常生活现实零散地包括:男人和女人的行为、思想、情感、梦幻。相对而言,电视剧的日常生活叙事需要集合生活中的美加以审美呈现,具有"虚构的"、"集中"、"冲突激烈而持续"、"以充满事件为基础"、"摹仿生活"等审美特征[②]。20世纪90年代中后期,电视剧的叙事和审美风格都回归到了对日常生活的叙事之中。由于家庭观赏性质,电视剧的内容基本上都是关于都市情感、家庭伦理等贴近生活的故事演绎。英国学者罗杰·西尔弗斯通在《电视与日常生活》中认为,电视是家用媒介。电视作为电子设施往往以家具的身份成为家庭装置的一部分,这是其他任何媒介都难以获取的一种机缘。电视收视的主要场所是家庭,电视服务的主要对象也是家庭,"电视是家庭文化中的一部分,这体现在正在上演的节目、节目单以及家庭生活的——或者至少是某类家庭生活的——结构上"[③]。

日常叙事电视剧的成熟和类型化随着90年代以池莉、刘恒、刘震云、万方等新写实作家的出现和走红逐步定型。这些作家的作品成为90年代电视剧改编的重要文本,它们关注都市群体的生活,尤其是都市民间群体的生活与挣扎、困惑与苦恼。90年代的写实作家"将隔绝数十年的生活空间和写作空间重新统一起来,试图以话语主体的退隐还原经验世界的真实性,拒绝以主观的理性判断或先行的主体削弱经验世界的丰富性"[④]。

---

① 尹鸿:《意义、生产、消费:当代中国电视剧的政治经济学分析》,《现代传播》,2001年第4期。

② [美]伯格:《通俗文化、媒介和日常生活中的叙事》,姚媛译,南京大学出版社2000年版,第179—181页。

③ [英]罗杰·西尔弗斯通:《电视与日常生活》,陶庆梅译,江苏人民出版社2004年版,第34页。

④ 黄发有:《准个体时代的写作——20世纪90年代中国小说研究》,上海三联书店2002年版,第255页。

新写实小说为90年代电视剧的日常叙事提供了良好的文学基础。《贫嘴张大民的幸福生活》、《一地鸡毛》、《空镜子》等这些小说/电视剧,以平民主义、家庭伦理、感伤主义等世俗化的修辞取代了1980年代的启蒙叙事和1990年代前期过于极端的娱乐化浪潮。不过需要注意的是,由池莉、刘震云等做的新写实主义小说所引发的电视剧对日常叙事的回归,其实它们真正表达的并非底层平民的日常生活,更不是农村群众的日常生活。90年代电视剧的日常生活叙事指向的是一个被称为"都市民间"的社会空间。陈思和认为民间"不是专指传统农村自然经济为基础的宗法社会,其意义也不在于具体的创作题材和创作方法。它是指一种非权力形态也非知识分子精英文化形态的文化视界和空间"①。可以这样说,1990年代的现实主义电视剧,反映了一种都市民间的生活影像。这一区域权力意志薄弱,充满了底层意识和边缘意味,与都市中底层的日常生活紧密相关,对其的书写表达的是现代都市人群的生存境遇。这种写作肇始于"新写实"浪潮,同时意味着知识分子精英意识和话语启蒙的搁浅。

世纪之交,荧屏上出现了一股历史题材电视剧的热潮,如《宰相刘罗锅》(1995)、《康熙微服私访记》(1997)、《雍正王朝》(1999)、《还珠格格》(1999)、《大明宫词》(1999)、《太平天国》(2000)、《风流才子纪晓岚》(2000)、《一代廉吏于成龙》(2000)、《铁齿铜牙纪晓岚》(2001)、《乱世英雄吕不韦》(2001)、《大清药王》(2001)、《康熙王朝》(2002)、《天下粮仓》(2003)等,这些新历史主义电视剧以"戏说"甚至是"胡说"的方式解构历史,颠覆历史事件和历史人物,甚至对多种历史事件和场景进行相互的移植,使之成为观众的休闲谈资。其实,"人们对于历史的兴趣十分有限;多数人对于修复历史真相或者阐明形而上的'历史精神'无动于衷,他们想看到的是'好玩'的历史。……历史正在成为一个抢手的文化商品;电视或者电影的轻佻风格表明,历史的权威正在另一种意义上丧失"②。由此,历史成了一种大众消费的文化产品,一种填补内心空白的替代品。《戏说慈禧》、《戏说乾隆》、《戏说乾隆续集》的导演范

---

① 陈思和:《理想主义与民间立场》,《中山大学学报》(社会科学版),1999年第5期。
② 南帆:《消费历史》,《当代作家评论》,2001年第2期。

秀明这样阐述自己的导演设想:"电视连续剧一般在家庭室内播放,观众又以平民百姓为主,如果去如实表现乾隆如何凶残、霸道,很难在他们中间引起共鸣,更不要说老少咸宜。所以我们另辟蹊径,走一条喜剧加武功片的路子,把皇帝当平民来写,当传奇人物来刻画,去表现他微服私访,几下江南,侠义之肠,英姿飒飒,嬉笑怒骂皆成文章。观众果然认同了。"① 90年代流行的历史题材电视剧,其实是日常生活的一种异质形态。它们不再是单单讲述过去的故事,而是反映着当下社会的普遍心理,将帝王将相的丰功伟绩转化为日常生活的爱恨情仇,将以往对历史的宏大叙事彻底解构为对琐屑而微观的日常生活的叙事,如《康熙微服私访记》里的康熙与普通民众打成一片、《还珠格格》塑造了一个顽皮的民间格格形象、《铁齿铜牙纪晓岚》里纪晓岚和和珅的相互逗趣。这种对历史的"改写"在90年代的小说创作中也颇为流行,二月河的《康熙大帝》和《雍正皇帝》、苏童的《我的帝王生活》等作品就体现了新历史主义的风格。这些对历史的重新书写,可以说是对历史这一社会潜在文本的修改。90年代兴起的新历史小说将自身书写的主题从正史转向了野史,李锐的《旧址》、刘震云的《故乡天下黄花》、陈忠实的《白鹿原》等新历史主义小说将一元化的旧历史文本裂口撕开,形成了一股新历史小说的浪潮。而90年代新写实小说为新历史小说"细屑的日常化边缘化状态描写的写作语境提供了参照"②。

因此,新写实主义小说和新历史主义小说的改编颇为尊重电视剧的通俗文化特性,在对内容的改编上极力表现出电视文化的品格,比如叙事结构的多元化、情感因素的放大、三角恋、悬疑等通俗元素的加入。以电视剧《来来往往》的改编为例,在小说里,作者用康伟业的事业、爱情反映了整个社会的变迁,既再现了特定的时代情绪与精神(如80年代的经商热,90年代的白领丽人),又深入到个人的情感世界,道出对人生无常又无奈的理解,而同名电视剧则只在单向度上表达一种没有厚重感的怀旧情绪。这充分说明编导只选取了故事的情节框架,而摒弃了原作所透露出的

---

① 吴迪:《历史剧:两种不同的"文化文本"》,《中国电视》,1995年第1期。
② 王岳川:《中国镜像:90年代文化研究》,中央编译出版社2001年版,第255页。

精神取向（对人生无奈的认同）。这显然是由电视剧本身的特点所决定的。"在这些电视剧中，社会的现实矛盾和权力较量、人们实际的生存境遇和体验都被戏剧化为人物的善恶冲突，社会或历史经验通常都被简化为'冲突—解决'的模式化格局，通过叙事的策略性过程的处理，文本中主人公所面临的困境最终被'驯服'，随着那个被预订好的叙事高潮的到来，最后是一个善恶分明、赏罚公正的结局。"①电视屏幕通过日常叙事进一步强化了读者的生活体验。电视建构起的"空间"改变了人们以往对日常生活的体验，而且重要的是这种影响并不是出于讯息的力量，而是由于社会环境的重新组合，削弱了有形地点和社会地点之间非常密切的联系。② 正是 90 年代新写实小说和以此为背景参照所出现的新历史主义小说，改变了我国电视剧生产的内容和风格，真正形成了我国电视剧的类型化，以及文学与电视剧的多重互动。

三、话语缝合与文化想象

1990 年代后期，由于电视剧话语对日常生活的过度消费以及对历史文本的解构，主流意识形态对电视剧的引导上升为一种国家意志的行为。主流话语通过政策、法律、审查、管理、奖励和财政支持等方式，逐步建立了一整套推动电视剧主旋律化的机制，其中"飞天奖"、"金鹰奖"、"骏马奖"、"金剑奖"、"乌金奖"、"五个一工程奖"等进一步规约着电视剧的生产。随着政府主流话语的引导和电视剧市场的空间变化，电视剧逐渐成为一种话语缝合的工具。新世纪的电视文化成为中国社会格局中彼此冲突又相互借重的多重权力结构的"共用空间"③，这个"共用空间"也成为小说和电视剧创作共同遵守的一种话语框架。

文学和电视剧创作对多元话语的缝合，实际发端于 90 年代后期以刘醒龙、何申等作家为代表的"现实主义冲击波"小说，这一文学思潮直面

---

① 尹鸿：《冲突与共谋——论中国电视剧的文化策略》，《文艺研究》，2001 年第 6 期。
② [美] 约书亚·梅罗维茨：《消失的地域——电子媒介对社会行为的影响》，肖志军译，清华大学出版社 2002 年版，第 2 页。
③ "共用空间"的说法见戴锦华的论述，她主要是为了论述 90 年代前中期我国社会结构的一种空间形式。参见戴锦华：《隐形书写——90 年代中国文化研究》，江苏人民出版社 1999 年版，第 217 页。

第三章 文学的电视剧改编

90年代市场经济所带来的诸多社会问题，直接引发了电视剧制作中的改革题材潮流。《车间主任》、《大厂》、《百姓》、《走过柳源》、《分享艰难》等小说改编后的电视剧，用一种相对乐观性的将矛盾处理方式和结局设置成功完成了与主旋律意识形态的对接。这些文学作品和电视剧中的"普通工人，一经下岗并'转变观念'，便抓住了'机遇'，陡然'劳动'致富——在众多这些夸张的故事里，失业/下岗竟然成了天赐良机"①。与这一风潮同步发展、实际上也被归纳到现实主义领域的还有反腐题材小说。反腐题材小说和电视剧的风行与当时民众对腐败问题的密切关注和政府整治腐败的决心和行动密切相关。在这种背景下，张平、周梅森、陆天明的反腐题材小说也引发了反腐题材电视剧的流行，《天网》、《人间正道》、《抉择》、《大雪无痕》、《忠诚》、《黑冰》、《黑洞》、《省委书记》、《至高利益》和《绝对权力》等，"这些清一色的现实主义作品具有某种程度的文化批判色彩，表明渗透着主流意识形态的文化随机应变，改变了传统的说教与训导姿态，以为民请命的立场寻找到了政治疏导与大众情绪的新的结合点，对民心起到了安抚与鼓舞的作用，商业模式的引入也使其传播实践变得更富有成效"②。虽然反腐题材电视剧还在继续，但是随着社会矛盾和社会结构的转变，这一类型的电视剧已经发生了转变。这些根据"现实主义冲击波"作品所改编的电视剧以及随后由"反腐"小说改编的电视剧，虽然仍然标榜是对现实主义的进一步拓展，但是我们可以很明显地看出，这些现实主义电视剧已经脱离了日常生活叙事范畴，而包含着更多的主流意义，甚至表现出一种"新英雄主义"的倾向。1990年后期出现的《和平年代》、《突出重围》、《DA师》等和新世纪后的《激情燃烧的岁月》、《亮剑》、《士兵突击》等军事题材小说改编而成的电视剧的流行，无疑都是对主流话语和"新英雄主义"策略的一种回归与应和。新世纪后的这些电视剧在主流话语与消费文化之间谋求到了一方共享空间，缝合了主流话语、大众话语、消费话语和精英话语在90年代所出现的裂缝。通过这些不断发展的建构和改编策略，将大众文化的意识形态成功地组织到国家主

---

① 戴锦华：《大众文化的隐性政治学》，《天涯》，1999年第2期。
② 黄发有：《媒体制造》，山东文艺出版社2006年版，第200页。

的想象之中,这也是大众文化意识形态与国家意识形态达成的一种"共谋"。

另一方面,1990年代末期所出现的改革、反腐、军旅、农村等题材电视剧在缝合被稀释的主流话语与大众文化话语的同时,实际上也完成了对大众文化话语与精英文化话语的焊接。1990年代的影视面对的是平民和普通人,如刘震云、池莉等人反映的是都市民间的生活状态,而新世纪后的影视则更看重新兴中产阶级的趣味。无论是以陆天明、周梅森为代表的反腐题材小说及其改编的电视剧,还是由张欣的《浮华背后》、《深喉》等小说改编成的电视剧,甚至是从20世纪80年代就一路走红的海岩言情小说及其改编成的电视剧,如《一场风花雪月的故事》、《永不瞑目》、《拿什么拯救你,我的爱人》等,其实表现的都是中等收入者对社会秩序和家庭秩序的焦虑。如果说以陆天明、周梅森等为代表的反腐题材小说(电视剧)还鲜明地保有着缝合主流话语裂痕的意图,那么由海岩和张欣的小说所改编成的电视剧则比较圆满地实现了主流文化、大众文化和精英文化三者的无缝对接。尤其重要的是,这些电视剧或文学作品既呈现出一种中产阶级趣味,又表达了新的阶层的文化想象以及知识分子话语。张欣的《浮华背后》、《深喉》等小说改编成的电视剧,开创了商场、情场、官场三者相互纠结的电视剧类型;以王海鸰的《中国式离婚》、《新结婚时代》为代表的家庭情感小说引发了都市情感剧潮流,如《结婚十年》、《麻辣婆媳》、《金婚》、《双面胶》、《马文的战争》、《笑着活下去》等,这些电视剧表达了都市群体在私人空间和公共空间感受到的不安和焦虑;甚至像海岩这样一贯擅长警察故事写作的作家,也改弦更张创作出了《五星饭店》这一青春偶像题材作品。2006年海岩的《五星饭店》和2007年石康的《奋斗》,揭开了新型青春偶像励志剧的序幕,这些电视剧迎合了新兴中产阶级的生活趣味,表现了新型大众的文化想象,成为中产阶级文化幽暗"阴影"的表征;《大宅门》、《乔家大院》、《闯关东》、《走西口》、《北风那个吹》、《中国往事》等电视剧则表现出对失落的家族故事和文化的追寻,如果说五四时期的家族小说是对"家"的逃亡,那么新世纪后的家族电视剧则试图重新树立起"家"的威信和表现出向"家族"价值的回归。需要说明的是,这种回归其实是在20世纪90年代末就表现在小说创作上,只不过因为电视剧和文学关系的不同步。虽然电视剧的改编和再创造相对较缓,在时间上自然具有一定的延迟性,但是其精神流向却是相同的。① 这些电视剧/小说缝合了由于经济市场化后文化的稀薄所导致的文化认同感和自我身份的缺失。

从1990年代中后期电视剧的发展历程来看,电视剧与文学之间出现了一个值得玩味的现象,那就是一批从事电视剧写作的作家或者改编率非常高的作家迅速崛起。他们的作品引发了影视改编的热潮,同时影视的热播效应又进一步促进了同类题材的小说和影视创作。池莉、万方、张欣、海岩、张平、周梅森、王海鸰、石钟山、石康等是在电视剧领域中引领风潮的重要作家。他们的出现,引发了我国电视剧市场的类型化趋势,如池莉、万方的新写实小说与日常生活叙事剧;凌力的《少年天子》和二月河的《康熙王朝》等新历史主义小说与新历史主义电视剧;陆天明、周梅森的反腐小说与反腐电视剧;张欣、尤凤伟的商场小说与商场电视剧;王海鸰的《中国式离婚》和《新结婚时代》为代表的家庭情感小说与家庭伦理剧;改编自石钟山的《父母进城》的电视剧《激情燃烧的岁月》所引发的军事题材热与新红色经典电视剧的生成;石康的《奋斗》所引发的青春偶像励志电视剧等。这表明,电视剧和小说的发展具有同步的互动关系。这种类型化的发展趋势,无疑是电视剧和文学对消费文化的迎合、对主流文化的纠结、对大众文化的复制和对精英文化献媚的结果。此外,新世纪后,电视剧的改编也出现了脱离原著的情况。90年代电视剧的改编还基本上忠实于原著,改动主要限于对小说故事情节的增加或放大和对故事人物关系的改变,那些改编大都选择中长篇小说。但今天的改编则更为随意,改编后的电视剧基本上是再创造性的文本。于是,将小说进行加长处理就成为一个必不可少的操作模式。如30集的电视剧《戈壁母亲》和24集的电视剧《马文的战争》便改编自只有3万字的中篇小说。新世纪后的这种改编现象,还导致了一种"整合改编"现象,那就是一个作家的某一作品被影视投资方或导演看中后,由于内容的单薄或与电视剧的要求不符

---

① 20世纪90年代表现对家族价值回归的作品有:张炜的《古船》、《家族》;苏童的"飞越枫杨树系列";李佩甫的《李氏家族》;陈忠实的《白鹿原》;王旭烽的《南方有嘉木》;阿来的《尘埃落定》;李锐的《旧址》、《银城故事》;莫言的《丰乳肥臀》;王安忆的《纪实与虚构》;毕飞宇的《叙事》;周大新的《第二十幕》等家族小说。

合，比如故事情节性弱、内容不够饱满等，于是这个作家类似题材的小说（一般都是成名前的中短篇）就被整合改编以扩充电视剧的内容。这样，作家之前的创作便成为电视剧改编的一个新的材料加工库。电视剧《暗算》是整合了麦家的小说《暗算》和《地下的天空》两部小说的内容；电视剧《激情燃烧的岁月》以《父母进城》为蓝本，同时大连掺杂了《父母离婚记》、《父亲和他的警卫员》等小说的故事情节。这种改编实际上造成了作家创作的重复化现象，并促使一些作家进行潮流化写作和系列化写作。这也是作家们适应市场化生存的一种写作法则。新世纪后的改编，实际上是对多种话语的献媚，在作品的改编或编剧过程中，他们出于对各种话语权力的考虑，加入多种话语元素，从而形成可以共享的共用空间。这其实是一种加塞似的集营销和生产于一体的策略行为。

第二节　现代名著改编的怀旧消费与主题转换

20 世纪 90 年代中后期，整个社会笼罩在一种世纪末的怀旧情绪之中，当这种怀旧情绪与消费主义文化尤其是大众传媒形成合流后，怀旧式消费便成为世纪末的重要文本表征。在这一怀旧风潮的席卷下，在影视领域形成了一种改编现代文学名著的热潮。这些被影视所改编的现代文学名著都产生于 20 世纪初叶，它们得以在 20 世纪 90 年代以影视的形式暗流涌动，这是一个值得我们关注的重要文化现象。不过，虽然同处于 20 世纪，但与二三十年代的社会语境相比，20 世纪 90 年代的社会文化发生了重要的变化，我们的社会从一个启蒙与反传统的时代转变为一个以娱乐消费为特征的大众文化时代。然而，"（艺术）文本不是一种自足的封闭的有机本体，而是意识形态发生作用的一个动态和开放的表意过程"①。当文化大众、娱乐主义、消费欲望和都市空间成为我们这个时代社会文化的主

---

① ［英］特里·伊格尔顿：《历史中的政治、哲学、爱欲》，马海良译，中国社会科学出版社 1999 年版，第 5 页。

导时,影视传媒对现代文学名著的改编从形式到内容都是一种改写。

一、怀旧与消费

20世纪90年代,伴随着新世纪即将到来的世纪末情绪,怀旧成为一种典型的文化特征。这种怀旧情绪可以说深入到了社会的每一个角落:表现在城市空间里的是对在现代化进程中那些轰然坍塌的、被改造的旧城的"乡愁";表现在市场化浪潮中是市场领域的各种"红太阳热"、"文革热"、"古典热"、"老画报"热;表现在影像空间里是对过去岁月的怀念和呈现,如《海上旧梦》(陈逸飞导演)、《摇啊摇,摇到外婆桥》(张艺谋导演)、《红粉》(李少红导演)、《风月》(陈凯歌导演)等——这些影像无一不涌现出古旧与颓败的城市意象和旧日风情。90年代怀旧风潮的重要表现就是对现代文学名著的影视化改编,巴金的《家》、茅盾的《子夜》,曹禺的《雷雨》、张恨水的《金粉世家》,以及90年代的"围城热"和"张爱玲热",其实都是影像对旧时城市和过往岁月的一种追逝。无论是在城市空间、日常生活之中,还是在文学与影像之中,怀旧已经构成了90年代现代文学名著影视改编的话语框架。

正如戴锦华的敏锐洞察:"90年代的中国都市悄然涌动着一种浓重的怀旧情调。而作为当下中国重要的文化现实之一,与其说,这是一种思潮或潜流,是对急剧推进的现代化、商业化进程的抗拒,不如说更多地是一种时尚;与其说,它是来自精英知识分子的书写,不如说,它更多是一脉不无优雅的市声;怀旧的表象'恰当'地成为一种魅人的商品包装,成为一种流行文化。"[①] 诚如戴锦华所言,90年代的这股怀旧风潮不是对急剧推进的现代化、商业化进程的抗拒,而是为了迎合现代化进程中的商业主义对时间、空间进行消费化的改造和再生产。在现代文学名著的影视改编中,昔日的城市风情和生活方式成为这一影像消费的重要内容。大量堆积的民国建筑、中产阶级的生活风情、二三十年代的流行歌曲及明星、十里洋场、细腻纤美的南国风情、迷人颓败的上海滩等,成为90年代现代文学名著影像改编过程中被反复利用和消费的场景。《围城》中充满了异域

---

① 戴锦华:《隐形书写——90年代中国文化研究》,江苏人民出版社1999年版,第107页。

风情，还有豪华游轮、洋行和庭院深深的意象；《家》中的长袍马褂、三轮车夫等民国元素等等，而这一切都指向了一种怀旧消费。现代文学名著的影视化怀旧消费最为典型的代表当属张爱玲的作品。张爱玲的小说大多被搬上荧幕，如《红玫瑰和白玫瑰》、《半生缘》、《海上花》、《金锁记》、《半生缘》、《倾城之恋》、《色·戒》等，张爱玲也因此成为作品改编为影视最多的现代文学作家。其中一个重要原因无疑是因为张爱玲的小说与当时作为消费时尚前沿的上海密切相关，她的小说呈现了上海这一有着繁华旧梦的城市生活空间。"张爱玲在她的小说里自然包含着，生动地呈现着的那种文化与美学上的感性。这种感性，诚如前述，最初是从各种物质现实的感知中引发的：舞厅里音乐台的艺术文饰拱门，咖啡厅的香味和文艺复兴咖啡店的糖果，小巷里小贩的吆喝声，电车铃声。这些东西和另外大量的细节使得上海对张爱玲来说是那样亲切。"[1] 李欧梵将上海物质生活的细节与"上海感性"结合在一起，从而揭示了老上海怀旧时尚与消费主义的密切关系。毕竟，上海之所以一再被文学与影视消费，是因为旧上海一直被认为是当时最为时尚的消费空间。所以，1990年代以来，影视对现代文学名著的改编似乎都无法离开上海这一中心城市。

李欧梵在揭示城市物质生活的细节与消费主义时也不由自主地揭示出了现代文学名著改编过程中的怀旧与消费的重要内容：城市物质生活的细节。这种对过去城市生活空间的怀旧消费，正好与当前的消费主义文化形成一种呼应。其实对现代历史的怀旧式的文化消费，是现代性的一种典型表现。随着大众文化的崛起，精英话语的衰落，新的感觉和经验对历史、社会和生活作出了全新的判断和解释。这些因素综合起来形成了一个共同的指向——即主体性的增强。因此，在电视剧的改编中，选择的文学蓝本基本上是一些不具有强烈政治意识形态和革命话语的作品[2]，如表现普遍人生困境的《围城》、可以在商业话语运作下作全新阐释的《雷雨》，以及反映悲剧爱情的《金锁记》等。毕竟，这种怀旧消费实际上涉及到各种不

---

[1] ［美］李欧梵：《上海摩登——一种都市文化在中国（1930－1945）》，转引自包亚明、王宏图、朱生坚等：《上海酒吧——空间、消费与想象》，江苏人民出版社2001年版，第136页。

[2] 彭海军：《历史积淀与时代超越——中国现代文学名著影视改编透视》，《北京电影学院学报》，2002年第1期。

同层面的文化身份和话语主体:控制者/主流话语、消费者/大众话语和批判者/精英话语,他们规约着现代文学名著改编过程中的怀旧消费。

二、家族与情欲

在1990年代以来的现代文学名著改编中,"家族"成为一个备受关注的文化符号,它不仅承载着消费功能,而且还成为一种文化认同的符号象征。《金粉世家》、《家》、《雷雨》、《围城》、《京华烟云》、《四世同堂》、《纸醉金迷》等展现的无一不是"大家族"的故事。然而,现代文学名著大多反映的是五四时期的历史,因此,无论是巴金的《家》、《春》、《秋》,还是曹禺的《雷雨》、《日出》,进行的都是对传统大家族的"囚禁"、"残忍"以及"衰落"的批判与反思,是对传统大家族的否定与颠覆。但是,在1990年代风生水起的现代文学名著的影视改编则对传统"家族"形象表现出一种质疑和改写的姿态,甚至表现为对"家族"形象的认同与皈依。因此,现代文学名著的影视化改编都淡化了原著对家族的批判和家族中人物命运的悲剧色彩,甚至还改写了原著中的人物形象。由于现代文学名著影视改编的这一策略,电视剧在对"家庭"和"社会"关系的书写时不再像原著中那么针锋相对,而是将叙事的中心转向了情爱,以情爱的叙事遮掩着"家族"与"社会"的冲突,甚至营造出一种共谋的关系。这一对传统家族形象的认同,再次颠覆了现代文学名著对旧家族的"吃人"本质的批判性书写。从某种意义上说,1990年代以现代文学名著的影视改编为代表的家族题材电视剧,不仅是社会转型期人们对文化根基的回望和追寻,而且是中国社会巨大的现实危机与身份焦虑的一种文化补偿,成为当时中国大众文化认同空间的拓展方式。现代文学名著影视改编过程中对"家族"的再次确认,使得大众重新找到了一个"想象的社群"。这一"想象的社群"成为家国同构的一种虚拟空间。但是,正如戴锦华所分析的,"这一次,家与国的再度联袂登场,与其说是出自一种高明的文化策略,不如说,它是另一处文化的共用空间,是多种政治/社会利益集团彼此冲突与合谋所造成的一次耦合"[①]。这正是主流意识形态对现代文学名著改

---

① 戴锦华:《隐形书写——90年代中国文化研究》,江苏人民出版社1999年版,第217页。

编表现得相对宽容的重要原因,也是现代文学名著的影视改编在当时较为流行的一个重要支撑点。

然而,由于大众文化的发展和通俗电视剧的崛起,现代文学名著的改编在艺术手段上也发生了变化,更加注重情感的冲突和纠结,并遵循电视商品生产的消费流程和逻辑。1996年电视剧《雷雨》的出现就折射出新一代文化人在世纪末商业和大众传媒合谋的语境中所特有的商业意识。在这种文化市场中,电视剧《雷雨》出于商业的需要不可避免地被定位于家庭情节剧,用三分之二的篇幅补充了周萍、繁漪、四凤三人之间的情爱纠葛,并且对悲剧性的结尾进行了大团圆式的改写。电视剧文本对原著反封建的思想深度作了一定程度的削平或淡化处理,更多地考虑对"人"和"女人"的表现,将娱乐性和趣味性推前,把社会性、历史性置后,减少了心理震撼效果和严整的戏剧冲突性,而把大家族希望的泯灭以及家庭生活的变化、女性命运的变迁作为剧作渗透当代性和展开剧情的线索。① 因此,有研究者认为,《雷雨》改编的"这种文化现象本身已属后现代领域"、"拆解和组装经典,虚拟或'现代化'历史真实,从而组合成为非经典和反经典的新历史话语和新历史文本,电视剧《雷雨》不是第一部,也不是最后一部"。②

现代文学名著的影视改编中对情欲的表现当然与电视这一媒体的家庭观赏性有关。马尔维在《家里家外的情节剧》一书中这样写道:"(在电视里)内部世界——家庭、性态、情感和外部世界之间,持续的张力得以纾解:情节剧原本的基点是,公开地、戏剧化地表现私人感情;当它借家庭化媒介——电视——被人消费时,就完全被家庭同化了。"③ 电视剧《雷雨》的导演李少红在改编前研究了电视剧的收视率,发现观众喜欢看"情感故事"以及"跟家庭有关的"、"情节相对集中的、起伏比较大的"④ 电视剧。由此,情欲的呈现成为现代文学名著改编获得市场的核心资源。张

---

① 彭海军:《历史积淀与时代超越——中国现代文学名著影视改编透视》,《北京电影学院学报》,2002年第1期。
② 马相武:《从〈雷雨〉改编看文化潮流》,《中国电视》,1997年第9期。
③ [美]劳拉·斯·蒙福德:《午后的爱情与意识形态》,林鹤译,中央编译出版社2000年版,第33页。
④ 彭海军:《历史积淀与时代超越——中国现代文学名著影视改编透视》,《北京电影学院学报》,2002年第1期。

恨水的小说《金粉世家》以一个豪门弃妇做引子，写出了这个豪门的盛衰，目的是暴露北洋军阀羽翼下的官僚们如何勾心斗角、如何骄奢淫逸；他们的家庭成员，如何醉生梦死、如何糜烂堕落。而燕西、清秋的爱情，不过是穿针引线罢了。而电视剧《金粉世家》则将这一叙事角度转向了爱情，讲述了平常人家的女儿冷清秋和国务总理的小儿子金燕西从恋爱到结婚再到离异的故事。这是电视剧《金粉世家》的主要线索，另一条线索是金家丫头小怜与官宦之子柳春江之间的爱情悲剧。两人在一次宴会上偶然相识并互相倾心，但柳父出于仕途的考虑逼迫儿子娶门当户对的林小姐，最后小怜削发为尼，柳春江吐血而亡。而在原著中"家"的衰落则是全剧的一个隐性的线索。由于改编者把关注点落在了表现唯美爱情的主旨趣味上，电视剧《金粉世家》就只剩一个华美的情感华衣了。《京华烟云》原著讲述了从1900年的庚子风云到1938年的全面抗战期间，曾、姚、牛三家在动荡的背景下的恩怨纠葛。在《京华烟云》的原作中，姚木兰与孔立夫本是知己关系，姚木兰与荪亚结婚后感情和谐，过着传统的夫妻生活。但是在电视剧《京华烟云》中，编剧设置了四角恋情。姚木兰在婚前与孔立夫相爱甚深，荪亚与莫愁已定下婚约，电视剧还新增了曹丽华这一角色，导致莫愁的逃婚。通过这些情节的设置，电视剧《京华烟云》成为一个曲折动荡的爱情故事，深受观众喜爱。10集电视剧《阿Q的故事》打着纪念鲁迅的旗号，编造了阿Q的三角恋故事，最终被封杀。

三、认同与超越

电视剧的改编是一种社会的文化实践。一部改编影片的诞生实际上是文学文本、改编创作者和时代三股力量合力的结果，正如美国学者尼·布朗在《电影与社会：分析的形式与形式的分析》一文中明确指出的那样："仅仅把影片理解为传播意识形态的主要手段是不够的，我们可以称影片为'社会本文'。换句话说，电影不仅仅是娱乐，也并非与社会进程无关，它正是再现社会进程的变化和反复指引这种变化的一种手段。"[①] 因此，

---

① [美]尼·布朗：《电影与社会：分析的形式与形式的分析（下）》，齐颂译，《世界电影》，1987年第5期。

任何一部电视剧的改编都不可避免地会表现出这个时代的文化症候。现代文学名著的改编是现代文学经典在当代的一次转型。这一转型与当代社会的发展同步。"文学经典秩序的确立,自然不是某一普通读者,或某一文学研究者的事情。它是在复杂的文化系统中进行的。在审定、确立的过程中经过持续不断的冲突、争辩、渗透、调合逐步形成作为这种审定的标准和依据,构成一个时期的文学(文化)的'成规'。"① 现代文学名著作为这样一种文学/文化的"成规",由其改编而成的影视剧作自然是文学文本、影视文本和社会文本三者互动的结果,是对三者关系进行调整的产品。现代文学名著大多产生于 20 世纪 20、30 年代,这一时期社会的主题基本上是反帝反封建,是对传统社会的批判和逃离,然而在今天这个市场化浪潮中,世俗化、娱乐化与消费化成为社会的文化肌理。因此,影视传媒对文学文本的改编必然会消解神圣和深度,使经典世俗化,甚至媚俗化。正是在这个意义上,"白话经典"、"大话经典"和"百家讲坛"等拆解经典的文化娱乐现象层出不穷。现代文学名著的改编,不仅是为我们提供了一个怀旧与消费的影像空间和规避现实的庇护空间,而且完成了对我们的生活的一种建构,是对那些逝去记忆的一种文化焊接。在大众文化工业的生产秩序中,电视剧对现代文学名著的改编"逐步从处于文化的假想性的制高点和普及精英文化的启蒙冲动转入对经典文本的反严肃诠释学的再生产性的驯化冲动(domesticating impulses),只不过其驯化对象已由受众群体改变为'经典文本'的自身(一种现成的'卖点')"②。1990 年代以来的现代文学名著的影视改编对情欲叙事的改写,正好对应了这个社会文化的发展和文化工业的文本生产策略。诚如斯言:"大众文本必须提供大众意义与大众快感。大众意义从文本与日常生活直接的相关性中建构起来,大众快感则来自人们创造意义的生产过程,来自生产这些意义的力量。"③ 现代文学名著的改编遵循的是一个生产快感的文本生成模式,它

---

① 洪子诚:《中国当代的"文学经典"问题》,《中国比较文学》,2003 年第 3 期。
② 杜庆春:《走向文化生产的经典文本再生产——名著改编电视剧文化研究》,《北京电影学院学报》,2000 年第 2 期。
③ [美]约翰菲斯克:《理解大众文化》,王晓珏、宋伟杰译,中央编译出版社 2001 年版,第 153 页,其中加黑部分为原文所有。

模糊了原著的精神性指向，而以一种适合大众消费"快感"的情欲表现作为自身的主要内容，为大众提供一种快感消费。

然而，现代文学名著的改编同时面临着复杂的权力结构，如主流话语的规约、精英话语的批判、民间话语的狂欢等，因此，现代文学名著的改编也是一个各种权力话语相互协商的过程，它将原小说中强烈的封建批判、意义深度和革命话语，置换为一种宽容的情欲化表达，消解了原小说的深度，而着重表现的是"大家族"的故事和爱情。虽然这种压抑革命话语的叙事与主流意识形态的立场之间存在一定的差距，甚至是抵触（如《阿Q的故事》就遭封杀），而且现代文学名著改编中备受的争议和责难基本上都来自于一些精英知识分子，他们基于对民族国家的立场反抗现代文学名著的改编，但是，通过对革命主题的置换，改编后的情欲叙事是最为便利地为历史和现实进行无缝对接的中间物。现代文学名著的改编对家族主题的书写所形成的"家国同构"的思想与主流话语形成了某种认同，表现出具有"家国同构"意味的想象性中国图景。但是随着文化环境和社会语境的进一步变化，再造家族社群成为新世纪以后重要的文化表征和表述模式。

第三节　性别的错位书写与两性秩序重建

在大众文化与主流文化双重制约的语境下，1990年《渴望》的出现为当时电视媒体的发展提供了一个成功的范例。随后，《牵手》、《空镜子》、《来来往往》、《浪漫的事》、《让爱做主》、《结婚十年》、《金婚》、《双面胶》等相继进入我们的视野，形成了一股家庭婚姻伦理电视剧的高潮。值得注意的是，家庭婚姻伦理剧的发展离不开文学的发展，以张欣、王海鸰、池莉、万方、方方等为代表的作家相继创作了一批以婚姻情感为主题的小说，进而被改编为影视，从而使得关注普通人情感的家庭婚姻伦理题材蔓延到影视艺术创作领域，涌现出一大批具有独特色彩的婚姻伦理题材电视剧。池莉、王海鸰、张欣更是借助影视改编迅速成为大众文化的情感代言人。然而，在小说文本和影视文本转换的过程中，两种文本却存在一个鲜明的书写错位，从人物形象到故事情节、从叙事立场到情感基调等方面都发生了很大的变化，甚至形成了与原作截然相反的风格，这是一个颇为值得玩味的现象。与此同时，池莉以及常年活跃于影视领域的王海鸰和张欣等人的写作也自觉地朝向便于影视改编的角度而进行写作。本节选取池莉、王海鸰、张欣三位女性作家作为论述对象，以期观察我国女性婚姻小说与电视剧之间的相互影响及关系变迁。

一、世俗关怀与个体意识

1990年代以来，以池莉、王海鸰、张欣为代表的女性作家的作品不断被改编为影视，成为我国文学和影视领域重要的话语力量。王海鸰是较早进入影视圈的作家，1997年曾与王朔共同编剧了电视剧《爱你没商量》、1999年编剧了电视剧《牵手》，并且一举成名。此后，她的小说《不嫁则已》、《中国式离婚》、《新结婚时代》、《大校的女儿》陆续被改编为电视剧，并且产生了非常大的影响，尤其是《牵手》、《中国式离婚》、《新结婚时代》被称为王海鸰的"婚姻三部曲"，她本人也被称为是"中国婚姻第一写手"。王海鸰的这些作品与同时代的其他作家对婚姻的描写不同，王海鸰试图揭示出当代社会发展过程中各种环境因素对婚姻的影响。以"新写实主义"成名的池莉，其小说《太阳出世》、《来来往往》、《生活秀》、《水与火的缠绵》、《不谈爱情》、《口红》都先后被改编为同名电视剧；《小姐你早》、《有了快感你就喊》、《所以》分别被改编为电视剧《超越爱情》、《幸福来了你就喊》、《爱有多远》；此外，《你以为你是谁》被改编为电影《家事》、《生活秀》也被改编为同名电影，这些小说都以两性情感为主要内容，展现两性在家庭生活的情感困境，揭示两性在社会现实生活中所面临的道德冲突和文化冲突，完成了对两性情感困境的救赎。张欣则是90年代后迅速蹿红的都市文学的代表性作家，她的《浮世缘》、《为爱结婚》、《沉星档案》、《浮华背后》、《泪珠儿》、《深喉》等作品先后被改编为电视剧，张欣也完成了从表达纯真爱情到表现商海物欲的转换，书写了一个个惊心动魄的情感传奇。

婚姻伦理小说和电视剧的出现，无疑是当代社会文化转型后集体意识向个体意识过渡的产物。那些以家庭的悲欢离合、个体情感的迷茫与迷失、日常生活的酸甜苦辣等为内容的作品，自然会让人感到更加真实可信，更加贴近我们的生活，进而触动我们的情感而引发共鸣。以池莉为代表的"新写实主义"小说便是对这种个体意识的张扬，她的小说始终关注市民阶层的冷暖，表现的都是平民沉浮兴衰的生活状态，为此她表示："为中国人的生命存在而写作，我敬畏真实的个体生命存在状态，并希望努力为此写出更加动人的作品。"① 这些作品正是对大众生存状况的一种世俗性关怀和对个体主体性的重建。尤其是 90 年代以后，日益膨胀的消费文化和商业意识对传统的道德伦理和两性秩序产生了强烈的冲击。传统伦理的失衡、社会道德的滑坡、两性结构的动摇以及家庭危机的出现，这些社会问题使得我们传统的家庭婚姻生活面临着新的挑战、甚至陷入了困境。而以池莉、王海鸰、张欣为代表的女性作家紧贴社会变革的现实，展开对两性伦理关系的解读和重新建构，折射出急剧变化的社会对两性关系的深层次思考：《牵手》描写的是第三者插足对家庭的破坏；《中国式离婚》则描写的是即使没有第三者插足，情感和家庭也可能因为自身的原因而出现裂缝；《新结婚时代》则进一步将婚姻逼向绝境，展现即使没有第三者、没有个人欲望，婚姻也会因文化背景（城乡）的差距而出现危机。王海鸰正是从多侧面呈现婚姻，使婚姻成为一个矛盾丛生的对象。池莉的《来来往往》《生活秀》则将女性放在一个觉醒的主体位置上，描写女性在面对男性的背叛、欺骗等情况下的反抗意识和独立意识。张欣的《浮世缘》《沉星档案》《浮华背后》等，则将笔触伸向广州这样一个开放城市，描写在这个消费色彩浓厚的城市里官场与情场的人际关系，将爱情和婚姻置身于消费意识膨胀的都市商场和官场。总之，这些小说都展现了当前社会的各个侧面，作家们也正是抓住了这个社会的某一脉搏，从而抓住了读者和影视观众的眼球。

二、男性视角与文本妥协

虽然池莉、王海鸰、张欣的作品表现出不同的风格，但是她们的作品

---

① 赵艳、池莉：《敬畏个体生命的存在状态——池莉访谈录》，《小说评论》，2003 年第 1 期。

都表现出一种女性意识和女性立场，或是表现女性艰难的生存状况，或是表现女性在婚姻中的弱者地位。然而，这些作品经过影视改编后，则很多经历了男性视角对女性主体性的颠覆或者女性意识的模糊处理。毕竟，从文学到影视的过程，其实就是各种权力不断斗争并达到妥协的过程。对于婚姻伦理题材来说，影响改编过程的一个重要因素就是男性主义的性别过滤。

凯特·米利特曾说："目下——乃至有史以来整个两性关系的状况……是一种统治与从属的关系。然而，在我们这个社会体系中基本上不被注意，甚至往往不被承认的（却又被体制化了的）一个事实则是与生俱来的尊卑造成的男性对女性的统治。通过这样一个体系，一种巧妙绝伦的'内部殖民化'（interior colonization）形式扎根了。这种形式甚至比任何隔离形式都稳固，比阶级划分更严格，更整齐划一，当然也更持久。无论这种性别统治目前显得多么沉默，它在我们这个文化中，却达到了一种几乎无处不在的意识形态的地位，而且成为一种根本性的权利概念。"[1] 相对于小说等文学形式来说，这一男性统治女性的性别关系，在当前的影视领域表现得尤其明显。纵观当前热播的影片和电视剧，我们很容易发现影视领域几乎成为男性的欲望工厂，身体、色情或者激情画面等与女性密切相关的因素被欲望化的眼光所窥探、选择和摆布，女性几乎成为男性欲望消费的对象。正是如此，女性小说或者具有女性自觉意识的小说，经过影视改编后，小说文本所蕴含的女性意识与性别自觉就在通往男性视域的过程中被男性所过滤、加工和颠覆。池莉小说的改编就渗透着非常明显的男性意识和男权思想，主要的原因在于池莉与影视的关系基本限于提供作品的改编权，除了参与过电视剧《口红》的编剧工作之外，池莉几乎并不涉足编剧工作。因此，当其他编剧动手对池莉的小说进行改编时，其作品的完整性、人物形象和内容等都发生了较大的变动，与原著形成了较大的差别。池莉的中篇小说《来来往往》被改编成电视剧后，最大的变化不是因为小说信息量不够而增加了更多的故事情节和场景，而是电视剧对小说中

---

[1] ［美］凯特·米利特：《性政治》，载钱满素主编：《我，生为女人》，河北教育出版社1995年版，第475－476页。

的人物形象进行了较大的改动。小说中的主人公康伟业是一个投机取巧、忘恩负义的家伙,而电视剧中的康伟业则成了一个勤学奋进的青年、任劳任怨的丈夫、关心下属的干部、文化味浓厚的商人;小说中的段丽娜是一个耍泼的高干子弟、不修边幅的家庭妇女,然而在电视剧中则成了一个顾全大局、体贴周到的家庭主妇:当她发现丈夫有了外遇虽然也有过吵闹,但是当有人拍下了丈夫与情人的照片到段丽娜处索取钱财时,她毅然买下并悄悄带给了丈夫;当丈夫资金周转不灵时,她偷偷给丈夫注入了一大笔资金助其度过难关,她对这两件事情的处理让康伟业回心转意,夫妻之间的关系有所好转。然而这一处理却让我们看出了电视剧在改编过程中的男权主义色彩。尤其是电视剧的后几集极力塑造了段丽娜作为女性的贤惠、善良和包容等特质,这在小说中是没有的。这种塑造以一种男权的视角修改了小说中段丽娜的女性形象,完全按照传统女性形象(即便丈夫有外遇了也要遵守妇道,宽容丈夫,等待丈夫回心转意)进行塑造;同样,原本小说《小姐你早》里事业有成的戚润物发现丈夫王自力与保姆偷情后,与同样被男人抛弃的李开玲、艾月结成一个女性觉醒的同盟,共同对付王自力试图使其人财两空,最后三人建立了一个乌托邦式的姐妹世界。《小姐你早》被认为是池莉较为典型的女性主义文本,正如池莉所说:"如果仅从《小姐你早》对传统家庭裂变和当代婚恋形态的表象上看,是难以理解我创作的立意的。夫妻失和离异也好,婚外恋、多角恋也罢,那只是故事的叙事层面,在这部小说中我要讲述的是女性在知识、经济及品格上的自主自立,是作家对女性地位的反思和女性意识的反省!"[①] 然而在改编的电视剧《超越感情》中,王自力则成为胜利者,戚润物最终"超越感情"回到了王自力身边。小说中一心想报复丈夫的戚润物在电视剧里被塑造成了一位能深刻反省自己过失的女人,王自力也不是一个玩弄女人的花花公子,甚至本来结盟报复王自力的艾月在电视剧中竟然爱上了王自力。小说《生活秀》不仅在品行和精神上塑造了一个丑陋的男性主人公形象,而且还让男性陷入了性功能障碍的生理尴尬。然而电视剧《生活秀》则将其塑造成一个事业有成、生理没有缺陷的成功人士。事实上,池莉塑造的人

---

① 方憬:《池莉:〈小姐你早〉不是〈来来往往〉》,《北京日报》,2000 年 11 月 8 日。

物,如《生活秀》中的来双扬、《来来往往》中的林珠、《小姐你早》中的戚润物,都具有对抗男性的女性主义色彩,只不过这种对抗在电视剧的改编过程中,经历了男权视角、大众趣味、社会伦理等因素的影响,几乎无法摆脱男性中心主义话语的束缚。同时也由于电视剧的叙事策略和叙事机制隐藏着男性神话和父亲社会的表达方式,它们突出了男主角的作用,"在表达女性愉悦的同时是在为父权制服务,并以此维系了家庭的良性运转"①。最终,女性的声音在电视剧中变得模糊甚至完全消失,男性话语则成为电视剧的主导声音,影视文本成为男性的暴力文本。

  这种男性主义的叙事视点也成为一些专门为影视而写作甚至转行编剧的作家迎合市场的写作角度。王海鸰和张欣的写作即是如此。与池莉所不同的是,王海鸰和张欣几乎是面向影视进行写作,其作品很多都是先有剧本再有小说,如《牵手》、《中国式离婚》、《新结婚时代》、《浮华背后》、《深喉》等。因此,王海鸰和张欣的小说在向电视剧转换的过程中,相对来说改动的幅度就不是太大。然而王海鸰和张欣对于婚姻和两性的书写充斥着浓厚的男性主义色彩。虽然王海鸰一再强调,她在创作中是站在中性的立场进行写作,"长久以来,在婚姻关系中的弱势群体是女性,但是在舆论上的弱势群体是男性。这势必导致受到伤害的是女性,因为女性就会认为婚姻的杀手永远是男人,而不是我们自己,我觉得提醒比同情更重要。你永远在说男人花心或怎么样,永远把女人当作怨妇,为什么我们不从自己身上找原因?这是同情男性还是更爱惜女性"②?但是,这些小说或电视剧仍然表现出了一种强烈的男权主义话语的压迫感。《牵手》把男主人公出轨的原因归咎于女主人公婚后自身的不思进取:妻子夏晓雪本是一位很有发展前途的知识女性,婚后为丈夫而放弃了事业,把精力全放在了家庭和儿子身上,变得越来越世俗;《中国式离婚》的女主人公被塑造成了一个完全没有自我、心态失衡的家庭妇女。她们对女性形象进行了丑化、将婚姻的破裂归因于女性的错误,这种叙事模式回避和省略了男性在婚姻中的过失,而让女性承担起婚姻破裂的责任。这些被误读的偏执的女

---

① [英]伊·安·卡普兰:《女性主义批评与电视》,见[英]罗伯特·艾伦编:《重组话语频道》,北京大学出版社 2008 年版,第 267 页。
② 王海鸰:《批评比同情更重要》,《北京青年报》,2005 年 4 月 27 日。

性形象同时也反映了现代女性在社会空间和家庭空间中两难的生存困境。即便被认为是带有王海鸰自传色彩的小说《大校的女儿》也如此，该小说原本描写的是一个女军人奋斗与成长的故事，然而在影视改编后却淡化了女性的奋斗过程和主体地位，成为一个展现男性使命的军事题材电视剧。80年代移居广州的张欣目睹了城市的消费浪潮和错综复杂的人际关系，她虽然无时无刻不在关怀着都市发展进程中女性的生活和命运，但是张欣也仅仅是以一种平和成熟的都市意识和文化关怀去关照女性的生存，以冷静的观察和深刻的剖析表现人物的从容和人间的冷暖。张欣在小说《首席》的创作谈中说："最终选择了都市，但是都市很大，包罗万象，光怪陆离，我没有能力面面俱到，描绘出它的全貌和蓝图，于是把它界定在都市女性的范畴。这还显得宽泛了，因为女人永远是文化、文艺、娱乐圈中的主角，甚至成为一种色彩，以各种各样的形式出现。"① 张欣对都市女性的生存状况非常熟悉，对这些都市女性的生活方式也表示宽容、理解和认同。张欣的小说《为爱结婚》中的亦菲就是个追求世俗生活的物质享受而不太重感情的拜金女孩，她先是与摄影家白拒发生了一段恋情，然后又找了个"商务才俊"，自己也成了"一身名牌又不显商业恶俗"的女孩。但在改编后的电视剧中，亦菲则成了一个忠于感情的痴情的传统女性，她深深的爱上了白拒。小说中那个不循规蹈矩的、为张欣所理解和认同的另类女孩就在导演和编剧的改编下，变成了一个男性视野中值得欣赏的完美女性。

　　影视文本对小说文本的改编或颠覆从某种意义上当然是为了大众文化的需要，是为了迎合传统社会伦理的规约，但是这在很大程度上消解了原作的意义，丧失了原作的精神内涵，甚至变成了与原作完全不同的文本结构，这不能不引起我们的注意。在男性权力、商业意识和传统观念所构成的多重权力体系时，女性主体性话语要借助大众传媒进行表达无疑面临着各种矛盾和困惑。那么，女性主义文本和女性意识的表达渠道究竟是否还存在，这仍然是一个问题。

---

① 张欣：《女性误区——〈首席〉创作谈》，《中篇小说选刊》，1994年第2期。

三、性别消费与秩序重构

与小说文本所追求的差异性不同,电视剧则更多地突出了相同的元素,这也就是电视剧出现类型化的一个原因。因此,对于婚姻伦理电视剧来说,无论是池莉对于女性意识的张扬,王海鸰充满悲愤地对两性生活的深刻揭露,还是张欣对面对物质的欲望消费而迷失自己的都市女性的同情和理解,电视剧所呈现给我们的最终都是对秩序的回归,回到一个非常传统的价值观范畴。这是小说和电视剧相互转换过程中的一个重要策略。毕竟,电视剧作为一种大众文化产品,拥有庞大的受众群体,能对社会秩序和消费观念、价值观念产生一定的影响。况且我国的电视剧是以主流文化为主导的文本类型,一直徘徊于主流文化与大众文化之间,因此,电视剧对小说中的非秩序状态进行秩序性重组就成为电视剧改编的重要任务。

池莉、王海鸰、张欣等作家在小说被影视改编的过程中,扮演着一种传统社会秩序建构者的角色。一方面,池莉、王海鸰等作家的小说被改编成电视剧后,一个重要的现象就是凡是涉及传统家庭伦理观念时,电视剧总是会有所删除或者改动,以期符合传统的甚至是陈旧的价值观。如小说《新结婚时代》的结尾是顾小西因为身体的原因不能生育,后来让她生了一个女儿;然而在改编成电视剧时,作者本人兼编剧将结尾改成顾小西生了一对"龙凤胎"。这种对结局的改编无疑是对传统伦理语境下性别偏见的迎合,是对传统社会或更明确地说是对传统乡村社会男女性别秩序的一次建构;同样,电视剧《大校的女儿》在内容上也有许多删改,其中一处改动为:小说中程百祥无生育能力,迫于无奈求战友赵吉树帮忙,赵吉树在其苦苦哀求下同意与其妻梅玉香同房,替他完成"传宗接代"的任务,而在相处期间,赵吉树和梅玉香产生了爱情,最终导致了两段婚姻的破裂,梅玉香和赵吉树生活在了一起,赵吉树退伍后创办了一家快递公司,取得了事业上的成功,两个人幸福地一起生活。而在电视剧中迫于家庭伦理道德的约束,程百祥的请求并没有获得战友的同意,而多年以后程百祥也治好了自己的病,梅玉香顺利地怀上了孩子。通过这样的改写,电视剧将小说这一与传统伦理不符的内容置换成了传统社会"女性生殖、男尊女卑"的价值体系,进而在秩序上重建着乡村社会的传统。

另一方面，欲望描写基本上成为晚近时期张欣、王海鸰、池莉等作家的写作策略。都市空间里的消费、欲望、商业，金钱等都成为他们作品中的重要工具，成为小说或电视剧里婚姻的杀手，无论是池莉的《小姐你早》、《来来往往》、《生活秀》，还是王海鸰的《中国式离婚》、《新结婚时代》等，在这些小说或由其改编的电视剧中，欲望都成为一个重要的工具。王海鸰的《中国式离婚》中的女主人正是由于对物质欲望的企求一步步紧逼丈夫辞去固定工作进入外企，最终导致了家庭的分裂；《新结婚时代》也透露出物欲城市与乡村社会的种种隔膜。池莉的《小姐你早》、《来来往往》、《生活秀》展示的同样是珠光宝气、物欲横流的都市生活场景，甚至有人说《生活秀》秀的其实是女人和商品。这种欲望不仅书写了对金钱的崇拜和追逐、对奢靡生活的艳羡，更向我们展示了具有浓郁消费色彩的欲望都市；张欣的小说更是以广州为背景，表达物欲横流、商海沉浮中人性的失范和道德价值的衰败以及女性在金钱面前的人格丧失。正是鉴于小说中对欲望的过分张扬，她们的许多小说在被改编为电视剧后都经历了一个去欲望化的过程，要么对这些欲望进行了冷调处理，要么对欲望进行了删改，减少了过多光怪陆离的物质消费场面，调整了小说中各种利益冲突中赤裸裸的物欲色彩。小说《生活秀》的主要线索就是争夺祖房产权的过程。为了取得老房子的所有权，来双扬一方面与后母达成和解，另一方面积极笼络房产所的张所长。这不仅暴露了来双扬世俗的心态，也表现出她惟利是图的物欲心理。而在改编为电视剧后，这种追求物欲的表现有所调整。这一故事变成公司老总卓雄州和小包工头来双扬的父亲在老城区拆除过程中挪用公款、钱财被骗、跨国追捕到缉拿归案的传奇故事。这些改变淡化了小说所包涵的人性在利益面前的贪婪心理。张欣的小说《沉星档案》、《浮华背后》虽然讲述的是都市女性生活的艰辛、精神的困惑以及悲剧性命运，但是由之改编成的影视剧则借助传奇故事、侦探小说式的演绎和仿写使女性的物欲需求和消费景观淹没在国际走私、商战、命案等惊险元素之中。

此外，在池莉、王海鸰等作家的小说被改编为婚姻伦理剧的过程中，一个重要的改编策略就是重建两性话语秩序。很有意思的是，在这些改编而成的电视剧中，两性矛盾的解决几乎都依赖于特殊的方式，如女性的包容和谅解、"第三者"的退出、孩子、长辈和第三方的规劝等等。由此，女性不得不回到她原来的位置，这样社会秩序才得以恢复。《牵手》中王纯的出现直接导致了夏晓雪和钟锐的情感破裂与婚姻冲突，但孩子丁丁的丢失则成功化解了两人的矛盾；在根据《小姐你早》改编而成的电视剧《超越感情》中，三个女性的同盟不仅从内部遭遇了瓦解，而且其中之一还真正爱上了她们试图去报复的男主人公王自力；在《新结婚时代》中，除了顾小西和何建国夫妇外，作者还设置了顾小航和简佳、顾父和小夏等几对爱情婚姻进行对比和参照，从而在一定程度上缓解了两性矛盾，最终以长辈对"女性的谅解"而得以共处——长辈对女性的谅解这本身就是一个颇为吊诡的现象。这些改编后的电视剧淡化、改写、颠覆了女性主体意识，张扬男性世界的欲望和理念，营造了现代消费社会和男权社会（至少也隐藏着男权色彩的社会）的价值观和文化观，女性最终成为商业和男权主义合谋的猎物。这种两性秩序的重建，无疑是受到根深蒂固的传统文化心理结构的影响。虽然传统的宗法制在社会结构中已不再以一种显性的方式而存在，但是大众审美文化和认知心理仍然是以男权文化为基础的。因此，无论是陈染、林白、棉棉、卫慧等人反抗男权意识的身体写作，还是池莉以鲜明的女性主义立场而进行的对女性主体的询唤，以及王海鸰对女性婚姻困境的揭示和张欣对都市女性生存状况的同情，虽然她们都闪烁着强烈的社会批评意识和性别觉醒意识，然而，影视作为一种大众文化的产物，其面向的依然是市场和大众，所以必须遵循商业化的操作原则。因此，在小说到影视的改编过程中，女性的性别自觉必然会被男权社会普遍认同的文化价值所消解。

第四节 "红色经典"的文本生产与话语协商

新时期以来，我国开始进入了文化的急剧转型期。"巨大的文化精神跨度使得人们禀有了'转型期'的个体身份重新书写和心灵失重的晕眩感。在这相当复杂的历史、经济、政治、文化的'总体转型'时，社会文化呈现出一个复杂的诸多话语形态摸索潜行的文化特征。"① 这一时期的文化特征呈现出多种符码功能,从本质上暗示了当时社会的混杂性。"红色经典"在1990年代的改编和流行成为这一文化转型的重要表征,并且表现出独特的意蕴。尤其是在2000年以来,随着政治语境的淡化和商业语境的强化,"红色经典"表现出一种新型的话语模式。

一、红色经典与权力话语

"红色经典"目前还是一个模糊的概念。无论是官方还是学界,对此尚未有一个非常明确的界定。或者认为"红色经典"就是通常意义上的"革命战争历史题材"②;或将红色经典产生的历史回溯到1920年代的左翼文学③,虽然反对者认为这一提法虽然符合历史的语境和"革命文学"的兴起,但是"这些萌芽期的'粗暴的叫喊'除了在内容上符合'革命'的要求,其它方面如艺术表现、产生的影响等均不能和1940年代以后的'红色经典'相提并论"④;或者认为"红色经典""主要是指创作于20世纪五六十年代,以新民主主义革命斗争历史和建国初期的社会主义改造运动为文本题材,高扬着革命理想主义旗帜的无产阶级文学作品"⑤。或认为"红色经典"指"1942年以来,在毛泽东《在延安文艺座谈会上的讲话》指导下,文学艺术工作者创作的具有民族风格、民族做派、为工农兵喜闻乐见的作品"⑥。国家广电总局在《关于"红色经典"改编电视剧审查管理的通知》对"红色经典"的界定则显得更为模糊:"曾在全国引起较大反响的革命历史题材文学名著。"⑦ 不过,大多数学者仍然将"红色经典"的时间界定为1942年毛泽东《在延安文艺座谈会上的讲话》发表后所创作的一系列符合主流意识形态的反映革命历史内容的作品。

---

① 王岳川:《中国镜像:90年代文化研究》,中央编译出版社2001年版,第26页。
② 杨匡汉:《惊鸿一瞥:文学中国1949—1999》,陕西人民教育出版社1999年版,第23页。
③ 方维保:《红色意义的生成》,安徽教育出版社2004年版,第8—17页。
④ 高旭国:《"红色经典"的三个历史阶段》,《社会科学辑刊》,2008年第2期。
⑤ 焦垣生、胡友笋:《论"红色经典"的经典气质》,《人文杂志》,2005年第2期。
⑥ 孟繁华:《众神狂欢——世纪之交的中国文化现象》,中央编译出版社2003年版,第55页。
⑦ 参见国家广电总局下发的文件《关于"红色经典"改编电视剧审查管理的通知》。

其实,"红色经典"这一话语模糊性的根源在于它的历史发展过程所生成的多义性。但是无论官方、学界还是影视业界对于"红色经典"的争议如何,"红色经典"作为呈现革命历史的文本,一方面是经历了几个时期文艺政策的产物,另一方面也是权力机制不断强化的产物。如果我们仔细考察"红色经典"发生的历程、生产的语境及其意义,就可以发现,"红色经典"不过是一种革命权力所建构的话语方式。1942年毛泽东发表了《在延安文艺座谈会上的讲话》(以下简称"《讲话》"),《讲话》的核心内容就是"为什么人服务"和"如何去服务"的问题。这一讲话精神在当时的历史语境中成为一种权力的象征,当时的文学创作自觉地实践着这一讲话精神,其中影响最大的是赵树理的小说和新歌剧《白毛女》。赵树理是从民间崛起后经官方认同的文学典型。他的第一个短篇小说《小二黑结婚》,在1943年发表后立刻受到农民读者的欢迎,但在当时并没有引起官方文学界的重视。直到另外两篇小说《李有才板话》和《李家庄的变迁》发表之后,赵树理创作的"意义"才被官方文学界"发现"。1946年下半年,官方文学界的三位权威人物郭沫若、茅盾和周扬相继著文"专论"赵树理,评价一次比一次高,论述也一次比一次系统。赵树理的小说从民间的流行读本,经过官方的认可和权力化后,迅速成为解放区(延安时期)文学创作的范本。新歌剧《白毛女》原本是一个流行于民间的"白毛仙姑"的故事。时任延安大学校长的周扬热情肯定了这一民间故事,并亲自组织鲁艺人马将之编排成了大型歌剧,以此向中共"七大"献礼。1945年4月该剧首次在延安党校礼堂演出,毛泽东、周恩来、朱德等观看后非常满意,次日中央书记处传达出三点意见:"第一,这个戏是非常适合时宜的;第二,黄世仁应当枪毙;第三,艺术上是成功的。"① 随后,《白毛女》完成了从民间传说到民间歌舞表演到新歌剧文本—电影文本—芭蕾舞剧文本的演变。赵树理小说和《白毛女》地位的官方化充分说明了在"红色经典"形成过程中政府/权力的建构性力量。②

---

① 此处史料主要参考李扬:《50—70年代中国文学经典再解读》,山东教育出版社2003年版,第267—311页。

② 关于《白毛女》的演变过程,可详细参考孟悦:《〈白毛女〉演变的启示》,载唐小兵主编:《再解读——大众文艺与意识形态》,北京大学出版社2007年版,第48—69页。

第三章 文学的电视剧改编

1949年7月召开的第一次全国文代会把毛泽东的《讲话》确定为建国后文艺工作的总纲领、总方向和总方针。随后,"红色经典"的范围延伸到各种艺术门类。"革命题材的长篇小说随后衍生出一系列文化产品,如改编成电影、戏剧、连环画等。加上媒体宣传、学校的语文教育和博物馆、画廊、报刊杂志的广泛配合,使新的革命话语体系逐渐渗透到社会各阶层和日常生活的各个角落,融入中国民众日常公共话语和个人话语的方方面面。红色经典通过语言建构的英雄人物和负面人物以及他们的语言表述,如革命理想主义的豪言壮语、警句格言等等,成为中国最有影响力的象征符号。"① 而这一权力干预文学艺术作品的极致则是发生在"文革"期间,样板戏就是权力极端化运作的产物。文革时期的样板戏进一步普及了"红色"的革命意义,也成为"红色经典"的集大成者和代表者。文革时期的样板戏出现伊始便作为经典的范例取消了当时中国文化的多样性和可能性。这一话语系统无疑是通过发动群众性运动来完成的,在这一经典化的塑造过程中,国家意志和社会行为、民众行为融为一体,形成了"全民学经典、全民唱样板戏"的群众运动现象。1964年全国京剧现代戏观摩演出大会展现了38台"京剧现代戏";1970年的样板戏普及运动在全国范围内通过大规模的行政手段强行普及"样板戏"。由于政治权力的转型,"到了1974年,在'京剧革命'十年之后,创造'样板'的实验事实上已出现难以为继的危机,公众对'样板'的热情已大为减退,企图以精心构造的'样板'来带动文艺创作的繁荣,看来并未出现"②。无论是延安时期对赵树理小说和《白毛女》的地位提升,还是建国后对"三红一创,青山保林"以及《暴风骤雨》等小说的大力褒扬,甚至是文革时期对样板戏的全民普及,其实本质上不过是将这些作品主流意识化和经典化,其目的只是为了将其作为社会主义文化建设和国家意识形态建设的一部分,"是革命文化领导权(或文化霸权)建构的核心部分"③。因此,在毛泽东的《讲话》发表后,《讲话》的核心内容"为什么人服务"和"如何去服务"就成为延安时期文艺创作的重要方向。

---

① 刘康:《在全球化时代"再造红色经典"》,《中国比较文学》,2003年第1期。
② 洪子诚:《中国当代文学史》,北京大学出版社1999年版,第197页。
③ 刘康:《在全球化时代"再造红色经典"》,《中国比较文学》,2003年第1期。

新时期文学的影像转型

有研究者认为,新时期以来,对"红色经典"的再发掘始于音乐领域的商业化策略。① 一些富有商业头脑的制作人将一些歌颂伟大领袖的"革命歌曲"用带有流行歌曲特点的伴奏和唱法重新"翻唱",然后制成唱片或磁带出售,并将其命名为"红太阳系列"。这形成了1993年的毛泽东热。② 然而,虽然这些音乐作品以"红太阳"这一准"红色经典"的名义发行和传播,但红色经典这一名词真正得到了主流话语的认同和具有明确的内涵则是1997年人民文学出版社推出的"红色经典丛书"。这套丛书重印了五六十年代的《林海雪原》、《保卫延安》、《野火春风斗古城》以及40年代的《暴风骤雨》和《太阳照在桑干河上》等八部长篇革命历史题材小说。人民文学出版社推出的这一套丛书,虽然更多是出于商业考虑的营销策略,但是由于其自身的半官方性质,以及出于对图书的政府审批制度的考量,我们可以将人民文学出版社提出的"红色经典"理解为官方意志的授权式命名。此后,中宣部、文化部等在2001年夏推出了纪念中国共产党建党80周年的重点献礼文艺作品,同时在各地电视台和电影院热播了一大批反映中国革命历史题材的影片和电视连续剧,如《长征》、《红岩》、《忠诚》、《日出东方》等,收视率也相当高。出版部门也重印、再版了大量革命题材的文学、文艺作品。2004年,二十一世纪出版社出版了一套"少年红色经典"系列丛书,包括《闪闪的红星》、《铁道游击队》和《刘胡兰》等。这一系列行为正好说明了新时期以来"红色经典"的主流话语意义。新时期以来,对"红色经典"再发掘的行为的主要意义并非是对革命文化的怀旧或对政权合法性的指认,而是将这些表达革命历史的文本与整个革命历史一起纳入新的文化传统之中,建构五四文化传统之后的新的文化传统,并予以"博物馆化"。所谓博物馆化,是指把某一文化文本与社会现实剥离,置放于一个安全的空间中,予以审美和学理的欣赏和反思,并标以"传统"、"经典"的标签来教育后代和昭示世界,旨意在塑

---

① 持这一观点的论述有陈冲:《杂弹"红色经典"》,《文学自由谈》,2004年第4期;陶东风:《后革命时代的革命文化》,《当代文坛》,2006年第3期;孟繁华:《众神狂欢——当代中国的文化冲突问题》,今日中国出版社1997年版。

② 关于1993年的毛泽东热,可以参考戴锦华:《隐形书写——90年代中国文化研究》,江苏人民出版社1999年版,第88—95页;孟繁华:《众神狂欢——当代中国的文化冲突问题》,今日中国出版社1997年版,第82—90页。

造民族国家的文化认同和意识形态。①

因此，从历史生成语境来看，"红色经典"的出现显然不是自然沉淀后的文学经典的概念，而是主流话语的权力运作的结果，它是社会主义政权建设的一个重要内容，它的出现得益于政权合法性和政府权威的建构。而在1990年代以后，"红色经典"虽然仍可以作为社会主义文化建设的重要部分，但是其更多的意义却在于它所需要承担的是一种主流话语的意识形态功能，是对革命历史的意识形态化和格式化书写。"红色经典""在既定意识形态的规限内讲述既定的历史题材，以达成既定的意识形态的目的；它们承担了刚刚过去的'革命历史'经典化的功能，讲述革命的起源神话、英雄传奇和终极承诺，以此维系当代国人的大希望与大恐惧，证明当代现实的合理性，通过全国范围内的讲述与阅读实践，建构国人在这革命所建立的新秩序中的主体意识"②。"红色经典"其实已经不是传统文学或文化意义上的"经典"范畴，而是一种具有"样本"、"标本"性质的"红色"作品。它跳过了时间的筛选和积淀，也远离了文学的真正意义。这就是陈思和等人对"红色经典"这一概念进行强烈批评的原因，他们认为"红色经典"命名是一种虚妄性的误解，诚如陈思和所言："'经典'是被历史所证明的代表着人类整个文化传统的根本的一些文本，只有经过漫长时间的考验，千锤百炼，精益求精，才能够成为'经典'。""'红色经典'这个概念本身对'经典'这个词是一种嘲讽和解构。"③ 因此，"这些在切近距离被写进文学史的'经典'，可被看作是'文学史经典'。'文学史经典'与'文学经典'的差别，就在于，后者是经典化、历史化的'经典'；前者是尚未经历这一历史化和经典化的'经典'，它只具有文学史意义，而不具有文学经典意义"④。其实，早在1950年代程千帆先生就敏锐地意识到了"红色"的真正含义："我们知道，红色，在这里，并不是一个美学概念，而是一个政治概念。它是与白色相对的。红色代表无产阶

---

① 刘康：《在全球化时代"再造红色经典"》，《中国比较文学》，2003年第1期。
② 黄子平：《"灰阑"中的叙述》，上海文艺出版社2001年版，第2页。
③ 陈思和：《我不赞成"红色经典"这个提法》，《南方周末》，2004年5月6日。
④ 孟繁华：《新世纪：文学经典的终结》，《文艺争鸣》，2005年第5期。

级,而白色代表资产阶级。"① 今天当我们再次回到"红色"话题时,其实发现红色其实是一个体现在文学、文化、政治以及商业等多重话语中的概念,它的首要因素便是政治。因此,陈思和也认为"红色经典"是一种具有"战争文化规范"的小说。② 因为,文学体制作为文学生产的秩序力量,关涉到文学与社会、文学与权力、想象与规则等问题。洪子诚指出:"社会政治、经济、社会机构等因素,不是'外在'于文学生产,而是文学生产的内在构成因素并制约着文学的内部结构和'成规'的层面,'红色经典'已经成为中国当代文学'一体化'的一部分。"③

二、经典改编与消费革命

1990年代中后期,国家意识形态机器联手商业性大众文化产业,轰轰烈烈地推出了新的红色经典系列,试图在全球化的时代再造革命经典。在主流话语的支持和推动下,出现在影视领域的一个重要现象就是对"红色经典"的改编热潮。据不完全统计,2002年到2004年相继有以下"红色经典"被改编成电视连续剧:《小兵张嘎》、《苦菜花》、《红岩》、《敌后武工队》、《铁道游击队》、《沙家浜》、《林海雪原》、《红色娘子军》、《烈火金钢》、《红旗谱》,《红灯记》、《冰山上的来客》、《野火春风斗古城》、《霓虹灯下的哨兵》、《迎春花》、《二家巷》、《双枪李向阳》、《双枪老太婆传奇》、《地道战》、《红灯记》、《永不消逝的电波》、《战火中的青春》、《刑场上的婚礼》、《闪闪的红星》、《节振国》、《51号兵站》、《鸡毛信》、《保密局的枪声》等。据广电总局统计,从2002年到2004年两年间,就有40余部约850集的"红色经典"被批准立项,投入拍摄④。

这一时期对"红色经典"的改编形成了一股"消费革命"的浪潮。由于新世纪以后社会文化整体上发生了巨大的变化,表现在在文学艺术领域就是政治化、神圣化、英雄化的消解,涌现了一大批极端娱乐化的文艺创作,如对传统经典的大话、戏说性作品。这是对于"前过度政治化文化体

---

① 傅元峰、张光芒等:《红色经典:一次文化事件》,《文艺评论》,2005年第5期。
② 陈思和:《中国当代文学史教程》,复旦大学出版社1999年版,第55—60页。
③ 洪子诚:《问题与方法》,上海三联书店2000年版,第188页。
④ 杨锦鸿:《关于"红色经典"改编的二三事随想》,《文学研究》,2006年第4期。

系"的一种后现代性解构,其中蕴含着合理的文化诉求。于是,对"红色经典"的改编便主要表现为对英雄主义的解构和消费,这成为2002年到2004年间"红色经典"改编的重要策略。这些由"红色经典"改编而成的电视剧不约而同地表现出对传统艺术和审美文化的消解和篡改。为了迎合观众的欣赏趣味,寻找看点,这些电视剧的创作群体一改以前的"正史"视角而采用"野史"视角,对剧情进行庸俗化、娱乐化处理,变红为桃色,甚至出现了"戏说"的倾向,比如《林海雪原》中杨子荣居然拥有了一个初恋情人;《红色娘子军》竟宣称是一部"青春偶像剧",该剧对电影的一大"颠覆"就是将吴琼花塑造成一个可爱的、激发人保护欲的形象,电视剧的情节集中于吴琼花与洪常青之间的情感纠葛上;《铁道游击队》把武侠动作引进电视剧,打造出惊险震撼的打斗场面;《敌后武工队》加入了凤鸣的爱情故事;《野火春风斗古城》加入了杨晓东和银环的爱情故事等等。这种"红色经典"改编现象反映出"泛娱乐化"思潮在电视剧里的普遍流行,客观上消解着传统价值观念,表现出了反崇高、反严肃、淡化是非观念的思想立场。正如《红色娘子军》的导演袁军所说,他希望把洪常青、吴琼花的"青春美"张扬出来:"这是一部描写女人与战争的作品,但是女人再革命也是女人,像她们个性中的可爱,骨子里的帅气,绝不能只是表现在行军礼时有多标准,而是要在她们的情感上下功夫。如果将来观众看了这部戏后感觉这些女人有些味道的话,我就满足了。"① 这种对"红色经典"的改写实质上是在大众文化语境下影视工业对之的娱乐性消费。诚然,大众文化是以大众为欣赏消费的对象,是通过大众传媒模式化生产的、易复制的、注重满足人们感性娱乐的文化。它更多地表现出关注世俗人生、追求消费至上、愉悦至上的特性。因而,这些"红色经典"电视剧也不再是"红色的党史",或解构后的"碎片式的历史",而是一种消费主义下的历史想象和消费,它"提供给观众的是一种现代消费的想象性满足,使历史蜕变为现代社会的一种文化消费,一种被商品化了的文化想象,一种由大众文化对历史实施的想象"②。甚至,随着"红色经

---

① 李彦:《〈红色娘子军〉革命剧竟成青春偶像剧》,《北京青年报》,2004年3月9日。
② 隋岩:《当代中国电视文化格局》,北京大学出版社2004年版,第126页。

典"的热潮,1996年,由现代芭蕾舞剧《白毛女》、《红色娘子军》和大型声乐史诗《长征组歌》组成的"红色经典系列"风靡京城。世纪之交,由上海京剧院、北京京剧院和中国京剧院重排的《沙家浜》、《智取威虎山》、《红灯记》相继在全国各地巡回演出,出现了所谓的"样板戏热","红色经典"成为备受人们瞩目的一个热点话题。因此有研究者认为:"说把'样板戏'作为所谓'红色经典'重新加以肯定实际上就是在某种程度上重新肯定'文革'时期的政治,也许有人不能同意,但逻辑上必然要得出这样的结论。"[①] 同时,我们也应该看到,这些所谓"红色经典"的流行,不过是商业话语对"红色经典"这一名词的盗用和消费。

在这一消费革命的巨大浪潮中,引起巨大反响的无疑是电视剧《林海雪原》和小说《沙家浜》。电视剧《林海雪原》中少剑波与白茹的情感故事被渲染放大,杨子荣与座山雕成为情敌,杨子荣还多了一个未过门的山东媳妇,座山雕也有了一个"养子",这个老奸巨滑的土匪居然也有了许多人性化的表现,比如当座山雕想让这个"儿子"叫他一声爹而被拒绝之后,不禁老泪纵横。虽然剧本的改编者周七月说:"槐花、槐花的丈夫老北风等相关情节都是他加进去的,目的就是让英雄人物更生活化,情节上适应电视剧的风格;而且杨子荣原型人物确实在山东老家订过娃娃亲,电视剧只是适当发挥了一下。"[②] 事实上,这种对"红色经典"的消解,不仅引起了影视界、文学界等对"红色经典"改编尺度的激烈争论,而引起了政府主流话语的严重不满。"红色经典"改编的商业话语与主流话语就此发生了严重的冲突。2004年5月25日,国家广电总局向各省、自治区、直辖市广播影视局(厅)、中央电视台、中国教育电视台、解放军总政宣传部艺术局、中直有关制作单位发出《关于"红色经典"改编电视剧审查管理的通知》,主要内容如下:"一些观众认为,有的根据'红色经典'改编拍摄的电视剧存在着'误读原著,误会群众,误解市场'的问题。有的电视剧创作者在改编'红色经典'过程中,没有了解原著的核心精神,没有理解原著所表现的时代背景和社会本质,片面追求收视率和娱

[①] 王彬彬:《样板戏与所谓红色经典》,《文学自由谈》,2002年第5期。
[②] 陶丽娜、曾家新:《三问〈林海雪原〉陈道明差点演杨子荣》,《京华时报》,2004年3月13日。

乐性,在主要人物身上编织过多情感纠葛,强化言情戏;在人物造型上增加浪漫情调,在英雄人物身上挖多重性格,在反面人物的塑造上追求所谓的人性化和性格化,使电视剧与原著的核心精神和思想内涵相距甚远。同时,由于有的'红色经典'作品内容有限,电视剧创作者就人为地扩大作品容量,稀释作品内容,影响了作品的完整性、严肃性和经典性。"① 如果说《林海雪原》只是增加了一些"人性化"的情节而尚未改编故事的主线,那么小说《沙家浜》则完全改写了那个许多人耳熟能详的故事和故事里的人物关系。小说《沙家浜》(薛荣,《江南》2003年第1期)是对革命经典《芦荡火种》、样板戏《沙家浜》的戏仿之作,小说通过阿庆嫂这种原始的情欲,将原来神圣的革命话语改写成以性为核心的感官展示,以消费革命的方式满足了大众读者的阅读期待。② 小说《沙家浜》对革命的消费性书写,引起了沙家浜镇政府和新四军老干部的不满,认为"小说《沙家浜》严重践踏了人民的情感,污蔑了人们心目中的英雄形象","有严重政治错误"③,甚至《江南》杂志也被告上法庭。关于小说《沙家浜》的争论持续了四个月。在文学日益边缘化的今天,媒体和舆论对于一篇小说竟能有如此的关注和讨论,可以说这场争论已经演变成了一个文化事件。最终,《江南》杂志不得不以杂志社的名义向"所有读者、新四军老干部和'沙家浜'的父老乡亲表示由衷的歉意"。《江南》主编张晓明也向浙江省作协党组递交了辞呈,请求辞去主编职务。④ "红色经典"电视剧的改编、播出、评论以及政府文化部门对此进行的干预,已经成为一个颇有中国特色的文化事件。"红色经典"电视剧作为在"革命"话语与商业话语、官方与市场的夹缝中的特殊文本,成为官方机构与民间资本从各自的需要出发争夺、共谋、冲突或交汇的场域。而对"红色经典"改编现象

---

① 赵文侠、黄敬怡:《45部红色经典批准立项 需报送广电总局终审》,《北京日报》,2004年7月22日。
② 陶东风:《后革命时代的革命文化》,《当代文坛》,2006年第3期。
③ 萧河:《小说〈沙家浜〉在宣扬什么》,《浙江日报》,2003年2月18日。
④ 王寅、杜斐然:《〈江南〉登载就小说〈沙家浜〉的书面道歉信》,《南方周末》,2003年7月18日。

的解读有助于我们认识特定时期中国文化场的结构关系。①

除了少数由"红色经典"改编的电视剧如《野火春风斗古城》、《霓虹灯下的哨兵》、《敌后武工队》、《小兵张嘎》等受到好评外,大部分由"红色经典"改编而成的电视剧都平淡收场,电视剧《林海雪原》竟然遭到禁播。总体来说,"红色经典"改编的失误主要是过分强调商业化而忽略了"红色经典"的真正意义。"红色经典"本质上是一种主流话语的建构,"历史写作不单是一种将经验组织成形的方法,同时也是一种'赋予形式'的过程,而这种过程必定具有达成意识形态、甚至原型政治的功用"②。因此,无论商业话语在多大程度上对"红色经典"进行改写和消费,它仍然是国家意识形态生产的重要内容,而根据"红色经典"改编的影视剧,也只是阿尔都塞所谓的"意识形态国家机器"进一步编码的产品。

三、再造经典与话语协商

在国家主流话语对"红色经典"进行直接干预的情况下,新世纪以来兴起了一股再造"红色经典"的浪潮。诚然,从一般意义上说,"红色经典"是描述革命战争的,是主流意识形态对革命历史的重述。但是在新世纪后,这一再造运动没有以此前的"红色经典"为蓝本,而是对以往革命历史和革命人物进行了重新书写,内容上仍然是对历史的"宏大叙事"和对英雄形象的重塑。此时再造的"红色经典"毫无疑问是多重话语协商的结果。"在'红色经典'话语事件中,主流话语肯定会限制市场话语流向无限扩展和披着'红色'实则溢向灰色、情色之消费陷阱对话语本身的消解;精英话语必定会对主流话语的某种僵化和失效以及超越主题的失范进行质疑和讨论;大众话语也会跟风似地附和或者创新式地参与甚至'恶搞'般地消费娱乐;市场话语对主流话语和精英话语必定反弹,同时市场话语的膨化也会在某种程度上规约着其他话语议题设置的范围和程度。"③这便是再造"红色经典"的话语场域,各种话语相互规约和纠结,形成一

---

① 陶东风:《红色经典:在官方与市场的夹缝中求生存(下)》,《中国比较文学》,2004年第4期。
② [美]王德威:《想像中国的方法》,三联书店1998年版,第299页。
③ 唐爱明:《红色经典:话语膨胀与话语共生》,《社会科学研究》,2009年第4期。

个共同作用的文化场域，它们经过协商形成了各方都能接受的话语网络。因此，"红色经典"的再造充分遵循着主流、精英和商业三种话语的运作机制。

新世纪以来，尽管"娱乐"在电影和电视节目中早已不是什么新事物，但作为主旋律电视剧的"红色经典"电视剧与娱乐的媾和还是新世纪以后出现的现象。进入新世纪，消费文化对社会的侵蚀，尤其是电视对社会的介入，使得我们生活在一个完全被符号和图像包围的娱乐世界之中。电视的娱乐霸权正在一步步征服着我们的日常生活、审美取向，改变着我们的生活图景。随着大众文化日益商业化，市场操作中赤裸裸的功利性目的必然诱使某些文化、商业和媒体合谋，竭力去迎合、刺激人们的消费欲望，并无限度地强化大众文化消费中的感官刺激功能、游戏功能和娱乐功能。"青春偶像"的使用在当今电视剧中已经被无限放大，"红色经典"电视剧，尤其在表现当代军人情感和生活的电视剧，大多起用一些年轻的偶像明星，如孙俪、邓超、殷桃、聂远等等，偶像明星已经成为吸引观众、保证收视率的重要砝码了。在全国各大电视台热播的《激情燃烧的岁月》、《历史的天空》、《幸福像花儿一样》等都是较好地融入了现代青春偶像元素的军事剧。明星、青春、偶像等元素的强大感召力，为大众时代艺术作品的消费制造了身体和欲望的消费价值，将大众文化的娱乐消费进行了新的诠释。青春偶像元素在"红色经典"电视剧中的调用，这在实际上已经构成了一种"新型的商品拜物教"，即"文化的商品拜物教"（阿多诺语）。在大众文化的语境里，面对文化工业的生产和消费机制，"再造红色经典"电视剧遵循着大众消费的某种逻辑，目的在于满足观众的消费需求，因而成为了时尚的大众文化消费产品。

现代社会文化的平民化、世俗化特征使得以往表现出的纯粹化的革命文化失去了高高在上的可能，也摆脱了正邪对立的简单化。《激情燃烧的岁月》中石光荣为了追求褚琴而邀请她跳舞，笨拙的敬礼式舞姿令人忍俊不禁；在得知自己中意的姑娘被另一个团长追求后，石光荣忙不迭地向别人下了挑战书，比赛的内容竟然是比饭量。《历史的天空》里已经成为新四军小分队队长的姜大牙，看中了警卫员的一双新布鞋，就从警卫员那里骗过来据为己有，遭到了杨政委的批评，一气之下，姜大牙将新鞋摔到了洗脚盆中。《亮剑》里李云龙打仗时还不忘偷偷喝酒,更有甚者,《狼毒花》里常发对酒和女人的痴迷,构成了该电视剧情节结构,成为表现人物性格、阐释主题一个非常有力的工具。这些日常生活的细节、场景和道具将战争文化和日常生活紧密结合在一起,表现出两者的同构性叙事策略,这也让观众在观看这些节目时,能在日常生活的诗意建构中完成对英雄情结的集体追忆和怀旧。这一表达策略也充分印证了一个观点:当今社会文化表现出的一个重要而显著的特点就是审美的泛化与日常生活的审美化。正如费瑟斯通所说,日常生活的审美化正在消灭艺术与生活的距离,在把"生活转换为艺术"的同时,也将"艺术转换为生活"。尤其是在如今这样一个大众文化与媒介文化融合的时期,符号与图像的流动已经成为社会生活的一大景观,它们已经渗透到当代社会的日常生活的肌理中[①]。这种相互转化与渗透的景观导致了影视文化甚至整个文化领域在生产、传播与消费方式的变化。

在"红色经典"电视剧发展流程中,随着电视传媒的发展、社会的变迁以及受众审美观念的变化,"红色经典"电视剧积极吸纳了其他类型剧的精华,对自身类型创作理念不断进行创新,其中最为明显的就是家庭伦理化因素的引入。《激情燃烧的岁月》、《军歌嘹亮》、《军人机密》等都在军旅特色的基础上融入了家庭伦理剧的因素,将军营中的家庭生活演绎得更加真实可信,更加平民化,石光荣和高大山的形象,不仅是作为军人的一种典型,他们在家庭中的父亲形象也令人感到熟悉和亲切,展现出铁汉军人的另一面。从《突出重围》到《垂直打击》,这些剧作总是在着力描写男主人公英雄行为的同时,也讲述一桩桩惊天动地的爱情,如范英明与方茹之间的爱情,杨忆与谷晓楠之间的爱情,似乎没有女人就成不了戏。此外,《DA师》里增加了龙凯峰和林燕的暧昧戏份,《沙场点兵》里也加入了康凯、庞承功和陆雅池三者之间的情感纠葛,甚至硬气十足的《亮剑》一片也在李云龙身上安插了"婚外情"。这些"红色经典"电视剧将叙事空间从战场转移到家庭,表现了电视剧在情感内核上对家庭伦理的空

---

① [英]迈克·费瑟斯通:《消费主义与后现代文化》,刘精明译,译林出版社2000年,第94页。

间性想象和嫁接。"红色经典"电视剧正是将其内核指向传统的家庭、指向传统文化，使受众能够在"军旅"这样一个既熟悉又陌生的场景中感受到英雄的人性化和生活的日常化，因此得以轻易地逃离了文化/资本流动和意识形态立场等各方面的束缚，从而进入家庭生活之中并深受观众喜爱。当"红色经典"电视剧与日常生活以及家庭伦理的类型化因素发生碰撞后，电视剧文本便表现出动态和开放的表意形式，这也迎合了电视剧市场的欲望生产，让观众可以在观看过程中体验到日常生活的狂欢色彩。正如费克斯在《理解大众文化》一书中所说："文化商品想要流行，就必须满足相互抵牾的需要……任何一种产品，它赢得的消费者越多，它在文化工厂现有的流程中被再生产的可能性就越大，而它得到的经济回馈就越高。"[1] 从这个意义上说，"红色经典"电视剧的流行，也正是得益于其借鉴了许多其他类型电视剧可以复制的流行元素。

---

[1] ［美］约翰·费克斯：《理解大众文化》，王晓珏、宋伟杰译，中央编译出版社 2001 年版，第 34 页。

第四章　文学作品的影视化书写

随着新时期以来影视对文学作品的改编，一批作家名利双收。于是，众多作家意识到了影视的强大传播功能和影响力，开始有意识地向影视靠拢，吸收影视的技法，他们的创作呈现出明显的影视化倾向。影视的审美趣味、表现手法和叙事模式不断渗透到文学的写作之中，进而改写了文学的固有规范。文学的影像化书写成为不可避免的发展趋势。剧本化写作、影视化技巧、电影化想象、脚本化写作成为新世纪后影视与文学研究中使用频率最高的词汇。当前文学创作对影视情节的复制和影视元素的挪移、戏剧化的凸显以及类型化趋势的出现，其实都是影视对文学发生作用的一种形式。

第一节　影视化想象与小说的影像摹写

1990年代以来，影视不仅成为一种重要的娱乐方式，而且也进一步影响到文学创作。早期文学与影视的联姻还只是一种技术层面和媒介之间的转换，然而到新世纪以后，我们的文学创作却逐渐表现出资源枯竭和想象贫弱的影视化症候。一些作家的文学创作不再贴近生活，而是通过影视来寻求灵感，转向对影视故事的摹写和对影视符号的挪用。面对各种泡沫似的文学喧哗，一些作家尤其是新生代作家的创作很多是英美电影和影视光碟的情节仿制。这种文学创作方式成为当前的一种文学创作策略，表现出文学的尴尬处境。

一、影视思维与创作灵感

影视艺术已经成为大众文化时代影响力最大的文化形态。它成为我们生活的重要信息来源和经验领域,极大地增强了人们对于视觉影像的感知能力和依赖心理。以影视为代表的视觉文化已经成为一种文化观念,这种观念已经融入到了人们的日常生活及思想世界中。影视几乎成了我们主要的文化形态,成为我们生活的一部分,甚至成为我们的生活和想象的源头。

1990年代以来,影视化的生活在很多程度上改变了作家的创作模式。虽然我们仍然强调文学来源于生活,但是有些作家的创作却越来越脱离生活。影视以其强大的影响力、娱乐性和丰富性为作家提供了创作的直接灵感,甚至取代了生活经验本身。杨金远在谈到《官司》的写作时说:"小说《官司》确实是一个很偶然的小说,没有一点的构思准备。吃饭的时候,看到一个有关战争回忆的视频,头尾有几分钟,看着看着,便觉得里面有戏,一种说不出的东西。"[1] 而麦家在讲述小说《捕风者》时说:"如果一定要问出处,勉强有两个:一个是老电影《尼罗河上的惨案》,另一个是曾经在北京盛行一时的杀人游戏。"[2] 虽然对杨金远和麦家而言,影视催发他们的创作只是一种不自觉的偶发性事件,作家只是在对影视的接受过程中不经意地被某一个细节或故事所激发,从而萌生了创作的欲望,但是,这也表明影视已经成为作家创作的灵感来源之一。

还有一部分作家却是因为对影视的喜爱,自觉地朝着影视的方向进行创作。池莉就毫不掩饰自己对影视的热爱:"我喜欢欧洲的文艺片和有一部分先锋派的探索片,我喜欢拉美的有些片子,我喜欢好莱坞的动作片、枪战片、言情片、传记片,还有动画片,我还喜欢苏联的片子。我喜欢一切优秀的影片。"[3] 正因如此,池莉的小说也几乎是朝着影视剧的方向进

---

[1] 杨金远:《从〈官司〉到〈集结号〉》,参见小说月报编辑部编:《小说月报:从小说到影视》,百花文艺出版社2009年版,第374页。
[2] 麦家:《风声:暗算第二部》,南海出版公司2007年版,第5页。
[3] 池莉:《信笔游走》,《当代电影》,1997年第4期

行创作。方方的《行为艺术》和《埋伏》这两部关于警察题材的小说是出于对警匪片的浓厚兴趣而创作的:"我有一点很通俗的爱好,就是很喜欢看那种打得一塌糊涂的警匪片。那之中,情节的复制、悬念的紧张、场景的惊险以及枪战的精彩,都能吊住我的胃口。纵然有胡编乱造之嫌,可它的离奇、激烈和曲折使我对那些破败之处全然不与计较。正因为如此,我觉得自己若是有一天能写出这样有趣的东西一定很开心。怀着这样的心情和兴趣,便在试着写这类东西时,有一种奇乐无穷之感。"① 对于一个擅长写作情感小说的作家而言,方方的这一转型可以说是被影视所促成的。当前,作家主动触电,或成为专业的编剧,或身兼两职,作家与影视的关系越来越成为一个让人难解难分的问题。无论他们与影视的关系如何变化,影视对作家的创作影响不断深入却是一个不争的事实。新生代作家吴晨骏说:"碟片对我来说,作用在于两个方面:一个是休闲,一个是对自己写作的补充。比方说,前段时间我借了描写萨德的生活的《鹅毛笔》,这部影碟使我增加了对萨德的了解。也就是说,碟片对我自己的文学感觉可以起到一个增强、补充的作用。"② 由此可以看出,影视对作家创作产生的影响。

虽然我们无法一一考证某一部作品究竟是从哪一部电影或电视剧中获得的灵感和启示,但是影视为小说创作提供灵感却成为当前文学界的共识。这些现象不仅引起了文学批评家的不满,也引起了一些作家和图书出版界的强烈批评。韩少功曾在上海大学首届文学周闭幕演讲上说到,当前的一些作家靠看碟来寻找创作灵感,"他们写出一个言情小说,也许就是看了几十张爱情片的结果"③。而著名图书策划人贺雄飞曾表示,像卫慧、棉棉、安妮宝贝这样的一些作家完全缺乏生活基础,最终只能通过不断看碟来丰富自己的知识结构,其中还不乏很多黄碟,从她们的小说开头和结尾的技巧,依然能看出美国大片的某些痕迹来。④ 在这些点名或不点名的

---

① 方方:《怎么写了个"埋伏"》,载小说月报编辑部编:《小说月报:从小说到影视》,百花文艺出版社2009年版,第72页。
② 杜骏飞、小海等:《关于影像时代文学命运的对话》,《上海文学》,2002年第6期
③ 于琛艳:《文坛"抄袭"泛滥:作家靠看碟找灵感?》,《新闻午报》,2006年7月6日
④ 王峰:《"文坛乌鸦"来宁开骂:王安忆靠看碟写小说》,《金陵晚报》,2004年12月11日

第四章　文学作品的影视化书写

批评中，我们可以窥探出当前作家的一些创作状况。当看碟（看影视）成为许多作家生活的一个重要组成部分时，影视（包括新闻报道）就成为获取素材和灵感的来源，甚至出现了某一个题材被电影和作家所共用的现象，如《南方周末》曾报道了一个农民工"千里背尸"的社会新闻，很快成为电影和文学的创作内容。赵本山主演的《落叶归根》便是对这一故事的电影演绎，而贾平凹的小说《高兴》中也借用了这一故事素材。这种现象的出现，正是全球化时代作家面临素材匮乏和内容同质化危机的表现："虽然每个作家都在追求个人化的叙述风格，但受到全球化趋势的影响，大家都生活在'同质化围城'中，相似的环境和生活经历，使作家很难有独特的个人经验，更难找到独特的创作素材。"① 由于缺少独特的社会体验，很多作家只能依靠影视来获取写作的灵感和素材。这一点谢有顺就曾经说到："从新闻里找材料，从影碟里找灵感，从流行里找元素，这几乎成了当代小说写作的一大法则。由此，写作正在失去基本的诚实，作家之'心'正在死亡；虚构成了和'心'无关的编造，写作就越来越像是一种精神的造假。"②

二、影视摹写与文化复制

影视对小说的影响不仅仅表现为影视是小说创作的灵感，也表现为影视是小说借鉴和模仿的对象。新世纪以来的许多小说都表现出对影视内容的摹写。万方2003年出版的小说《水随天去》，其故事情节与央视播出的电视剧《真相》有着惊人的相似。他们叙述的都是因婚外恋、离异家庭、三角恋爱、不幸婚姻等日常琐事而导致犯罪的故事，只不过《真相》是一部根据真实的案件改编的纪录片，而《水随天去》则是一部小说，但两者的相似性不能不让我们惊讶。作家虹影的小说《上海之死》被冠名为中国第一本"旅馆小说"。然而，熟悉外国电影的读者马上就能想到电影《尼罗河上的惨案》。麦家的《暗算》中"韦夫的灵魂"一节说到韦夫死亡后，海军将领将其尸体乔装成海军高级将领，在他的尸体里藏上情报（假情

---

① 干琛艳：《文坛"抄袭"泛滥：作家靠看碟找灵感？》，《新闻午报》，2006年7月6日
② 谢有顺：《重申长篇小说的写作常识》，《新京报》，2006年3月4日

报），然后沉到海底推向敌军。敌军发现了尸体和尸体里的情报后未加质疑，于是发动了错误的进攻，被我海军击败。这一情节完全就是电影《活着的死尸》的文字版。但是，麦家的聪明之处在于，他在小说里写道："八十年代末一个叫 R 克拉特的英国导演拍了一部电影《活着的死尸》，讲的就是他和韦夫合作的故事。"① 麦家的这一叙事策略让人觉得是先有小说后有电影，电影是对小说故事的模仿。事实恰恰相反。其实，麦家只是通过小说的叙述技法将小说内容与电影构成了互文关系。

值得注意的是，影视的影响越来越深入地渗透到一些年轻作家的创作之中。年轻作家强烈的成名欲望一方面使得他们需要不断创作大量的小说以形成资本的原始积累，另一方面他们又希望自己的小说能与影视走得比较接近，从而得以借助影视改编走红。因此，作家对电影故事情节和叙事方式完全套用的现象屡见不鲜。曾引起广泛争议的戴来的小说《茄子》就是对美国电影《一分钟快照》的模仿。《茄子》（《人民文学》，2003 年第 6 期）讲的是一个开照相馆的离异单身的中年男人老孙，在翻看一个 50 余岁男人的家庭照时，陡然想起这个男人曾在另一张照片中与一个年轻女子亲热。老孙禁不住给那个年轻女子打电话告诉那个老男人已有家庭，然后老孙又转而将那个老男人包养"二奶"的内幕告诉给他的太太。这篇小说的故事情节与美国电影《一分钟快照》如出一辙。《一分钟快照》说的是帕里斯从一个叫玛雅的年轻女孩所洗印的胶卷中，发现妮娜的丈夫有外遇，并把他同玛雅亲热的照片告诉了妮娜，同时又去宾馆捉奸。洁尘是一个出版有《艳与寂》、《华丽转身》、《私人版本》、《暗地妖娆》等大量电影随笔的作家，她的小说《中毒》与美国热播电视剧《欲望都市》的情节和叙事角度很相像，都是以一种女人的视角去写男人和爱情，既写出了女性对爱情/男性的明白和透彻，又写出了女性情感的沉溺。河南作家李建军的《瓷器》则完全是对好莱坞大片"007"系列电影的中国化仿写，故事的情节与电影 007 极为相似，而作家本人也非常明确地希望"改编成电视剧后打入发达国家黄金频道"②。

---

① 麦家：《暗算》，人民文学出版社 2006 年版，第 232 页。
② 石敦峰：《〈瓷器〉：影视化的小说创作》，《北京日报》，2004 年 1 月 6 日

此外,我国的电视娱乐节目也对作家的小说创作产生了明显的影响。一些小说或者整体上套用了娱乐节目的模式和内容,或者将娱乐节目作为小说重要的组成部分。荆歌的小说《再婚记》(《收获》,2000年第3期)在说到吴莉芸征婚的故事时,借用了湖南卫视的征婚节目《玫瑰之约》的策略和创意。而荆歌的另一篇小说《娱乐节目》(《当代小说》2001年第10期、《小说月报》2001年第12期转载)更是对我们司空见惯的娱乐节目的复制,没有什么叙事的技巧和故事的悬念,不过是把电视节目的镜头语言换成了文字叙述。近年来,由于作家纷纷转行成为影视编剧,影视对作家创作的影响更加明显。刘震云就深受影视的影响。刘震云的小说《一腔废话》中"第四场 老冯与主持人"这一部分,用了44页的篇幅描写了老冯(一个开澡堂的小老板)与主持人在一个叫"恳谈"的节目上的对话。这一情节和内容无疑就是对当时谈话类电视节目的一种戏仿;"第六场 模仿秀"和"第七场 辩论赛"里所写的水晶金字塔梦幻剧场的模仿秀和辩论赛,分明就是对《超级女声》这一类娱乐选秀节目以及大中专辩论赛节目的调侃和借用。在小说中,这些人物喜欢模仿秀、辩论赛和欢乐总动员,一步步告别了他们的"疯"和"傻"走向充满娱乐的现代社会。刘震云的《手机》采用了一个与《实话实说》相似的谈话节目作为小说的主体框架,人物和故事情节都是在在这一框架中向前发展的,甚至严守一的许多台词也来自《实话实说》节目。为此,电影《手机》的导演冯小刚和《实话实说》节目主持人崔永元之间还引发了一场论战。可以说,《手机》是将一档谈话节目放大成了文学文本。

小说家的任务实际上是将人生经验和社会生活呈现为审美的艺术。然而,遗憾的是,有些作家只是在摹仿影视情节。随着我国影视的进一步发展,尤其是好莱坞电影成为一种全球化的文化趣味并影响着各国电影生产时,影视所表现的丰富的想象力与创造性,自然成为缺乏创造力的作家所共同挖掘的文化资源。作家直接模仿影视所营构的故事模式,再加上一些必要的修补,摇身一变成为图书市场的文学快餐。文学创作不可避免地成为一种文化复制,而这种复制已经不再是对本雅明所论述的"原作"的复制,而是一种对"原作"摹本的复制。这就是鲍德里亚描绘的当代文化发展的危险图景:"正是数字化的大批量的艺术复制,使得后现代的影像生产已经彻底摆脱了原作的束缚,从而导致影像生产不再与现实紧密相连,而仅仅是影像自身的不断复制和模拟。"①

三、影视符号与话语挪用

也许谁都无法否认影视对小说创作的影响,虽然很多影响是潜在的和隐性的。除了小说对影视情节的模仿外,影视符号也进一步成为小说的叙事元素。那些我们只能在电影银幕或电视荧屏上才能见到的影视片段、影视场景、影视人物或者是影视明星,纷纷走进了作家笔下的小说里,成为小说的一种叙事场景、一种修辞方式、一种为了小说更具有吸引力的注意力资源,甚至成为小说叙事的一种依赖。正如林白所言:"这是一个电视的时代,电视连续剧教育着我们,引导着我们,是我们时代遍及大地的教科书,是我们的空气和路标,是夜晚的灯和饭桌前的菜,它深入了我们的躯体变成了我们的灵魂。"② 小说对影视符号资源的挪用,正是深入文学躯体而变成的灵魂。

影视符号首先是以一种修辞的方式出现在小说创作中。我们从文学作品中经常能看到作家总是以某一部电影作为自己小说中的背景(类似于电影中的背景音乐)、以电影里的场景来形容小说中的场景、以电影中的人物(如主人公或演员)或与电影相关的人物(如导演等)来形容自己小说中的人物。史铁生的小说《关于一部以电影作舞台背景的戏剧之设想》充分结合了舞台戏剧和电影的形式,将电影作为小说/舞台的一种背景,如"银幕上再出现一个门"、"银幕上出现一群孕妇"、"背景银幕上,出现了婚礼的场面"等等这样的描述,就是将电影作为一种修辞方式加以运用——背景本身就是一种修辞。黄咏梅在小说《路过春天》里,用《倩女幽魂》和《人鬼情未了》来形容"我"和柳其的白天偷情、从不过夜的不正常性关系;用电视剧《小宝与康熙》中由张卫健饰演的小宝与康熙离别时的顺口溜作为小说的结尾,也作为"我"和柳其的一场"路过"的结局。

---

① 许鹏:《机械复制还是数字复制——对新媒体艺术文化身份的辨析》,《江苏行政学院学报》,2007年第5期。
② 林白:《致命的飞翔》,参见林白等著,《致命的飞翔》,台海出版社2001年版,第16页,第36页。

第四章 文学作品的影视化书写

电影成为一种修辞在林白的小说中则随处可见。例如：

"小小年纪这个词使我想起了电影《卖花姑娘》，凄切和缓的旋律越过二十年的时光像一片草席向我漂来，既雪白，又淡青，散发着月光般朦胧的亮泽。"①

"就是这样一些歌词……像意大利影片《美国往事》或《西部往事》里的主题曲，华美的女声在弦乐中滑动，时而游出，时而潜入，时而漂远，时而浮来，它没有歌词，令人心碎。"②

"眼前这个男孩有点像台湾版电影《鲁冰花》里的图画老师，黧黑、修长、敏捷，白色的牙齿闪闪发亮，这是我最喜欢的一类男孩。"③

林白的小说《致命的飞翔》也渗透着大量的影视元素，如小说在叙述"我"如何面对登陆的妻子时说，是学美国电影《致命的诱惑》里那样将一只他家饲养的兔子（鸽子，或爱犬，或宠猫）连皮带毛炖在她家的锅里，或者像台湾电视剧《家有仙妻》那样用剪刀把她的衣服剪碎让她狼狈不堪。在小说的结尾，林白写到北诺和一个男人的性事时提醒读者：想想日本电影《望乡》里的镜头吧。④小说这种对影视化元素的借用，实际上起到的就是对小说场景的视觉化补充，让读者能在看小说的同时想到影视场景，扩大读者的联想，加深小说的视觉效果。这种将影视作为一种修辞手段的方法，其实也是一种符号的跨文化挪用/移植，他们试图借助影视符号来丰富作品的形象性和审美效果。毕竟，影视作为一种重要的图像文化，能够满足读者对人物和事件的直观把握和瞬时移情，"把本身非视觉性的东西视像化"⑤。

对更年轻一代的80后、90后作家来说，影视已经成为他们生活的一部分，也成为他们小说的一部分。影视的情节甚至直接充当了小说的内容，影视话语也被挪移到了小说的叙述过程之中，取代了作者本人的叙

---

① 林白：《一个人的战争》，江苏文艺出版社1997年版，第64页。
② 林白：《一个人的战争》，江苏文艺出版社1997年版，第64页。
③ 林白：《空心岁月》，江苏文艺出版社1997年版，第105页。
④ 林白：《致命的飞翔》，参见林白等著：《致命的飞翔》，台海出版社2001年版，第16页，第36页。
⑤ ［美］尼古拉·米尔佐夫：《什么是视觉文化？》，载陶东风、金元浦等主编：《文化研究》（第三辑），天津社会科学院出版社2002年版，第5页。

述。这些80后、90后年轻作家基本上是"看碟的一代"①，他们成天生活在影视剧、电脑游戏、音乐和偶像明星中。颜歌的小说《良辰》中"去年在马德里安"这一部分讲述的就是看电影的故事，电影的名字就叫《去年在马德里安》，说的是"我"很想与"顾良城"一起去看这部1961年拍摄的影片，但是最终却未能如愿。而《良辰》的"罗宾与玛蒂尔德"这一部分，与其说是在叙述"我"和顾良城在一个剧组拍摄言情片的故事，不如说是用一种影视剧的创作方式表达了"我"与"顾良城"的爱情，就像剧组给这部片子取的名字《罗宾与玛蒂尔德》一样，说的其实就是"我"与顾良城的爱与被爱、得到与失去。此外，基耶斯洛夫斯基、《蜘蛛侠》甚至是电视台播出的《晚间新闻》都成为颜歌小说里的重要叙事元素。张悦然在短篇小说《这些那些》里特别提到了周迅和《苏州河》，并将观看《苏州河》作为小说中宣泄情绪的重要通道，并通过这一行为传达出我对小舞的爱情期望。进一步说，张悦然的这篇小说，跟《苏州河》所要表达的主题和情感氛围非常相似，用《苏州河》的台词来说就是："如果有一天我走了，你会像马达一样地去找我么？"这不仅是《苏州河》的主要情节架构，也成为小说《这些那些》的主要叙事线索和情感基调。同样是80后作家王皓舒在长篇小说《我们都寂寞》里借助了大量的影视符号来表达小说内容：《大明宫词》成了"我"很想与凌一起看的电视剧，然后一起品味里面华丽而铺张的对白，而那部电视剧"我"看了不下一百遍；"我"夜晚的生活就是裹着睡衣蜷缩在背靠椅上看电影，如北野武的《玩偶》；"我"对爱情的憧憬就是希望能像《天使之城》那样"毫无障碍地在任何一个角落里亲近地注视着自己的爱人"……在一些年轻作家的小说里，我们很容易发现熟悉的电影画面、情节和人物。王家卫、梁朝伟、张曼玉、陈凯歌、章子怡、巩俐、张艺谋、基斯洛夫斯基、安东尼奥尼等人物成为他们笔下经常出现的符号。这些小说中的影视符号不仅是对影视符号的挪移/移植，而且也透露出他们的一种创作状态。

米兰·昆德拉说："小说的灵魂，它存在的理由，就在于说出只有小

---

① 张颐武：《"看碟的一代"的崛起》，《当代电影》，2002年第5期

说才能说的东西。"① 然而,影视符号在小说中的大面积弥漫表现了文学独创性的迷失。影视符号的简单挪用,也表明了作家文化身份的游移性和模糊性,他们逐渐失去了文学的身份归属而日益影视化。当前文学创作只有将影视符号较好地融合进文学创作中,将"他者"的语言切实转换为"自我"的语言,才能真正找回文学的自信。

第二节 影像景观与小说的空间化叙事

景观已经成为当今社会重要的文化现象,我们甚至进入了一个如居伊·德波所说的"景观社会"。景观社会实质就是由视觉影像统治一切的社会,在这种社会里,社会的生产变成了视觉影像的生产。这些视觉影像甚至超过了实体存在,超过了现实本身,成为人们把握世界的一种新型图景方式。电视媒体无疑是景观的强大制造者,它以影像的形式为我们制造了一个巨大的虚拟空间。我们生活在这些虚拟的空间里,成为景观的人质。这些景观改变着我们对世界的基本观点,用影像维系着一种新型的人际关系和生活经验,我们的思维方式也从传统意义上的直线思维被改造为今天的视觉化思维,即一种直观思维,这使得当代作家越发追求这种直观的视觉化书写,越来越将空间场景纳入自身的创作领域之中,于是小说呈现出一种强烈的空间化效果。

一、空间化结构

小说和电影是两种不同的叙事模式,它们在结构形式上表现出不同的特征。"小说的结构原则是时间,电影的结构原则是空间。小说采取假定的空间,通过错综的时间价值来形成它的叙述;电影采取假定的时间,通过空间的安排来形成它的叙述。"② 随着影视的影响不断加深,受众的接

---

① [捷克]米兰·昆德拉:《小说的艺术》,董强译,上海译文出版社 2004 年版,第 37 页。
② [美]乔治·布鲁斯东:《从小说到电影》,高骏于译,中国电影出版社 1981 年版,第 66 页。

受习惯从平面化转向空间化，小说的叙事结构也逐渐融合了影视的表现手法，一些作家甚至有意强化小说的空间叙事。邱华栋的《环境戏剧人》这部小说的情节转换就基本上是遵照空间场景的变化。该小说主要是以空间场景的变换作为故事发展的内在形式，推动故事的发展。故事主体发生的场景主要集中于凯莱大酒店、中国大饭店、昆仑饭店迪斯科舞厅、亚洲大饭店、丽都假日饭店保龄球室、晶都酒店等较具消费性的景观场所，并穿插进龙天米公寓、林先生办公室、凌青衫家、吴造宝家、深圳韩良英家等私人化空间，以此形成了公共空间与私人空间相结合的结构原则。刘震云的小说《一腔废话》在目录之后专门标明了对"出场人物"的介绍，故事章节分别用第一场、第二场来设定。故事各章用"地名"或"人名"标识，以场景等作为小说转换的叙事机制，这就具有电视剧本的特点。毕竟，电视剧本是一种用场景和镜头组织故事结构的文本形式。刘震云的小说《手机》的情节发展更是以空间变化来推动的，小说在章节的设置上以场景的转换为划分的依据。如"严守一回家取手机"这一章，他先是在去电视台的路上，当发现手机落在家时，场景马上就转换到家里，然后是电视台工作的情况，教室的培训班，并在这认识了沈雪，再转到五环路他和沈雪幽会，最后是在家里，妻子终于发现他的婚外恋情。潘军的小说《独白与手势》每一节的前面也都标明了时间和地点，池莉的小说《你以为你是谁》以 16 个场景的变化完成了小说的叙事。在影视的影响下，许多小说的结构不再是以时间为顺序，而是以空间为顺序，以空间的场景变幻作为小说的叙事进程。这些以场景为中心的结构模式当然更好地适应了影视的改编。有多部小说被改编为电视剧的作家衣向东谈到自己的小说创作时说："在写作中一点都没有想到如何适宜于改编成电视剧也是不可能的，我在写作的时候一般都会注意场景不要太宏大，场景变化不要太大，就是为了避免在影视制作时出现困难；而且我很注意画面感，有的人甚至说我的小说不用改就可以直接开拍。"①

当前的小说不仅通过章节和内容的场景结构来表现空间化，而且通过影视化技巧从小说文本的深层次上进行空间化的组合，如空间化链接、场

---

① 衣向东：《"触电"可以改善生活》，《羊城晚报》，2005 年 7 月 21 日。

景切换、蒙太奇等策略。美国学者爱德华·茂莱很早就注意到了小说文本的这种影视化倾向："随着电影在20世纪成了最流行的艺术，在19世纪的小说里即已十分明显的偏重视觉效果的倾向，在当代小说里猛然增长了。蒙太奇、平行剪辑、快速剪接、快速场景变化、声音过渡、特写、化、叠印——这一切都开始被小说家在纸面上进行模仿。"[①] 爱德华·茂莱所列举的这些影视技法在新时期以来的中国小说中被不同程度地借用，尤其是影视的蒙太奇叙事成为当代小说的重要叙事策略。当然，蒙太奇并不是新时期的中国才出现的一种叙事策略。早在19世纪，蒙太奇就作为一种尝试和试验被长篇小说所使用，并作为一种新的叙事方式和结构原则受到许多作家的借鉴。海明威、马尔罗、杜拉斯等作家就曾经有意识地借用着电影化的写作方法，从而使得蒙太奇的叙事技法在19世纪末、20世纪初广为流行。然而，小说毕竟是一种时间的艺术，是以时间和故事共同形成作品的结构形式。虽然小说的叙事过程中本身就蕴含着蒙太奇的因素，但这些却不是小说叙事的主要技巧。可是如今，由于小说不断受到影视艺术的影响，其结构形式逐渐从时间模式转换为空间模式，因此，那些长期从事剧本创作的作家开始自觉地追求整体形象感、视听效果的空间化和蒙太奇结构，最终建构了一种"趋影视体"的小说文本。如曾引起20世纪90年代前后影视热潮的作家王朔，其作品就具有非常明显的影视空间化特征。他的小说采用自然分段的方式，各部分之间用分行形式自成一个空间，每个空间其实就是一组镜头。他的小说正是这些空间的连接和组合。如他的《玩的就是心跳》《顽主》《永失我爱》等，都是将在不同空间里发生的故事以相近主题的形式进行的同类项组合。这种场景组合式的蒙太奇策略，实际上正影响着当代作家的创作。莫言的小说《檀香刑》和《四十一炮》就突破了传统的小说结构。《檀香刑》没有采用小说惯常的故事情节的结构形式，而是采用了戏剧所使用的以人物为中心的结构形式；《四十一炮》则是由"我"——罗小通流浪十年后回到村庄给兰大和尚讲述自己的人生故事和这个村庄不断被城市所兼并的现状这两个时空所组

[①] ［美］爱德华·茂莱：《电影化的想象》，邵牧君译，中国电影出版社1989年版，第4页。

成,中间用不断交替的时空变化串联起兰大和尚具有传奇色彩的人生经历。小说《四十一炮》中同一个主人公的两个声音的叠加诉说,就是通过蒙太奇的手法表现出来的。罗小通脑海中闪现的幼年经历以及他给兰大和尚讲述的父母离合、家族修好等故事,以蒙太奇的结构组合在一起,形成一种叙事的张力。读者在阅读的过程中,总是不断闪现出这样两个画面,填充了读者阅读过程中的想象空间。有些小说甚至是通过片段的组装完成了故事情节的推进。如鲁羊的小说《银色老虎》的结构就是典型的片段组合方式。该小说将42个片段进行连缀,表现出"个人化的童年记忆"。东西的小说《没有语言的生活》和《耳光响亮》也都表现出"组装式"的创作特征。这两部小说的情节基本上是以各个分散的"零部件"组装起来的,尤其是《耳光响亮》几乎全部依赖于空间场景的拼接。这种组装式的写作其实就是影视剧本的写作技巧,影视剧本正是用故事和场景进行组装,然后将之分散成一集又一集的影视作品。这种以空间结构为主、以蒙太奇等影视技法进行的空间组合与拼贴,成为20世纪90年代以来小说的重要结构模式。

正如美国学者约瑟夫·弗兰克用"空间形式"分析现代小说的结构时所说:"就场景的持续来说,叙述的时间至少是被中止了:注意力在有限的时间范围内被固定在诸种联系的交互作用之中。这些联系游离叙述过程之外而被并置着;该场景的全部意味都仅仅由各个意义单位之间的反应联系所赋予。"① 在当代小说中,时间越来越成为一种暧昧的元素。小说提供给我们的完全是一个空间,以空间的变动造成时间流失的错觉,时间在小说的叙事中被空间化了。

二、视觉化诉求

小说是语言的艺术,传统小说较为注重对人物内心情感的探究,因此小说难以形成较为纯粹空间化的审美效果。但是由于影视的影响,小说开始借鉴影视构建空间的技巧,通过画面和蒙太奇等结构手法来创造空间效果,所以当代小说表现出对画面、色彩的刻意追求,注重营造一种空间化

---

① 秦林芳:《现代小说中的空间形式》,北京大学出版社1991年版,第3页。

第四章　文学作品的影视化书写

的视觉效果。早在20世纪20年代，随着美国的好莱坞电影工业的发展，"作家们吸收了电影文学剧本的写作技巧；写场面和运用视觉的逻辑已成为当代文学创作的特色"[①]。

长期从事影视写作或编剧的作家，视觉化的倾向表现得尤为明显。严歌苓就多次提到："电影只会让你的文字更具色彩，更出画面，更有动感，这也是我这么多年的写作生涯中一直所努力追求的。这正是我为什么会爱看电影，然后跟电影走得很近的原因。"[②] 王朔的小说或者按照影视脚本来创作的，或者是影视剧本反向改编成的小说，因此充斥着大量的视觉场面，如他的《橡皮人》中的描述："一片片米色和杏黄色的高度一致的居民楼区；缓缓穿越城市中心的土黄色江水和江上笨重的铁桥；近处一座占地面积很大的著名的贸易中心；周围矗立着白色的大酒店、剧场和写字楼，遍布全市数不清的绿地，有着小镜子般湖泊的公园和使这个城市充满活力的奔跑在大街小巷的几十万辆各种颜色的大小汽车——再就是充斥着所有街道、广场、房屋的几百万衣衫斑斓的人群。"著名作家兼金牌编剧刘恒的小说《黑的雪》中这样描写李慧泉所看到的情景："身后的马路上汽车来来往往；天上有白色的飞机缓缓飞过；一对年轻夫妇在便道上吵架；一辆拉水果的三轮车翻了车；绿地的栅栏里有个外地人背对行人撒尿，大概实在憋不住了……下水道里爬出了一只土鳖，它在车轮间无意识无目的地穿行，竟然爬过马路，翻上了对面的便道。李慧泉一直注视着它。"这些描写几乎是一种摄影机式的视角，镜头一步步推进，既有近景、远景，又有中景、长镜头等。曾经在广西电影制片厂工作的作家林白，曾这样说到电影对自己创作的影响："（电影）使我从小说的线性叙事跳开了。《同心爱者不能分手》、《子弹穿过苹果》就是这样最初的尝试。后者标题就是一幅摄影的标题，写这个作品时，我的眼前有一个场面：高大的红木面，蓝蓝的天，然后有一个马来女人从岸上走过。这是一个很明亮的电影画面。"[③] 当代视觉文化渗透进小说，使当代的小说创作注重对影视效果的营造，如追求色彩和声画对位效果。这些无疑都是当代小说对视觉

---

① ［英］乔纳森·雷班：《现代小说写作技巧》，陕西人民出版社1984年版，第106页。
② 沿华：《严歌苓：在写作中保持高贵》，《中国文化报》，2003年7月18日。
③ 林舟、齐红：《生命的守望与诗性的飞翔——林白访谈录》，《花城》，1996年第3期。

化效果的诉求方式。这种视觉化诉求也是小说能够改编为影视的一个重要因素。张艺谋之所以选择莫言的《红高粱》进行改编就有着对视觉效果的考虑:"一个偶然的机会一个朋友推荐我看了小说,看完后就特别被吸引,我印象最深的是他那对色彩的描述。电影里面的色彩小说都写出来了,那是一种非常写意的感觉。"① 因此,莫言的《红高粱》在改编为电影后,张艺谋也特别注意到视觉化场景的营造,大力渲染黄土地和红高粱的视觉冲击力。

这种对视觉效果的追求,自觉或不自觉地表现出作家对影视的某种趋近追求甚至是依赖心理。在年轻的作家身上,这表现得尤其明显。前文所提及的作家林白就是一位受到电影影响非常大的典型作家。她的小说里充斥了大量的电影化技法、视觉画面、电影语言以及电影元素。在《致命的飞翔》开头部分,她这样描写北诺:"我看到护廊的北诺从缝隙中掉落下来,就像被一个不成功的镜头(摄影机一抖动)甩落在这间屋子里一样。""我将以一个女人的目光(我的摄影机也将是一部女性的机器)对着另一个优秀而完美的女性。"林白的小说叙述总是将自己的眼睛或笔当作一部摄影机,而这部摄影机还不停地闪现在小说的字里行间,或是用以提示,或是用以强调,或是用以说明,但无论怎样,最终的目的就是让小说的人物和场景像电影空间一样呈现在读者的面前。新生代作家李大卫毫不避讳地说自己的小说《集梦爱好者》"主要靠炫目的外在效果来支撑,似乎更接近假面舞会,焰火表演,或者是时装展示,是一本彩色的书"②。这种用影视化的技巧所进行的小说书写,在今天日趋普遍,并促使了作家的视觉化思维和可视化写作。究其原因主要有两个方面:一方面,在影视的长期浸染之下,读者的阅读和审美逐渐被改造。读者对以往小说的景物和人物心理活动的静态叙述已经失去了阅读的耐心,他们希望作品能提供一些动感的、具有跳跃性的视觉场面。这种审美需求和期待自然影响到了作家的创作方式;另一方面,一些作家尤其是一些年轻的作家总是试图用这种视觉化的写作方式以求得影视导演的青睐,甚至许多作家如王朔、刘恒、

---

① 孙丽:《大江健三郎与莫言、张艺谋的对话》,《检察日报》,2002 年 2 月 15 日。
② 张钧:《小说的立场——新生代作家访谈录》,广西师范大学出版社 2002 年版,第 204 页。

刘震云、石钟山、潘军等的作品本身就是为着影视改编所进行的脚本写作。这些兼具编剧身份的作家的小说创作不可避免会受到影视的影响，表现出影视化的叙事和视觉化追求。潘军认为他的作品如《与陌生人喝酒》、《白底黑斑蝴蝶》、《对门对面》等"可能与那种法国'作家电影'的形态比较相似"[①]；《重瞳》则用电影的声画对立的手法进行写作，而《独白与手势》则分为白、蓝、红三个部分，这显然源于其对最敬重的导演基耶斯洛夫斯基同名电影的喜爱。此外，他的小说《关系》、《对话》、《对门对面》等都具有强烈的画面感。

影视作为一种时尚化的消费符号，以新奇的视觉元素诱惑和满足着受众的消费欲望，从而成为消费主义泛滥的市场空间中主要的大众文化文本。尤其是在市场消费和大众传媒的双重影响下，小说逐渐脱离传统审美的价值取向，转而遵循市场化的工业生产实行机械化的技术性再生产。在这一文化挤压下，小说文本的创作，从以语言为基础单位，迅速地向视觉化和形象化倾斜，并逐渐接受了影视的形象直观性思维方式。正如陈晓明所说："表象泛滥以及对这个表象进行'泛滥式的'书写，真正构成后现代时代的文化景观"，这种书写造就了"一个只有外表而没有内在性的时代，一个多么美妙的'时装化'的时代，一个彻底表象化的时代"。[②] 当前的小说正是以视觉化的景观代替了文本的深度，使得小说缺乏足够的张力，而沦为一场"景观秀"。

三、景观化消费

20世纪90年代以来，在小说领域悄然兴起了一股城市/都市文学的新浪潮。与此相应，在影视领域也出现了城市电影和都市言情剧等影视类型。这与20世纪90年代社会文化的发展和小说与影视的相互作用有关。20世纪90年代，我国城市现代化进程不断加快，城市/都市成为城市群体的生活空间，也成为乡村的想象空间。市民阶层的形成和大规模的城市

---

① 康志刚：《作家潘军访谈：流动的生活会使小说飞腾》，《南方日报》，2002年10月18日。

② 陈晓明：《表意崇拜：分享剩余意义的叙事法则》，载蒋原伦主编：《今日先锋》，三联书店出版社1995年版，第13—14页。

移民潮，使得城市/都市成为消费文化争夺的重要空间。由于接受群体和市场的需要，小说和影视自然需要表达一种新的生活空间。这种趋势最初是由以池莉、万方等作家的都市小说所引起的，经由影视又反作用于当时的小说创作。这一创作趋势促使 20 世纪 90 年代以来的许多小说作品都刻意选择城市/都市题材、展现城市/都市生活状况、刻画城市/都市生活景观。有人曾统计，"第六届矛盾文学奖初选入围的 23 部长篇小说中，真正写农村题材的大概只有一部作品，就是辽宁作家孙惠芬的《歇马山庄》"①。这一数字很能说明当前小说创作对城市/都市题材的热衷程度。

  作家热衷选择城市/都市题材的重要原因很大程度上就是为了影视改编，因为城市/都市题材影视是当前小说改编的一块重要领地。20 世纪 90 年代池莉、万方、刘恒、刘震云为代表的"新写实主义"就是一种带有城市意味的小说创作潮流，只不过他们关注的是城市普通市民阶层的生活，也就是城市的民间生活。这一文学潮流引发了 90 年代影视领域的"新写实浪潮"，改变了当时影视对"新历史主义"的趣味依赖。然而，随着城市化进程的深入和影视的渗透，许多作家改变了原初的创作立场，一心投身城市写作，或者更确切地说是一种都市化写作。作为新写实小说的重要代表人物，池莉早期作品大多是对市民生活的原生态描摹，后来转型为对现代都市特征的探寻，早期作品中繁琐的市民生活细节被后来现代都市驳杂的新物象所取代。在池莉的小说中我们可以看到：《黑鸽子》中高级酒吧、星级酒店、王子沙龙竞相登场，BP 机、大哥大的滴滴声成为都市新潮生活的象征；《来来往往》中名牌产品的消费和空中约会构成了都市的奇特景象；《小姐你早》里的夜总会、霓虹灯、海鲜城、美人捞和珠光宝气等摇曳生辉。可以说，从 90 年代的新写实小说，到如今的都市文学，小说的书写空间越来越接近于当代都市生活的中心地带，并将之作为重要的表现空间。在现代都市，空间的意义越来越被人们所关注，空间的凸现自然也使得小说的创作朝向景观化发展。毕竟，空间景观成为这个时代重要的文化表征。正如福柯所说的："目前这个时代也许基本上将是属于空

---

  ① 扬扬：《城市化进程与文学审美方式的变化》，《东方讲坛 1》，文汇出版社 2006 年版，第 268 页。

间的年代。我们置身于一个共时性的年代,我们身在一个并置的年代,一个远与近的年代,一个相聚与分散的年代。我相信,我们正处在这样一个时刻:我们对世界的经验,比较不像是一条透过时间而发展出来的长直线,而比较像是纠结连接各点与交叉线的空间网络。"① 当代空间理论认为,空间并不是纯粹物理学或地理学意义上的客体,它具有社会性、历史性和文化性。因此,当代小说纷纷借助影视的机缘投入对城市空间的书写之中。甚至,与影视作品一样,在文学领域也出现了某个特定城市的文学标记,如深圳、上海、北京就一直成为小说表达的城市空间。张欣的深圳、池莉的武汉、王朔的北京、王安忆的上海不仅成为作家的文学地理空间,实际上也成为影视表达的重要空间。

新生代作家更是将视角完全转向都市景观的欲望消费。丁天的《饲养在城市的我们》、刘毅然的《摇滚青年》、邱华栋的《都市新人类》、何顿的《生活无罪》等,无一不体现出城市的欲望消费主义。英国社会学家鲍曼认为,"消费主义是理解当代社会的一个非常中心的范畴。消费不只是一种满足物质欲求的简单行为,它同时也是一种出于各种目的需要对象征物进行操纵的行为。从这个意义上说,被消费的东西并不仅仅是物品,还包括消费者与他人、消费者与自我之间的关系。因此,消费主义主要体现在对象征性物质的生产、分布、欲求、获得与使用上"②。可以说,消费主义造就了一种不同于传统社会结构的别样的社会形态。"新生代作家"创作的小说里常用的文化符码是酒吧。卫慧的《水中的处女》"在一个酒吧里他找到了熟悉的温暖而无意义的气味";朱文的长篇《什么是垃圾什么是爱》也从酒吧开始叙述,表现了性对情的颠覆、现实对理想的颠覆,以及对英雄美人、才子佳人的情爱模式的颠覆。与这些消费空间相一致的是高档商品的出现,如式样新颖的品牌轿车、鲜亮夺目的服装首饰、宽阔豪华的别墅等在小说中频繁亮相。当代小说正通过对城市/都市空间的这些商业化元素的挪用,创造了一个令人目眩的融时尚、商业于一体的全球化景观。小说创作中对都市消费景观的追求,使得小说呈现出物化审美的

---

① 张颐武:《全球化与中国电影的转型》,中国人民大学出版社 2006 年版,第 57 页。
② 包亚明:《消费文化与城市空间生产》,《学术月刊》,2006 年第 5 期。

特征，表现出对消费文化和奢侈品的崇拜。

随着消费主义观念的影响日益深入，影视本身也越来越注重对旅游风景地的直接表现。《卧虎藏龙》的外景地安徽南屏、《大话西游》的外景地宁夏镇北堡、《天下无贼》的外景地甘肃夏河、《夜宴》的外景地浙江安吉、《神雕侠侣》的外景地浙江雁荡山、《红河谷》的取景地西藏宗山城堡、《英雄》的外景地四川九寨沟、《非诚勿扰》的取景地杭州西溪和日本北海道等，不仅丰富了影视的表现空间，而且在影视之外掀起了一轮又一轮的旅游消费热潮。与影视对景观的追求相同，当代小说也是将景物作为文学的一种消费性符号。风景名胜、历史文物等旅游性景观，不过是将读者定位为"漫游者"的身份，满足读者旅游凝视的快感。而小说对这些风景胜地景观的描写，也满足了影视改编的需要。海岩在进行《永不瞑目》的写作时，"为了让人爱看，我在写的时候就采取了戏不够，爱情凑，爱情不够，景来凑的办法。让这个故事的许多情节，都发生在好看的风景胜地。就像电影《庐山恋》似的，不爱看故事就看看景吧"①。可见，景观/风景胜地成为小说写作过程中弥补小说内容单薄的救场工具。小说对旅游景观的描写，其实最重要的目的还是海岩所说的——"不爱看故事就看看景吧。"此时，景物成为一种消费性符号。除了以风景名胜作为小说的一种景观之外，许多作家甚至将风景地作为小说故事的主要活动空间，大有为风景地树碑立传的意思。严歌苓的《青木川》就选择了陕西的重要旅游地青木川作为小说的背景，讲述了在青木川所发生的传奇故事。严歌苓也感叹："这是个古朴清淳的小镇，木房、廊桥、老树，蓝天、清流，人说再往前走不远就是著名风景地九寨沟。让人称奇的是山中西洋的楼房，有豪华的美宅，那座巴洛克式浮雕的礼堂和那些张口便是英文的老汉，让我惊讶得不知身在何处。"② 此外，黄晖的小说《血色湘西》里张家界市的老院子、吉首市的德夯苗寨、凤凰县的古城、古丈县的西凤湖、龙山县的里耶镇；周大新的小说《湖光山色》里的丹江口水库和八百里伏牛山；韩天航的小说《戈壁母亲》里的边疆大漠和民族风情等旅游景观，其实也成

---

① 海岩：《我为什么写缉毒的小说——代后记》，见海岩：《永不瞑目》，群众出版社1998年版，第486页。

② 叶广芩：《叶广芩：我写〈青木川〉》，《文艺报》，2009年7月21日。

为推动其改编为影视的一个重要因素。这些小说通过以大量的景物描写,让受众感受到旅游景观所营造出的文化体验,只不过这些"文化体验是虚构的、理想化的,甚至是夸张的公共领域的生活模式"①。

第三节　戏剧化倾向与小说的叙事转型

在20世纪90年代后日益彰显的商业主义气息之中,大众传媒,包括报纸、电视、网络等营造了一个极强的戏剧化空间,我们成天被戏剧化故事所包围。影视成为我们这个社会极具戏剧化的文本。戏剧化几乎成为90年代以来重要的社会现象,小说这一以讲故事为主的题材在经历过极端化、个人化的探索后,也随着消费趣味日益追求戏剧化的叙事。

一、叙事转型

福斯特曾说过:"故事是小说的基本面,没有故事就没有小说,这是所有小说都具有的最高因素。"② 然而,如果我们粗略地回顾一下80年代中期以来的中国文坛,就会发现:曾几何时,中国作家已失去了讲述一个清晰的故事的能力。从80年代"意识流小说"的兴起,到"先锋文学"的异彩纷呈,再到90年代"个人化"小说的窃窃私语,中国的小说创作陷入了西方现代理论的怪圈之中,传统的故事魅力正在远离小说作品。③ 1990年前后,先锋小说以西方化的小说技法令当时文坛耳目一新。80年代,马原以"叙事的圈套"将小说写得像迷宫一样让人费解,而刘索拉、徐星、残雪、孙甘露等人则走得更远,他们沉浸在语言的乌托邦之中,远离了内容和情节。先锋小说因为过于注重形式技巧疏远了读者。有意思的是,当时的作家也并不在乎自己作品的发行量,甚至认为读者越少越好,

---

① [美] Dean MacCannell:《旅游者:休闲阶层新论》,张晓萍等译,广西师范大学出版社2008年8月,第26页。
② [英] 爱·摩·福斯特:《小说面面观》,苏炳文译,花城出版社1981年版,第21页。
③ 贺仲明、杨荣:《回归故事的魅力》,《小说评论》,2008年第5期,第94页。

新时期文学的影像转型

因此他们的作品很难进入普通读者的阅读视野。90 年代正是我国影视迅速崛起的时期,而且"电影能更直接地讲述一个故事,比小说用的时间少,细节比小说更具体;人物的某些方面(例如,像跛脚、疤痕、特殊的丑陋或美丽等肉体方面的特征)更容易描写,并且总是摆在观众面前",人们"对栩栩如生的人物和故事情节的爱好,从电影中就能得到满足"。①在多种因素的影响下,先锋小说在 90 年代逐渐走向末路,读者群体愈加萎缩。

八九十年代的中国小说也在根本上经历了一次深刻的转向。以池莉、方方、刘恒等为代表的新写实主义的流行,可以说是对过分形式化、技巧化的先锋文学的一种纠正,同时也是对文学故事化的回归和对影视传媒的回应。正是在回归到故事这一层面上,新写实主义小说与当时王朔、王海鸰等人的家庭情感电视剧一脉相承,着力于对读者日常生活的故事表达,也成为影视改编的重要资源。不过,如果仔细考察新写实小说的创作路径,我们就会发现新写实主义小说的发展也经历一个调整的过程。早期的新写实主义小说,如池莉的《烦恼人生》、《不谈爱情》、《太阳出世》;方方的《风景》、《落日》;刘恒的《伏羲伏羲》、《狗日的粮食》;刘震云的《塔铺》、《一地鸡毛》等作品,以客观性叙事的方式,讲述了一些市井百姓的日常生活。从某种程度上说,小说进行的是一种琐碎化的叙事,虽然它回到了日常生活,但是故事性却不强。90 年代新写实主义小说的出现是多种因素共同作用的结果,然而一个不可回避的原因便是影视的巨大冲击。虽然早期新写实主义小说的"零度情感叙事"也与影视有着密切的关系,正如黄发有认为:"(影视)也巩固和强化了'新写实'的客观化叙述的倾向。因为就影视的画面语言来说,它只能呈现'看不见的生活',摄影机的镜头和小说的叙述者不同,镜头是冷漠的、客观的,影视中人物的情感与内心只能通过其看得见的表情、身体语言和周围环境的氛围显示出来,它不能像小说的叙述者那样表达自己的好恶与喜怒,来感染小说读者的情绪,更不能像小说叙述者那样直接洞察人物幽深的内心世界。"② 然

---

① 崔道怡等编:《冰山理论:对话与潜对话》(下册),中国工人出版社 1987 年版,第 558、565 页。

② 黄发有:《媒体制造》,山东文艺出版社 2005 年版,第 209 页。

而，随着影视的发展和对故事化的追求，90年代新写实主义小说的零度情感写作出现了叙事转型，表现出强烈的煽情化色彩和故事化倾向。当这些新写实作家涉足编剧行业或作品被改编成影视后，越来越注重小说的戏剧性，如池莉的《预谋杀人》、《来来往往》、《小姐你早》，张欣的《浮华背后》、《曼谷雨季》等，都饱含煽动大众的激情、故事回环曲折的要素，让人们在共享镜头中人物的期待、愤怒时得到视觉的快感。张欣早期的作品如《城市情人》系列致力于对感伤主义的书写和浪漫情怀的营造，然而触电后她却开始关注商海沉浮、官商勾结、婚外恋情、情色交易等题材。一个曾经专注于个人情怀和趣味的作家对影视潮流的趋近，从一个侧面表明作家越来越注重小说的戏剧化。

如果说90年代的新写实主义使小说回到故事并将小说的故事性引向煽情和影视化，那么90年代后期畅销一时的反腐小说更是将小说的故事化引向了悬疑化、奇观化。周梅森深知小说和电视剧在情节上的区别："小说要求平实，生活化，虚假是小说的大敌，电视剧要求'有戏'。戏就是戏剧化，夸张，放大，巧合，与小说要求背道而驰。"① 然而，由于影视的影响，他的小说创作也越来越脱离平实和生活化，而变得像影视作品一样具有奇观化和戏剧性。这种强烈的戏剧化色彩也是90年代官场小说叙事的普遍特点。90年代，官场和商海都因其陌生和神秘的特点引起了读者的强烈兴趣。因此，反腐小说就成为一种释疑解惑的工具。如张平的《抉择》、《天网》、《十面埋伏》；向本贵的《苍山如海》、《遍地黄金》，陆天明的《苍天在上》、《大雪无痕》、《省委书记》以及张成功的《黑冰》、《黑洞》、《刑警本色》等等，这些作品讲述了一些鲜为人知的官场内幕、惊心动魄的商场沉浮和情场争夺，其中还穿插着犯罪与谋杀等元素，营造了紧张、悬念和冲突的气氛。而影视所需要的正是这些陌生的场域、曲折的故事情节和吸引观众的噱头等。与反腐小说一样，海岩的警察剧、缉毒剧等无不节奏紧凑，一连串的人物和事件、一个个的悬念和高潮纷至沓来，无时无刻不在刺激着读者的神经，造成一种紧张的戏剧效果。这也许

---

① 本刊记者：《北方土地上的英雄气息——访著名作家周梅森现实》，《中国图书评论》，1999年第11期。

是这些电视剧深受观众喜爱的重要原因。

由于 90 年代社会与文学的转型,无论是作家、文学期刊还是批评家,都对小说的故事化表现出极大的兴趣。莫言在 1991 年就明确表示:"我一直在思考所谓的'严肃'小说向武侠小说学习的问题,如何吸取武侠小说迷人的因素,从而使读者把书读完,这恐怕是当代小说唯一的出路。"① 池莉在 1992 年也强调:"名著的标准之一就是不仅仅专家读,关键在于要得到最广大读者经久不衰的热爱。"② 这种对故事的重视一时蔚然成风。1992 年军旅作家周大新在《文学评论》发表了一篇名为《漫话"故事"》的长篇创作谈,格非在《上海文学》(1994 年第 3 期)发表了创作随笔《故事的内核和走向》等。鉴于纯文学形式探索的路越走越窄、读者群越来越萎缩的状况,1998 年《北京文学》率先提出了"好看小说"这一口号,公开表明自身对小说故事性的重视。《北京文学》杂志社社长章德宁表示:"'好看'应该首先涵盖一切好小说的品质,在这个基础上考虑'可看'这个因素。"③ 在这一语境下,苏童、余华、格非、杨争光等人也表现出对故事的认同,如 80 年代以《褐色鸟群》名满文坛的格非于 1990 年写出了《敌人》,以《十八岁出门远行》成名的余华于 1992 年推出了《活着》。这使得他们的作品再次被改编为影视,而被改编为影视这一事实本身,也说明他们作品的故事性确实毋庸置疑。总之,90 年代以来小说故事性的增强是一个不争的事情。

二、戏剧化倾向

新世纪以来,由于大众传媒的发展,小说逐渐呈现出一种新闻化④、事件化的倾向。新闻化和事件化的倾向是新生代作家的一种职业化弊病使然。许多新生代作家都曾经从事过记者这一新闻行业,如邱华栋、林白

---

① 莫言:《谁是复仇者?——〈铸剑〉解读》,《中国现代文学研究丛刊》,1991 年第 3 期。
② 池莉:《"杀人"写作前后》,见池莉:《预谋杀人》,中国社会科学出版社 1993 年版,第 376 页。
③ 《"2004 年〈北京文学〉全国中篇小说年会"会议纪要》,《黄河》,2004 年第 6 期,第 194 页。
④ 关于小说的新闻化倾向,黄发有在其著作《媒体制造》一书中做了详细的论述,本文仅简单提及。详情请参考黄发有:《媒体制造》,山东文艺出版社 2006 年版,第 267—274 页。

第四章 文学作品的影视化书写

等。邱华栋的《城市战车》、《夜晚的诺言》等小说中，大量的新闻化信息使作品呈现出新闻报道的色彩。记者的职业身份使作家置身于信息的漩涡，光怪陆离的信息撞击出支离破碎的灵感火花。小说集《城市新人类》中的篇章就明显具有"新闻特写"的色彩，此外，作家还根据这一素材还写出了一本特写集《城市的面具——新人类的部族与肖像》。林白的小说语言也深受新闻语言的影响，表现出强烈的新闻色彩，如小说《青苔》。林白本人说："当时由于新闻语言的干扰，我的语言已经没有了那种小说的感觉了。"[①] 当小说创作与新闻密切相关时，小说的叙事重心便转移到了故事情节上。当然，讲故事是小说的本职工作，但是一旦小说的故事与新闻合谋，往往失却对思想深度和心灵情感的开掘。当小说从经验层面直奔故事时，小说就很容易讲述成一种新闻化的事件。有些作家甚至直接将新闻事件改编为小说，如贾平凹小说《高兴》的开头部分源于《南方周末》有关"千里背尸"报道；东西的小说《我们的父亲》也源于一则新闻报道[②]；程琳的小说《犯罪嫌疑人》也是根据发生在牡丹江的一个案子写的[③]；张欣的《沉星档案》就是根据广州电视台女主持人陈旭然被害案所成写的；邱华栋的《正午的供词》曾被人认为映射了张艺谋和巩俐的爱情事件；六六的小说《蜗居》讲述的是房价居高不下房奴压力重重的社会现象；王刚的小说《福布斯咒语》讲述的是房地产商的故事，甚至有人认为王刚的这部小说影射了地产大鳄潘石屹等人。这些小说与当前的社会热点事件或新闻事件合谋后表现出事件化、新闻化的倾向，这自然与我们所处的传媒环境密切相关，但同时也暴露了我们这个时代的叙事困境，从另一个侧面说明作家对新闻报道的倚重和对生活经验把握能力的缺失。这种对社会新闻的仿写让我们真正明白"生活永远比小说精彩"，但是，"就小说创作而言，描写能力的欠缺导致的纪实化倾向，以及由此造成的叙事空间的萎缩，正在逐渐剥蚀小说的审美特性——小说创作似乎不再是一种熔铸

[①] 张钧：《小说家的立场——新生代作家访谈录》，广西师范大学出版社2002年版，第281页。

[②] 张钧：《小说家的立场——新生代作家访谈录》，广西师范大学出版社2002年版，第398页。

[③] 陈凤军：《黑龙江警察作家程琳"非常刑警"系列小说首发》，《沈阳日报》，2006年5月5日。

了形象思维的艺术过程，而更像是一桩以文字录入为目标的事件"①。

近年来，由于小说对情节故事化的高密度追求，也催生了"旅馆小说"、"动作小说"之类的文体概念。虹影的《上海之死》就被称为是第一部中文"旅馆小说"。它写了一个精彩的谍报故事，绝大多数的章节都围绕于"旅馆"——国际饭店展开。1941 年末，著名女演员于堇应邀从香港重返上海出演一部叫《上海狐步》的大戏，而于堇实际上是以演戏作掩护的盟军的情报人员。她从踏进上海国际饭店起，就周旋于汪伪、日军、军统等多种势力之间，经巧妙设计她获取了日本人要发动太平洋战争的绝密情报，最后跳楼而亡……"'旅馆小说'看似拘束了人物穿梭往返的行程，但在一个相对集中的空间里浓缩了最紧张、最惊心动魄的谋略杀伐，它构筑一个复杂的情节空间，一幕幕欢歌艳舞与一幕幕的血腥杀戮叠合并置，使这种情节空间充满了张力和无尽的可能，这种题材很适合影视再创作。"② 上海海润公司买下了《上海之死》的电视电影套拍权。当好莱坞电影《达芬奇密码》和同名动作小说流行时，国内也开始出现类似的动作小说。上海书店出版社率先推出动作小说《逃》（石投著），讲述由某市市长秘书的突然死亡引发的一连串的官商勾结的犯罪秘闻。秘书临死前将所有揭发材料交给警察周国勤，周劫得一辆出租车后也没能跑远，被杀手半途击毙，司机便成了唯一知情的人，并由此卷入其中，开始了"逃"亡生涯。《逃》是一本刑侦、政经、情爱等多种类型、情节交叉进行的作品，全书从第一个字开始到终章，每个段落、每个情节都充满了紧凑的动作描写：枪战、追捕、性、逃逸、隐匿……该书的责任编辑张旭辉认为："相比于悬疑小说的首要区别在于，动作小说在悬疑之上做了加号，加入了许多新的元素，情节更吸引人，时尚元素在小说中的运用更加融会贯通。而且动作小说也不同于施瓦辛格的动作电影，尽管《逃》也具备动作电影的动作感和画面感。"③《锁侠》（长江出版社，高渔）是国内外第一部对锁有大量精微描写的动作小说。在小说中，以雷蒙为首的恐怖组织试图对城

---

① 徐阿兵：《论新世纪小说创作的"事件化"倾向》，《文艺争鸣》，2007 年第 10 期。
② 倪方六：《虹影将出版旅馆小说 影视工作室在上海成立》，《江南时报》，2005 年 3 月 28 日。
③ 石投：《逃》，上海书店出版社 2005 年版，封底。

市实施精神控制,却遭到了以锁侠张全为首的侠义人士的阻击。在这场交锋中,锁成了决定胜负的关键力量,"锁"也成为这本书的最大卖点。动作无疑是影视表达的重要元素,"动作小说可以和电视剧或者电影联袂,它像一种介于文学和剧本之间的新鲜事物,一连串的打斗酣畅淋漓,文字带出强烈的画面感,它自身带着影像的功效,而不需要向影像投降"①。无论是旅馆小说还是动作小说,其追求的都是小说的高度戏剧化,扑朔迷离的情节、多重诡变的角色和扣人心弦的氛围等,这些也成为影视表现的重要因素。然而,"小说作为时间艺术,其结构应该张弛有致,人物塑造不能一味依靠动作,应该是动静相兼,但是影视化写作对于视觉冲击力的追求,使小说叙事不再有节奏感和艺术张力"②。

当前谍报特情类小说如《暗算》、《潜伏》、《风声》等以及由此改编而成的影视剧作,就是因为其悬念的产生较为复杂,像一个故事迷宫而备受关注。受众对这种鲜为人知的传奇和神秘故事都带有强烈的期待感。风靡一时的盗墓小说也是因为其戏剧化的情节备受关注。如南派三叔的《盗墓笔记》及其改编的电视剧;李君的《关中盗墓贼》及其改编的电视剧等。当前流行的谍报特情类、盗墓类小说和影视,都带着浓郁的传奇和神秘色彩,关于这些方面的内容在观众或读者的脑海中还暂为一种空白。而《暗算》、《风声》、《潜伏》、《盗墓笔记》、《关中盗墓贼》等的出现,用文字和影像的方式对这一内容的揭秘和去蔽,从而为我们提供了一个个"转喻式"的文化读本。

三、戏剧化陷阱

进入新世纪后,由于影视的强大冲击,大多数作家将"戏剧化"作为小说的追求,对戏剧化的渲染更加自觉。其中的一个重要原因是由影视造就的文学读者对文学市场施压的结果。于是,不仅像海岩这样的通俗作家"特别在乎我的读者会不会不耐烦",而且"我们每一个写作的人都是战战兢兢的。都不知道是不是这个东西又惹翻了很多读者他们会不喜欢"③。

---

① 江筱湖:《2005年的文学新概念》,《法制晚报》,2005年2月28日。
② 黄发有:《媒体制造》,山东文艺出版社2006年版,第214页。
③ 黄忠顺:《新世纪文学现象三题》,《文艺争鸣》,2007年第10期。

因此，许多小说重新回到故事，如何讲好一个惊心动魄的戏剧化故事成为小说家关注的重心。如格非的《人面桃花》和余华的《兄弟》两部小说，在对故事性的追求上已经与通俗文学没有太大的区别。故事性的增强为作品与影视艺术的联姻铺平了道路。一些先锋作家也放弃形式化的技巧探索，逐渐回归到故事。格非在创作《人面桃花》时，就一再调整自己的既定思路："开始我想采用一个繁复精美的结构……但我的内心对现代主义产生了很大怀疑，我觉得随着社会的不断变化，读者的耐心在丧失，这么写小说像是在打一场不是对手的战争。"① 他自称《人面桃花》是他写作生涯中"第一次考虑到塑造人物和故事"②。而余华在他的《兄弟》（上部）出版之后说："能写出好故事，是我现在的追求。20世纪的文学就认为19世纪的文学不真实，所谓不真实就是它太故事化了，太情节化。然后20世纪小说就开始分崩离析，各走各的路。小说的形式多样化，有平铺直叙的，有日记体的直白，还有形式主义、结构主义走极端的。现在无论是中国作家还是外国作家，大家对小说的认识，态度基本还是一致的，还是要回到故事上。"③ 当我们的作家大规模转向戏剧化的故事时，那些坚守探索精神的写作者就会愈来愈孤独。

虽然故事是小说不可回避的重要内容，但是小说对于故事化的热衷与追求也使得当前小说过分热衷编造离奇曲折的故事，淡漠了对社会人生的思考，忘却了在艺术形式上的精心探索。似乎一部小说只要把故事讲好了，其他一切就都是次要的。新写实小说向家庭伦理小说的转型就出现了这样的趋势，池莉、张欣、王海鸰等人的小说，过分追求情感的纠葛，通常制造出离奇的第三者现象。反腐小说也陷入了这样的境地。商场、情场、官场、警察、罪犯、黑道等流行于小说的字里行间，就像海岩的缉毒题材小说一样，仅仅是因为"毒品"成为"世界性的永恒的主题"，而且大家很感兴趣，于是就写了《永不瞑目》④。这些对社会热点、内幕的热

---

① 术术：《格非：带着先锋走进传统》，《新京报》，2004年8月6日。
② 术术：《格非新作〈人面桃花〉》，《新京报》，2004年10月10日。
③ 余华：《我能够对现实发言了》，《南方周末》，2005年9月8日。
④ 海岩：《我为什么写缉毒小说》，见《永不瞑目·后记》，群众出版社1998年版，第486页。

衷，使得小说仅仅成为一个故事，为了追求故事的复杂化和情感化，通常都加入了爱情戏等叙事因素。"事实上，作者对于'内幕'的热衷，使作品成为一个表面化的故事，而且这故事讲述得越火暴，就越容易沉湎于具体的事实，使作者成为一个机械的记录员，却遮蔽了具体事实背后的真实本质与人性黑洞。"① 与此同时，小说一味地追求故事的新颖和离奇，必然会将小说带入另一个深渊：精神世界的游离。网络小说《与空姐同居的日子》（后改编为同名电视剧）表现了创意精英陆飞与空姐冉静的同居爱情。这部小说没有任何关于心灵世界的呈现。虽然今天的作家已经或正在向戏剧化的故事转型，但是，如今影视已逐渐取代小说讲故事的功能，观众通过屏幕听故事、看故事更轻松简便。回归故事的确使小说故事更好读，但遗憾的是，小说因此丧失了自己的深度追求，变成了影视的文字版。② 《我叫刘跃进》就是这样一部典型的小说。该小说的情节如下：民工刘跃进的包被人偷走，因为包里有打工的工钱和离婚时的六万块钱欠条，于是为了找回自己的包，他跟踪了一个小偷。在跟踪小偷的过程中又捡了一个包，而这个包里装着一个藏着商业密码和黑色交易的U盘，于是黑帮、侦探公司等几拨人马又开始找刘跃进。小说试图借助商场和黑帮增加小说的故事性，然而整部小说却显得比较凌乱，几乎完全是一种影视的文字版，既没有揭示什么深层次的内容，也失掉了刘震云特有的幽默味。完整的故事借助小说的叙事策略串联起来会表现出特有的效果，更有一些小说借用传奇小说、侦探小说的元素制造悬念迭生的情节。这种高密度戏剧化的情节，在当前的小说创作中相当普遍，如张欣的《浮华背后》、《深喉》，其过分戏剧化的情节使得作品饱含着闹剧的成分；北村的中篇《强暴》为了追求戏剧化效果，其情节太过突兀，缺乏必要的因果逻辑，像民间传奇的话本写法；陈源斌的《杀人有罪》这篇社会写实小说中充盈着惊险、推理和言情元素；胡学文的《命案高悬》基本上就是一部侦探推理小说。

在今天这个快速消费的时代，故事似乎成为一个可供消费的重要内

---

① 黄发有：《媒体制造》，山东文艺出版社2005年版，第213页。
② 周南焱：《回归传统 难以根治"创作焦虑症"?》，《北京日报》，2007年12月28日。

容,《故事会》杂志以及其他一大批通俗刊物数额巨大的发行量,都证明消费故事仍然具有较大的前途。然而,当下各类文本的故事化在本质上只是商业策略,它的目标最终指向可读性、视觉冲击力、卖点和发行量。因此,"市场、知名度和读者需求,成了影响作家如何写作的决定性力量,在这个背景下,谁若再沉迷于文体、叙事、形式、语言这样的概念,不仅将被市场抛弃,而且还将被同行看成是无病呻吟抑或游戏文学"①。作家的写作越来越商业化,胡编乱造、胡思乱想、商业化、影视化、肤浅化成为当前小说的主要症状,叙事的艺术正在走向衰竭。小说正被当前的文化产业纳入到了生产环节,成为一种被叫卖的工具。在这个庞大的文化工业体系中,小说与其他故事类型一起,一步步走向趣味化和商业化,制造着大众消费的泡沫。因而从某种程度上说,小说的故事化作为大众文化消费的产品,它的深度模式被消费机制所消解,体现了大众传媒对大众心理的挖掘和平面消费。也许在今后的发展中,小说的故事和其他文化工业对故事的需求,将越来越成为大众狂欢和市场的商业法则。也许我们可以不无忧虑地说:小说离故事越来越近,离艺术越来越远。

第四节　类型化书写与小说的模式化生产

　　20世纪90年代以来,文学与影视之间的联姻和互动已经成为有目共睹的事实。影视媒体以其强大的覆盖率和较高的接受度将文学这一艺术形式纳入自身的传播视野之中,成为影视传播的一个流程。在这种转变的过程中,文学的创作思维和生产方式也发生了较大的变化。与此同时,我国影视领域逐渐表现出一种类型化趋势,在西方的影视行业中,这早已成为影视生产的成熟表现和必然趋势。以影视为代表的大众文本表现出的这种类型化倾向,在经历90年代的文化大众化和消费化之后,逐渐影响和渗透到当代文学创作领域,引导着文学朝向影视类型发展。因此,随着新时

----

　　① 谢有顺:《消费时代的叙事处境》,《花城》,2004年第1期。

第四章 文学作品的影视化书写

期以来文学与影视的合谋与共同转型,类型化成为文学不可避免的一种倾向,而这种倾向在新世纪后表现得尤其明显。

一、类型生成

雷·韦克勒说:"文学类型的理论是一个关于秩序的原理,它把文学和文学史加以分类时,不是以时间或地域(如时代或民族语言等)为标准,而是以特殊的文学上的组织或结构类型为标准。"① 因此,文学的类型实际上与时间和地域没有任何关系,而是文学内部的组织原则、创作方法以及内容特点的秩序建构。文学的类型化其实在中国传统小说中就已经出现,如唐朝的志怪小说和明清的武侠小说以及民国时期张恨水、周瘦鹃的爱情小说和程小青、汪剑鸣的侦探小说等。在西方的电影领域,类型化的现象早已普遍。20世纪40、50年代的美国,传统好莱坞电影开始进入成熟期,形成了言情、惊险、恐怖、黑帮、喜剧、灾难、战争、科幻等电影类型。20世纪60年代,由于传统的好莱坞电影类型过于呆板僵化,传统好莱坞电影发生了创造性的改革,使得类型电影重新获得了生机,这一现象被称为"新好莱坞现象"。因此,对电影来说,类型片是一个比较成熟的概念。所谓类型片,邵牧君先生认为,是指"按照不同的类型(或样式)的规定要求创作出来的影片"②。美国的路易斯·贾内梯在《认识电影》中说,类型片"是一种集中和组织故事素材的适当方式","各种类型片的区别是在风格、题材和价值观念方面各有一系列特殊的程式"。③ 因此,说到底,类型化其实是一种标准化的规范,是充分适应现代社会的需要,也是文化发展的一种趋势。不过我国类型小说概念的正式提出却是新世纪以后的事情。2001年,中国电影出版社的"好看文丛"以"类型小说"亮相文坛,在国内第一次明确提出"类型小说"概念,这套丛书包括网络小说《你说你哪儿都敏感》、丁天的恐怖小说《脸》、余以链的悬疑小说《死者的眼睛》、赵凝的言情小说《一个分成两瓣的女孩》等。这些做

---

① [美]雷·韦勒克、沃伦:《文学理论》,刘象愚等译,三联书店1984年版,第257页。
② 邵牧君:《西方电影史概论》,中国电影出版社1984年版,第31页。
③ [美]路易斯·贾内梯:《认识电影》,焦雄屏译,中国电影出版社1997年版,第223页。

工精细的所谓"类型小说"模式让小说越来越好看,创作者也越来越熟练。这些操作手法使小说可以很容易被转化为电视剧,出版后也确实引得一些电视剧制作公司的注意。《你说你哪儿都敏感》在2001年10月份出版即签订了改编合同;而《死者的眼睛》被改编成广播剧并在北京文艺台的午夜节目中播出后,反响很大。① 2004年,上海大学的葛红兵教授编选了一套"中国类型小说双年选"丛书,包括《奇幻小说卷》、《幽默小说卷》、《校园小说卷》等,2005年这套丛书又增加了《恐怖小说卷》、《言情小说卷》、《中国故事卷》、《官场小说卷》等。2005年甚至被出版界命名为"类型小说年"。至此,类型小说从朦胧走向了清晰。如今,小说的类型多种多样,较为普遍的类型有:以《中国式离婚》和《新结婚时代》为代表的家庭伦理小说;以《激情燃烧的岁月》、《亮剑》和《狼烟北平》等为代表的军事题材小说;以《康熙大帝》和《雍正皇帝》等为代表的历史小说以及以金庸和古龙为代表所创作的武侠小说等。近年来,小说发展的样式越来越多元化,出现了各种层出不穷的小说类型,如以《国画》和《沧浪之水》等为代表的官场小说;以《色》和《深喉》等为代表的商场小说;以《梦回大清》、《绾青丝》和《寻找前世之旅》等为代表的穿越小说;以《九州》、《诛仙》和《幻城》等为代表的奇幻小说;以《暗算》和《潜伏》等为代表的特情小说、以《盗墓笔记》、《鬼吹灯》和《我在新郑当守墓人》等为代表的盗墓小说,甚至还出现了以《上海之死》为代表的旅馆小说和以《逃》为代表的动作小说等。虽然这种小说的分类方式有些含混模糊,标准的划分尺度不尽统一,以至于施战军在其博士论文中对此进行分析后认为,这些其实并不是文学类型,而仅仅是一种类型小说②,但是作为一种得以快捷进入文学的方式,仍然有可取之处。因为,无论是从创作还是生产方面来看,当前小说确实已经进入了类型化阶段。

西方的影视类型化出现较早,而在我国的影视领域,影视的类型化还是一个比较晚近的过程。确切来说,我国影视的类型化得益于90年代影视作家群体的形成,这不仅是文学、也是我国当代影视类型化的前提。王

---

① 舒晋瑜:《"好看文丛"提出"类型小说"概念》,《中华读书报》,2002年2月20日。
② 施战军:《中国小说的现代嬗变与类型生成研究》,山东大学博士论文,2007年,第9—10页。

第四章 文学作品的影视化书写

朔、杨争光、冯小刚、王海鸰等人经常齐聚一起，探讨影视剧本，并将剧本改编为小说，甚至成立了影视公司，这便是文学和影视类型化的开端。这一时期的小说或电影充斥着一种"顽主"心态，如《玩的就是心跳》、《顽主》和《甲方乙方》等，展现的都是北京城一群青年男女充满叛逆和谐趣的生活故事。在这之后，王朔和王海鸰等合作策划了电视剧《渴望》，从而真正引发了中国电视剧类型化的浪潮。这种以家庭情感生活为主的影视剧，迅速成为文学和影视共同仿写的对象，如《爱你没商量》、《孽债》、《儿女情长》、《牵手》、《篱笆、女人和狗》、《辘轳、女人和井》等情感剧相继出现。需要注意的是，虽然90年代初期的这些作家团聚在一起，第一次将中国文学和影视捆绑起来，但是这种作家群体的形成更多是由交情所维系的，他们在文学创作上并没有形成自身统一的风格，他们的结合仅仅是为了共同策划一部电视剧或以开影视公司的形式完成影视投资创业，因此可以说他们的集群化是一种早期文人下海创业的结果。

真正让后来文坛所承认的相对固定的影视作家群体毫无疑问是新写实小说流派，如池莉、万方、刘恒、刘震云等。这些作家大多表现出相近的创作风格，如池莉的《烦恼人生》、方方的《风景》、刘震云的《单位》和《一地鸡毛》、刘恒的《狗日的粮食》和《伏羲伏羲》等作品，它们将文学的重心下移，从崇高跌落到世俗，写普通人琐屑的生活状态，"切入过去现实主义小说的盲区，呈现了为革命现实主义所有意摒弃或遮蔽的生活经验，开拓了对现实的新的表现空间"[①]。从新写实作家开始，文学创作开始进入真正的类型化阶段。这些作品不仅赢得了读者的喜爱，而且这些作品被改编成影视之后，也成为90年代大众文化的母本。随后以周梅森、陆天明和何申为代表的作家，凭借《省委书记》、《国家公诉》、《苍天在上》、《大雪无痕》等反腐题材小说为世人所知晓，得以引一时风潮，他们进一步推动和强化了小说和影视的类型化。如果说90年代以池莉、方方为代表的新写实作家群虽然有作品被改编为影视，但是在很大程度上仍然是以小说创作闻名，那么周梅森和陆天明等反腐小说作家却与影视趋同——陆天明本身就是中央电视台电视剧制作中心的编剧，周梅森后来也成

---

① 王庆生:《中国当代文学史》，高等教育出版社2003年版，第438页。

为影视编剧——随后出现了一批为影视而写作的作家。新世纪后,这一作家群体越来越庞杂,并形成了一种风格相对固定的影视作家群,如以张欣、王海鸰、万方、池莉等为代表的家庭伦理作家群;以石钟山、都梁、徐贵祥、邓一光等为代表的军事小说作家群;以麦家、龙一为代表的特情小说作家群,他们共同构成了布尔迪厄所说的文化生产的场域,共同造就了风格趋同的类型化小说。

当然,20 世纪 90 年代以来文学的类型化归根结底是因为消费主义的兴起和市场经济的勃兴。由于大众文化的泛滥、社会的麦当劳化和群体的快餐式消费,90 年代的大众文化文本也表现出"直接"、"快速"的消费模式。因此,电影中战争片、武打片、言情片,电视剧的肥皂剧、历史剧、伦理剧,通俗小说的武侠小说、言情小说等,成为 90 年代最为流行的大众文化样式。正如葛红兵所说,新世纪以后经济市场化的深入发展带来了社会的阶层化,社会的阶层化导致了文学审美趣味的阶层化,审美趣味的阶层分化便使得小说创作类型化了。在这种情况下,同一部小说作品就难以做到同时满足各个阶层的审美需要。学生阶层有学生阶层的小说类型,比如校园小说,经商阶层有经商阶层的小说类型,比如商战小说,公务员阶层有公务员阶层的小说,比如官场小说等等,小说的类型化趋势便得到发展。① 此外,文学与影视一道迅速被市场化,成为消费社会的一部分。小说和影视的被改编与改编,就成为大众文化进一步占据的领地。影视和小说的类型化,标志着 90 年代我国社会快速化的文化工业体系的形成。因此,为了适应大众文化的工业化流程和生产准则,文学的生产表现为大批量的复制。影视和小说的类型化,就符合了大众文化的这种生产法则,不仅反映了大众文化自身的复制性、流行性等特点,而且也反映了消费社会特定的生活方式。文化符号成为我们消费的一种格式。消费时代的文学以大众熟知的、相互认同的文化符码编排,以"类型化"的叙事方式和内容结构提供满足大众娱乐、放松、消遣需求的文学本文,读者在阅读过程中满足于符号化的消费。这就是好莱坞类型电影和当前我国类型电视剧深受观众欢迎并在商业上取得巨大成功的原因。

---

① 罗四鸰:《小说类型化的时代已到来?》,《文学报》,2004 年 10 月 22 日。

第四章 文学作品的影视化书写

二、类型互渗

20世纪90年代，影视自身的发展和影视作家群体的形成，加剧了影视和文学的类型化互动。新世纪后，在文学文本向影视靠拢过程中，文学创作不可避免地受到了来自影视的刺激，也受到影视传播特点和思维的影响和制约。因此，如果说90年代主要还是文学催生了影视的类型化，那么在新世纪以后，文学和影视的类型化则相互渗透，影视也催生了文学的类型化。文学和影视的类型互动成为新世纪以后非常明显的特征。

毫无疑问，影视的类型化发展不断扩展了文学文本的创作题材。影视领域惯于表达的暴力、灾难、恐怖等非常态的现象和问题，也出现在文学文本中，这成为文学想迫切进入到影视领域的心理体现，如反映唐山大地震的两部小说《大断裂》（刘宏伟）和《余震》（张翎），都被改编为电视剧和电影。同样，只是出现在好莱坞电影中的恐怖悬疑和幻想题材，也成为小说的新类型。恐怖悬疑这一类型小说的始作俑者是张宝瑞的小说《一只绣花鞋》。根据张宝瑞的《一只绣花鞋》改编的电视剧，风靡一时，为广大受众喜爱。其后，张宝瑞的梅花系列故事也被改编为电视剧《梅花档案》。这之后，恐怖悬疑小说和影视迅速流行，如张宝瑞的《绿色尸体》（东方出版社2006年版）、东皮居士的《生死布局》（鹭江出版社2008年版）、木丁的《4号门诊楼》（济南出版社2008年版）；北方文艺出版社甚至推出了一套"恐怖系列丛书"，包括《我遇见了我》、《纸上的姐妹》、《招魂》、《死亡诏书》、《背后有人》等16部小说。这种恐怖悬疑小说的大量出现，不能不说受到了影视的影响。新世纪后，韩国的偶像剧、日本偶像剧曾经风行一时。近年来，台湾偶像剧渐成风气，甚至超过了韩国和日本偶像剧占据了青春偶像剧市场的主导地位。这是一个非常独特的文化现象。从《大长今》、《流星花园》、《阿信》到《王子变青蛙》、《天国的嫁衣》、《绿光森林》、《恶作剧之吻》、《转角遇到爱》，这些电视剧与电视媒体的"超级女生"、"快乐男生"、"我型我秀"等选秀节目一起，共同完成了对粉丝文化的建构。正是在影视文化的影响下，海岩在书写了多年的警察题材后，突然转型写了《五星大饭店》这一青春偶像作品，而石康的《奋斗》更是引爆了青春偶像励志剧的狂潮。其实《奋斗》仍然还是一部

175

青春偶像剧，充分展现了对"80后"青年的生存体验和奋斗的想象。其后，《我的青春谁做主》、《无法安放的青春》等小说和电视剧的流行，不过是《大长今》、《阿信》、《流星花园》、《浪漫满屋》等青春剧的摹写。这些青春偶像剧/小说的流行，进一步强化了粉丝文化内部结构的稳定性。正如菲斯克所说，粉丝是一批流行文化资本积极的生产者和使用者。因此，可以说影视在很大程度上是当前粉丝群体流行文化的参与式的生产者。而近两年兴起的"穿越文学"也受到相关影视作品的影响，因而情节如出一辙，基本上都是年轻貌美的女性回到古代，谈了一场风花雪月的恋爱，经历古代的种种宫闱秘事和权力争斗。这类小说主要受到女学生和女白领的追捧，可以视为言情小说的一个变种。如张荡荡的《晋缘》（广西人民出版社2008年）讲述的是一个现代都市白领穿越回到了两千年前的晋国当上了将军的故事。此外，受《哈利波特》以及《魔戒》等好莱坞电影和书籍的启发，国内也出现了大量的奇幻文学类型，如"九州"系列、"诛仙"系列等。正是影视和文学的类型互动与渗透，使得当前的影视与文学成为一个强大的文化共同体。

影视的类型化发展也促进了文学类型化的转型。90年代的反腐小说，主要揭露的是官场的黑幕和官员的腐败，一大批类型化作品也迅速产生。如在张平的《国家干部》之后，出现了汪宛夫的《机关干部》（新华出版社2009年版）和贺享雄的《村级干部》（天地出版社，2009年版）等。然而，随着影视对这一领域的挖掘，且由于类型化的难以超越，反腐小说也从揭示和反对"腐败"走向了描写"官场文化"。这些小说热衷于讲述官场的传奇、官场的人际交往等，可以说，如今这种反腐小说更确切地说应该是"官场小说"，如湖南文艺出版社推出的"中国新写实小说系列"丛书，精选了发表在《当代》、《小说月报》、《十月》、《钟山》等刊物上的中篇官场小说结集而成，其中包括《享受权力》、《市委书记》、《县长内参》、《人事处长》、《走马上任》、《热河官僚》等，这些小说不再是揭露，而是基本保持着一种中立立场。

类型融合的趋势也是影视与文学之间的互动对文学所产生的重要影响。其实在今天已经很难见到纯粹的类型电影，每部优秀的影片几乎都杂糅了多种优秀电影的类型元素。这也是好莱坞电影之所以长盛不衰的重要原因。类型融合作为一种影视制作的趋势,也必然影响到当前的文学创作。海岩的作品就表现出明显的类型融合的倾向。其作品被称为"公安言情小说",其实融合了警察小说、犯罪小说、探险小说、侦探小说、言情小说、成长小说等多种小说类型元素。在《一场风花雪月的故事》、《玉观音》、《永不瞑目》、《深牢大狱》等作品中,言情和犯罪侦破共同构成小说的发展线索。再如何马的《藏地密码》系列化小说:《藏地密码1》主要是为了追寻藏传佛教及西藏千年隐秘的历史真相,其中也充满了探险、侦探、历史等类型化元素的融合;《藏地密码2》讲述的是卓木强巴和他的伙伴为了寻找帕巴拉神庙的真相在危机四伏的美洲丛林的故事,这部小说也融合了探险、警察、恐怖、暴力等类型化元素。张欣的《泪珠儿》跟以往煽情催泪的亲情剧有所不同,该剧还融入了"悬疑"和"商战"等元素。这些文学作品及其改编的电视剧吸引人的重要手段就是不断整合各种类型化元素,使各种类型风格相互融合,而文学类型的发展也必然会走上一条与之相似的类型融合的道路。

三、类型困境

诚然,类型化的影视在很大程度上改写了文学的生态,进一步扩大了文学的表现范围、丰富了文学的表现手段。然而,与斯蒂芬·金、克里斯蒂、森村诚一、迈克尔·克莱顿等举世闻名的类型小说作家的创作相比,除了武侠小说、言情小说等有着比较成熟的文学传统外,我国大部分类型小说还处于起步阶段。有些小说类型如科幻小说的起点更是较低,并且在我国,类型小说还未引起学界足够的重视,类型小说的出版仍未全面展开,类型化创作也存在着各种各样的问题。这也许是困扰当前文学发展的一个阻碍。

由于文学和影视的类型化充分遵循了文化生产的工业化和标准化的法则,也就是本雅明所说的"机械复制",当前的类型化小说过多地表现为一种机械性的复制,而缺少创新,因此表现出一种粗鄙化和机械化的审美效果,小说的可读性和艺术性正在消失。阿多诺曾以"标准化"这一概念猛烈抨击了流行音乐的类型化和模式化。他认为:"美国流行音乐在内容上,只是重复熟知的主题的有限范围……另一方面,流行音乐节奏的结构也被严格地、加以标准地统制;即使有点小小的变化,其目的不过是为了力图隐瞒实质上千篇一律的缺点。"由此,阿多诺认为:"歌曲的标准化透过群众的收听活动而把其顾客安排在预先的队列中,而'假个体主义'则使顾客一方面忘记他们自己所听的恰恰就是他们收听过的和预先消化过的;另一方面又使听众任其摆布。"① 这也是当前我国小说类型化生产的一个重要弊病,即由于简单模仿所造成的叙事模式化、意义平面化。以当前流行的青春偶像小说来看,在偶像剧泛滥的今天,偶像剧的打造模式也渗透到青春文学的制作中。在小妮子的《如果微笑》(湖南少儿出版社 2009 年版)中,"80 后"、"90 后"已然将偶像剧情节当作现实,从穿着打扮到说话谈吐和生活节奏,无不闪现着偶像剧尤其是韩国偶像剧的影子,有的语句语序结构都出现了韩语化倾向。财迷猪的《穿越成式神的日子》(华文出版社 2009 年版)则是从日本电影《阴阳师》的情节在衍生出来的,整个小说节奏和场景描写,基本都源自电影镜头,缺乏原创性。再如新历史小说的一个重要的叙事模式就是架空历史本身,而以现代人的视野和生活体验重造历史,如《雍正王朝》、《康熙大帝》、《铁齿铜牙纪晓岚》等。"模式化、批量化、标准化、通用化的生产方式恰恰是与文化品味、个性、风格格格不入的,而后者恰恰是文化的魅力所在。当一部电视剧让人看了前事便能猜出后事如何的时候,当一部小说所描写的人物让人轻易与同类小说中的人物相互混淆的时候,便不难看出,这种复制特点所导致的恰恰是文化品味、个性和风格的严重失落。"② 当小说和影视形成一种固定的操作模式时,写作似乎就只是一种填空,写作变成一种机械的劳动,这也使得作家的思维僵死呆板,缺乏创造性。

  类型化小说的模式化操作,在一定程度上消解了作家的写作难度。这种无难度写作的重要表现就是连续式写作。一方面,同一个作家的写作出现了连续性的雷同和复制情况,如虹影创作的《上海王》、《上海之死》、《上海魔术师》等就是,何马的《藏地密码 1》、《藏地密码 2》、《藏地密码 3》;阿来的《空山 1》、《空山 2》、《空山 3》;石钟山的《天下兄弟》、《天

---

  ① 转引自何群:《从配方程式到程式配方》,载金元浦主编,《文化研究:理论与实践》,河南大学出版社 2004 年版,第 168 页。
  ② 姚文放:《大众审美文化的复制性》,《天津社会科学》,1995 年第 2 期。

下姐妹》、《天下男人》;邓一光的《我是我的神》、《我的太阳》;兰晓龙的《步兵团长》、《士兵突击》、《我的团长我的团》;龙一的《潜伏》、《暗火》等。这些小说几乎都是对同一题材的不断重复,无论从内容还是从结构上来看,所运用的故事元素和写作技巧都大致相同。如龙一的《暗火》被称为是《潜伏》的姊妹篇,与《潜伏》一样描述的都是一群地下工作者的故事,只是故事的背景是更早的辛亥革命时期。小说充斥着大量的对话,甚至在开头和结尾等部分还穿插着用楷体字直接写的"镇干部与岳秋亭"、"镇干部与金卿"、"镇干部与查九爷"等直接对话的篇幅,完全是一个电视剧本的改写。另一方面,在一些作家因某部小说被改编为影视进而走红之后,其他作家也适时推出了同类小说,如当石钟山推出《天下兄弟》后,许多作家推出了《兄弟如手足》(张石山,十月文艺出版社 2006 年版)、《非亲兄弟》(薛玉明,光明日报出版社,2006 年版)等作品;当电视剧《闯关东》流行以后,市面上便出现了大量与"关东"相关的小说,如丁志阔的《百年关东》(中国工人出版社 2008 年版)、黄世明的《关东过客》(春风文艺出版社 2007 年版)等;当麦家的《暗算》和龙一的《潜伏》走红后,徐大辉的《暗道》(大众文艺出版社 2009 年版)和李惠泉的《特工行动》(中国人民公安大学出版社 2009 年版)等也相继推出。小说的这种类型化生产,表现出一种急功近利的写作动机,而这种借影视之势匆匆写就的小说,难免会粗制滥造。尤其是当前的科幻、恐怖和灾难小说,作者知识储备的不足和想象力的匮乏成为这类小说的写作的一大障碍。长征出版社总编辑刘绍楹对一本发生在 2020 年由于环保问题引起自然灾难的科幻性灾难小说这样评价:"这种东西首先科学性大多国内作者都把握得不好,有的光为了构建一个离奇的故事,缺乏真实性和科学性。"[①] 这多少道出了当前类型小说创作的问题所在。

[①] 郑洁:《灾难小说凸显作家创意不足》,《北京商报》,2008 年 6 月 2 日。

第五章　文学期刊的影视趣味

由于20世纪90年代前后影视对文学的依附，在文学的影视化改编过程中，文学期刊起到了重要的桥梁作用，文学期刊也因此成为影视重要的原料提供商。随着影视的重要地位，为适应这个视觉文化/影像时代的阅读方式的变迁，文学期刊在经过90年代的改版风潮后，不得不进行新的调整和改革。无论是《收获》折射出的影视文化变迁，还是《小说月报》表现出的写实风格与影视的合谋，都表现出文学期刊向影视的趋近。新世纪后，文学期刊对影视的依赖也越来越明显，在编辑策略上纷纷显现出影视趣味。它们借助对影视改编、影视小说的回炉、对长篇小说的重视，甚至是立志成为"中国影视第一刊"等编辑策略，调整自身在市场的生存方式。诚然，文学期刊的影视趣味不失为当前文学期刊的一条生存之道。只是，在当前情况下，文学期刊与影视的互动还停留在表层，还没有形成深度的资源整合和开发模式。

第一节　20世纪90年代以来文学期刊的影视表征

20世纪90年代以来，文学期刊为适应市场化机制的转变和读者消费趣味的变迁，纷纷走上了改版的"自救"之路，许多文学期刊由于对新的市场语境的不适应而纷纷改弦易辙或被淘汰出局。如果说20世纪90年代由于消费主义和大众文化的兴起，文学期刊受到的冲击主要是市场化、娱乐化、反传统和反精英文化等思潮和观念,那么新世纪以后,文学期刊受到的巨大冲击主要是以影视为主导的视觉文化(当然还有网络文化,本书不作讨论)。匈牙利电影理论家巴拉兹早在20世纪初便预言:"随着电影的出现,一种新的视觉文化将取代印刷文化。"[①] 视觉文化或影视文化成为新世纪以来最为重要的文化特征,它通过工业的大规模生产和多种媒介的相互作用,广泛地渗透到现代社会。为了寻求新的出路,新世纪以来的文学期刊也进行了视觉化转型,表现出强烈的影视趣味。

一、期刊风格与影视改编

20世纪90年代以来,文学期刊几乎成为影视作品改编的资源库,尤其是一些大型的、知名的文学期刊如《人民文学》、《当代》、《收获》、《小说月报》等刊物。很多由其发表的文学作品改编成的影视都成为这个时期影视发展过程中的标志性作品,如《大红灯笼高高挂》、《红高粱》、《甲方乙方》、《有话好好说》、《天下无贼》、《中国式离婚》、《血玲珑》、《血色浪漫》、《我本英雄》、《来来往往》、《空镜子》等。这些影视作品,不仅开社会风气之先,有些甚至揭开了类型影视的序幕。

其实,这些文学期刊所发表的作品被改编的影视剧来看,我们可以从中反观到这些文学期刊的办刊风格和编辑方针。正是这些编辑风格使得一些文学期刊在文学与影视的互动关系中奠定了自身的品牌,扩大了自身的影响力,甚至成为许多导演必看的文学期刊。创刊于1979年的《当代》杂志长期以来坚持以刊发现实主义长篇小说为主,推出了《将军吟》、《古船》、《九月寓言》、《白鹿原》、《尘埃落定》等一批在文学史上具有重要地位的作品。然而由于90年代市场化的转型,《当代》既表现出对商业主义的趋近,又表现出与主流意识形态话语的共生共谋,刊物始终在商业和主流权力的双重话语内徘徊。《血玲珑》(毕淑敏,2001年1期)、《中国式离婚》(王海鸰,2004年第4期)和《新结婚时代》(王海鸰,2006年5期)等情感小说以及《血色浪漫》(都梁,2005年《当代·长篇小说选刊》第2期)和《八月桂花遍地开》(徐贵祥,2005年《当代·长篇小说

[①] [匈]贝拉·巴拉兹:《电影美学》,中国电影出版社1978年版,第20—27页。

选刊》第3期)等军事题材小说都由《当代》刊发后被改编为影视剧,这些作品表现了对家庭情感和军旅体验的官能消费和商业解构,同时又在一定程度上重塑了主流话语的新模式。虽然《当代》长期坚持着自身的现实主义风格,"对现代主义的东西,我们并不排斥,但我们不负责提供试验田。我们要的是那些把现代主义的精神融入了现实主义主体的作品,像张炜的《九月寓言》和《家族》"[1]。但是这种现实主义风格是一种比较保守的文学选择,在20世纪90年代以后更具有商业化色彩,趋时应景成为《当代》进行多次调整和改革的内在表现。同样作为老牌文学期刊,《收获》在90年代则是一份相对具有艺术包容性的文学期刊。20世纪90年代,《收获》所刊发的作品风格多元,尤其是对先锋文学的大力推举和包容。从影视改编的角度来说,《收获》引领了80年代末90年代初的我国影视(尤其是电影)文化潮流,成为这一时期与我国影视发展共同成长的一份文学刊物。苏童的《妻妾成群》(1989年第6期)被改编为电影《大红灯笼高高挂》、王朔的《动物凶猛》(1991年第6期)被改编成电影《阳光灿烂的日子》、《你不是一个俗人》(1992年第2期)被改编为《甲方乙方》、余华的《活着》(1992年第6期)被改编为同名电影,这些作品引发了90年代我国影视的浪潮。然而,在新世纪以后,《收获》的风格也表现出强烈的商业色彩和现实主义风格。《收获》发表的《浮华背后》(2001年3期)、《深喉》(2004年第1期,被改编为《浪淘沙》)、《国家公诉》(2003年1、2期)和《我主沉浮》(2004年第2、3期连载)等小说,充分适应了市场化社会大众对官场、情场、商场的心理探秘需求,在内容的包容性、先锋性、探索性上则有所减弱。

20世纪90年代,文学和影视领域表现出两种消费主义潮流:一方面是对日常生活的解构和对现实的琐屑叙事;另一方面是反腐题材小说的流行。反腐题材小说和电视剧风潮与《小说界》有着密切的关系,其中最为典型的作家是陆天明和周梅森。陆天明的《苍天在上》(1995年1期)、《省委书记》(2002年3、4期)、《高纬度战栗》(2005年6期);周梅森的

---

[1] 何启治、柳建伟:《五十年光荣与梦想——关于编辑、出版与长篇小说创作关系的对话》,《当代作家评论》,1998年第1期。

《绝对权力》（2002年1、2期）、《我本英雄》（2005年3期）等都成为影视改编的热点作品，由此也提高了《小说界》的知名度。而90年代以来《十月》发表的作品所形成的影视改编风潮实际上与新写实小说有着非常密切的关系。这一时期《十月》发表了大量新写实小说，如池莉的《来来往往》（1997年4期）、《生活秀》（2000年5期）、万方的《空镜子》（2000年1期）、《幸福派》（2001年1期）；张欣的《沉星档案》（2000年5期）、《我的泪珠儿》（2002年5期）、《你是苹果我是梨》（2003年6期）、《依然是你》（2005年4期）等，《十月》因此成为新写实的重要孵化器之一。反腐小说和新写实小说的流行充分表明了《小说界》和《十月》等文学期刊对市场的准确把握和对消费主义文化的体认。

除了原创性文学期刊外，文学类选刊也成为影视改编的重要期刊。1980年创刊的《小说选刊》和《小说月报》，不仅拓展了文学期刊的类型，而且在90年代后形成了原创性文学期刊过分追求转载率的"选刊现象"。由于《小说选刊》在1989年到1995年处于停刊状态，虽然复刊后的《小说选刊》也具有一定的市场地位，算得上我国文学期刊中的代表性刊物，但是由于其不完整性，它实际上错过了90年代影视改编的浪潮。只有《小说月报》是与20世纪90年代我国影视文化浪潮共生共涨的，见证和参与了我国影视文化的建构。由苏童的《妻妾成群》（1990年2期）改编而成的《大红灯笼高高挂》是我国新民俗电影的代表性作品；刘震云的《一地鸡毛》（1991年1期）和池莉的《来来往往》（1997年9期）则是新浪潮影视的代表作；《北京人在纽约》（1991年10期）最先展现了海外文化对中国人的冲击；《活着》（1993年3期）是对文革的叙事和生命意义的解构……因其现实风格的定位，《小说月报》与影视改编之间具有了天然的联系。但是与《小说月报》专注现实风格的选刊风格相比，《小说选刊》更注重内容和审美的包容性，如东西的《没有语言的生活》（1996年5期）、《不要问我》（2000年12期）和《猜到尽头》（2002年7期）、池莉的《来来往往》（1997年9期）和《生活秀》（2000年10期）、刘恒的《贫嘴张大民的幸福生活》（1997年11期）、铁凝的《永远有多远》（1999年2期）、刘庆邦的《神木》（2000年6期）、鬼子的《上午打瞌睡的女孩》（1999年8期）、毕飞宇的《青衣》（2000年7期）以及齐铁民的《豆包也是干粮》（2004年1期）等，这些作品风格不一，显示了《小说选刊》内容选择的多元化。

新世纪以来，我们完全被一个以影视为表征的强大视觉文化体系所包围，对图片、摄像、影视等的消费逐渐成为我们生活的重要组成部分。视觉文化作为一种消费主义的文化，"它煽动人们的消费激情，刺激人们的购买欲望，但是人们所消费的，却不是商品和服务的使用价值，而是它们的符号象征意义。"① 这一具有象征意义的视觉文化成为当前绝对性的文化范式，其内部的文化逻辑具有一种强大的辐射和吸附功能，改变着我们这个时代的文化生存模式和审美模式。诚然，"文字读物可以唤起读者更加丰富的联想和多义性的体验，在解析现象的深刻内涵和思想的深度方面，有着独特的表意功能。图像化的结果将文字的深义感性化和直观化，这无疑给阅读增添了新的意趣和快感"②。同时，在这个影视文化体系中，文学期刊要想吸引消费者的注意，增强消费者对期刊品牌的记忆与选择，无疑都离不开对文学期刊所刊发的作品进行影视改编，这也是文学期刊迁就或归附影视最重要的原因。与选刊选载一样，影视改编率也成为文学期刊另一种重要的评价标准，而且这种评价标准已经覆盖了原创性和选刊性的文学期刊。

二、影视改编与核心作家

20世纪90年代以来，文学期刊所发表作品被改编为影视渐成一种风潮，如果仔细对此进行梳理的话，我们会发现这些文学期刊的影视改编的作品基本上都集中在少数作家身上，而这些作家的大部分作品也基本上都相对固定地发表在某一家或几家文学期刊上，甚至根据这些作家作品改编的影视也成为一种重要的影视潮流。他们成为文学期刊的"核心作家"，这些核心作家基本上也构成了影视改编的主要群体。文学期刊"核心作家"现象的形成，有着各种各样的原因。或是因为某一作家最初是通过该期刊进入文坛并成名，于是这位作家与该期刊的关系便显得十分密切，许

---

① 蔡骐、刘维红：《论媒介化社会中媒介与消费主义的共谋》，《今传媒》，2005年第2期。
② 周宪：《"读图时代"的图文"战争"》，《文学评论》，2005年第6期。

多作品也都在该期刊发表，如苏童与《收获》、贾平凹与《收获》、陈忠实与《当代》等；或是某一作家代群是由某一文学期刊推举成名，这些作家代群便与该文学期刊结为亲密战友，如《收获》与先锋作家、《作家》与新生代70后作家、《十月》与新写实作家等。

20世纪80年代中后期，继伤痕文学、反思文学和寻根文学之后，在我国文学创作领域出现了一波具有鲜明形式探索意味的先锋文学浪潮。《收获》在1986、1987和1988年三年间每年都集中推出一批具有鲜明探索性的作品。20世纪80年代后期，《收获》杂志重点推出了王朔、苏童、余华、莫言等作家；《收获》还与《人民文学》等杂志共同推出了"先锋作家"群体。这一群体成就了我国影视改编的第一个浪潮。《收获》也借此成为导演和作家争相阅读的文学期刊。纵观90年代初我国影视的发展，这一时期的许多较具影响力的作品几乎都改编自《收获》，如由苏童的《妻妾成群》（1989年第6期）改编成的《大红灯笼高高挂》、由王朔的《顽主》（1987年第6期）、《动物凶猛》（1991年第6期）改编成的电影《阳光灿烂的日子》、由《你不是一个俗人》（1992年第2期）改编成的《甲方乙方》、由余华的《活着》（1992年第6期）改编成的同名电影以及由莫言的《师傅越来越幽默》（1999年第2期）改编成的《幸福时光》。先锋文学的发展与《收获》有着非常密切的关系，先锋作家的成名也得益于这本文学期刊。然而，真正让这些先锋作家爆得大名的无疑是影视。先锋作家在某种程度上与第五代导演群体如张艺谋、陈凯歌等处于同步成长的状态。这两个群体所表现出来的否定旧有审美定势、一味模仿西方、蔑视既定模式等方面完全相同。新世纪后《收获》影视改编的核心作家主要是周梅森和张欣等，其被改编的作品有《我主沉浮》、《国家公诉》、《夜凉如水》、《浮华背后》等，表现出《收获》杂志对现实性的回归。《十月》所刊发并被影视所改编的作品大部分集中在90年代和新世纪初，影视改编的核心作家群是池莉、万方以及新世纪后的张欣。除了改编成影视的《来来往往》、《空镜子》、《我的泪珠儿》、《幸福派》等，《十月》还刊发了《永远的徘徊》（张欣，1992年第6期）、《婚姻相对论》（张欣，1998年第5期）。《小说月报》由于现实主义风格的内容定位，也过分偏爱写实风格的作品，转载了一大批新写实主义和现实冲击波的小说，这些小说因其与影视的现实性、日常化形成天然的契合而成为影视改编的重要资源。周梅森、陆天明等反腐小说作家则成为《小说界》的核心作家,他们的作品基本上都发表在这家刊物,如《我本英雄》(周梅森,2005年第3期)、《绝对权力》(周梅森,2002年第1、2期)、《省委书记》(陆天明,2002年第3、4期)、《高纬度战栗》(陆天明,2005年第6期)、《苍天在上》(陆天明,1995年第1期)。总之,《十月》、《小说月报》、《小说界》和《收获》等文学期刊的重要推举,使得90年代形成了一股强大的影视改编浪潮。

文学期刊核心作家群的形成和代群依赖在很大程度上影响到了文学期刊的风格和作家的创作。共同的文化环境和社会经验,加上大众传媒的炒作,使得作家的创作自觉或不自觉地表现出同质化特征,"作家们为了不被冷落,就尽量避免成为独自作战的散兵游勇,为了进入文学的主流而不惜牺牲自己的创作个性,潜在地表现出一种趋同倾向"[1]。这种同质化倾向自然导致了作家创作的风格雷同和叙事模式的重复,失却了作家的创作个性和文学的多样化。也正是作家代群的同质化导致了这一时期影视作品的风格趋近。先锋作家群体与第五代导演、新生代作家与第六代导演,他们之间有着某种天然的联系,在审美追求上都表现出一种认同。正如戴锦华所说:"因为被纳入某一代群,意味着某种艺术风格地位的获得,同时也无疑意味着本来已如'风中芦苇'的'个性'、'自我'的再度湮没。"[2] 此外,文学期刊对核心作家的依赖也意味着文学期刊的个性和包容性的丧失,这也阻碍了期刊风格的多样化和其他作家尤其是新人的进入,使得文学期刊成为一种小圈子化的文学场域。

三、影视依赖与影视渗透

其实,20世纪90年代文学期刊面临的重要问题就是大众文化和消费主义,这一时期的文化表现出强烈的芜杂性特征,各种文学期刊面对市场化进程的暴风骤雨显得慌不择路。不过,面临影视冲击下的生存危机,与90年代尚处于摸索阶段的期刊改版所不同的是,新世纪以来文学期刊应

---

[1] 黄发有:《文学期刊与90年代小说》,《文艺争鸣》,2002年第1期。
[2] 戴锦华:《隐形书写——90年代中国文化研究》,江苏人民出版社1999年版,第136页。

第五章 文学期刊的影视趣味

对影视竞争的策略相对比较完善，并摸索出了自身的发展机制。

影视剧的热播，促使了文学期刊对那些通过影视成名的作家的青睐，他们的作品自然也成为文学期刊的首选。如果说 90 年代文学期刊主要是依赖于核心作家群体，那么在新世纪后以影视成名的作家则成为文学期刊分相争夺的对象。陈源斌的《万家诉讼》被改编为《秋菊打官司》之后，《小说界》又发表了其创作的《秋菊打假》（2006 年 2 期）、《秋菊杀人》（2006 年 4 期）等明显模仿《秋菊打官司》的影视小说；池莉的《来来往往》被改编为影视后，其小说也被《当代》和《收获》发表，如《致无尽岁月》（《当代》，1998 年 5 期）、《香烟灰》（《收获》，2007 年 6 期）、《托尔斯泰围巾》（《收获》，2004 年 5 期）、《怀念声名狼藉的日子》（《收获》，2001 年 1 期）。海岩的《河流如血》在《小说月报·原创版》2004 年 5—6 期原创版推出的时候，《小说月报·原创版》第一次在封底刊登了推荐广告，称是"海岩作品首次在中国文学期刊上亮相"（2004 年 4 期封底）。石钟山是近几年最为知名的军事题材作家，其《父亲进城》改编为《激情燃烧的岁月》一炮走红之后，石钟山就成为各文学期刊追捧的作家。《父亲和他的儿女们——〈激情燃烧的岁月〉续篇》（《十月》，2003 年第 1 期）、《文官武将》（《十月》，2006 年 1 期）、《永远的军歌》（《十月·长篇小说》，2005 年谷雨卷）、《锄奸》（《十月·长篇小说》，2007 年 4 卷）、《公鸡们的命运》（《北京文学》，2009 年 4 期）、《生死相托》（《清明》，2008 年 5 期）、《特务 037》（《中国作家》，2006 年 7 期）等作品也先后面世。当麦家的《暗算》成为家喻户晓的热播电视剧后，《四面楚歌》（《人民文学》，2007 年第 7 期）、《八大时间》（《收获》，2008 年 5 期）纷纷跃然而出，以发表中短篇小说为主的《人民文学》2007 年第 10 期也迅速推出了他的长篇小说《风声》，并明确将标题写为《风声——暗算第二部》，大有借影视造势的意味。

鉴于影视与文学的重要关系，一些文学期刊主动打造文学与影视的桥梁，明确提出要成为影视小说第一刊或影视与文学的交易平台的办刊理念，表现出文学期刊对影视小说的依赖。2007 年创刊的《安徽文学·长篇小说》标榜中国影视小说第一刊。该刊发表了多部被改编成电视剧的小说，如石钟山《完美》（2006 年第 1 期）、鲍十《我的父亲母亲》（2006 年第2期)、枞林《我们的父亲》(2007年第1期)、张弛鹏《罪石》(2007年第2期)。2008年,《江南》杂志推出《江南·长篇小说月报》,创刊号即推出了海岩的长篇影视小说《舞者》(冰卷、火卷)。《江南》杂志社主编袁敏说:"一部好的小说往往是众多出版社、影视商家竞相争抢的目标,期刊也不例外,对于这种与市场比试的姿态,潜藏着'江南人'的一片良苦用心,希冀影视互动带来畅销,并带动日益萎缩的纯文学市场,同时吸引市场具有改编影视潜质的长篇小说(包括原创),是我们摸着石头过河的大胆尝试。《江南·长篇小说月报》要打造的是中国影视长篇小说第一刊。"[①] 甚至一些文学期刊将已经被改编成影视的小说重新刊发,如《小说界》2004年长篇小说增刊便发表了根据电影改编的小说《十面埋伏》;《江南·长篇小说增刊》重新刊发已经在《当代》、《收获》发表、改编成影视、出版单行本的影视作品,如麦家的《风声》(2008年第1期)、刘震云的《我叫刘跃进》(2008年第2期)、艾米的《山楂树之恋》(2008年第3期)等。还有一些文学期刊设置了与影视相关的栏目。《当代》杂志在2007年的"讲谈"栏目连续刊登了刘心武的"红楼心语"系列文章。《当代》杂志的这次主动的策略性应对,实际上是对风靡一时的"电视讲坛"类节目的纸质延伸;从2006年开始,《收获》杂志推出了一个新专栏"一个人的电影",通过访谈、对话等形式,展示当代电影人的遭遇和思考,发表了贾樟柯、田壮壮、霍建起、王朔、王小帅、张艺谋、马俪文、娄烨、李陀、崔永元、许鞍华、陈可辛等影视界名人的访谈,引起了强烈反响。文学期刊与影视等媒体的互动,不仅提高了自身的影响力和发行量,同时也使文学期刊成为影视作品的一个供货渠道,在一定程度上拓展了文学期刊的生存空间。随着中国影视行业和文学作品影视改编的不断成熟,一些文学期刊开始试图介入影视行业的生产,进行多媒介的互动营销。2006年《江南》杂志的新任主编袁敏提出了"大江南"的文化概念,既要坚守文化品格,又要贴近民众关注的市场热点。还与一些知名出版社和影视机构联手策划图书出版和影视剧,并负责作者的版权代理。"把刊

[①] 张蓁蓁:《〈江南〉欲打造"中国影视长篇小说第一刊"》,《杭州日报》,2007年11月28日。

第五章 文学期刊的影视趣味

物与出版、影视结合起来,不但解决了刊物的生存困境,把文学推向市场,还大大增强了对作家的吸引力,可谓一举多得。"① 2008 年,为促进文学与影视的联合,《长篇小说选刊》与"北京海润在线影视文化投资有限公司"共建"小说剧本库",共同努力尝试在文学与影视创作这两个领域间搭建桥梁,促进文学界和影视界的密切合作。② 不过目前文学期刊与影视的这一深层次合作还处于一个探索的阶段,而且这些合作能否取得了比较好的成就,仍然不得而知。

在这个影视主导的文化氛围中,文学期刊对影视的依附越来越明显,这在很大程度上导致了文学期刊编辑的影视趣味。一些文学期刊的编辑对影视作品或影视作家的作品情有独钟,使得文学期刊的内容往往被影视所左右。文学期刊的编辑方针随着影视的变化而变化。这就造成了文学期刊内容日渐单一化、无深度化,对小说的内容缺乏审美性关照。而像《江南·长篇小说增刊》那样的重复性发表,不能不说是一种原创性的缺失和资源的浪费。另一方面,这些文学期刊对影视小说的大力张扬,在很大程度上左右了长篇小说创作的方向和思潮,使得文学期刊放弃了对作家作品的探索和试验,纷纷转向对现实主义作品的关注。《收获》、《钟山》、《花城》等一直注重对小说试验文本的探索,曾推出过大量先锋作家的作品。然而在新世纪以后,这些刊物都不约而同地"向现实主义的趣味回归,形式探索的声音逐渐沉寂"③。其实,20 世纪 90 年代,文学期刊与文学的关系素来比较紧密,甚至可以这样说,90 年代的文学现象大多得益于文学期刊的策划和推波助澜。可是,由于新世纪后影视的盛行,文学期刊逐渐淡出了大众的视野,成为一种边缘性的"小众传播"媒介。于是,文学期刊的生存变得越来越被动,其期刊行为和市场化操作缺乏与文学互动的主动意识。文学期刊在面对影视这一强大的市场话语权力工具时,呈现一种失语的状态,所以我们看到的只是文学期刊跟着影视亦步亦趋,缺乏对文学的自主性选择。因此,作为新世纪后的文学期刊,要想在文学与影视互动的

---

① 贺敏:《2006:文学期刊走出"少数人的园地"》,《深圳商报》,2006 年 4 月 15 日。
② 《让"阅读"成为影视生产第一道工序》,《长篇小说选刊》,2005 年特刊(第壹辑),第 81 页。
③ 黄发有:《九十年代以来的文学期刊改制》,《南方文坛》,2007 年第 5 期。

发展历程中占有一席之地，就必须加强自身的主动性，积极投身到文学与影视的市场化浪潮中，与影视形成深度的互动。

四、重视长篇小说

新世纪以来，短篇小说逐渐衰落，这虽然与主流话语、商业利益、作家的地位和文学评奖有着密切的关系，但不可否认的是，短篇小说的衰落实际上还与传媒的发展有着密切的关系。随着影视媒体的渗透，作家和文学期刊也试图借助影视提升自身的影响力，"短篇小说呈现的人物思想运动的轨迹，以及那些富有诗意的象征性语言，都难以转化为影视语言"①。因此，新世纪以来，一些作家和文学期刊更为注重长篇小说这一文体形式。原来以发表中短篇小说为主的文学期刊纷纷将注意力转向了长篇小说，这成为新世纪文学期刊的一个重要转变。

《收获》2001年开始推出一期《长篇小说增刊》，发行了十多万册。2003年，《长篇小说增刊》分为秋冬卷和春夏卷两期；《钟山》也在2002年推出了一期增刊"长篇小说专刊"，2003年起分别出版A、B卷，每期推出三到四部长篇小说；《作家》杂志在2000年全面改版，打出"中国的《纽约客》"旗号，当年推出了两期长篇小说专号，每期发表两部长篇小说。2003年《作家》直接出版了《作家·长篇小说专号》。《十月》在2003年底，利用主办方北京出版社的出版资源，推出增刊，也重视对长篇小说的发表。2004年，《十月》杂志索性变身为月刊，在出版6期正刊的同时，出版6期长篇小说选刊；2005年，人民文学出版社主办的《当代》杂志也改为月刊，出版6期正刊和6期长篇小说选刊。2007年由湖北省作协主办的文学期刊《长江文艺》也创办了《长江文艺·长篇小说》季刊，每期刊载两三部优秀的长篇小说。2008年《江南》杂志推出《江南·长篇小说月报》。最值得注意的是，《人民文学》从2007年第10期开始，在继续保持中、短篇小说重镇地位的同时，向长篇小说拓展，首发长篇为麦家的《风声》，"以后将根据作品的具体情况，每年推出四到五部优

---

① 黄发有：《短篇小说为何衰落?》，《南方文坛》，2005年第3期。

秀的长篇小说"①。2007年人民文学奖首次设立了长篇小说奖，麦家的《风声》毫无悬念地夺得该奖。《小说月报》和《小说选刊》也出版了长篇小说选刊和长篇小说原创刊物。1997年《小说选刊》创办《小说选刊长篇增刊》，每年两期，共出刊15期，2004年下半年被批准更名为《长篇小说选刊》，成为当时我国唯一的一本长篇小说选刊。《小说月报》2005年推出《小说月报·原创版（长篇增刊）》（每年4期）。2006年推出了《小说月报·长篇小说专号》（每年四期），2007年推出了《小说月报增刊·长篇小说专号》（每年四期）。《当代》杂志在2004年也创办了《当代·长篇小说选刊》（双月刊），其每期推出三部长篇小说以及作家创作谈、编者按和长篇小说相关排行信息（如读者推荐排行、专家推荐排行、市场销售排行、长篇小说出版信息等）。《钟山》杂志副主编贾梦玮认为："文学期刊纷纷推出小说增刊，是近年来文学期刊面临市场冲击和转型的考验、杂志社为自身发展作出的探索之一。推出增刊可以使本刊风格定位不作大改变的情况下，在增刊中尝试种种面向市场的'实验'。因此他们约稿时更注重那些既有品位又有市场号召力的高端作家群。"②

长篇小说热的兴起与市场转型时期的商业因素紧密相关。20世纪90年代是我国长篇小说生产最为旺盛的时期，"长篇小说热"是市场策划的重要表现和手段。当一些大型文学期刊都纷纷转向发表长篇小说时，一方面长篇小说的生产越来越具有泡沫化和应时性，缺乏足够的深度和吸引力。以《人民文学》推出的麦家的《风声》和刘震云的《一句顶一万句》来说，《风声》不过是电视剧《暗算》的续集，而《一句顶一万句》则是一个影视剧本的小说版；另一方面，这种长篇情结将使中短篇小说创作备受冷落，尤其是短篇小说。目前在文学期刊中仍然旗帜鲜明地坚守着中短篇小说道路的只有《上海文学》、《花城》、《芙蓉》、《百花洲》等刊物。然而这些坚守也着实让这些刊物处境艰难。因此《上海文学》试图创办一份小说选刊，但因种种原因，未能如愿。其实，与目前泛滥成灾的长篇小说相比，中短篇小说仍然是质量较高的一种小说形态。只是由于中短篇小说

---

① 田志凌：《〈人民文学〉进军长篇小说市场》，《南方都市报》，2008年9月2日。
② 罗银胜：《文学杂志纷纷进军长篇增刊市场》，《中华读书报》，2003年4月15日。

的改编潜力没有长篇大,尤其是短篇小说几乎很少有成功改编的影视作品,因此中短篇小说的出路也变得十分尴尬。然而,对长篇小说的重视,是否真能拯救文学期刊呢?2007年《人民文学》进军长篇小说时,主编李敬泽说"每年推出3到4部名家的长篇新作",从这个数字比例来说,每年12期的《人民文学》推出的如此几部长篇小说,本意也许并不是想借助长篇小说扭转刊物的颓势,只不过是想在长篇小说界占有一定的话语权力。虽然《江南·长篇小说增刊》创刊号因刊发海岩的《舞者》和韩寒的《光荣日》,销售量确实一度增加,但这也仅仅是因为刊物比小说单行本要便宜得多的价格优势。长篇小说热是否真能为文学期刊带来新的春天,是否会重蹈90年代"长篇小说热"产生的"长篇泡沫"的覆辙?这确实是需要深刻思考的问题。

20世纪90年代以来,由于影视的强大影响力,文学期刊对影视的依赖,从一定程度上说是必然的结果。但是,在当前情况下,文学期刊与影视的关系还停留在表层,缺乏深入的整合。因此,文学期刊应充分利用影视资源的优势,将文学期刊的文学生产纳入到整个文化工业中去,如成立影视公司,组建跨行业、跨媒体的媒介集团,优化资源配置,实施资本运作,以提升文学期刊的竞争力和抗风险能力。这也许是当前文学期刊的一个重要途径。

第二节 文化症候与《收获》的影视趣味

20世纪80年代末90年代初,我国社会从一个以生产为主导的传统社会步入了一个以消费为特征的商业社会。同时,社会文化也发生了根本性的变革,以娱乐消费为主的大众文化急剧流行,一种新的文化工业时代即已宣告来临。与此相应,"20世纪90年代至今的中国文学与以往(1950—1990年间)的一个最重要的不同,就是它所置身的整个社会的文化生产机制,发生了根本的变化。这个变化当然不是单独发生的,它是最近20年来中国社会的整体变化的一部分。因此,这个新的正在继续变化的文化生产机制（包括作为它的一部分的文学生产机制），就充当了社会生活和文学之间的一个关键的中介环节，社会的几乎所有的重要变化，都首先通过它而影响文学；文学对于社会生活的反作用，也有很大一部分是通过它来实现的"①。这种文化生产机制的变化，毫无疑问地影响到文学期刊的生产和功能转变。作为"中国当代文学的简写本"（陈村语）的《收获》杂志，在经历80年代末90年代初期的大众文化转型和新世纪后的视觉文化转向后，不可避免地表现出转折时期的"文化症候"。在一系列商业与权力的合谋以及以影视为代表的传媒技术的改写过程中，《收获》显示出这一文化嬗变过程中影视与文学的变幻踪迹。

一、文化转型与娱乐消费

新时期伊始，文学期刊经历了一个黄金时期，文学期刊的数量、发行量和影响力达到了巅峰。一些著名的文学期刊在这一期间的发行量创历史之最，《人民文学》高达150多万份，《收获》也高达120多万份。因此，这一时期文学期刊所发表的小说自然就成为影视改编的重要渠道。作为老牌知名文学期刊的《收获》，其发表的许多文学作品被改编为影视作品。如白桦的《今夜星光灿烂》（1979年第2期）、谌容的《人到中年》（1980年第1期）、老舍的《鼓书艺人》（1980年第2期）、叶辛的《蹉跎岁月》（1980年第5—6期）、水运宪的《祸起萧墙》（1981年第1期）、路遥的《人生》（1982年第3期）、冯苓植的《驼峰上的爱》（1982年第2期）、陆文夫的《美食家》（1983年第1期）、邓友梅的《烟壶》（1984年第1期）、曹禺的《日出》（1984年第3期）、钟道新的《超导》（1988年第5期）等小说都被曾改编为电影或电视剧，产生了广泛的影响。《收获》还自觉地为其发表的文学作品提供影视改编的渠道，如《收获》为张艺谋提供了苏童的《妻妾成群》（1989年第6期，改编成《大红灯笼高高挂》），《收获》还对王朔的《顽主》（1987年第6期）主动提供改编渠道②。

进入20世纪90年代，市场经济深入影响到社会生活的每一寸肌理。

---

① 王晓明：《面对新的文学生产机制》，《文艺理论研究》，2003年第2期。
② 程永新：《一个人的文学史》，天津出版社2007年版，第43页。

新时期文学的影像转型

90年代的大众化转型使得这一时期的文化呈现出新的特征:"在功能上,它成为了一种游戏性的娱乐文化;在生产方式上,它成为了一种由文化工业生产的商品;在文本上,它成了一种无深度的平面文化;在传播方式上,它成为了一种全民性的泛大众文化。"① 这一由消费文化主导的话语策略越来越明显地改变着媒介和文学艺术的生产法则,使得90年代的影视和文学发生了密切的联系。文学逐渐成为影视作品改编的资源库,文学期刊也自觉或不自觉地成为了影视制作的共谋。张艺谋在1994年的一篇短文《文学驮着电影走》中,高度赞扬了文学对电影的贡献:"至少到现在为止,我还没有见过哪一位导演能真正地自编自导而同文学界彻底'断交'的,相反,无数出色的影片和电视剧莫不是从小说改编而来。我们干导演和演员的,常常站在金字塔的顶端面对掌声和欢呼,那是命好。其实谁都清楚,塔顶底下是多么大而宽的一个坚实整体。而铺在最底部也是最阔大厚实的一层,依我看,那就是我们的文学了。文学驮着电影,走出了国门,走向了世界,让世界了解了我们中国。"② 《收获》向影视的主动性靠拢,当然是受到90年代消费文化的影响,也是为提高刊物自身的影响力所做的积极努力。90年代《收获》刊发的许多小说甚至头条长篇小说都成为电影改编的对象。如王朔的《动物凶猛》(1991年第6期)被改编成电影《阳光灿烂的日子》、《你不是一个俗人》(1992年第2期)被改编为《甲方乙方》;冯骥才的《炮打双灯》(1991年第5期)被改编为同名电影;杨争光的《老旦是一棵树》(1992年第2期)被改编为电影《哈里如何变成一棵树》;余华的《活着》(1992年第6期)被改编为同名电影;东西的《没有语言的生活》(1996年第1期)被改编为《天上的恋人》;莫言的《师傅越来越幽默》(1999年第2期)被改编为《幸福时光》……

在市场化浪潮中,90年代以后中国文学的市场化倾向越来越明显,文人下海现象与休闲文学和影视对纯文学的冲击使得许多文学刊物被迫改刊。虽然这一时期的《收获》没有轻言"变革",而是选择了坚守。但遗憾的是,从90年代《收获》的变化来看,《收获》实际上并没有真正做到

---

① 尹鸿:《世纪转型:当代中国的大众文化时代》,《电影艺术》,1997年第1期。
② 王寅:《〈收获〉五十年:文学就是这样生产的》,《南方周末》,2007年9月20日。

第五章　文学期刊的影视趣味

在市场化的浪潮中坚守自身一贯的文学立场。《收获》一直以"纯文学"的立场自居,然而这种"纯文学"口号的本质不过是一个符号化的能指,实质上不过是处于市场被动局面之中的一种自我标榜。"由于文学的商业化,文学期刊的纯文学坚守不乏悲壮和壮美,然而,在商业的霸权下,浪漫主义的文学不战自败,这些文学期刊必须转变文学观念和文学生产观念。"[①]《收获》的发展实际上是一个在商业话语里尽最大努力寻求纯文学空间的努力,它不断地在商业话语、大众文化和影视消费的夹缝中坚守着自身的精神标杆,同时也被这种文化话语所改写。

《收获》可以说引导了90年代的影视文化潮流,由王朔、余华、莫言和苏童等作家的作品改编而成的电影成为90年代特色鲜明的文化表征。80年代末90年代初,以王朔为代表的娱乐化影片掀起了中国影视大规模的娱乐化浪潮。无论是早年的《顽主》还是后来的《动物凶猛》以及《你不是一个俗人》,其戏谑调侃的语言风格、尖锐讽刺的修辞方法、世俗化传奇的生活内容及其故事情节都引起了极大的反响,其反文化、反传统、反主流的虚无和解构倾向,无不引发了对"王朔热"和"娱乐片"等问题的热烈讨论。娱乐消费成为90年代文学期刊和影视共同追逐的文化表征。在"王朔现象"出现的过程中,《收获》杂志扮演了一个极其重要的中介人角色。正是《收获》为影视提供的各种文学样本,促进了90年代电影娱乐消费的文化风格的形成。在莫言的《师傅越来越幽默》里,临近退休的省劳动模范丁师傅下岗后琢磨着自己干点什么养家,偶然碰见有人在郊外偷情,于是就建起了情侣休闲屋营业。劳动模范和休闲屋老板的身份转换本身就极具幽默效果,再加上小说语言的诙谐滑稽,表现出鲜明的"王朔"特征。白桦的电影剧本《西楚霸王》(1990年第3期)将一个金戈铁马的霸王基业演变成一个三角恋爱故事的浪漫悲剧,表现出对历史的解构。东西的《没有语言的生活》将聋、哑、盲三人组成一个特殊家庭,这一假性故事的荒诞情节为我们揭示了在这一荒谬命运下人们的挣扎,同时作者又不忘展露其中轻松、幽默的色彩,只不过他没有停留在王朔的简单调侃和解构层面,而是通过荒诞揭示了深刻,这本质上不过是一种王朔式

---

① 孟繁华:《传媒与文化领导权》,山东教育出版社2003年版,第165页。

风格的延续和提升。从 90 年代发表于《收获》、并被改编成影视的小说来看，除余华的《活着》还有那么一丝隐痛之外，其余作品几乎无一例外是对大众文化的迎合、对生活的拆解、对主流话语的稀释。90 年代是一个文化全面转型的时期，"大众文化不仅成了日常生活化的意识形态的构造者和主要承载者，而且还气势汹汹地要求在渐趋分裂并多元的社会主流文化中占有一席之地"①。正是在这一文化背景下，这一时期的文化特征表现出与主流文化分庭抗礼、格格不入的风格，而以《收获》为代表的文学期刊也不断制造着大众文化的消费景观，并使自身成为大众文化景观的一部分。

二、影视转向与文化想象

进入新世纪后，我们进入了一个完全视觉化的时代，一个被图像包围的时代。我们的文化运作方式与文化生活形态是由一串串的图像的呈示与观看所构成的。媒介的市场化转型在新世纪后得以全面完成，电视成为人们日常生活中的重要媒介，而电视剧在其中无疑充当了重要的角色，成为人们情感宣泄和文化想象的主要渠道。

随着影视与文学期刊共谋现象的加剧，《收获》杂志向市场退却和妥协的趋势越来越明显，进而积极转身迎合着影视的拥抱。从 2000 年以来的《收获》杂志来看，被改编为影视的小说呈现出一个明显的特点，那就是对官场小说的倚重。如张欣的《浮华背后》（2001 年第 3 期）和《深喉》（2004 年第 1 期）、周梅森的《国家公诉》（2003 年第 1、2 期）和《我主沉浮》（2004 年第 2、3 期）以及尤凤伟的《色》（2004 年第 6 期）等。这一突出的特点造成了荧屏对官场反腐题材电视剧的深度关注，同时也反映了世纪初编辑趣味的变迁。其实，"从 20 世纪 90 年代后期以来，'官场'就成为文学创作关注的一个诱人的领域，从作家的热情书写到读者的积极参与，从出版社的大力投入到书市的流行畅销，从传媒的不断炒作到影视的乐此不疲的播映，一时间形成一股'官场小说'的热潮"②。这一时期，最早涉及官场领域的是刘震云的《单位》、《官场》和《官人》

---

① 戴锦华：《隐形书写——90 年代中国文化研究》，江苏人民出版社 1999 年版，第 3 页。
② 赵佃强：《世纪之交"官场小说"热潮的历史文化缘由》，《临沂师范学院学报》，2004 年第 4 期。

第五章　文学期刊的影视趣味

等作品，而1995年陆天明的《苍天在上》在《小说界》连载并被改编成电视剧，这引起了极大的反响，真正开了官场小说创作的先河，使得官场成为文学叙事新的增长点。2000年以后，以《收获》、《当代》为主要代表的文学期刊，在新世纪以后刊发了大量的官场小说，但是被影视改编最多的还是《收获》杂志所发表的官场小说。这一文学期刊与影视所共同制造的观看境遇，说明"官场"已经成为新世纪最显著的文学现象和影视文化特征，而《收获》杂志借助电视这一家用媒体的话语地位，成了这一"官场"文化风尚的引领者。从某种程度上来说，《收获》杂志在世纪转型期为我们营造了一个文学的"官场"创作模式和影视类型。这些官场小说和影视所呈现出的官场文化和官场生活，集中书写了90年代末转型期中国的体制文化和政治生活尤其是权力对个人的生存处境和精神状态的影响，反思和批判了当下官场与权力的异化。另一方面，由于大众文化的泛滥，90年代后期主流意识形态对大众文化话语的控制日益加强，于是，以主旋律为主题的反腐小说频繁出现于《收获》杂志之中。这也表明《收获》杂志在大众文化语流中对主流文化话语的认同。

与此同时，新世纪后中国分化的社会阶层和新兴的新富阶层，共同形成了一支新型的群体力量——新型大众。可是，在社会分化与新富崛起的复杂语境下，这些新型大众正处于一个身份焦虑的十字路口，他们一方面对既成的社会结构与社会文化表示认同，但另一方面又对这一文化结构与自我身份表现出强烈的质疑和反思，这成为新世纪后文学与影视的文化想象的另一源头。东西的小说《不要问我》（2000年第5期，被改编为同名电影）里，大学教授卫国醉酒冒犯女学生后南下，却在车上丢失了所有能证明身份的证件，从此陷入了一个个尴尬的境地。他的另一部小说《猜到尽头》（2002年第3期，改编为家庭伦理悬疑电影《猜猜猜》）讲述了一对中年夫妻，因为丈夫的一次彻夜未归，妻子开始展开一系列的"侦察"行动。这两部小说或电影都鲜明地表现出自我身份丢失和失去认同之后的矛盾和悲怆，从而展示了对自身身份的质疑。而万方的《香气迷人》（2002年第5期）的男主人公方刚经历了三段爱情：初恋时的迷恋和幸福感；姬小玉丧生后自己乏味、平淡的婚姻；和比自己大10岁的李完之间没有结局的婚姻。这三段感情经历，一步步将爱情从热烈、平淡逼近痛苦，表现出私人情感在与社会空间的碰撞之后的深层焦虑和彷徨失措。六六的《心术》(2010年第4期)直触社会广为关注的医患矛盾，深入描写了医疗市场、医疗环境和医患关系，表现了社会的群体焦虑，但同时又以一种理解的态度讲述了医生的各种压力；尤凤伟的《风和日丽》(2009年第4、5期)的主人公杨小翼也一直生活在身份错乱和寻找的过程中。她以为刘云石是自己的父亲，但刘云石另有家室；母亲却与李叔叔结婚；无法接受这个事实的杨小翼爬上了天一塔，当被救下来时，刘云石告诉她的父亲是开国将军尹泽桂，后来研究历史的杨小翼发现尹泽桂在法国的情事；杨小翼也在自我感情的寻找，她拒绝了刘云石的儿子刘世军，刘云石的司机伍伯伯的儿子伍思岷因为给她写情书被公开后开车撞人被调离，尹泽桂的儿子尹南方也对她有意，为见她而跳楼导致下身瘫痪。虽然《风和日丽》写的是一个过去时代的故事，但是却有着强烈的现实针对性。这些无疑都是新型大众文化想象的自觉表征，他们反映了一个正在完成的新型大众的迷惑与困境，并共同指向新的文化特征给他们提供的身份转换和自我重构。

新世纪以来《收获》影视趣味的变迁，首要指向的便是作家的创作。"一个新起作家只要在这里一连几次亮相，离享誉全国也就不远了。这使不少新起作者趋而往之。久而久之，这些趋往者可能不再为自己写作，也不是为读者写作，而成了为《收获》写作，为《收获》的编辑倾向写作。我们可以把这种现象叫做刊物对写作人的修改。这种修改不但发生在作家起步之后，更可怕的是发生在作家起步之前。此间必会有不少误导和误铸，这对作家的成长和文学的发展是有害的。"① 《收获》的这一编辑策略为文学创作提供了一个信号，吸引着作家为《收获》进行风格化写作，或是为影视剧的改编进行脚本式的写作，比如发表于《收获》(2005年第5期)的麦家的中篇小说《密码》充其量只是电视剧《暗算》改编的一部分。此外，尤凤伟的《色》貌似写商场男女的情感故事，其实也没有摆脱官场小说的窠臼和人物的模式化、概念化模式。王梅、何总等在商场和权力中周旋的阴险狡诈，展示的是国有资产流失、官场腐败、钱权色交易

---

① 罗岗、摩罗、梁展：《几重山外从头说——文学期刊与文学创作》，《文艺争鸣》，1996年第1期。

第五章 文学期刊的影视趣味

等,其涉及的仍然是官场、情场、权力场、商场等诸多场域交错的复杂社会现象,并没有多少深入的剖析和解读,还是停留在生活的表面,完成了一个故事性强便于改编的电视剧本而已。尤其值得注意的是,新世纪以来,《收获》杂志的两个影视改编的核心作家张欣和周梅森。张欣的《深喉》以广州三家报业竞争的背景为依托,书写了呼延朋、戴晓明、洪泽等人的个人命运。从小说来看,影视化的痕迹十分明显,作品中场景的变换较快,如影视剪辑一样充满镜头感,场景的蒙太奇组合和人物出场的变换频繁,让人感觉作家就是一个导演。尤其作品中还有许多情节稍显突兀和虚假,缺乏必要的铺垫。张欣的《夜凉如水》(2007年第4期)虽然也是不错的作品,可是它毕竟最终仍是一部电视剧的脚本式的好看小说。作为一个活跃于荧屏的影视作家,张欣的小说写作成了影视奴役下的文学呓语,她用文字构造出一个影像的空间。与张欣面对同样困境的是周梅森。周梅森此前的《中国制造》、《国家公诉》和后来的《我主沉浮》等作品,就彻底是一个电视剧本。简单的场景变化、模式化的情节、概念化的人物形象,让周梅森的写作陷入了不断重复的境地,并且这种写作与张欣有一个相似的特征,那就是写作的影视和新闻化趋势,强调事件的现场感和人物的在场性,从而忽略了时间的区隔与审美距离感的艺术要求,只注重去讲故事,而不注重叙事的艺术。这里需要说明的是,周梅森的《中国制造》在1998年12月出版后,很奇怪地又在《收获》1999年第1、2期回炉连载,表现出《收获》对周梅森的影视小说的青睐。也许正如米兰·昆德拉在论述"改写"时所说:"(改写就是)改编,改编成电影或电视。改写是这个时代的精神。终有一天,过去的文化会完全被人改写,完全在它的改写之下被人遗忘。"[1]

《收获》对影视小说的青睐及相关电视剧的流行,表现的是在新世纪以来经过大众文化的泛滥之后,小说和影视中主流文化、大众文化和精英文化的相互靠拢、趋近乃至融合的趋势。这些小说或影视倡导了主旋律的国家意识形态,满足了读者或观众对生活直观的感官刺激与享受需求,迎

---

[1] [捷克]米兰·昆德拉:《小说的艺术》,董强译,上海译文出版社2004年版,第159页。

合了个人化的趣味、情怀和理解,完成了新型大众的文化想象与身份探索。然而,"在文学与影视的交融和渗透中,文字媒介与视听媒介相互补充,文学与影视对共同面对的现实进行了相互呼应的文化阐释。但是,文学对影视的趋同使小说与影视剧本的文体界限名存实亡,文学与影视的独立性同时面临着严峻考验。"①

三、影像记忆与影像消费

从2006年开始,《收获》杂志推出了一个新专栏《一个人的电影》,通过访谈、对话等形式,展示当代电影人的遭遇和思考,贾樟柯、田壮壮、王朔等人的访谈引起了强烈反响。《收获》杂志的这一专栏秉承着90年代以来《收获》对文化散文的一贯风格。90年代以来,《收获》的文化散文以余秋雨的"文化苦旅"(1988年)、"山居笔记"(1993年)等专栏为发端,随后开设了李辉的"沧桑看云"(1994年)以及陆健东的"世际流云"(1997年)等文化散文专栏,从而拓展了《收获》的话语空间。而开设这些专栏的都是知识分子中的精英人物,《收获》力邀他们加入,无疑完成了自身"文化名流身份"的符号塑造。2001年《收获》推出了"好说歹说"专栏,表明《收获》跟随大众传媒制造的文化热点的趋向愈发明显,可以说这是大众传媒对文学期刊的一次改写。此时,随着报纸、电视、网络等大众传媒的发展,一时间访谈类节目在全国可谓遍地开花。《收获》推出的由阿城和陈村联袂主持的《好说歹说》,对世界前沿的音乐和文化进行解读,对人生重要的死亡、爱情、快乐等主题进行对话,其中《姜文对阿城》、《你快乐吗》更是邀请了电影明星、文化明星加盟,可以说这些栏目是电视访谈节目的一次翻版。

如果说"好说歹说"专栏只是电视谈话节目的纸质延伸,那么,2006年《收获》开设的"一个人的电影"专栏,就完全是文学期刊对影视的深度介入。《收获》试图通过这个专栏,用记忆打捞影像及往事,用亲历见证变迁和消逝,展现当事人的内心境遇。《收获》开栏刊发的是格非的随

---

① 黄发有:《准个体时代的写作—20世纪90年代中国小说研究》,上海三联书店2002年版,第167页。

第五章 文学期刊的影视趣味

笔《乡村电影》(2006年第1期)。格非用文字带领我们走进童年经验与记忆,正如作者所说:"'演,电影'正是记忆的另一个绝妙的比喻。的确,对于我们这代人来说,没有什么比电影更适合成为通往记忆之路的通道了。它是我们全部童年生活的核心和枢纽。只要打开它的阀门,那个湮灭的年代的所有气息就会扑面而来。"[①] 格非从放电影的消息、放映员牛高、邻村抢放电影、跑片、电影演员女特务等童年的记忆出发,一直回忆到电视的出现,"乡村电影"这样一个高度仪式化的集体娱乐形式也开始走到了它的尽头。格非用回忆打开了《收获》的电影之路,随后该专栏陆续发表了贾樟柯、田壮壮、霍建起、王朔、王小帅、张艺谋、马俪文、娄烨、李陀、崔永元、许鞍华、陈可辛、冯小刚、刘恒、等影视界著名的导演、编剧、摄影师等关键人物的对话。他们通过对话、访谈等多种多样的形式,叙述了自身的电影经历和深刻体悟。这些专栏对影视导演的推出也具有一定的时效性,他们大多是当时拍摄的影视作品引起了人们的关注,如《海角七号》和《赛德克巴莱》的导演魏德圣、《张思德》、《云水谣》和《铁人》的导演尹力,电影《白鹿原》的导演王全安,《达达》的导演张元,电影《风声》的导演高群书等。这一现象彰显出该栏目与热播影视实现纸质互动的诉求。

　　《收获》杂志的这一专栏,不过是对这些影视明星的一种大众文化消费,是对明星制度的一种内部呼应。对于明星制度的起源,法国作家贾克·阿达利在其音乐社会学名著《噪音:音乐的政治经济学》一书中指出,明星的出现与音乐的商品化密切相关。然而在今天,明星已经成为我们日常生活中一种普遍的文化现象。《收获》杂志设立的与影视明星密切相关的专栏,实际上将文学期刊纳入了明星制度中来。"明星制度是一套以明星为周转核心所形成的、影像艺术领域的商业竞争运作机制。影片的一切制作围绕着明星转;编剧为明星写剧本;导演以类型化人物树立明星;摄影、灯光服从和塑造明星;制片人以各种宣传手段捧红明星,最终,促成追星族的形成,开拓出一片庞大而坚固的星迷市场。"[②] 《收获》对影视明星制度的

[①] 格非:《乡村电影》,《收获》,2006年第1期。
[②] 郑建丽、周婷玉、吴晓恩:《花园声音:MTV的意义空间》,中央编译出版社2004年版,第125页。

接受和扩张,是我们这个大众文化时代传媒生产的奇观景象之一。《收获》这一电影专栏的开设,无疑是对影视和明星的视觉奇观所做的自觉调整。《收获》对影视明星话语的张扬,让我们再次看见明星权力话语在传媒中所构建的权力意识形态网络,让我们看到《收获》杂志在消费文化语境中的无奈和妥协。《收获》杂志正是为明星的权力生产提供了再现的阵地。正如孟繁华所说:"今天的传媒,已经是我们文化认同的基本来源,是我们的趣味、价值观念乃至生活方式重要的参照之一。因此,新的文化领导权就掌握在由传媒建立起来的帝国话语中。"[1]

同时,《收获》杂志这一专栏的设立,也是对影像历史记忆的消费与建构。《收获》通过各个时期具有代表性的明星的自身亲历,试图以个人史的角度梳理出影像志的范畴。比如对贾樟柯的评价:"贾樟柯的名字已不仅仅是一个导演的符号,他是新时期某种电影文化的一个缩影。"[2] 这种历史的建构方式类似于近年来电视屏幕上频繁出现的口头史、影像史的书写模式。记忆、历史和文学的关系,在20世纪西方有很多理论探讨,其中尤其以海登·怀特的论述最具影响力。怀特强调历史家撰写历史和小说家创作小说,使用的是同样的修辞手段,有同样的叙事结构,所以历史家自以为所记述的都是真实可靠的"事实",有别于小说家的想象和虚构,其实那只是"历史家的虚构"。怀特说,撰写历史从头到尾都"无可避免是诗性的建构,因而有赖于比喻性语言的模式,而只有这种比喻性的语言,才可能使这一建构显得圆满一致,有条有理"[3]。贾樟柯回忆电影改变的人生、田壮壮说出了电影人在市场语境中的尴尬处境、王朔与作家孙甘露的对话《王朔:我内心有无限的黑暗和光亮》,以及导演徐静蕾与作家孙甘露的对话《徐静蕾:转换于导演演员之间》以及王朔的电影剧本《梦想照进现实》等等,实际上勾勒出了中国电影和中国电影人在商业话语中不断迷失和探索的过程中所出现的尴尬、黑暗和光亮。《收获》以口述和对话的方式,建构了影史的动态生长过程。而这个建构的过程,也是在商业话语中挣扎的过程,是在商业话语里对影像历史和个人记忆的大众

---

[1] 孟繁华:《传媒与文化领导权》,山东教育出版社2003年版,第173页。
[2] 王樽、贾樟柯:《贾樟柯:电影改变人生》,《收获》,2006年第2期。
[3] 张隆溪:《记忆、历史、文学》,《外国文学》,2008年第1期。

化消费。随着消费文化的范围不断扩大,消费的对象已经完全超越了狭义上的商品意义,转而将一切能够成为商品消费的东西比如历史等都纳入了消费的视域。《收获》对个人的影像记忆正是在这种语境下的话语扩张。在这个纯文学消费的时代,私人领域也完全进入了以文学期刊为中介的文学公共领域。与此同时,文学"作为具有专利的文化工业公开的生产秘密而得以传播,其产品经由大众传媒播散开来,从而在消费者的意识中制造出市民私人性的表象"①。这便是《收获》杂志电影专栏出现的重要原因。

虽然《收获》杂志副主编程永新这样评价《收获》说:"50年,历经风风雨雨,《收获》始终遵循这样的宗旨:不趋时、不媚俗、不跟风。在某种意义上,说《收获》是当代文学界的一个标杆也不为过。"② 然而,90年代以来,《收获》的各种编辑策略的调整和创新都是在寻求自身的商业化发展,并表现出鲜明的影视趣味,《收获》正在失去自身的纯文学理念。正如有学者所言:"近年来,它越来越倚重于写实性而不太注重对其他风格的发掘和培养,显示出一种单调、平庸的主流趣味。在许多篇目的选择上,艺术性让位于内容,深刻让位于好看,虚构让位于写实,挑战让位于平庸,于独立性和先锋性渐行渐远。"③ 毕竟,我们正身处一个图像转向的时代,正是由于影视文化长期以来的影响,以及作家在这个影像霸权时代的身份转变,使得《收获》成为一个强大的影视文学的生产场域。

第三节　写实风格与《小说月报》的影视改编

20世纪80年代文学期刊已经形成了一定的格局,一些期刊已被公认为是高水准的文学期刊,并且拥有了数十年的文学品牌,在文学圈和读者群中享有较高的知名度和影响力。在这种境况下,一本新的文学刊物要想

---

① [德]哈贝马斯:《公共领域的结构转型》,学林出版社2004年版,第188页。
② 林志伟:《〈收获〉:五十年傲立的文学标杆》,《海峡都市报》,2007年8月6日。
③ 刘晓南:《从〈收获〉五十周年纪念刊看〈收获〉的危机》,《扬子江评论》,2008年第1期。

新时期文学的影像转型

迅速崛起，就必须独辟蹊径。创刊于 1980 年的《小说月报》就选择了一条选刊的不同道路，对文学期刊发表的作品进行选载。《小说月报》与同时期的《小说选刊》一道，成为当时我国文学选刊中的两份重要刊物。然而 1989 年《小说选刊》的停刊，为《小说月报》的发展提供了一个极好的机会。就在 20 世纪 90 年代，《小说月报》一家独大，以其对现实生活的关怀赢得了读者的喜爱和市场的青睐，成为当前影响力最大的文学选刊。《小说月报》始终坚持着现实主义道路，成为 20 世纪 90 年代以来影视改编的重镇，进而引发了新写实影视浪潮。在新世纪以后，《小说月报》在坚守现实主义审美风格的同时，创办了《小说月报·原创版》和《小说月报·长篇小说增刊》，进一步强化了自身的市场地位和品牌优势，同时也表现出某种影视趋向。本节所论及的《小说月报》包括《小说月报》、《小说月报·原创版》和《小说月报·长篇小说增刊》，以从一个比较全面的视角关照 20 世纪 90 年代以来《小说月报》与影视改编的关系。

一、选刊力量与影视资源

20 世纪 80 年代创办的《小说月报》和《小说选刊》以及新世纪以后创刊的《中篇小说选刊》、《长篇小说选刊》等，使文学选刊成为文学期刊中一支非常独特和重要的刊物类型，并逐渐形成了文学期刊中颇有知名度与影响力的"选刊现象"。这些以选载其他文学期刊作品为主的刊物，以可观的发行量和广泛的群众基础，成为读者追捧、作家向往和原创类文学期刊倚重的权威文学刊物，也因此具有了较高的知名度和文学评价的象征力。只要一篇小说被这些选刊所选载，作家和原发期刊都会引以为荣，甚至许多原创刊将作品被《小说月报》或《小说选刊》等刊物转载作为期刊考核的一个重要标准。早在 1988 年，邓刚就说："如今，许多刊物的年终总结，相当重要的一条成绩依据是被《小说月报》选过几篇。领导们在大会上高声颂扬：同志们，全国多少家刊物呀，可我们一下就选了好几篇！于是掌声雷动，好像得到中央认可似的。"[①] 作家和期刊的这种心态，固然因其需要具有全国巨大影响力的选刊对其自身作品质量的确认和更广

[①] 《百期贺词》，《小说月报》，1988 年第 4 期。

204

第五章 文学期刊的影视趣味

泛的传播，然而随着20世纪80年代末文学成为影视改编的重要资源库，《小说月报》和《小说选刊》的转载便隐藏着一个非常重要的潜在意义，那就是作家希望自身的作品通过《小说月报》等刊物的转载，进入到影视改编的视野之中。

20世纪90年代以来，国内影视剧的导演大多将文学作品的改编作为影视产品的重要来源，于是文学期刊便成为许多导演寻找素材的最佳选择。尤其是《小说月报》、《小说选刊》、《中篇小说选刊》等旨在从浩如烟海的文坛作品中选出精品的刊物，更是了解文坛状况的一个捷径，如张国立从2002年第6期的《小说月报》上读到了杨金远的小说《官司》，但是自己又没有时间进行改编，于是推荐给了冯小刚，冯小刚在拍完了《天下无贼》后，迅速将小说《官司》改编为电影《集结号》。20世纪90年代以来，产生过较大冲击力、影响力和标志性的影视母本小说几乎都是经过《小说月报》的选载进而被改编的。比如莫言的《红高粱》、余华的《活着》、杨金远的《官司》、石钟山的《父亲进城》、池莉的《来来往往》、铁凝的《永远有多远》、苏童的《妻妾成群》、池莉的《生活秀》、梁晓声的《今夜有暴风雪》、毕飞宇的《青衣》等。这些作品大都是从《小说月报》走进了导演的视线，然后搬上了影视屏幕。许多作家如余华、苏童、池莉等也是从这里走向了市场，被市场和广大读者所关注。这充分体现了《小说月报》的影响力，同时也意味着《小说月报》市场定位的成功。因此，"有人说，《小说月报》是中国文学期刊界的一种'现象'，而由《小说月报》转载的小说纷纷被拍摄成影视剧，一份刊物促进了小说与影视界的良性互动，频频为双方牵起红线，这本身也构成了一种独特的'文化现象'"[①]。

长时间的停刊使《小说选刊》在1996年复刊之后仍然精神不振，虽然进行了多次调整和改版却仍然举步维艰，直到2006年，《小说选刊》通过确立自身的底层风格才得以占据了市场的一席之地。《小说月报》从创刊后一直未曾中断，在市场化浪潮中以其立足读者的编辑意识赢得了读者

---

① 《为小说与影视牵起红线》，见小说月报编辑部编：《小说月报：从小说到影视》，百花文艺出版社2009年版，第531页。

的充分认同,成为 20 世纪 80 年代以来中短篇小说的忠实记录者,反映着我国中短篇小说的发展进程和时代变迁。20 世纪 90 年代以来,《小说月报》不仅与我国的中短篇小说一起成长,而且成为我国社会转型与影视文化变幻的风向标。在影视文化发展过程中,根据《小说月报》转载的作品改编而成的影视确实成了 20 世纪 90 年代以来影视文化浪潮的佼佼者。由苏童的《妻妾成群》改编而成的《大红灯笼高高挂》是 20 世纪 90 年代中国电影的一个标志性产物,使得中国电影突破了传统的叙事风格,并开始走向国际,实现了中国电影的国际化生产;由刘震云的《一地鸡毛》改编而成的同名电视剧开创了大众生活的琐屑叙事方式;由陈源斌的《万家诉讼》改编而成的电影《秋菊打官司》则将目光转向了农村的现实生活;由《北京人在纽约》改编而成的同名电视剧则最先展现了海外文化对中国人的冲击;由《来来往往》、《贫嘴张大民的幸福生活》等改编而成的同名电视剧标志着我国影视进入到都市生活的影像叙事;由《周渔的喊叫》改编而成的电影《周渔的火车》引发了身体窥探的热议;由《天下无贼》改编而成的同名电影表现了对新世纪以来理想的坚持和重塑……其他文学期刊的影视改编大多局限在某一两个作家,而对《小说月报》来说,被改编成影视的文学作品覆盖面较广。可以说,《小说月报》见证了 20 世纪 90 年代我国影视文化的变迁。20 世纪 90 年代《小说月报》在小说与影视之间还是比较注重作品的文学性,而没有刻意去追求作品的影视化因素。"小说与影视的结缘的前提是最大程度地保持自我。其实这也是《小说月报》这份刊物多年来所坚持的方向。正是因为《小说月报》始终从小说本身出发,不迎合不妥协,不妄图引领风潮,也不肯随波逐流,才能得到包括影视界在内的各界读者的青睐与支持。"① 因此,《小说月报》选载的被改编为影视的小说在艺术性和思想性方面具有较高的文学性。《妻妾成群》、《一地鸡毛》、《活着》、《来来往往》、《空镜子》、《青衣》等无疑是这些作家的代表性作品。虽然有许多批评家对《小说月报》所选作品的代表性提出质疑,甚至以韩东、朱文为首所发起的"断裂"问卷,彻底否定了《小

---

① 《为小说与影视牵起红线》,参见小说月报编辑部编:《小说月报:从小说到影视》,百花文艺出版社 2009 年版,第 531 页。

说月报》和《小说选刊》的文学地位,但是这种指摘显然是不合适的,这种批评除了一种主观性的情绪宣泄外,在一定意义上可能习惯性地将作家的长篇小说放入了评价的体系之中,因此得出的结论也并不公允。

正如王尧所说:"各种各样的排行榜、选本、评奖等活动,影响着文学在当下的秩序,成为文学生态环境的重要构成,而不仅是引导读者的阅读兴趣与选择。所以,如果把选本现象误解为一种适应市场的炒作行为(当然,我不否认有些人是在做这样的炒作),可能就会忽视选本的文学史意义。在中国传统中,选本一直是构成文学史的一个环节,各式各样的选本保留了文学在产生和传播过程中的原初状态。我一直觉得,当代文学应当有自己的'选学'。"① 作为"选本"的《小说月报》无疑具有了一种文学推介的功能,这一文学推介的功能在影视导演中占有着重要的地位。《小说月报》在影视改编过程中发挥了重要作用,也如王尧先生所说的,这在影视传播史上也具有重要的意义。尤其是在当前文学期刊纷繁驳杂的情况下,除了那些全国性的大牌文学期刊,如《当代》、《收获》、《人民文学》之外,很多期刊根本无法进入导演的视野,因此,《小说月报》等选刊就成为文学与影视结缘的便捷通道,这种选刊资源对影视导演的意义将越来越大。

二、写实风格与影视契合

"《小说月报》一贯的办刊风格是提倡现实主义,多刊登写实性的作品。在内容上偏重故事,希望作品中的故事具有现实针对性,能够及时反映世态人心的变迁,而在形式上要求'看得懂',这已经成为《小说月报》较为稳定的办刊风格。"② 正是基于对写实风格的注重,《小说月报》很少转载那些具有艺术性和探索性的先锋作品。当先锋小说成为席卷全国的文学浪潮以及新生代作家对日常生活的道德挑战和随波逐流的虚无主义写作红极一时时,《小说月报》却对此充耳不闻。典型的如苏童、余华、叶兆

---

① 王尧:《一个人的选本或"林本"选学——序〈2003年中国最佳中篇小说〉》,载王尧:《批评的操练》,广西师范大学出版社2006年版,第154页。

② 黄发有:《"真实的背后"——评析《小说月报》(1980—2001)兼及"选刊现象"》,《文艺争鸣》,2003年第2期,第78页。

言等先锋作家的作品在20世纪80年代几乎没有被转载,90年代转载的这些作家的作品也基本上是写实风格的,如余华的《活着》、苏童的《妻妾成群》、潘军的《对门对面》和《海口日记》、毕飞宇的《青衣》等。《小说月报》对现实生活的关注,使它天然地与影视改编形成了密切的联系。20世纪90年代以来,《小说月报》上被改编的影视作品大多属于写实主义作家的写实小说,如刘震云的《一地鸡毛》,万方的《埋伏》,何申的《信访办主任》,池莉的《你以为你是谁》、《生活秀》和《来来往往》,张欣《你没有理由不疯》,刘恒的《贫嘴张大民的幸福生活》,陈源斌的《秋菊打官司》和《有话好好说》,方方的《空镜子》,胡学文的《婚姻穴位》等,这些作品基本上是对现实生活的真实写照和对日常生活的世俗化叙事。毕竟,影视产品说到底是大众文化的产物,需要更多世俗化、日常化、生活化的内容。霍克海默和阿多诺认为以电视和电影为首的现代传媒本身便是巨大无比的大众文化的生产线,是一种"文化工业"。这种文化工业不需要深度的消遣性文本,它们以轻松、快乐、狂欢的原则迎取各阶层大众的欢愉,是一种生产快感的中介。《小说月报》所转载小说的强烈的现实性、生活化和世俗化,不仅契合了20世纪90年代以来都市群体的精神空场,而且也成为《小说月报》与影视改编形成契合的重要精神纽带。主编马津海也曾说:"我想这是因为《小说月报》定位于好看、好读、有故事、有情节,可读性、思想性、艺术性兼有的小说,这样的小说更容易被改编成影视剧。"①

正是《小说月报》对写实风格作品的青睐,使得其与方方、池莉、刘醒龙等一批实力派新写实主义作家及其作品表现出强烈的兴趣。新写实主义作家群自然成为《小说月报》重要的转载来源。黄发有在对1980年到2001年间的《小说月报》的核心作者进行统计后发现,"新写实"和"现实主义冲击波"作家几乎占据了半壁江山,尤其是"新写实"的两员主将刘震云和刘恒以及现实主要冲击波的"三驾马车"和另一员主将刘醒龙,

---

① 资料来源《小说月报》主编马津海接受龙源期刊网采访时所说。《龙源期刊网访《小说月报》主编马津海》,参见 http://cn.qikan.com/KanSheNewDisplay.aspx?pid=526。

成为《小说月报》20世纪90年代中期重点推荐的作家。① 1988年下半年以后，《小说月报》相继选载了刘恒的《连环套》、方方的《白驹》，刘震云的《单位》和《一地鸡毛》，池莉的《不谈爱情》、《太阳出事》、《霍乱之乱》、《冷也好热也好活着就好》，叶兆言的《艳歌》，范小青的《顾氏传人》，苏童的《离婚指南》等"新写实"的代表作品。此外，《小说月报》还辅之以编者按、评论、读者来信、研讨会、评奖等方式，大力支持"新写实"小说创作。这期间的《小说月报》也将它的"百花奖"授予了《烦恼人生》、《伏羲伏羲》、《新兵连》、《太阳出世》、《一地鸡毛》、《热也好冷也好活着就好》等新写实主义小说。《小说月报》还于1991年12月联合《长江文艺》、湖北省作协召开了"方方、池莉作品研讨会"。《小说月报》等刊物对"新写实小说"的持续跟踪自然有力地维持和延续了这一创作潮流，也扩大了它的社会影响力，这也就是"新写实"小说潮流能够持续六、七年之久的重要原因之一。也正是《小说月报》（当然还有《小说选刊》）对新写实小说的大力推举，引发了20世纪90年代我国新写实的影视浪潮。于本正导演的《信访办主任》、张艺谋导演的《秋菊打官司》和《有话好好说》、张汉杰导演的《大厂》、黄建新导演的《埋伏》等绝大多数新写实电影精品都改编自新写实小说文本。这一影视浪潮规避了意识形态的权力话语，也消解了传统美学意义上的审美风格，将自身的关注焦点始终定位在现实语境中普通老百姓身上，也就是说这些电影用写实的风格表现的是"普通百姓日常的人生、日常的体验、日常的欢乐和痛苦"②。除了新写实浪潮的文学和影视作品之外，《小说月报》其他被影视改编的作品也基本上是属于写实风格的小说。如苏童的《离婚指南》，毕飞宇的《哺乳期的女人》，叶广芩的《黄连厚朴》，赵本夫的《天下无贼》，北村的《周渔的喊叫》，胡学文的《婚姻穴位》，叶兆言的《马文的战争》，张欣的《谁可相依》、《缠绵之旅》、《爱又如何》、《岁月无敌》等，无一不是对世俗生活的叙述。

《小说月报》如此立足于现实的编辑趣味，"力戒选择只玩弄手法和形

---

① 黄发有：《"真实的背后"——评析《小说月报》（1980—2001）兼及"选刊现象"》，《文艺争鸣》，2003年第2期。
② 尹鸿：《八十年代以后的中国电影美学思潮》，《电影艺术》，1995年4期。

式而毫无思想内容的文学作品;力戒选择自我陶醉无病呻吟的文学作品;力戒选择思想灰暗格调低下的文学作品"①。这就是《小说月报》之所以受到读者热烈欢迎的一个原因。

三、大众趣味与市场意识

《小说月报》早在 20 世纪 90 年代的商业化浪潮中就意识到了自身的危机,"文学期刊的生存是主编们经常谈论的话题。聊以自慰的是,《小说月报》在九十年代初就意识到这个问题,及时调整定位,顺应市场经济大潮;力求所选作品贴近百姓生活,贴近广大读者;追求思想性、艺术性和可读性的统一,以真情回报读者,使我们的刊物有了长足的发展"②。因此,在 20 世纪 90 年代,《小说月报》也表现出对商业浪潮的迎合,《北京人在纽约》引发了留学生文学的浪潮和国人对外国生活的表达,这是与当时一股强大的"出国热"密切相关,这一时期《小说月报》转载的"留学生文学"还有《陪读夫人》、《我在美国当律师》、《无待的悉尼》等;《空镜子》和《生活秀》言及了当下都市情感生活的困惑;《激情燃烧的岁月》则迎合了当时"红色经典热"这一影视浪潮,并对先前军旅题材作品一贯的崇高意义进行了消解;《官司》又是对《激情燃烧的岁月》这一类军旅题材作品模式的突破,它对英雄形象进行了更大的颠覆:一个连队为等吹响的集结号而撤退时,集结号却迟迟未能吹响,最终全连的士兵壮烈牺牲,而后来得知团部就没有打算要吹响集结号。如果说《激情燃烧的岁月》等还是在主流话语中的克制表达,那么《官司》在内容的定位上可以说是对主流话语的强烈挑战。这些作品表现出《小说月报》对市场意识和大众趣味的敏锐把握,确实"忠实记载着中国老百姓改革开放二十年的喜怒哀乐,酸甜苦辣"③、"贴近百姓生活,贴近广大读者"④,同时也非常敏锐地把握了时代发展中的潮流。我们不仅可以看出《小说月报》对社会进

---

① 樊国安:《〈小说月报〉叫响文学、市场两个品牌》,《中国新闻出版报》,2007 年 1 月 15 日。
② 马津海:《回顾与展望——一九九九年新年献词》,《小说月报》,1999 年第 1 期。
③ 马津海:《〈小说月报〉引出的故事——2000 年给读者的一封信》,《小说月报》,2000 年第 1 期。
④ 马津海:《回顾与展望——一九九九年新年献词》,《小说月报》,1999 年第 1 期。

程中文学题材的大胆发掘,也可以理解《小说月报》为什么会成为那么多的导演和演员所青睐的一本文学期刊,由其中作品所改编的影视甚至会成为一个时期具有标志性的作品。

20世纪90年代,大众趣味成为文学写作和期刊消费的重要因素,《小说月报》早在1992年便提出要"努力把《小说月报》办成读者'自己的刊物'"①,并且举办了小说百花奖的评选,这个奖项打破了长期以来由官方和某些权威人士来操作的评选机制,完全由读者投票决定最后的获奖作品,具有了一定意义上的民间色彩,这也充分尊重了读者的审美趣味。"读者"成为《小说月报》办刊过程中最重要的选稿因素,这也成为20世纪90年代以来文学大众化、世俗化的一个重要因素。《小说月报》没有将文学神圣化和精英化,"《小说月报》在瞄准市场后,进行了相应的调整,内容上不仅保持原有的艺术特色,在权衡每期入选作品时,更加注重贴近现实,能及时反映广大群众'热点'和呼声的文学作品"②。当然,从另一种意义上说,《小说月报》对大众趣味的倚赖,实际在一定程度上也消弭了自身的文学使命。作为一份创刊于1980年的全国性文学选刊,《小说月报》与新时期以来我国中短篇小说是同步发展的,然而由于过分强调作品的现实性和大众趣味,《小说月报》难免被大众趣味所左右,因为内容和审美风格变得越来越单一,最终也无法承担起见证文学历程的功能。20世纪90年代以来,《小说月报》的大众趣味也使其成为现实的复制品以及文学娱乐化、生活化的一种注解,缺乏必要的现实批判性和历史反思意识。虽然,《小说月报》声称"及时选汇全国各地的优秀中短篇小说,促进新时期小说创作繁荣发展,满足广大读者阅读要求,是《小说月报》的基本宗旨。这里需要着重说明的是,所谓'优秀'系指除了内容和形式均较完美的'全优'作品外,具有下述某一方面突出特点的,亦属选发之列:1.对题材有新的开拓的作品;2.艺术表现上有新的创建、确具探索价值的作品;3.某些风格流派一个时期的代表作;4.能代表某些作家创作路数重大变化的作品;5.语言文字特别优美的作品,等等"③。然而,

---

① 马津海:《再迈新步——新春寄语》,《小说月报》,1992年第1期。
② 徐丽梅:《〈小说月报〉魅力何在》,《中国图书商报》,2001年4月17日。
③ 《〈小说月报〉怎样选稿——答读者问》,《小说月报》,1992年第2期。

现实风格的定位使《小说月报》在选载作品时并不能够完全遵循这五个标准，而是非常明确地偏向了现实风格。所选的许多作品不仅没有艺术探索性，也不能算是某一个作家或流派的代表作。《小说月报》对20世纪80年代末的先锋作家群体和90年代新生代作家群体的忽视，使它难以成为真正的"小说创作编年史"①。

如果说20世纪90年代是一个电影的时代，《小说月报》以其与电影共舞的姿态，成为记录中国电影进程的文学期刊；那么新世纪以后就是一个电视剧的时代，2000年以后，由于电视剧的影响力、受众群体和商业利益越来越超过电影，长篇小说就成为电视剧的资源库。然而，由于《小说月报》的选择对象是中短篇小说，因而无法顾及到长篇小说，许多长篇小说被改编成影视后风行一时并带来了巨大的利润，但是面对这样的局面《小说月报》显然是缺席和无奈的。然而，《小说月报》的市场意识和敏捷行动，也许是其他文学期刊难以企及的。2003年，《小说月报》为适应市场的变化推出了《小说月报·原创版》，该刊第1、2期以书号的形式出版，3、4期以增刊形式出版，第5期标明为创刊号，以后每期从2003年第5期算起（总第1期），2005年推出《小说月报·原创版（长篇增刊）》（每年4期），2006年推出了《小说月报·长篇小说专号》（每年四期），2007年推出了《小说月报增刊·长篇小说专号》（每年四期），2007年推出了《小说月报增刊·中篇小说专号》。至此，《小说月报》形成了选刊版、原创版、长篇小说版以及由这三份刊物形成的选刊版增刊、原创版增刊、长篇小说版增刊。《小说月报·原创版》和《小说月报增刊·中篇小说专号》、《小说月报增刊·长篇小说专号》的推出，实际上显示出《小说月报》对影视的一种主动靠拢，《小说月报》系列品牌开发的主要策略在于对影视作品和影视作家群的依赖。以2003年创刊的《小说月报·原创版》为例，该刊每期刊发2—4篇长篇小说，其中大部分都被改编为影视作品，如万方的《华沙的盛宴》、石钟山的《玫瑰绽放的年代》、张欣的《浮华之城》、海岩的《河流如血》、鬼子的《一根水做的绳子》、石钟山的《天下兄弟》、叶广芩的《一个女人的史诗》等。《小说月报·原创版》对

---

① 郑法清：《主编寄语》，《小说月报》，1995年第1期。

影视作者的倚赖更为明显。《小说月报·原创版》发表了大量在影视圈中迅速走红的作家和编剧的作品，如陆天明的《黑雀群》，石钟山的《老赵的前程》、《一个女人的风景》和《最后的冲锋》，邓一光的《亲爱的敌人》等。需要说的是，2004年，《小说月报·原创版》5－6期合刊推出海岩的长篇小说《河流如血》的时候，第一次在封底刊登了推荐广告，声称这是"海岩作品首次在中国文学期刊上亮相"（2004年4期封底）。《小说月报·原创版》等刊物的创办，弥补了选刊版对中短篇小说的定位缺失，从一个侧面显现出《小说月报》品牌和产业链的延伸以及对影视的趋近。该刊的主编也自觉地将这几本刊物的影视改编率作为衡量杂志的重要标准："《小说月报·原创版》和《小说月报增刊·中篇小说专号》、《小说月报增刊·长篇小说专号》推出后即受到读者的喜爱，两个系列的增刊每期各发行十二万册。《原创版》推出后，影视剧的改编率达到80％以上。"① 《小说月报》对影视改编的追求可见一斑。2012年张艺谋导演的《金陵十三钗》上映时，《小说月报》增刊中长篇小说专号（2012年贺岁版）选刊了严歌苓的《金陵十三钗》，并在封面这样写道："先读小说，再看电影。"

　　马津海认为："小说就应该再现现实生活，生活是什么样，小说就是什么样。这是《小说月报》成功的原因。"② 这也是《小说月报》创刊以来一直坚持的办刊风格。正因《小说月报》非常注重所选作品的现实性，《小说月报》迎合了市场的定位和大众的消费趣味，也成为影视改编的重要平台。然而，近年来由于影视改编对文学作品的选择逐渐偏向长篇小说和网络文学，定位于中短篇小说的《小说月报》的影视改编率大幅下降。虽然《小说月报》也选刊了许多与影视缘分非浅的作家的新作，如方方的《民的1911》（《小说月报》2011年增刊·中篇小说专号）和《声音低回》（《小说月报》2012年第3期）、尤凤伟的《相望江湖》（《小说月报》2011年增刊·中篇小说专号）和《岁月有痕》（《小说月报》2012年第7期）、万方的《玉蟾蜍》（《小说月报》2011年增刊·中篇小说专号）、张翎的《生命中最黑暗的夜晚》（《小说月报》2011年第9期）、池莉的《她的城》

---

　　① 资料来源《小说月报》主编马津海接受龙源期刊网采访时所说。《龙源期刊网访〈小说月报〉主编马津海》，参见 http://cn.qikan.com/KanSheNewDisplay.aspx? pid=526。
　　② 张英：《2007文学选刊观察》，《南方周末》，2008年2月3日。

(《小说月报》2011年第3期)、石钟山的《闯关东的女人》(《小说月报》2010年第5期)、邓一光的《你可以让百合生长》(《小说月报》2012年第7期)、韩天航的《牧歌》(《小说月报》2012年增刊·中篇小说专号)等，但是真正被改编的很少。这从另一个角度表明当下文学与影视的生态，也对以选刊中短篇小说为主的《小说月报》的办刊方针和市场追求提出了新的挑战。由于《小说月报》过分倚重于写实风格的作品，因而选稿标准过于单一，缺乏包容性。虽然《小说月报》仍然是影视改编的重要来源，但实际上它并不能真正承担起记录中国小说进程的重要任务，并在新的媒体语境下面临着新的发展路径。这也许值得我们深思。

第六章　文学出版的影视转型与文学创作

"20世纪90年代,文学开始成为一种商品进入市场的流通,但90年代的文学出版仍然是一个功能分化和价值互渗的格局。因此,主旋律小说、畅销小说和艺术小说在90年代的文学出版中三分天下,颇有鼎足而立的意味。"[①] 新世纪以后,商业话语成为社会的主导性话语,同时大众传媒的市场化加速了商业因素对社会各个领域的渗透,文学在公共空间中的地位迅速被大众传媒尤其是影视所取代。影视的跨媒体传播也成为我们这个时代信息传播的新特点和新趋势。文学出版与影视传播共同营造了一个互动营销的传播模式。因此,当影视的收视率节节飙升时,文学出版也在不断寻求自身的话语空间,探索多种出版路径和赢利模式,主动向影视靠拢,并借助影视强大的视觉力量,形成了文学创作、图书、影视等互动的文化工业体系。

第一节　社会分化与文学出版的影视转型

我国的图书出版经过不同历史时期的发展,投射着每一时期的社会文化和受众的心理。新时期以来,图书出版格局从一元走向多元,从整齐划一走向复杂和多向,同时又表现出各自历史时期不同的特点和内容重心。

---

① 黄发有:《文学出版与90年代小说》,《文艺争鸣》,2002年第4期。

20世纪90年代以来,我国图书出版越来越明显地倾向于市场化操作。尤其是90年代后期影视文化导致了文学出版的影视化转型。如果说90年代文学出版还处于社会效益和经济效益的名利夹缝之中,到了新世纪以后,文学出版基本上全面转向市场,成为市场的一个重要组成部分,表现出难以摆脱的影视表征。

20世纪80年代中后期,随着改革开放的深入,社会文化逐渐转型,大众文化、商业文化"全面崛起"并逐渐占据社会文化的"优势"地位。这一时期,一个充满欲望和刺激的"场域"业已形成。在这一竞争激烈的场域中,90年代图书总体呈现出分化与纷争的文化奇观。1989年政治、经济和文化的转型以及世界两大阵营的改写,90年代的文化氛围确乎与80年代有了相当的差异。人们得以从一个新的角度去看自身80年代那种"前现代"与"现代"杂糅性的思想文化遗产,并以一种逆反性的眼光重新审理80年代的启蒙思想。人们在话语结构上,开始出现了强烈的文化反思热和对"现代"与"后现代"的自我审视。① 因此,在图书出版中"后现代"趋势较为明显。一是"后现代"译著的出版蔚然成风,像杰姆逊的《后现代主义与文化理论》、利奥塔的《后现代状况:关于知识的报告》都曾出过多个版本,其他后现代名著大量引进,中国学者自己编著的著作也蔚为大观。另一方面是反现代化、反全球化、新左派、批评西方霸权等思想倾向的著作大量涌现,代表性的有华勒斯坦的《自由主义的终结》、乔姆斯基的《新自由主义和全球秩序》、萨义德的《东方学》和《文化与帝国主义》等。

90年代,文学出版在市场化话语和主流话语之间不断寻求平衡以期获得恰当的位置。然而,市场经济的深入,90年代文学出版与市场发生了紧密的联系,文学出版的功能开始发生分化,纯文学越来越成为边缘化的写作,作家和出版社开始表现出明显的商业意识。90年代初,王朔小说成为阅读和出版的热点,中国文坛上出现了竞相谈论王朔的文化景观。这一转型时代的文化价值建构问题、对大众文化的评价问题、知识分子的身份认同问题等,几乎没有一个与王朔无关。80年代中后期风行的先锋

---

① 王岳川:《中国镜像:90年代文化研究》,中央编译出版社2001年版,第32页。

第六章　文学出版的影视转型与文学创作

文学，比如苏童、余华等的作品，到90年代居然成为了一种时尚符号；张爱玲热、林语堂热、梁实秋热、王小波热以及周作人散文的兴起，意味着这些作家作品在消费文化的语境里被塑造成了精致而易于消费的"精品"。90年代文学出版的商业化转型充分表现在图书的策划运作方面，这一时期，文学期刊、图书出版和大众传媒共同为90年代的文学留下了大量泥沙俱下的口号、名词和概念。1989年3月《钟山》推出了"新写实小说"、1991年《小说家》推出了"精短中篇擂台赛"、1994年第1期《北京文学》推出了"新体验小说"、1994年《上海文学》推出了"文化关怀小说"、《佛山文艺》推出了"新市民小说"以及1996年出现的"现实主义冲击波"等等，文学期刊、大众传媒和出版社一起，共同制造了一系列文学出版事件。如果说90年代初的文学策划还着眼于文学本身的审美趣味，那么90年代后期的文学策划则远离文学本身，越来越注重作家和作品的消费性元素，打造出具有市场号召力的消费符码，尽最大努力争取市场份额。这一时期，各种作家代群和文学类型纷纷出现，诸如"新生代作家"、"美女作家"、"美男作家"、"新活力作家"、"70年代作家"、"80后作家"、"行走文学"、"记忆文学"、"隐私文学"、"妓女文学"、"胸口写作"、"身体写作"等，逐渐进入文学出版的视域，掀起了一波又一波文学出版的高潮，同时也成就了一些作家的知名度。90年代"丛书路线"的流行尤其是"布老虎"、"跨世纪文丛"的成功以及个体书商运作的"第二渠道"，打破了传统的文学出版秩序，出版机构开始以主动的、迅速的姿态"制造"和"开发"市场，消费文学成为出版的主导性话语。①

畅销书的概念是在80年代进入中国，但畅销书的理念在90年代才真正成为出版人追逐的目标。伴随着出版改革的深入，畅销书的地位不断提升，甚至可以主导出版行业的走向。《中国可以说不》、《妖魔化中国的背后》、《全球化阴影下的中国之路》等三本畅销书的问世，一时间成为畅销书运作的成功典范，令许多出版社跃跃欲试。此外，《谁动了我的奶酪》、《穷爸爸，富爸爸》、《学习的革命》、《哈佛女孩刘亦婷》等书籍的相继流行，也都表明畅销书作为一种新的文化现象已经进入了大众的阅读视野。

---

① 黄发有：《文学出版与90年代小说》，《文艺争鸣》，2002年第4期。

畅销书的读者究其实质是文化产业造就的一批"均质"的大众,这些"大众社会的人,由于被外部时尚和他人的动向所诱导,极易受到各种符号的操纵,从而形成强烈的顺从性"①。90年代市场经济的全面转轨无疑为畅销书的流行提供了群体消费心理准备。此外,名人传记的广为流行也更好地契合了90年代大众的偶像崇拜心理,赵忠祥、倪萍、杨澜等的个人自传,引起了追星族的广泛关注,印数达几十万册甚至上百万册。而90年代末,《老照片》的出版开启了一个读图时代,二月河的《康熙大帝》、《雍正皇帝》等帝王书系开创了电视、图书互动的出版新格局。总之,90年代是一个从精神解放向物质解放过渡的时期,知识分子群体分化,娱乐文化兴盛,大众文化兴起。因此,知识分子的阅读指向反思和解构,而普通大众的阅读则倾向于娱乐、休闲、消遣和欲望。

进入新世纪后,与电视、网络媒体为主的大众传媒所形成的核心文化相比,出版业通常处于边缘文化地位。相比较而言,出版业的吸引力也相对较小。因此,90年代以后,大多数出版社都热衷于出版一些畅销书,然后通过各种媒体在全国各地进行宣传和炒作,以便实现畅销的愿望。然而,新世纪后,影视、出版、网络等媒介纳入到了大众文化所构筑的"文化工业"体系中。它们以影视为先导,相互联合,制造出影像化的文化产品——影视图书。早在20世纪90年代末,"影视图书"的出版几乎成了全国各社科、文艺出版社争相涉足的出版领域。即使那些老牌的以纯文学为主的文艺类出版社也颇为迅速地发生了转型。现代出版社最早涉足影视图书的制作,策划出版了"梦工厂"等系列影视图书。1999年人民文学出版社在王海鸰的长篇小说《牵手》创作完成以后,以此为基础改编的电视剧在中央电视台一套黄金时间播出,人民文学出版社周密安排计划,5天之内出书,以前所未有的低折扣发货,3天之内全国各大城市同时发书,媒体的宣传战和签名售书活动也同期打响。人民文学出版社的这一上下动员、高速运转的作风,让作者都大为感叹,"这不是人文社的风格"②。《牵手》的成功,引发了人民文学出版社对影视同期书的高度关注

---

① 日本社会学学会编:《现代社会入门》,中国社会科学出版社1987年版,第159页。
② 尚晓岚:《跟着市场走 牵住读者手》,《北京青年报》,1999年5月8日。

和重视，也使其后发制人迅速占领了影视同期书的出版高地。

大众媒体的日益繁荣和竞争，尤其是影视媒体对日常生活的渗透，以及社会深层次结构的调整，促成了一种强有力的遵循市场话语准则的社会文化。这一文化的形成，不仅改变着图书出版的审美内涵，也导致了图书出版的生态环境和文化范式的转型。进入新世纪以来，以电视符号为代表的视觉文化正改变着图书出版图景。而文学和影视的联姻自然就成为新世纪图书出版的鲜明特色。比如影视小说类图书《大宅门》、《天下粮仓》、《刘老根》、《大长今》、《亮剑》等等，都是以影像为表征的视觉文化时代的新型出版产物。同时，这一时期的另一重要现象是电视讲坛类图书的出版热。比如《正说清朝十二帝》、《品三国》、《于丹〈论语〉心得》、《王立群读〈史记〉之汉武帝》、《马未都说收藏》等图书实际上是对风靡一时的"电视讲坛"类节目的纸质延伸。这些图书所表现出的影视趣味，正意味着影视文化在图书出版中的话语扩张，也加深了消费社会对物的象征意义的崇拜。

新世纪以后，全国各地文艺社几乎都将影视同期书作为自身重要的出版物，甚至呈现出一种趋势：文艺社离文学渐行渐远。① 据统计，2001年到2008年，文学类图书选题的绝对数量呈明显上升趋势。只是2006年文学类的图书选题比2005年略有下降，2007年文学类选题的数量比2006年骤然增加了3000多个品种。虽然文学类图书选题的绝对数量逐年增加，但是其占全部图书选题品种的比例却是呈逐年下降的趋势。2000年文学类选题占全部选题的比例超过12%，至2002年，跌出两个百分点。之后历年继续下跌，至2007年已跌至8%～9%。② 作家出版社、北京出版社、现代出版社、群众出版社、上海文艺出版社、长江文艺出版社、东方出版社、漓江出版社、大众文艺出版社、团结出版社等都纷纷推出了影视小说。如上海文艺出版社出版了《红色康乃馨》、《十面埋伏》等；漓江出版社出版了《军歌嘹亮》；浙江文艺出版社出版了《天下粮仓》；山东文艺出版社1997年出版了《车间主任》、2000年又出版了《大法官》、2002年出

---

① 该说法见王洪武：《文艺社离文学渐行渐远》，《出版商务周报》，2008年9月9日。
② 王洪武：《文艺社离文学渐行渐远》，《出版商务周报》，2008年9月9日。

版了《誓言无声》、2003年出版了《大染坊》,这几部书都被评为"全国优秀畅销书"。2006年山东文艺出版社又出版了《乡村爱情》,并成为该社的一个热销品种。现代大众传播媒介,尤其是电视,因其强大的传播功能极大地影响了图书市场的格局。从几年前的《大宅门》、《金粉世家》到今天,每年的畅销书榜上,几乎都能见到影视同期书的影子,少则一两种,多则四五种。它们或者新出或者重版,伴随着同名电视剧在全国各大电视频道的播出,急于知道剧情发展的广大电视观众就会到书店选购。比如《血色浪漫》、《中国式离婚》、《动什么,也别动感情》、《历史的天空》、《亮剑》等。2007年,以展现80后生活为主题的电视连续剧《奋斗》一播出就引起了人们对80后一代的强烈关注。2008年一部被誉为"女版《奋斗》"的《致我们终将逝去的青春》刚刚出版就同样受到了各大影视公司的青睐。湖南卫视、华谊兄弟、上海文广传媒等影视公司纷纷向策划出版方北京阅读纪文化公司抛出橄榄枝,要求购买这部作品的影视改编权。经过激烈的竞争,最终由策划制作了电视连续剧《家有儿女》的天地人传媒有限公司拔得头筹。

不少出版社将影视图书的出版作为本社的重要图书品种,以形成品牌化、系列化、规模化的出版运作。现代出版社推出了"梦剧场"系列电影电视小说版,如《刮痧》、《大腕》、《绝对情感》、《贻笑大方》、《背叛》、《就那么回事》、《寻枪》、《庭院里的女人》、《一见钟情》、《白领公寓》、《皇宫宝贝》、《梧桐雨》、《真情告别》、《海洋馆的约会》、《情有千千结》、《经典爱情》等共有百余种;群众出版社的"影视同期书"的重点在公安题材,如《黑洞》、《黑冰》、《清官于成龙》、《重案六组》、《大宋提刑官》以及《空房子》等;作家出版社牵手海岩、王海鸰等一线作家,集中出版了"海岩小说经典插图本"等系列丛书;江苏文艺出版社也推出了"影视同期声"丛书,包括《不要和陌生人说话》、《被告》、《嫉妒》、《温柔陷阱》、《月色撩人》等。这些作品借助影视的力量,成为轰动一时的畅销书。

近年来,跨媒体生产成为文学出版发展的重要趋势。它打破了平面媒体(报纸、杂志、图书等)、立体媒体(电视、广播、电影等)和网络媒体之间的界限,形成报纸、广播、电视、杂志、网络及图书出版等多层次、立体化的媒体运作。这种全方位的运作模式，使得今天我们的文学出版表现出鲜明的大众文化症候，文学出版的话语方式也越来越受到影视的影响和规约。尤其是当我们进入网络、手机等新媒体时代，跨媒体产业链运营更是文学作品扩大传播效应、实现价值最大化的重要途径。传统文学的价值链延伸基本上就是影视改编。当前，许多网络文学作品也被改编为影视，如《山楂树之恋》、《失恋33天》、《丁丁历险记》、《杜拉拉升职记》、《那些年，我们一起追的女孩》、《步步惊心》、《甄嬛传》等。但是，新媒体时代文学作品已经构筑了一个全产业链模式。一方面，运营商积极开拓文学的系列衍生物，如实体书出版和影视、动漫、游戏的改编，以及其他系列产品；另一方面积极整合传播渠道，如网站、出版社、印刷厂、无线公司、网游公司、物流公司、连锁书店等。这些都在文学图书的销售和多元开发中起到重要的作用。作为国内网络文学的代表，盛大文学已经形成了一个完整的文学产业链模式。这一产业链模式至少包括三个层次：首先，作为多媒体产业布局核心的全球最大的网络原创文学平台，并为盛大旗下影视、游戏乃至音乐等提供源源不断的内容，成为整个盛大产业链的最上游；其次，自身也形成了"网络创作、电子发行、阅读消费"的微产业链，一年阅读收费的收入已经过亿元，还有网络广告、其他形式的版权合作和无线业务收入；再次，通过不同渠道和方式分销版权产品，如线上和线下出版、无线传播，或向电影发行商、网络游戏、电视台、动画制作商等授予特许权。可以预测，实行全版权运营、跨媒体生产、建构完整的产业链和建立多媒体协作平台，将是资源利用最大化的策略，也是影视与新媒体时代文学生产和传播的重要趋势。

第二节　文学出版的影视化策略

　　20世纪90年代以前，出版媒介主要遵从意识形态和社会精英的文化逻辑，旨在对读者进行"启蒙"和"再教育"，以提高大众的审美能力和文化素养，很少考虑到读者的消费和接受过程。然而，进入90年代市场化的环境以后,这一状况发生了根本性的变化。大众传媒与作为边缘媒介的出版社由原来的幕后走向了台前,媒介自身的主体性也得到了空前的加强,逐渐成为一种独立的文化力量。此时,它们不仅要满足读者的消费需求,而且还担负着制造和引导读者需求的商业化任务。文学出版就从原来的"作家创作—媒体出版—读者接受"逐渐转变为"媒体出版—作家创作—读者消费"这一生产模式。① 随着影像时代的来临,影视与出版的互动成为新世纪以来文学出版领域最为引人注目的文学现象。一部影视剧的热播,往往会带动作为改编源头的文学作品或其他图书的风行。随着影视与出版的深层结合,文学出版对影视的依赖程度不断加强。从90年代张艺谋所说的"文学驮着电影走",到今天的"影视驮着文学走",文学逐渐旁落成影视的一种衍生产品,甚至成为影视的附庸。从"小说改编成影视"到"影视改编为小说"的演变,正是新世纪以后电视作为一种强大的媒介权力形成的过程。影视与出版的跨媒体传播,营造了如今影视感知与文字阅读相结合的媒介互动时代。影视以其强大的视觉冲击力、大众化的编码技巧以及日常的消费旨趣,成为大众文化接受的一种主要途径和方式,并进而形成了以影视为主导的文学出版的转型。

一、影视图书的出版

文学和影视互动的首要形式是影视小说的出版。90年代,随着王朔、苏童、莫言等作家的作品不断被改编为影视之后,影视与文学的关系日趋密切。在这一时期,文学作品成为影视的主要来源,甚至一些作家诸如海岩、池莉等主动投身影视的洪流中,进行一种面向影视的"雇佣写作"。但是,90年代文学和影视的关系中,文学尚且处于影视改编的源头,小说文本尚是影视的母本参照。新世纪以后,影视逐渐脱离文学的本体性而独立存在,众多的小说都是根据影视改编而成的,文学越来越成为影视的副产品,因而文学需要借助影视的传播效应而争夺自己在图书市场的"话语空间"。

---

① 郑崇选:《镜中之舞——当代消费文化语境中的文学叙事》,华东师范大学出版社2006年版,第31页。

第六章　文学出版的影视转型与文学创作

随着影视的地位凸显,影视小说正是对这一主流传播形式的适应性生存和进一步拓展。在这一时期,作家不再进行纯文学式的书写,而是与影视共谋。当影视热播后,再将影视剧本改编为小说,这成为新世纪以后大多数作家所采用的一条便捷式写作路径。王海鸰因《牵手》浮出地表,并凭借后来的《中国式离婚》和《新结婚时代》一跃成为"中国婚姻第一写手"。她的作品基本上都是影视剧的脚本。而海岩的作品更是直接将影视剧的剧本改编成小说出版。新世纪以来与影视结合较为紧密的作家,如海岩、王海鸰、张欣、周梅森、石钟山、都梁等人,基本上都在进行影视剧的"脚本式写作",这是文学出版链的重要操作模式。如2003年长江文艺出版社的《手机》、2004年人民文学出版社的《无极》、2005年中央编译出版社的《汉武大帝》、2006年中国友谊出版公司推出的《夜宴》(卞智洪)、《满城尽带黄金》(吴楠)都是这种操作模式的产品;麦家的《暗算》热播后作家出版社推出了电视版小说。2008年,随着吴宇森影片《赤壁》在全国火热公映,广西师范大学出版社推出了史杰鹏创作的影视版小说《赤壁》。此外,作家出版社的《天下粮仓》、《康熙帝国》、《真心真情》、《中国式离婚》、《新结婚时代》等一系列影视小说,还有其他出版社的《橘子红了》、《少年包青天》、《英雄》、《五星饭店》、《大明王朝》、《血色浪漫》、《狼烟北平》、《血色湘西》、《天机·富春山居图》、《北京遇上西雅图》、《西游降魔篇》、《裸婚:80后的新结婚时代》、《美人无泪》、《紫宅》、《太极》、《白蛇传说》等影视版小说也在影视热播的同时推出。影视小说的出现是市场化过程中影视与文学融合、传统小说与影视文化产业兼容并蓄而形成的一种新的亚文学类型。它置换了小说文本与影视的关系,引领了新的阅读风尚,也成为影视与出版工业最大可能地占有市场的一种出版策略。然而,随着读者的日趋成熟,影视小说的销售也并非都能收到一呼百应的市场反响。影视小说的成功主要依靠两个因素,一是影视作品的关注度、影响力,一是靠影视小说自身的质量。好的小说加上好的影视作品,肯定具有比较好的市场前景。只是今天很多的影视小说没有能够做好。如湖北少儿出版社曾出版过热播电影剧《我是特种兵》的影视小说。这部小说完全是一个电影剧本,因此推向市场时并没有取得预期的销售盛况。《赵氏孤儿》、《十月围城》、《孔子》、《狄仁杰之通天帝国》等试图借

223

助影视实现巨大销售量的目标都没有实现。不过影视小说在图书市场仍然大量存在，它们的存在其实很大程度上是一种广告策略，它们承担起了另一种功能——替影视做宣传："首先，不浪费资源，剧本也那么多字，不如顺手改改，还能当本小说看，也延长了影视作品的寿命。而且跟拍影视来比，出书的成本简直可以忽略不计，何况卖得好的话还能再赚点钱。第二，最重要的是出书一下使影视宣传上了一个档次，比傻开一个发布会有内涵多了，这样的一本书，往往有剧照，有影视里删掉的情节，不但对于剧组是个纪念，对于粉丝也能更过瘾。"[1]

随着文学出版产业的模式化制作和复制性生产，影视与出版的互动又形成一种新的文学出版模式，那就是未做文学加工或加工甚少的影视剧本的直接出版，以及与影视相关的非文学类图书的出版。与影视小说相比，影视剧本是剧本中的台词和人物对话的直接展示，只加以简单的场景过渡，基本上没有文学性和艺术性，无非是影视剧的一种简单复制。如2001年作家出版社出版的郭宝昌的《大宅门》便是一例。该书书前有剧照，有人物一览表，书的正文完全是演员舞台说明和对白，完全是一个电视剧本。《空房子》（群众文艺出版社2004年）的扉页上印有"电视连续剧《空房子》演员表"，目录前插有8页铜版纸精美剧照，目录根据电视剧分为28集。在电影热播后刘恒的电影剧本《集结号》也由人民文学出版社直接出版，少有文学加工。此外，《大宋提刑官》（群众文艺出版社）、《最后的骑兵》（春风文艺出版社）等，都完全是一种影视剧本的操作模式。剧本的直接出版取消和省略了影视改编成小说的过程，从影视直接过渡到出版。这种现象是文学出版急功近利的真实写照。当影视对文化的渗透日益深入，影视图书就成为大众文化工业标准化、机械化的消费产品，是影视最简单最直接的复制。于是，众多相关图书也扎堆出版，希望凭借电影的强大号召力吸引读者注意。因此，与影视相关的图书成为影视剧热播后文学出版的一种填充形式。2002年，电影《寻枪》热映后，该片导演陆川根据电影改写的小说版，加上王安忆作的序言、陆川写的关于姜文的文章和导演阐述、影评、剧照等，形成了300多页的一本厚书，成为一

---

[1] 蔡岫：《影视链条上的书 有市场么？》，《北京晚报》，2013年6月14日

本电影幕后故事大全。2008年《赤壁》热播后，鹭江出版社推出了吴宇森夫人牛春龙的《〈赤壁〉侧写》一书，记录了华语电影史上投资最大的电影《赤壁》拍摄的全过程，透露了电影《赤壁》台前幕后鲜为人知的拍摄花絮。而由当代中国出版社出版的电影《赤壁》美术指导叶锦添的《赤壁——叶锦添的美术笔记》也格外引人注目。该书完整呈现了叶锦添参与电影《赤壁》创作的全过程，从建筑、战船、兵器和盔甲、人物造型和生活五个方面，展示了电影美术的前期研究、设计制作过程和造型设计理念。不过也有一些影视图书对影视剧本进行较大的修改，如《天机·富春山居图》的书与电影相比变化很大。影片讲述的是中国特工同日本黑帮以及英国大盗三方之间为了保护和争抢中国元代传世之作《富春山居图》而发生的夺宝故事，《富春山居图》的导演孙建军请了源子夫写成了小说。但电影和小说都看过的人表示，差别太大，根本不像一件事。小说完全是一部人物复杂、情节诡异的魔幻传奇。《西游降魔篇》也与《天机·富春山居图》一样，周星驰出创意，请今何在改编成小说的。① 然而，这也产生了一个困惑，读者购买这些图书，本身购买的就是对电影的延续性想象，如果这些书与电影不一样，读者的阅读是否存在障碍？不过，无论是改还是不改，这些影视图书的出版，归根到底是一种大众传媒与大众文化现象。文学借助媒体的宣传，不断改变自身来适应大众文化的要求。影视小说的出现正是对这一原本属于精英话语的领域所进行的改造。说到底，这些影视图书的出版，正是市场环境中的一种商业出版现象。②

二、文化产业链的延伸

当影视和出版的合谋成为市场最有力的武器后，出版的产业化之路便不仅仅满足于此，许多出版社开始着手考虑延伸图书出版的文化产业链。如果说2005年之前，影视图书的出版模式还仅限于影视和图书的平面互动外，那么，《大长今》的影响则是全方位的。它不但造就了同名图书"边卖边印"的销售现象，而且从影视观赏、图书阅读波及到了饮食、旅

---

① 蔡岫:《影视链条上的书 有市场么?》,《北京晚报》, 2013年6月14日
② 李静:《影视小说:"读图时代"的文学"宠儿"》,《文艺争鸣》, 2007年第4期。

游等日常生活领域。凡是与《大长今》沾边儿的话题都被加以大肆渲染。《细说大长今》和《解码大长今》关注电视剧《大长今》的制作过程及相关的历史文化故事;《大长今养生御膳》和《大长今食疗宝典》着眼于对医疗、美容、饮食和养生等话题的关注;《大长今:青春励志经典传奇故事》则以韩国历史上第一位女御医的成长故事为着眼点;而同列畅销书排行榜的两个版本的《大长今》更是引发了是否与电视剧剧情一致的"真伪之争"①。人民文学出版社的《哈利·波特》也是一个成功的例子。该书投放市场以后,很快红遍大江南北,该书系列中文版前6部加起来销量超过1000万册,平均每集在150万左右,《哈利·波特》系列图书让出版社净赚了两千多万。此外,人民文学出版社还引进了《哈利·波特》的各种形象版出版物,通过出版与《哈利·波特》有关的明信片、画报、立体画册、填色书等,形成更大范围的影响和效益。而多元品种的开发造成了与主打品种的互动,对主打品种是一个有力的宣传。在《哈利·波特》进入市场近两年的时间里,出版社为这套图书制作了不少精致可爱的礼物,如哈利·波特形象的"魔笔"、及时贴、"火焰杯"、贺年卡、笔筒、T恤衫等等,形成了一个相对完整的产业链。②此外,电影《无极》热映后,出版社推出了系列图书《无极》和《一望无极》,同时电影制片方还开发了游戏软件"无极",将触角延伸到游戏业,这无疑是对影视和文学资源的深度开发。2008年电影《梅兰芳》上映后,不仅《梅兰芳与孟小冬》、《齐如老与梅兰芳》、《谈梅兰芳》、《孟小冬》等书都相继面世,《梅兰芳》还引发了受众的京剧热,一时间京剧造型影楼生意爆棚,梅兰芳故居也在电影播出后的短时间内陆续接待了来自70余所学校的师生在此教授京剧课;国家大剧院也趁热打铁举办了各种京剧展,还将主要演出档期都改为京剧演出,京剧讲座人数也迅速增加。

目前,延伸文化产业成为许多出版社努力的方向,比如推出影视漫画、电影光盘以及明星品牌的香水。随书赠送光盘以满足那些影视爱好者多层次的需求成为当前一种普遍的文学图书营销策略。像现代出版社的

---

① 张柠主编,《2005文化中国》,花城出版社2006年版,第31页。
② 聂震宁:《一部超级畅销书的"生命工程"——〈哈利·波特〉的整体开发与营销》,《编辑之友》,2002年第5期。

《大腕》就随书赠送含有60分钟拍摄花絮和明星介绍的光盘;《五星饭店》(人民文学出版社)也赠送电视剧的光盘等等。由于商业因素的影响,那些迅速蹿红的影视和图书通过不同程度的文本开发和产业化路径,力图实现最大程度的资源化过程,以获得最大程度的商业利益。一般来说,对文学与影视的开发包含三个层次,第一级的"原级资源化"就是将文学在印刷传播链中打造成畅销书,这是对原创文本的复制;当文本进入二级资源化平台后,文本便会出现影视、音乐、舞蹈、戏曲、绘画、雕塑、工艺美术、立体景观、形体表演、动漫、游戏软件等形式的再生产。① 如果资源化过程持续,还可以延伸到旅游、房地产、信息业、服务业或广告业等第三层次。这种文本最大限度的资源化是"一种由原创文本或经典文本生发的一个不断更新主题、不断创生意义、不断改变形态,以及不断重组文化资源的后现代文化现象"②。这是大众传媒与其他文化产业相互融合、互动所形成的一种媒介文化现象。

基于商业利益的考虑,大众传媒必然要求尽可能多的受众,但传播对象的不确定性限制了它的利润追求。因此,在商业利益和消费主义的驱使下,大众传媒以某种理想的受众群体作为实现传播活动的对象时,必然会出现同质化和单一性的文学生产模式,但另一方面,大众传媒逐渐从消费市场的诱导,趋向传播方式的诱导,即通过生产来实现对消费者的诱导。大众传媒通过自身"营造的社会消费权力网络,虚拟理想的消费趣味,塑造大众传媒的现代生活经验、意识形态和理想趣味,成为生产和传播时尚趣味和组织文化的场所"③,从而带动了影视、文学和相关文化产业的互动,形成了一种大众消费的时尚场域。

三、影视元素的包装

新世纪以后,影视成为成为图书包装宣传的重要元素,成为商业话语

---

① 陆环:《后文学产业链:无形文化资产的价值实现途径》,《广州大学学报》,2006年第5期。
② 陆环:《后文学产业链:无形文化资产的价值实现途径》,《广州大学学报》,2006年第5期。
③ 郑崇选:《镜中之舞——当代消费文化语境中的文学叙事》,华东师范大学出版社2006年版,第31页。

的一个重要组成部分。影视作为图书的一种包装元素，主要是为相关的图书配以剧照。如《乔家大院》、《金刚》、《红衣坊》、《艺伎回忆录》、《无极》、《集结号》、《大明王朝》、《赤壁》、《上海王》等书包装精美，并配有生动的剧照。2005年华艺出版社推出的《绿茶》不仅曝光了精彩剧照，其中收录的拍摄日记更透露了鲜为人知的拍摄内容。该书收集了主演赵薇、姜文的大量精彩剧照和影片场景画面片段，还收集了一张在电影中出镜仅几秒的已逝音乐人高枫的照片。① 李冯的小说《英雄》（中国戏剧出版社2002年版）中就有多达50多幅剧照，随书还赠送6张电影书签。配以剧照的出版策略，迅速拉动了图书的发行。1998年作家出版社出版《永不瞑目》时，首印2万册却销售情况不佳，当陆毅主演的同名电视剧在全国各地热播之后，出版社将封面进行重新设计，并附印了剧照，结果该书的销售一路上扬，达到8万多册，成为文学类图书中的长销品种。② 还有，春风文艺出版社在2000年1月推出了皮皮的长篇小说《比如女人》，虽说这本书在圈内的口碑不错，也在媒体连载过，但是销售上仍难以打开局面，当王志文和江珊领衔主演的根据小说改编的电视剧《让爱做主》播出后，该书的销售也突破了10万册。③ 人民文学出版社的《哈利·波特》系列，在电影上映前的一年多时间里共销售了300万套，而在电影上映的三个月期间就销售了120万套，不难看出，影视剧对相关图书的拉动作用是明显的。因此，积极与影视媒体互动是图书扩大影响的关键，出版社一般采用请影视剧中的导演、演员签名售书的方式来拉动图书的发行。这足以说明影像这种视觉元素对图书与文学消费的巨大影响。正如布尔迪厄所说："摄影远非被感知为仅仅意指自身而已，它被考察时总是被当作并非自身的某种东西的符码。"④ 诚然，这些在图书中运用的影视剧照，不仅指向它本身，同时也作为一个潜在的开放性文本，让受众在对剧照的接受中形成一种跨文本的对话和跨空间的想象。此外，影视作品对这

---

① 何在：《〈绿茶〉拍摄日记曝光》，《生活日报》，2003年9月3日。
② 赵振宇、何楣：《试论大众传播发展与图书出版》，《编辑学刊》，2003年第4期。
③ 赵振宇、何楣：《试论大众传播发展与图书出版》，《编辑学刊》，2003年第4期。
④ ［法］皮埃尔·布尔迪厄：《摄影的社会定义》，载罗岗、顾铮主编：《视觉文化读本》，广西师范大学出版社2003年版，第68页。

第六章 文学出版的影视转型与文学创作

些图书的广告作用一方面表现在：影视剧的片头或片尾打出"该书已由××出版社出版"或"根据××的小说改编而成"等字样，如《誓言无声》在播出时的片尾就打上了"该小说已由山东文艺出版社出版发行"的字幕；《墓道》在各地电视台热播时也打出"该剧根据张纪君的同名小说改编而成"的字幕；《上海王》播出后，电视剧字幕标明"该剧改编自虹影的小说《上海王》"等。另一方面，根据某个作家的作品改编的影视剧上映后，该小说或小说集的名称更名为影视剧名。如张成功的《天府之国魔与道》1998年由群众出版社出版，后来被改编为电视剧《刑警本色》之后，2000年解放军文艺出版社以《刑警本色》为名出版。他的《英雄泪》出版后也被改编为电视剧《黑洞》，上海文艺出版社2005年出版了改名后的小说《黑洞》。赵本夫的小说《天下无贼》被改编成电影后，他将其短篇小说结集出版，小说集名称就叫《天下无贼》；石钟山的《父母进城》改编成《激情燃烧的岁月》后，原著作也悄然变脸为《激情燃烧的岁月》；万方的《华沙的盛宴》被改编为电视剧《空巷子》后，上海辞书出版社推出了同名小说《空巷子》。

近年来，影视和图书的互动还体现在书媒的内容制作上。书媒是一种具有较高吸引力和潜力的信息传播形式，"是指将图书作为传播媒介，通过在图书的书签、勒口、插页、护封、腰封、封面、封底上刊载宣传图文来进行信息传播的形式"①。书媒作为当前图书出版的重要推介形式，被影视化的文学图书所充分利用。借助李安的电影《色，戒》之势出版的《色戒：张爱玲与胡兰成的前世今生》（夏世清著，陕西师范大学出版社2007年7月）的腰封上写道："好莱坞著名华人导演李安执导全新大片同名小说《色，戒》隆重登场。"同时，小说《色，戒》（张爱玲，北京十月文艺出版社）的腰封也写道："李安执导，梁朝伟、汤唯、王力宏、陈冲主演威尼斯大奖电影《色，戒》原著小说，国际著名导演李安最喜欢的一部小说。"这种书媒内容的制作完全是借助影视的光环来进行宣传，以吸引读者的注意。海岩《五星饭店》（人民文学出版社）腰封上这样写道：

---

① 任锋娟、刘海龙：《书媒推介与书媒广告的系统性辨析》，《出版发行研究》，2008年第9期。

"影视小说《五星饭店》→青春偶像剧《五星大饭店》央视一套七月黄金时间隆重首播《五星大饭店》人民文学出版社影视小说版随书赠送光盘"，较为鲜明地表明了其影视小说的立场和定位，书中还配有大量精美的剧照。出版社在《大明王朝1566》（刘和平，人民文学出版社）一书装帧的封口处简要介绍了该书的主要内容，然后说"四十集同名电视连续剧在湖南卫视率先播出，全国各大电视台将陆续热播"。该书的封底腰封标明："湖南卫视开年大戏全国独家播出，1月8日起晚9点两集连播。"《血色湘西》（黄晖，东方出版社）的封面勒口处也写有："全国同时段收视冠军，2008年度最佳战争题材电视剧，新浪电视剧排行季度网络人气电视剧，第24届中国电视金鹰奖优秀长篇电视剧奖。"《王贵与安娜》（六六著，花山文艺出版社出版社）的封面广告是："同名电视剧央视即将播出。"这些书媒完全成了电视节目的播出广告，显然书商试图通过热播和获奖而吸引读者的消费。可以看出，文学将影视作为一种包装元素，借以形成文学出版的注意力和影响力，这种策略已十分普遍。

影视元素的包装使得那些影视改编的母本小说往往能够借助影视的热播带动销售，甚至使一个知名度不大的作家迅速成名。如老作家马识途80年代曾写过一部小说《夜谭十记》，一直以来只有两个版本：1983年人民文学出版社发行的单行本和2005年四川文艺出版社出版的《马识途文集》，这两个版本也几乎无人问津。2010年姜文根据该小说里的《盗官记》改编成电影《让子弹飞》，顿时让这部小说洛阳纸贵，两天内被抢购一万册。其在出版时也采用了影视元素进行包装，书名改为《夜谭十记：让子弹飞》，还特别标明姜文的电影改编自"盗官记"。于是，近年来图书市场还出现了一种怪现象：假借影视之名，挂羊头卖狗肉，卖的书与影视无关。2010年电影《建党伟业》播出后，市场上居然出现了至少8本叫做《建党伟业》的图书。其中只有两种书获得影片制作方授权的：一本是金城出版社的，另一本是文化艺术出版社的。电影《金陵十三钗》还没有上映时，市场上就已经出现了三个版本的严歌苓所著的同名图书，分别由江苏文艺出版社、中国工人出版社和陕西师范大学出版社出版。江苏文艺版的书封还写有"张艺谋年度大片冲击奥斯卡奖的同名电影小说原著"。其实，江苏文艺版和中国工人出版社出版的《金陵十三钗》只是严歌苓几个中篇小说的合集。陕西师大版的《金陵十三钗》是严歌苓在担任张艺谋同名电影编剧的基础上,根据自己的中篇小说扩充而成的,也就是说这个版本才是电影改编的母本。对于一书出现三个版本,严歌苓还专门发出微博说明:"我的最新长篇小说《金陵十三钗》独家授权陕西师范大学出版社出版。"

正如罗贝尔·埃斯卡皮所说:"文学出版社逐渐通过非文学的动机来争取文学读者,诸如习惯赶时髦、炫耀性的消费,以及那种语言的言外之意,即包含结构的边缘地带的巧妙运用或是文化上的犯罪现象。"① 文学利用影视所进行的吆喝式宣传,成为当前图书出版的奇观现象。尤其是随着人们花在电视和网络媒介上的时间不断增加,电视对我们生活的影响也不断加剧,图书的出版越来越依靠影视宣传,这无疑是对影像元素的开发和利用,以此完成了一种"类属的分类"(布尔迪厄),影视与图书的社会功能相对接并得到了充分发挥。

四、出版的影视策划

出版策划是文学出版市场化转型后一个重要的特征。在影视与出版的互动中,出版社也在寻求自身的特色。出版社的策划宣传是全方位的,其中最为重要的是丛书策略和品牌策略所形成的规模化、系列化的市场运作方式。现代出版社较早涉足影视同期书,目前这类图书已成为该社的主打书,经国家工商管理局注册的"梦工厂"、"梦剧场"以及"中国明星制造系列"都是该出版社的形象品牌,推出了《大腕》、《九岁县太爷》、《青春正点》、《不回家的男人》、《一见钟情》、《吕布与貂婵》、《海洋馆的约会》、《开心就好》、《我爱我车》、《F4风暴》、《香港制造》等影视图书。江苏文艺出版社也推出了"影视同期声"丛书,包括《不要和陌生人说话》、《被告》、《嫉妒》、《温柔陷阱》、《月色撩人》等。2005年作家出版社推出了"海岩小说经典插图本",包括《便衣警察》、《一场风花雪月的事》、《永不瞑目》、《你的生命如此多情》、《玉观音》、《拿什么拯救你我的爱人》、《平

---

① [法]罗贝尔·埃斯卡皮:《文学社会学》,于沛选译,浙江人民出版社1987年版,第76页。

淡生活》、《深牢大狱》、《河流如血》，从而形成了海岩小说的一个出版品牌。2005年群众出版社也推出了"海岩青春小说漫画本"，包括《堕落人间》、《绑票》、《我的孩子，我的故乡》、《死于青春》、《我不是个好警察》等图书。这些出版社在形成自身品牌的同时，也试图进行差异化运作：作家出版社的影视图书注重作品的文化含量和市场反响。即便是剧本，作家出版社也尽量还原成小说，增加文学性和可读性；与现代出版社根据剧本改编小说的做法不同，群众出版社主要是以原创为主，而且重点在公安题材，如《黑洞》、《黑冰》、《清官于成龙》、《重案六组》、《大宋提刑官》以及《空房子》等。他们的目标是"以后打开任何频道，都有根据我们社推出的小说改编的电视剧在播放"①。需要注意的是，这些图书的出版和策划很多是一些编辑或民营书商的策划运作，他们以影视或图书策划人的角色，出现在文学出版与影视之间。2005年当电影《无极》在国内热映并刷新中国电影多项纪录时，由上海九久读书人文化实业有限公司策划、人民文学出版社出版的《无极》、《一望无极》等系列图书也迅速走向全国图书市场。当韩剧流行时，由北京知已图书公司策划出版的"超级韩流"系列，如《蓝色生死恋》、《美丽的日子》、《情定大饭店》、《夏娃的诱惑》等都在市场上反响不错。

当大众传媒尤其是影视成为日常生活的主导性权力时，出版策划就成为置身大众传媒语境中的一种商业性操作。与大众传媒的相互合作成为出版策划的重要内容。图书的出版经过出版商、编辑或作者等事先策划，通过大众传媒的介入（主要是宣传和炒作等），从而形成了一种超出文学本身的媒介文学事件。如2005年，陈凯歌的电影《无极》甚至通过网络票选青年作家担当小说的改编者，再由陈凯歌、余秋雨、余华、苏童、陈村等组成专家评委，进行能力考核，最终选定了郭敬明。值得注意的是，近年来茅盾文学奖也不断参与到影视图书的宣传炒作中来，成为大众传媒制造出的重要的媒介文学事件。纵观历年来的茅盾文学奖获奖作品，值得注意的是1988年影视小说《少年天子》获得第三届茅盾文学奖后，第五届、

---

① 刘江华：《影视热播图书热卖 影视同期书这块蛋糕有多大》，《北京青年报》，2002年1月21日。

第六届、第七届茅盾文学奖均有影视小说获奖。其中第五届获奖作品《抉择》（张平，群众出版社1997年）改编成电影《生死抉择》后，由于大众传媒的宣传和政府部门的强制性普及，该小说的发行量迅速上升到十几万册。而第六届茅盾文学奖的获奖作品是被改编成影视最多的，有《张居正》（熊召正，长江文艺出版社2003年）、《历史的天空》（徐贵祥，人民文学出版社2000年）、《英雄时代》（柳建伟，人民文学出版社2001年）三部，占总获奖小说的3/5。而第七届获奖作品《暗算》（麦家，作家出版社2006年）则是一部在前期就已经被改编成电视剧的小说。借助茅盾文学奖这一品牌，大众传媒对获奖作品和由此改编成的影视剧的宣传和炒作，从而带动了获奖图书的出版发行，实现了图书出版的利益最大化。这种"节日性观看"毫无疑问是大众传播的盛大节日，是广大受众为之激动并期待的神圣时刻，虽然许多受众对此的关注不是主动的寻求，但这在某种程度上正显示出媒体对受众的一种征服。这种借助大众传媒所形成的媒介文学事件，改变了文学的生产和流通方式，使得组织者和受众的功能和作用都发生了根本性的改变。

五、投资影视制作

对一些资本比较雄厚的出版社来说，它们并不仅仅满足于在图书市场中占据先机，而且开始涉足新领域，即投资制作影视剧。不过，目前出版社大多以投资人或投资合伙人的身份参与影视剧的生产环节。2001年，江苏文艺出版社作为国内首次吃螃蟹者，操作了《月色撩人》（黄蓓佳，江苏文艺出版社）的改编和制作，并与南京电视台、中国文联音像出版社联合摄制成同名都市情感悬疑剧。湖北长江出版集团也在2006年第一次以影视投资人的身份投资制作了40集电视连续剧《张居正》，该剧成为该年中央电视台年度大剧之一。同年，长江出版集团又投资300万拍摄了《幸福不拒绝眼泪》，接近总投资的二分之一。由于影视所具有的巨大利益空间，各出版社纷纷成立了影视公司或影视制作中心。2004年，接力出版社成立广西接力天高动漫影视传媒有限公司，该公司以原创动画剧集、电影为龙头，同时兼顾动漫周边产品研发、时尚动漫消费等业务，几年来投资拍摄了《小小律师》、《神脑聪仔》等动画片。2005年，中国作家出版集团组建了巨帆影视公司,斥资 1000 多万元运作 29 集的电视剧《国家干部》。由于该剧改编自著名作家、茅盾文学奖得主张平的同名长篇小说,小说本身拥有广泛的受众群体,这位影视制作带来了先天的便利条件。该集团管委会领导张胜友曾评论:"这不是一个单纯的投资行为,而是深度立体地开发集团文学资源,形成文化产业链,打造新经济增长点的重要举措。"① 2006 年,中文天地出版传媒股份有限公司成立了北京东方全景文化传媒有限公司进行专业的影视操作,投资拍摄了《楚汉争雄》、《天仙配》、《百年莞香》、《黄埔女生》、《我的爱人你是谁》、《天下第一镖》等影视作品。2010 年,凤凰出版传媒集团进一步拓展其产业领域,由凤凰文艺出版社与南京传奇影业有限公司合资成立凤凰传奇影业有限公司。利用之前传奇影业相对成熟的团队,背靠出版集团利用资金和出版资源,形成了出版社的一个新的经济增长点。凤凰传奇影业成立后不久就投拍了《新萍踪侠影》、《一个鬼子都不留》、《遥远的枪声》、《新白发魔女传》、《裸婚时代》、《富春山居图》、《唐卡》等。大力进军影视界,成为各实力雄厚的大型出版社为适应市场经济发展而进行的战略性调整之一,它们试图由此加快产业链的延伸,实现出版社的多元化发展。"出版社进军影视界的动力在于:出版和影视同为以内容为基础的产业。出版社的优势在于掌握作者资源,了解市场上热销图书。而影视界找不到好的作品,好的作品又找不到买家。如果能以内容为基础,同时设计开发图书和影视等不同形态的产品,则可以尽可能地实现各个环节的利润。另外,近几年来,图书市场上影视图书热销也让出版者们见识到了影视产品的影响力,让不同形态的产品互动营销,扩大产品的市场空间,也是出版社的动力所在。而很多出版集团,已经把影视作为自身战略规划中的环节。"②

六、文学的影视经纪

近年来,文学经纪是出版界的一种新型产业运作模式。然而,与其他文化娱乐经纪相比,文学经纪还是一个刚刚起步的行业,虽然这个概念已

---

① 刘颖:《国内出版社多方略进军影视界》,《中国图书商报》,2006 年 11 月 22 日。
② 刘颖:《国内出版社多方略进军影视界》,《中国图书商报》,2006 年 11 月 22 日。

第六章　文学出版的影视转型与文学创作

经被许多人接受，但是作为市场行为和公司运营来说，关于文学经纪还有许多地方需要在实践中摸索。我国第一家服务于文学与作家的经纪人公司是中国作家出版集团的子公司国安文化经纪有限公司。公司的主要业务类似版权中介，即向影视制作公司推荐适合改编的优秀小说，力求在作家、出版社和影视公司三者之间建立一个互通的桥梁。文学经纪公司的成立，是中国作家出版集团发展战略中的一个重要环节，其目的在于拓展、开发、形成自己的产业链。文学是许多艺术形式的母体，更是影视剧重要的初端产品。可以说，只要抓住作家的文学创作，便抓住了出版和影视制作的源头，它的意义是不言而喻的。以往作家在完成文学创作后，文学作品的出版和影视改编两个环节一直存在着信息不对称的状况。这常常会导致文学作品的出版周期被延长，作家的权益难以得到实质性保护，作家利益也无法实现最大化等，而经纪公司恰恰可以帮助作家妥善处理这些问题①。2006年10月中旬，电视剧《大敦煌》在中央电视台的开播仪式与同名长篇小说的首发仪式同步进行就是该公司运作的成功案例。还有张者的长篇小说《桃李》曾在文坛引起很大的反响、发行量10余万册，也在该公司的运作下成功转让了该小说的电视改编权。2007年9月27日由中国作家出版集团牵头的"中作大业剧本评估、预购中心成立暨专家评审委员会"在京成立。该委员会云集了50位著名作家和影视创作人员，以求在作家与影视制片方之间搭建一座"鹊桥"，以有效解决出版物转化成影视文化产品时信息不对称的问题。委员会的数十名作家将负责阅读市场上各类书籍，并梳理出适宜改编成影视剧的小说，为影视制作奠定良好的文学基础。通过文学经纪，文学出版社以自己特有的方式灵活地介入到影视生产的具体环节中。

　　文学经纪的另一种表现形式是作家与影视公司签约成立影视工作室或通过中介公司转让著作改编权，然后由这些公司操作该书的影视改编、出版和发行，与影视图书出版形成共赢。其实，文学经纪的模式在90年代初便已经出现，只不过那时尚不明显，而且数量比较少。如1993年，王

---

① 李晓虹：《文学经纪：新型出版产业运作模式》，《中国新闻出版报》，2006年10月24日。

朔、冯小刚、彭晓林创立了"好梦影视公司";杨争光辞职创办了"长安影视公司";谌容、梁左、梁天等成立了"快乐影视公司"。这些早期的文学经纪形式所发生的影响和作用实际并不大,还没有真正进入市场化的运作,只是一群志同道合的"哥们"在一起玩。然而,在90年代末,以影视公司、文化传播公司等名义出现的公司铺天盖地,他们不仅代理文学作品的出版,还直接提供作品的影视改编和剧本写作,充分遵循市场化的操作策略。然而真正具有影响力和竞争力的还是一些规模较大的公司,他们凭借雄厚的资本和良好的运作,成为这个市场的运营高手。国安文化经纪有限公司运营半年便签下了毕飞宇、刘庆邦、张锐、叶明山、张者、李洱等近百名作家,签约作品数百部;海润公司与虹影签约,并成立了"虹影影视工作室",运作的第一部作品便是虹影的《上海王》;世纪英雄电影投资有限公司(即中信文化传媒集团)在2003年11月与海岩签约成立"海岩影视工作室",2003年12月又与池莉签约成立了"池莉影视工作室",而2003年王朔也成为世纪英雄的顾问;2007年,石钟山也成立了"石钟山影视演艺工作室"。广州天品影视策划有限公司也聘请了大量阅读员,从全国各地文学刊物中挑选小说,只要适合改编,该公司就会当即买下改编权。2008年11月山东第一家从事影视经纪的专业机构——"新动能"影视经纪工作室正式成立,该公司作为根植山东本土的影视经纪机构,曾先后参与《闯关东》、《城市里的春天》、《大槐树》、《精豆》等国内优秀影视剧的拍摄工作。这些公司和签约作家成立的影视工作室扮演的无疑是一个文学经纪的角色,他们与作家签约,买断作家作品的影视改编权,甚至是对作家进行命题作文,以实现公司和作家的双赢。这些经纪公司的出现,促进了图书出版市场的活跃,也为影视和出版提供一条龙服务。

正如黄发有所说:"20世纪90年代,文学开始成为一种商品进入市场的流通,但90年代的文学出版仍然是一个功能分化和价值互渗的格局。因此,主旋律小说、畅销小说和艺术小说在90年代的文学出版中三分天下,颇有鼎足而立的意味。"[①] 新世纪以后,由于大众传媒的市场化,文学在公共空间中的地位迅速被大众传媒尤其是影视所取代。影视与其他媒

---

① 黄发有:《文学出版与90年代小说》,《文艺争鸣》,2002年第4期。

介的跨媒体传播成为当前信息传播的新特点和新趋势。因此,当影视的收视率节节飙升时,文学出版也在不断拓展自身的话语空间,探索多种出版路径和赢利模式。

第三节　出版转型与新世纪小说创作

为了迎合市场的发展,新世纪后文学出版与影视不断发生密切的联系,形成了明显的互动局面,因而当前的文学出版表现出浓烈的影视特征,诸如出版影视小说和相关图书、成立影视公司、投资制作影视等。因此,传统意义上的作家及其写作再一次面临挑战,影视对文学出版市场的影响将越来越明显,出版社和作家们不得不重新思考他们的生存与发展问题。出版与影视的深层互动使得新世纪以来的文学创作表现出强烈的影视文化特征,同时由于受到出版策略转变的影响,文学创作也表现出一些新的特征。

一、文学交往与娱乐消费

由于出版与影视之间的互动,如今的文学出版以影视为旨归,进而成为影视的附庸。文学出版的影视转型,适应了商业社会的市场需要,也强化了文学的消费功能。当影视文化的市场化潜能冲击着文学出版的时候,新世纪的文学创作便呈现出一种新的趋势,那就是文学创作的中心从文学的审美活动转向了文学的交往活动。在人们逐渐接受影视甚至影视图书的同时,文学的审美特性也在不断丧失,与此同时文学的另一种社会功能——社会交往功能——却进一步增强。哈贝马斯把社会行为划分为四个类型:目的论行为、规范调节的行为、戏剧行为和交往行为。其中交往行为是指"至少是两个以上的具有语言能力和行动能力"的主体之间通过符号协调的互动所达成的相互理解和一致的行为。[①] 但是,交往行为并不是一

---

① ［德］哈贝马斯:《交往行为理论》(第 1 卷),重庆出版社 1994 年版,第 122 页。

个简单的理解过程或解释过程,而是通过理解,使人们同时参与内部活动,构成他们从属于社会集团的社会化的统一的过程,也是交往行为者在交往过程中构成他们自己的同一性,证实和更新他们的同一性的过程。①当文学出版与影视在市场机制中形成多向互动时,文学创作就成为了一种远离脑力劳动的交往活动。文学和影视就成为这种交往行为的一种工具。大众通过对影视和文学的消费,完成了文学的交往行为。

进入新世纪以后,文学创作和文学批评让位于文学活动或者说是文学事件。"文学事件实际上是文学活动辐射到整个社会文化其他方面而形成的信息扰动现象。"②它与传统文学创作与接受活动一样是属于话语行为,但它与传统的文学话语行为不同,它已经远离了文学文本直接提供的话语叙述,而且甚至脱离了从文本叙述中派生出来的批评话语。它是在批评话语背后、通过批评而衍生出来的公众舆论或具有喧哗性质的话语活动。因而它毫无疑问是一种商业行为,是一种市场策划。文学事件自90年代初期始便已经出现。90年代官场小说的出版引发了人们对社会阴暗面的强烈兴趣,一时间官场影视剧大为流行,如《黑冰》、《黑洞》、《黑金》等;韩寒的《三重门》的问世,引发了人们对学校教育体制的批评;《流星花园》的热播引起了对青年亚文化现象的关注和讨论等等。90年代的文学事件蜂拥而出,成为文学转型的重要表征。新世纪以后,由于文学出版与影视的关系更加密切,甚至呈现出水乳交融的局面,文学出版对影视的依赖程度达到了前所未有的程度。因此,新世纪后的文学事件表现出强烈的影视趣味和娱乐精神。纵观这一时期的文学事件,大多都与影视具有较大的关联度,有些事件甚至得益于影视的推波助澜。郭敬明对《无极》小说版的改写、刘震云的《手机》引发的家庭信任危机、赵本夫的《天下无贼》描写的"贼"世界、冯小刚的《非诚勿扰》对剩男剩女这一热门话题的关注等等,都是影视所引发的娱乐话题和文学谈资。通过市场化的文学策划,借助影视的影响力,新世纪的文学创作完成了从文学审美向文学交往的转型,也因此变得众声喧嚣,成为不同层次、不同地域的受众日常交

---

① [德]哈贝马斯:《交往行为理论》(第1卷),重庆出版社1994年版,第140页。
② 高小康:《文化市场与文学发展》,《文艺理论与批评》,2003年第3期。

第六章　文学出版的影视转型与文学创作

往的话题，成为媒体制造轰动强化娱乐的重要资源，也成为作家明星化、公众化的重要推动力，成为社会交往活动的有力工具。

新世纪以后，文学活动和文学事件的大规模出现是大众传媒尤其是影视作用于文学领域的重要表征。文学出版通过文学经纪人的策划、借助影视、网络和报纸等大众传媒的宣传炒作，从而使得作家的创作成为媒介传播的一个重要内容。传统意义上的文学创作只是大众传媒的一种改编工具，文学出版和文学创作成为影视的"仆人"，它们听命于影视媒体的各种策划，必要的时候还要为影视和宣传做必要的包装和改写。如《龙年档案》（柯云路）就成为影视的未删改本，许多尖锐的内容都在小说里出现；《乔家大院》出书前，出版社曾与作者朱秀海"约法三章"，要求小说的结局及细节必须与电视剧有所不同，而上架后，出版社又将该书作为一本独立的"历史小说"进行宣传，与电视剧始终保持"若即若离"的关系。陈凯歌将《无极》的改编权授予郭敬明时，只交给他92场戏中的78场戏的剧本，要求郭敬明给它创造一个与电影不同的华丽结尾。刘震云的《手机》包含着三个部分，分别是三个不同时期"说话"的故事，而电影《手机》只是小说的第二部分。出版对影视的改写，诱使受众在接受影视的同时消费小说产品，使得文学出版从商家简单的促销模式升级为受众对不同文本的消费模式，这实际上是出版与影视的一种新型社会互动模式。与此同时，文学批评也不再深入到作品的内部，而是针对文学事件展开热情洋溢的分析和解读。甚至有评论家公开声称，文学创作可以虚构，文学评论为什么不能不看作品就进行评论。[①] 出版向影视转型的过程中杂糅着明显的宣传炒作痕迹，出版社表现出急功近利的心态，这使文学事件取代了文学的审美活动，这样文学出版就蔓延到文学的外围甚至远离文学本身。新世纪以来文学创作的转型为大众营造了一个文学意义上的公共空间，公众、媒体、评论家共同组成了一个喧嚣而开放的对话圈。从这个意义上讲，尽管文学作品的中心地位失落导致传统文学审美价值的丧失，但是当今的文学事件或许能够制造出另一种新的社会交往价值。[②] 出版的影视转

[①] 阎连科：《我为什么写作》，参见王尧主编，《我为什么写作——当代著名作家讲演集》，郑州大学出版社2005年版，第217页。

[②] 高小康：《文化市场与文学发展》，《文艺理论与批评》，2003年第3期。

新时期文学的影像转型

型促使文学创作随着文学生产方式的变革而变革，新世纪的文学创作因此成为介于出版、影视等媒体和公众之间的一种交往性资源，表现出强烈的社会交往特性。

"在消费时代，商业逻辑对各个文化生产场域进行了侵蚀和渗透。"[①] 电视媒体的影响更加明显，主要表现为电视的娱乐功能的凸显和加强。为了追求高收视率，电视不断地开掘新的娱乐游戏资源，制造娱乐狂欢的场景。其中电视剧成为电视媒体提高收视率、娱乐大众的重要内容形式，成为众多电视台的支柱内容。目前，电视剧在我国的影响力远远超过了电影、小说、戏剧等其他叙事形式，而成为我们日常生活中最基本、最重要的"叙述故事"和"消费故事"的渠道。新世纪以来，文学的出版越来越需要借助影视的威名进行包装宣传，小说的畅销离不开影视的热播。以《大长今》、《蓝色生死恋》、《浪漫满屋》为代表的韩剧的流行，迅速引发了图书市场的韩剧热；因为《亮剑》、《历史的天空》的热播，图书市场又出现了军事文学热；电视剧《墓道》、《东陵大盗》掀起了新一轮的盗墓小说的热潮等。影视的一个重要功能就是娱乐功能，而文学的出版依靠用影视元素进行包装，这实际上是影视娱乐功能的转移。正如麦克卢汉所认为的，媒介是人的延伸，而这种延伸是个人和社会交往中的一种"新的尺度"[②]。文学经纪和影视公司游走于出版和影视之间，为文学的出版增加了炒作的因素。无论是影视的制作，还是图书的发行，都离不开经纪人的操作。正是在这种情况下，出版社合伙制作或直接投资影视，许多作家纷纷加盟影视公司或成立影视工作室。文学创作、出版、发行都不再以内容为主要的销售基础，而是借助书商和文学经纪的吆喝，注重作家的代群特征、身份特征、隐私元素等卖点，实现的只是一种文学的社会娱乐功能。因此，新世纪后，学者作家、官员作家、美女作家、80后作家、打工作家以及身体写作、快感写作等，调和着作者的各种身份，成为大众传媒和受众津津乐道的话题。

当出版与影视逐渐合流后，文学生产与影视制作都呈现出时尚化和泡

---

① [法]皮埃尔·布尔迪厄：《关于电视》，许钧译，辽宁教育出版社2000年版，第15页。
② [加]马歇尔·麦克卢汉：《理解媒介——论人的延伸》，何道宽译，商务印书馆2000年版，第33页。

沫化的消费文化特征，一切有价值的内容和事物在这种消费文化中被溶解，公民和受众成了消费者，文学和影视成为一种娱乐工具，文化与娱乐彻底融合在一起，发挥着娱乐大众的职能。最终，与流行音乐一样，文学创作、文学出版与影视，三者互为一体，共同营造了一个大众狂欢和娱乐消费的交往空间。

二、产业链与文学工业

新世纪以来，在影视的强烈冲击下，出版与影视逐渐形成合流，甚至出现出版跟着影视走的局面，先有影视，然后再根据影视剧本改编成小说出版。这主要表现为以下几种形式：一是在影视播出前推出相关图书。如上海书店出版社赶在朱苏进的《朱元璋》播出前出版了同名的"图文书"，精选了24幅彩色剧照；张艺谋的《英雄》尚未公映前，小说版的《英雄》便迅速地抢占了图书市场，书中不仅有主要演员的精彩剧照，还有对剧组各类人物的采访记事；陈凯歌的转型之作《无极》，也成功依托图书在先期、同期和后期造势；冯小刚的《集结号》上映前，刘恒编剧的电影剧本《集结号》也由人民文学出版社出版。二是与影视同步推出的影视同期书。如张艺谋的《满城尽带黄金甲》热映的同时，中国友谊出版公司推出了卞智洪、吴楠的同名小说。三是在影视播出后推出的影视小说，这种操作方式比较普遍。如电视剧《暗算》热播后，作家出版社出版了根据电视剧本改编的电视小说；电影、电视剧《长恨歌》播出后，出版了根据电视剧本改编的"电视小说"和"绘本"；陈凯歌的《梅兰芳》上映后，凤凰出版社出版了其拍摄《梅兰芳》的心路历程的图书《梅飞色舞》；冯小刚的《非诚勿扰》播出后，长江文艺出版社出版了冯小刚的同名小说。可以说，文学出版在今天已经完全成为影视的"跟班"，新世纪的文学创作也就成为影视——出版这一文化产业链的一种生产工序和生产环节。

正如刘震云所说："当下文坛排名前10位的作家，哪一个是没有与影视发生关系的？哪一个不是靠着影视声名远播？"[①] 许多作家的成名都与

---

① 黄忠顺：《文学影视联姻擦出什么火花？——近年影视剧对文学创作影响调查》，《中国新闻出版报》，2007年5月9日。

影视有着密切的关系。他们的小说被改编成电影和电视剧,然后再通过影视得以热卖,从而使作家获得了在前媒体时代所不能想像的名利。以影视为代表的大众传媒借助强烈的视觉文化特征,极大地拓展了文学的生存空间。但是,当影视使越来越多的人疏远文学书籍,又大批地造就出新的文学读者来的时候,先前由文学所起到的对读者和社会文化的引领作用便开始历史地旁移给了影视艺术了,也就是说影视逐渐担负起了引领读者阅读文学作品的功能,如果再加上影视还影响到作家的创作取向,那就确实可以说我们已经日渐进入了"影视带着文学走"的时代了。[①] 因而,出版和影视的联姻,甚至可以说是出版对影视的趋炎附势,使文学出版几乎被纳入了一个强大的文化工业体系之中,与此同时,文学创作也成为这个巨大文化工业的一个重要组成部分。90年代周梅森的作品,如《人间正道》、《天下财富》、《中国制造》、《至高利益》、《绝对权力》、《国家诉讼》、《我主沉浮》等相继被改编成电视剧,他的小说也成为专门为影视剧量身定做的原料,而他本人也从作家,到编剧,再到制片人,甚至投资方。周梅森这样解释自己的创作行为,"这个过程,好比我种了麦子,然后再把麦子磨成面粉,后来再做成面包,这是一个产业链"[②]。进入新世纪以后,文学的产业链模式更为明显和成熟。出版界对影视的青睐,迫使作家开始有意为影视而写作,形成了一鱼两吃的产业链路径。一个作家的小说只要被改编成影视作品并走红,就会成为出版和影视这个产业链的整合对象。海岩成为这个产业链中的常青树作家,他的《便衣警察》、《一场风花雪月的事》、《永不瞑目》、《你的生命如此多情》、《拿什么拯救你,我的爱人》、《玉观音》等作品完全成为影视的雇佣写作。因《父亲进城》改编成《激情燃烧的岁月》而名声大振的军旅作家石钟山,随后创作了一系列影视剧的备用产品,如《军歌嘹亮》、《玫瑰绽放的年代》、《幸福像花儿一样》、《遍地鬼子》、《天下兄弟》等,并陆续被改编成了收视率颇高的电视剧。同样以军旅题材小说成名的作家都梁,因《亮剑》、《血色浪漫》被成功改编成电视剧后,也创作了小说《狼烟北平》、参与了电视剧《我是太阳》

[①] 王先霈主编:《新世纪以来文学创作若干情况的调查报告》,春风文艺出版社2006年版,第161页。

[②] 丁扬:《作家"触电"跨界入商海已成寻常事》,《中华读书报》,2005年9月20日。

第六章　文学出版的影视转型与文学创作

（原小说为邓一光著）的编剧工作等。王海鸰从《牵手》开始，相继创作了《大校的女儿》、《中国式离婚》、《新结婚时代》等小说并被改编成收视率极高的电视剧，从而有了"中国婚姻第一写手"之称。而作家个人的影视工作室也是这个文化产业链基础上的一个重要环节，它整合了影视、出版和文学经纪之间的关系，形成了包括文学创作、图书出版、影视改编以及媒体运作等完整体系，大大提升了作家创作的积极性和作品的有效性传播，尽最大可能地开发了作品资源。

然而，这种"文学出版—影视产业链"的形成，使得文学的叙事呈现出类型化、模式化的影视八股特征。海岩便是这类产业链里影视与文学互动双赢的典范，其写作也毫无疑问是冲着影视而去的。海岩的小说基本上都是命题式作文，如他的《玉观音》，"一个西部开发的大背景，再加点爱情戏"，"西部+情感+缉毒"，明显的影视类型化无非是为了迎合受众的欣赏趣味。正如海岩所说："有冬景或夏景的话，就要在10月或2月开拍，通常要在11月写完剧本，这样他们可以筹备开拍、选景、做分镜头等等，做预算。想在11月写完剧本，就要在七八月份写完小说；想在这个时间之前完成，那至少在三四月份开写。"① 然而，由于对写作速度和发行实效的过分追求，这些图书的写作质量都很难保证。作者根本无法注意到立体的影视与平面的文学之间的叙事艺术转化，而仅仅是将剧中台词和场景进行照搬和克隆，因而作品中出现大量的人物对话和场景变换。爱德华·茂莱曾经说过："由于小说家掌握的是一种语言的手段，他在开掘思想和感情、区分各种不同的反角、表现过去和现在的复杂交错和处理大的抽象物等方面便得天独厚。"② 遗憾的是，由于当下的文学对影视的强烈依附，文学的内在意蕴不断丧失，尤其是那些与影视剧搭车出版的"影视同期书"，已经沦为商业社会的奴隶。新世纪文学的创作对"影视——出版产业链"的亦步亦趋，使得作家的创作越来越模式化，他们对现实的敏感性和批判力正在减弱，越来越止于一种流行化的思维。影视剧的不断

---

① 黄忠顺：《文学影视联姻擦出什么火花？——近年影视剧对文学创作影响调查》，《中国新闻出版报》，2007年5月9日。
② ［美］爱德华·茂莱：《电影化的想象——作家和电影》，邵牧君译，中国电影出版社1989年版，第113页。

火爆,导致作家的创作进入了连续性写作,如都梁、王海鸰、石钟山、海岩等作家甚至形成了独有特色的影视小说创作的方式。他们的写作越来越规模化系列化,从而陷入了一种自我复制的境地。有时改编以前的短篇小说,将之合成一个长篇,然后改编为影视,如电视剧《暗算》便是整合了麦家的中篇的中篇小说《解密》等。这都是作家跟随着出版和影视的产业链进行工业化写作的结果。

影视和出版产业链的紧密结合会使得出版商将某一类型的书籍进行大规模的复制生产,实现最大限度的利润空间,直到受众感到厌烦以后才开始考虑进行花样翻新。对于这种现象,菲尔丁的朋友和合作者詹姆斯·拉尔夫在《作家的状况》一书中这样比喻说:"精明的书商感受到了时代的脉搏,根据突发的病症,开出了不是治愈它,而是激化它的药方;只要患者能继续服用,他们就继续开药方,一旦出现恶心的症状,他就改变用药剂量。"① 文学的工业化生产,实际上消灭了文学创作的个性化过程,它在满足人们需要的同时实际上将人痴呆化了。一如阿多诺和霍克海默所说的:"从根本来说,虽然消费者认为文化产业可以满足他们的一切需要,但从另外的方面看,消费者认为他被满足的这些需求都是社会预先规定的,他永远只是被规定需求的消费者,只是文化产业的对象。"②

三、潮流化仿写③与投机写作

当认真翻检新世纪以来的文学创作时,我们会惊异地发现,由于影视文化的巨大牵引力,文学作品和作家大多借影视成名;同时,文学创作已经陷入了一种陷阱:由于影视和文学出版的合谋,使得作家的创作出现潮流化、跟风写作现象。这主要表现在对改编成流行影视剧的小说或影视小说的模式和风格所进行的模仿和跟进。

在大众传媒时代,"媒介,尤其是电视这一新媒介呈现出一个持续而

---

① 转引自伊恩·瓦特:《小说的兴起:笛福、理查逊、菲尔丁研究》,三联书店1992年版,第53页。
② [德]霍克海默、阿多诺:《启蒙辩证法》,重庆出版社1990年版,第133页。
③ "潮流化仿写"这一概念是受到黄发有先生的启发,但这里的使用语境与他有所不同,这里主要是指对影视小说的潮流化摹仿。详见黄发有:《潮流化仿写与原创性缺失——对近三十年中国文学的片面反思》,《当代作家评论》,2008年第5期。

第六章 文学出版的影视转型与文学创作

无差异的潮流：这一潮流是重复的、可预知的、自鸣得意的和肤浅的"①。影视文化的潮流化，使得文学出版也跟着影视文化而起伏荡漾。由于影视的高收视率所带来的巨大商业利润，文学出版也瞄准了那些成功的影视作品进行规模化生产和模式化操作，不仅将流行的影视改编成小说或其他图书，而且还遵循着该类影视的成功风格，如法炮制与之类似的图书，这在一定程度上促成了文学的类型化。从90年代末荧屏热播的"反腐题材"电视剧开始，作家就自觉地进行一种潮流化的写作。周梅森的《人间正道》、《天下财富》、《中国制造》等小说一部接一部地被改编成电视剧，旋即引发了文学创作中的"反腐"小说或者说"官场小说"的狂潮。这种写作趋势在新世纪以后表现得尤其明显。张欣的小说《浮华背后》、《浮华城市》、《深喉》等被改编成影视后迅速流行，一大批知名或不知名的作家开始将其作为模仿的对象，掀起了一股商海浮沉小说的创作高潮。王海鸰的《中国式离婚》和《新结婚时代》的火爆热播，导致了家庭情感伦理剧和有关家庭婚姻的影视版小说的流行，如《结婚十年》、《双面胶》、《金婚》等。2000年以来，我国军事题材电视剧表现出一种新型的话语模式和文化类型。随着石钟山的《激情燃烧的岁月》之后，《亮剑》、《幸福像花儿一样》、《士兵突击》等相继斩露荧屏，一时间改变了电视荧屏的文化阵地，成为一时的影视热点。于是，一股新红色经典的小说风行图书市场，如《狼烟北平》、《历史的天空》、《血色湘西》等。2007年石康的《奋斗》热播后，出现了一批有关"奋斗"、"青春励志"题材的青春励志小说和电视剧，如被称为"女版《奋斗》"的《致我们终将逝去的青春》等。这种类型化文学的形成，与影视文化的流行密不可分，而出版媒介对这类流行文化的推崇，更加剧了文学出版的单一化和类型化。

出版媒介对影视文化的跟风炒作和成功模仿形成了两种局面：一方面，当某个作家的作品被成功改编为影视后，各出版社就邀请作家进行风格化写作，延续其成功的小说模式；另一方面，出版社主动策划相关的影视系列图书，形成类型化的风格。如现代出版社的"梦剧场"侧重推出明

---

① [英]罗杰·西尔弗斯通：《电视与日常生活》，陶庆梅译，江苏人民出版社2004年版，第164页。

星书，如《小莉看时事》、《锵锵三人行》、《一笑了之》等，而"梦工厂"培养新人、发展原创作品，如《大腕》、《九岁县太爷》、《青春正点》、《不回家的男人》、《一见钟情》、《吕布与貂婵》、《海洋馆的约会》等；江苏文艺出版社推出的影视同期声系列图书侧重都市情感等方面；群众出版社对公安题材影视和小说的关注；作家出版社主要锁定第一流的影视作家如海岩、王海鸰等少数作家。可以说，在当前的语境下，文学和影视无法避免复制与被复制的命运，而表现出强烈的模式化、类型化的倾向，迎合了影视—出版市场的欲望生产。正如费克斯在《理解大众文化》一书中所说："文化商品想要流行，就必须满足相互抵牾的需要……任何一种产品，它赢得的消费者越多，它在文化工厂现有的流程中被再生产的可能性就越大，而它得到的经济回馈就越高。"①

毕竟，我们已完全进入一个商业化社会，经济利润成为文学出版和创作最大的追求目标。所以，当文学的出版也进入市场化的阶段后，出版社在对书稿的选择时就不能不考虑到市场的需求与读者的期待。这种选择的逻辑不可避免会影响到文学创作。然而，出版的影视转型导致了作家创作的真实性和深度的丧失，以轰动性替代了文学性；虚构、无端的想象甚至肆意的编造代替了作品的真实性。这种潮流化的跟风写作，导致了文学创作的千人一面而毫无个性。作家们懒于思考，懒于发现问题和进行创新。正如学者黄发有所说："潮流化仿写以群体认同淹没创作主题的艺术个性，导致审美的同一性。作家们为了不被冷落，就尽量避免成为独自作战的散兵游勇，为了进入文学的主流而不惜牺牲自己的创作个性，潜在地表现出一种趋同倾向。"② 这种潮流化的写作与文学出版对影视的青睐密切相关，它产生的成功效应又反过来推动了文学出版对这种模式的肯定，使得文学的生产越来越单一化。某一种类型的文学作品由于市场的成功往往形成一种强制性力量，排斥其他类型的文学形式，这显然有悖于文学创作的个性化原则以及文学发展的多样性生态。

说到底，这种文学出版和文学创作的潮流化，不过是商业社会文学出

---

① ［美］约翰·费克斯：《理解大众文化》，中央编译出版社2001年版，第34页。
② 黄发有：《潮流化仿写与原创性缺失——对近三十年中国文学的片面反思》，《当代作家评论》，2008年第5期。

版和文学创作的投机行为。当然,这种商业投机是经济发展的必然产物,它表明商业因素已经成为文学市场的重要考量因素,潮流化仿写就成为这个文学商业领域的经济博弈手段。虽然这种投机写作带有巨大的风险性,但同时也充满了高额回报的诱惑,因此出版社乐此不疲。这种潮流化生产模式,"成为大众文化的一种生产方式,是大众消费文化对高雅文化的步步为营的侵吞和兼并,是通俗文学与严肃文学的混融和合谋,它体现出他律的商业化倾向,助长消费享乐主义的虚假意识形态,强化大众商业社会文化霸权的功能"[①]。新世纪以来,那些具有高收视率的影视剧不仅带来了巨额的广告收入或票房收入,同时也衍生出了一系列的文化产品。随着文学出版的市场化和影视化转型,文学创作表层出浓烈的类型化、潮流化倾向。

---

① 黄发有:《潮流化仿写与原创性缺失——对近三十年中国文学的片面反思》,《当代作家评论》,2008年第5期。

结　语

　　随着影像充斥我们的整个世界，我们对现实的看法不过是影像所呈现的现实。对于这种新的影像审美文化，艾尔雅维茨认为："在后现代主义中，文学迅速地游移至后台，而中心舞台则被视觉文学的靓丽辉光所普照。此外，这个中心舞台变得不仅仅是个舞台，而是整个世界：在公共空间，这种审美化无处不在。"[①]文学与影像的密切关联在后现代的视觉语境中凸现出新的意义，诺斯普莱·弗莱说："书面文字远不只是一种简单的提醒物：它在现实中重新创造了过去，并且给了我们震撼人心的浓缩的想象，而不是什么寻常的记忆。"[②] 在今天这个影视转向的时代，文学其实并非像米勒、德里达所焦虑的"终结"，恰恰相反，文学不仅没有失去其原本的魅力和生命力，反而在影像时代拓展了新的生存空间。我们所面向的文学，正在经历向死而生之后，需要我们重新建构一个文学的新秩序和话语范式。这种秩序和话语范式的建构，我想应该基于以下三个方面的认识。

　　超越稳定。当罗兰·巴特发表《作者之死》、路西发表了《理论之死》、《批评之死》和《历史之死》时，其实他们所要探求的并非是针对文学的"终结"性宣判。相反，无论是罗兰·巴特还是路西，他们揭示的恰恰是：文学不可能是一个稳定的结构。从现代到后现代，从语言到影像，

[①] ［斯洛文尼亚］阿莱斯·艾尔雅维茨：《图像时代》，胡菊云、张云鹏译，吉林人民出版社 2003 年版，第 34 页。

[②] ［加］诺斯普莱·弗莱：《伟大的符号：圣经和文学》，学术出版社 1981 年版，第 227 页。

结　语

　　文学一直处于一个发展的过程，文学只是一种状态，一种不断变化着的状态。正是因为文学是一个不断变化的过程性实在，才使得传统的理论在不断丰富和发展，并对文学表现出强烈的批判意识。巴拉图的"洞穴"比喻、亚里士多德的"模仿"、本雅明的"机械复制"、海德格尔的"世界图景"、德里达的"延异"、詹姆逊的"民族寓言"、波德里亚的"仿真"等等这些批评理论，无不是把文学艺术放在一个变动的布景之下进行的历史考察。毕竟，"艺术的形式是一种历史的形态：它不仅常常要受到样式、材料和技法的制约，而且还有受到内容和功能的制约，以至它从这个作为'纯形式'的网络中被抽离出来"①。在这个影视时代，文学也必然会在影视的语境里凸现出新的意义。文学的文学性是一直在语言学的转向和影视转向的过程中得以超越稳定，并在不断的变动中永恒地存在下去。因为，"文学性是一个历史的、动态的概念，因为文学本身是历史的、动态的。……事实上，不同国家和民族的文学史、文学理论史都可以证明，以往人类历史上出现的所有文学作品、文学理论，都现实出极大的历史性和流动性"②。文学超越稳定的结构模式，无疑是今天我们必须真实面对的，只有当我们真正理解文学的这种流动性，我们才能真正地感知文学的永恒。文学超越稳定的永恒流动性，正是后现代社会的"不确定性"特征的表达策略。不确定性是后现代社会艺术创作的基本策略，而且也是被称为后现代社会的基本特征。因此，我们应该到特定的历史语境中去寻找特定的文学观念与文学审美的存在方式。

　　韵味转移。本雅明在《机械复制时代的艺术作品》里批判了艺术品在机械复制的过程中，消失了艺术作品的"韵味"，同时也使艺术作品失去了其膜拜的价值而呈现出一种展示的价值。然而，本雅明也同时指出了摹本的意义："一是技术复制比手工复制更独立于原作。……其二，技术复制能把原作的摹本带到原作本身无法达到的境界。"③ 在本雅明之后，图

---

　　① ［德］汉斯·贝尔廷：《艺术史的终结？——关于当代艺术和当代艺术史的反思》，见汉斯·贝尔廷等著：《艺术史的终结?》，常宁生译，中国人民大学出版社 2004 年版，第 127 页。
　　② 张晓光：《误读的米勒与米勒的误读——评希利斯·米勒〈文学死了吗〉》，《文艺理论研究》，2008 年第 3 期。
　　③ ［德］本雅明：《机械复制时代的艺术作品》，王才勇译，浙江摄影出版社 1993 年版，第 6 页。

像对文学的影响越来越多地称为评论家批判的问题。毫无疑问,图像时代的到来,重建了我们社会的文化秩序。这种文化秩序的重建使图像成为一种霸权。然而,无论影像如何排挤和压迫着语言的空间,影视时代仍然无法拒绝语言而独自存在,语言仍然是我们更能逼近问题和意义的方式。因此,影视转向时代的文学"韵味"其实并没有消失,而是发生了转移,部分地转移到了一个影像建构的美学空间里。正是这样,德国哲学家沃尔夫冈·韦尔施在《重建美学》一书中指出,美学必须重建,美学必须超越艺术和哲学问题,必须涵盖日常生活、感知态度、传媒文化;美学也必须关注当今科技的发展,重视听觉文化和视觉文化的巨大变化。他说:"美学在它的历史上已经经历了重要的范式转变。当然这些转变不是每天都发生的,但有理由说,它们哪一天都有可能发生。对于未来一代人来说,超越美学的跨学科结构,很可能是不证自明的。在美学学科之外,这情势似乎已经在发生了。"① 沃尔夫冈·韦尔施"重构美学"的观点,与文学艺术作品韵味的转移有很大的暗合之处。正是因为本雅明所说的摹本的独立性和超越性,将原作的韵味发生了转移甚至是较大的提升。影视转向也并没有导致文学的终结,只不过影视元素的加入使得文学的韵味发生新的变化并形成了一种新的文学韵味形态。

文学增殖。当我们认识到影像时代韵味的转移之后,我们才能真正明白,影视的形象性与直观性的侵入,一直以来被人误读为文学的死亡与终结。虽然我们极力批判影视对文学的消解,但是不可否认的是影视的介入使得文学呈现出一个多元的话语策略,也扩大了文学的发展空间。当我们进入影视世界后,文学以立体、动态、声情并茂的形式呈现在读者的面前,尤其是影视将文学的权力下移,与大众发生了亲密的关联,进而导致了文学的增殖。"图像要素和文字一道变成了新的文学要素,参与联想、生成和建构。新媒介通过改变文学所赖以存在的外部条件而间接地改变了文学,重组了文学的注重审美要素,构成了新的文学样式。"② 因此,在

---

① [德]沃尔夫冈·韦尔施:《重构美学》,陆扬、张岩冰译,上海译文出版社2002年版,第138页。
② 张晓光:《误读的米勒与米勒的误读——评希利斯·米勒〈文学死了吗〉》,《文艺理论研究》,2008年第3期。

结 语

影视时代，文学原有的价值或意义在影视的参与下产生出新的价值或意义，文学本身也有了某种增殖和放大。即便是在影视文化泛滥的语境下，文学也始终没有缺席，这从许多影视剧都从文学作品改编而成可以窥见出文学的在场性。甚至如有学者所断言："文学可能失去了其作为特殊研究对象的中心性，但文学模式已经获得胜利；在人文学术和人文社会科学中，一切都是文学性的。"① 陈晓明则将这种现象表述为："文学对社会生活进行多方面的渗透，起到潜在的隐蔽的支配作用。"② 进而陈晓明提出"大文学"和"泛文学"的概念，认为文学在今天已经化整为零，变异为大众文化消费中的一种日用化或应用化的文字产品，比如以广告词、新闻叙事等文体方式存在于我们的种种文化活动之中。③ 这也许是影视时代我们对文学的重新认识，而不是从传统的文学观念对今天的文学现象进行审判。

无论如何，图像转向已经成为我们这个时代的主要文化转向。图像成为当今文化的主导因素，这已经成为当下文化生活中一个不争的事实。虽然历来讨论图像对文学的影响构成了批评界重要的一个组成部分，然而，那些认为图像对文学的反叛和对文学话语权的争夺，其实只是一个误解。当我们真正认识到图像转向的语境中文学空间的改变或拓展以及图像对传统文学模式的重塑，我们会发现文学与图像的互动，将共同成为把握这个世界整体经验的重要形式。说到底，文学是一个动态的历史的过程，而图像转向也不过是一个动态的历史的过程。图像和文学碰撞的历史性契合，将深刻地共同改变着文学和图像的形态，从而在这一充满"不确定性"的社会中更好地寻求人类现时代栖居之所的诗意生存。

---

① ［美］卡勒：《理论的文学性成分》，转引自余虹：《文学的终结与文学性统治》，《问题》第一期，中央编译出版社2003年版，第85页。

② 陈晓明：《文学的消失或幽灵化》，《问题》第一期，中央编译出版社2003年版，第98页。

③ 陈晓明：《文学的消失或幽灵化》，《问题》第一期，中央编译出版社2003年版，第98—100页。

主要参考文献

（一）国内著作

蔡翔：《日常生活的诗情消解》，学林出版社 1994 年版。

陈霖：《文学空间的裂变与转型：大众传媒与 20 世纪 90 年代中国大陆文学》，安徽大学出版社 2004 年版。

陈平原、山口守编：《大众传媒与现代文学》，新世界出版社 2003 年版。

陈平原：《中国小说叙事模式的转变》，上海人民出版社 1988 年版。

陈晓明：《无边的挑战》，时代文艺出版社 1993 年版。

程光炜：《大众媒介与中国现当代文学》，人民文学出版社 2005 年版。

程箐：《消费镜像：女性都市小说与消费主义文化研究（20 世纪 90 年代）》中国社会科学出版社 2008 年版。

程永新：《一个人的文学史》，天津出版社 2007 年版。

戴锦华：《雾中风景》，北京大学出版社 2000 年版。

戴锦华：《隐形书写——90 年代中国文化研究》，江苏人民出版社 1999 年版。

单小曦：《现代传媒语境中的文学存在方式》，中国社会科学出版社 2008 年版。

葛红兵、朱立冬编：《王朔研究资料》，天津人民出版社 2005 年版。

葛红兵：《中国文学的情感状态》，山东文艺出版社 2008 年版。

洪子诚：《问题与方法》，三联书店 2003 年版。

黄发有：《媒体制造》，山东文艺出版社 2005 年版。

黄发有：《准个体时代的写作——20 世纪 90 年代中国小说研究》，上海三联书店 2002 年版。

蒋荣昌：《消费社会的文学文本：广义大众传媒时代的文学文本形态》，四川大学出版社 2004 年版。

金惠敏：《媒介的后果：文学终结点上的批判理论》，人民出版社 2005 年版。

金元浦：《可见的思想》，山东文艺出版社 2008 年版。

李秀红：《新时期的影像阐释与小说传播》，四川大学出版社 2007 年版。

梁二平：《身体的迷雾：我们身体的文化史》，花城出版社 2008 年版。

林玮、潘知常：《大众传媒与大众文化》，上海人民出版社 2002 年版。

刘小枫：《接受美学译文集》，三联书店 1989 年版。

陆杨：《大众文化与传媒》，上海三联书店 2000 年版。

路善全：《中国传媒与文学互动研究》，中国社会科学出版社 2007 年版。

罗岗、顾铮主编：《视觉文化读本》，广西师范大学出版社 2003 年版。

孟繁华：《传媒与文化领导权》，山东教育出版社 2003 年版。

孟繁华：《众神狂欢》，今日中国出版社 1997 年版。

南帆：《文本生产与意识形态》，暨南大学出版社 2002 年版。

邵燕君：《倾斜的文学场》，江苏人民出版社 2003 年版。

孙绍先：《文学艺术与媒介关系研究》，中国社会科学出版社 2006 年版。

唐欣：《权力镜像——近二十年官场小说研究》，社会科学文献出版社 2006 年版。

王彬彬：《文坛三户：金庸·王朔·余秋雨》，大象出版社 2001 年版。

王先霈主编：《新世纪以来文学创作若干情况的调查报告》，春风文艺出版社 2006 年版。

王一川：《京味文学第三代：泛媒介场中的 20 世纪 90 年代北京文学》，北京大学出版社 2006 年版。

王岳川：《中国镜像：90 年代文化研究》，中央编译出版社 2001 年版。

吴义勤：《长篇小说与艺术问题》，人民文学出版社 2005 年版。

谢金生：《转型期主旋律小说研究——以现代化为视角》，黑龙江人民出版社2005年版。

徐巍：《视觉时代的小说空间》，学林出版社2008年版。

杨世真：《重估线性叙事的价值》，浙江大学出版社2007年版。

叶舒宪选编：《神话——原型批评》，陕西师范大学出版社1987年版。

尹鸿：《世纪转折时期的中国影视文化》，北京出版社1998年版。

于文秀：《当下文化景观研究》，人民出版社2007年版。

张邦卫：《媒介诗学：传媒视野下的文学与文学理论》，社会科学文献出版社2006年版。

张柠主编：《2005文化中国》，花城出版社2006年版。

张寅德主编：《叙述学研究》，中国社会科学出版社1989年版。

郑崇选：《镜中之舞——当代消费文化语境中的文学叙事》，华东师范大学出版社2006年版。

周百义：《出版的文化守望》，中国书籍出版社2008年版。

周蕾：《原初的激情：视觉、性欲、民族志与中国当代电影》，远流出版事业股份有限公司2001年版。

（二）国外著作

［美］W.C.布斯：《小说修辞学》，华明译，北京大学出版社1987年版。

［斯］阿莱斯·艾尔雅维茨著：《图像时代》，胡菊云、张云鹏译，吉林人民出版社2003年版。

［匈］阿诺德·豪泽尔：《艺术社会学》，居延安译编，学林出版社1987年版。

［美］爱德华·W.萨义德：《知识分子论》，单德兴译，三联书店2002年版。

［美］爱德华·茂莱：《电影化的想象——作家和电影》，邵牧君译，中国电影出版社1989年版。

［英］安德鲁·古德温、加丽·惠内尔：《电视的真相》，王丽丽译，中央编译出版社2001年版。

［匈］贝拉·巴拉兹：《电影美学》，何力译，中国电影出版社1982年版。

主要参考文献

［美］伯格：《通俗文化、媒介和日常生活中的叙事》，姚媛译，南京大学出版社2000年版。

［美］戴安娜·克兰主编：《文化社会学》，王小章、郑震译，南京大学出版社2006年版。

［美］戴安娜·克兰：《文化生产：媒体与都市艺术》，赵国新译，译林出版社2001年版。

［美］丹尼尔·贝尔：《资本主义文化矛盾》，赵一凡译，三联书店1989年版。

［美］道格拉斯·凯尔纳：《媒体奇观——当代美国社会文化透视》，史安斌译，清华大学出版社2005年版。

［美］道格拉斯·凯尔纳：《媒介文化》，丁宁译，商务印书馆2004年版。

［英］弗兰克·富里迪：《知识分子都到哪里去了》，戴从容译，江苏人民出版社2005年版。

［德］哈贝马斯：《公共领域的结构转型》，曹卫东等译，学林出版社1999年版。

［美］哈德罗·布鲁姆：《影响的焦虑》，徐文博译，三联书店1989年版。

［德］汉斯·贝尔廷等著：《艺术史的终结？》，常宁生译，中国人民大学出版社2004年版。

［美］赫伯特·马尔库塞：《单向度的人》，刘继译，重庆出版社1989年版。

［美］杰姆逊：《后现代主义与文化理论》，唐小兵译，北京大学出版社1997年版。

［法］居伊·德波：《景观社会》，王昭凤译，南京大学出版社2006年版。

［加］考林·霍斯金斯：《全球电视和电影》，刘丰海等译，新华出版社2004年版。

［法］克洛德·托马塞：《新小说·新电影》，李华译，天津人民出版社2003年版。

255

［德］鲁道夫·爱因海姆：《电影作为艺术》，邵牧君译，中国电影出版社1981年版。

［法］罗贝尔·埃斯卡皮：《文学社会学》，于沛选编，浙江人民出版社1987年版。

［美］罗伯特·艾伦：《重组话语频道：电视与当代批评理论》（第2版），牟岭译，北京大学出版社2008年版。

［英］罗杰·西尔弗斯通：《电视与日常生活》，陶庆梅译，江苏人民出版社2004年版。

［苏］罗姆等著：《论文学与电影》，梅文译，中国电影出版社1958年版。

［加］马歇尔·麦克卢汉：《理解媒介：论人的延伸》，何道宽译，商务印书馆2000年版。

［英］迈克·费瑟斯通：《消费文化与后现代主义》，刘精明译，译林出版社2000年版。

［捷克］米兰·昆德拉：《小说的艺术》，孟湄译，三联书店1992年版。

［德］瑙曼等著：《作品、文学史与读者》，范大灿译，文化艺术出版社1997年版。

［美］尼尔·波兹曼：《娱乐至死》，章艳译，广西师范大学出版社2004年版。

［英］尼古拉斯·阿伯克龙比：《电视与社会》，张永喜、鲍贵、陈光明译，南京大学出版社2001年版。

［英］尼克·史蒂文森：《认识媒介文化：社会理论与大众传播》，王文斌译，商务印书馆2001年版。

［法］皮埃尔·布迪厄：《艺术的法则——文学场的生成和结构》，刘晖译，中央编译出版社2001年版。

［法］皮埃尔·布尔迪厄、汉斯·哈克：《自由交流》，桂裕芳译，三联书店1996年版。

［法］皮埃尔·布尔迪厄：《关于电视》，许钧译，辽宁教育出版社2000年版。

[美] 乔治·布鲁斯东：《从小说到电影》，高骏千译，中国电影出版社1981年版。

[法] 让·波德里亚：《消费社会》，刘成富、全志钢译，南京大学出版社2000年版。

[德] 本雅明：《发达资本主义时代的抒情诗人：论波德莱尔》，张旭东、魏文生译，三联书店1989年版。

[德] 瓦尔特·本雅明：《机械复制时代的艺术作品》，王才勇译，浙江摄影出版社1993年版。

[德] 沃尔夫冈·韦尔施：《重构美学》，陆扬、张岩冰译，上海译文出版社2002年版。

[英] 约翰·苏特兰：《畅销书》，何文安编译，上海文化出版社1988年版。

[美] 约书亚·梅罗维茨：《消失的地域——电子媒介对社会行为的影响》，肖志军译，清华大学出版社2002年版。

[美] 张英进：《影像中国——当代中国电影的批评重构与跨国想象》，上海三联书店2008年版。

后 记

2007年，当我正处于迷茫和困顿状态时，懵懵懂懂地报考了黄发有老师的博士。考试前，我一个报考另一所学校的同学告诉我，面试时被一群导师严重鄙视了，原因是他本硕博换过三个专业。我心里一凉。我也是这样，从历史到新闻再到中文。我能够想到面试时我一览无遗的浅薄，虽然黄老师没有鄙视我，但我有自知之明。

突然有一天，黄老师给我打来电话，那是我们第一次联系。他在电话里说打算录取我，让我要加强基础知识的学习。接连好几天，我都在想，他的那个电话号码是不是拨错了。不过，我还是赶紧去书店买了三本书，准备好好恶补一下。结果暑假过完了，那套书我只翻了十几页。

暑假结束，我就正式成了"读南大中文系的人"。我一边听老师们上课，一边在外挣点生活费，就这样得过且过着。然而，每次上课或是见面，黄老师总是要求我们要多读书、多思考、多动笔，而不能仅仅满足于毕业。我总觉得他说这话时的目光总是落在我身上，所以每次见到他，我总担心被他发现我混文凭的心态。为了转移黄老师的注意力，我只好硬着头皮写了两篇所谓的论文，发到他的信箱。这两篇文章后来经黄老师推荐发表在《文艺评论》和《扬子江评论》这两份刊物上。我知道，这不仅是黄老师对我的鼓励，更是对我能否顺利毕业的担忧。

与导师这个身份相比，黄老师更像是站在校门口焦急等待的陪读送考的家长。他常常为我们的不思进取"怒其不争"，为我们的放任自流"痛心疾首"，为我们的些许进步"过度表扬"。黄老师对我们的严格，不是板着脸孔的说教，而是以鼓励和关怀的形式慢慢渗透的。他让你感觉到不好

后记

好学点东西，会发自内心地觉得对不起他，尤其像我这种资质平平而蒙他不弃的学生。于是，趁着写毕业论文，我也开始有了些勤奋的样子。

在黄老师的指导下，我选择了文学和影视的关系作为毕业论文的选题。当我查阅资料时，发现这个选题做的人很多，我很疑惑是否有研究的必要。当我把草草拟就的论文提纲交给他时，他跟我交谈了很长时间，并做了很多修改和批注，甚至具体到了某一节内容的写作思路。我顿时豁然开朗，觉得这个选题是值得一写的。

黄老师对论文的选题有着异常敏锐的眼光。他也从来不吝啬他的发现。我读博期间发表的许多论文的选题就是从黄老师上课或平时交谈中获得的。记得当年很多编辑给我打电话通知我稿件录用时总会说，你这文章写得很一般，不过选题很好。我自然不能告诉他们，这是我从导师那偷学来的。

在论文的写作过程中，黄老师提出了很多修改意见。可惜能力所囿，最终的论文自然远远没有达到他的期望。毕业后每次见到他，我都尽量避免谈及当年的博士论文，我怕他露出痛心疾首的样子。好在他也没有跟我提过，可能是怕我尴尬，或者觉得这个论文写得根本不值一提。

在黄老师赴美访学期间，他将我托付给了丁帆老师。丁老师非常认真地指导了我博士论文的写作，他满满两页纸的关于我博士论文的修改意见，我至今仍然保留着，不仅仅是因为他的书法很好。当然，他渊博的学识和深邃的思想是我所无法企及的，因此最后的修改也没能令他满意。丁老师却给予了我很大的宽容。在我博士毕业后，他又在其他许多场合给了我各种关照和提携，虽然他从未跟我说过，但我心里有数。

还要感谢王彬彬老师。他对我的博士论文的语言、结构和逻辑都提出了很多批评。不过，他的批评是一种恨铁不成钢的批评。他对学生虽然很严厉，却爱护有加。与他叱咤文坛的锐利锋芒相反，他始终给我的是一副面带笑容的温和宽厚的模样。

因我的不善交际和碌碌无为，毕业后与二位老师的联系极为有限。每每想起都感到十分愧疚。我只是每年与黄老师见几次面，大多数情况下都是有事请他帮忙，每次他还得自掏腰包请我们吃饭，让我感到羞愧不已。

正是各位在此指名和未指名的老师的教诲、关照和宽容，我得以顺利毕业，投入新的工作环境，并继续在文学与传媒研究方面进行摸索。2011年，我申报的"新时期文学的影像诉求与价值分化研究"这一课题，意外地获得了国家社科基金项目立项。当然我无法知道当年评审专家的姓名，但我内心一直充满感激。他们庄重的一票对一个刚毕业的博士的鼓励是无以言表的。也非常感谢课题结项时那些匿名评审的专家，让这项课题得以顺利结项。本书正是结项成果的部分内容。另一部分内容我将做进一步研究，扩充为另一部专著予以出版。

本书中的绝大多数章节发表于《文艺评论》、《扬子江评论》、《出版发行研究》、《东方丛刊》、《中国图书评论》、《中国电视》、《中国编辑》、《北京电影学院学报》、《中国出版》、《重庆社会科学》、《影视文化》、《中州学刊》、《海南大学学报（人文社科版）》、《百家评论》等刊物。这些论文大都是通过自由投稿的方式得以发表的。这些期刊的编辑我几乎都未曾谋面，很多编辑我甚至都不知道姓名，他们对拙作的认可一直激励着我前行。我唯有在此向他们致以深深的感谢。

感谢北京人文在线出版基金对本书出版提供的部分资助，感谢范继义先生为本书出版所付出的辛劳。

最后，感谢所有那些给予我帮助的人，我始终铭记于心。